真景拝み屋怪談　蠱毒の手弱女〈天〉

角川ホラー文庫
24595

さようなら。ありがとう。また会う日まで――

❖もくじ❖

第一部　前夜災

【本件の主な関係者一覧】

郷内《ごうない》心瞳《しんどう》　宮城県遠田《とおだ》郡涌谷町《わくやちょう》在住の拝み屋。

浮舟《うきふね》桔梗《ききょう》　宮城県栗原《くりはら》市在住の拝み屋。三代目。

十朱《とあけ》佐知子《さちこ》　桔梗の助手。

城戸《きど》小夜歌《さやか》　宮城県仙台《せんだい》市在住の占い師。

柳原《やなぎはら》　鏡香《きょうか》　都内西部在住の霊能師。

有澄《ありずみ》杏《あん》　都内在住の画家。謎の村とＵＦＯにまつわる不穏な過去を持つ。

時浦《ときうら》笛子《ふえこ》　謎の村の住人。少女時代の杏を村内に招く。

裕木《ゆうき》真希乃《まきの》　かつて郷内の勧めで怪談蒐集《しゅうしゅう》を続けた、都内在住のフリーター。

玖条《くじょう》白星《しらほし》　霜石家に仕える蛭巫女《ひるみこ》。

霜石《しもいし》湖姫《こひめ》　境守《さかいもり》。都内西部に居を構える、霜石家第十四代目当主。旧姓月峯《つきみね》。

霜石《しもいし》緋花里《ひかり》　湖姫の腹違いにして、双子の姉。

第一部　前夜災

記憶は記録ではない――

戒めと揺さぶり

「地獄も住み処《か》。詰まるところは、そういうことになるのでしょうね」

右手に持った食べかけのポッキーを指揮棒のように揺らしながら、霜石湖姫《しもいしこひめ》は言った。その横顔には、悠然とした笑みが浮かんでいる。

「十年以上もこんな破屋《はおく》に隠遁《いんとん》していた貴方《あなた》の心は、それでも安らかだったのでしょう。なぜなら、わたしに絶対見つからないという自信があったから。違いますか？」

一筋の乱れも見られない、黒くて長くまっすぐな髪。薄白く、陶器のように艶《つや》やかな質感を帯びた顔の肌に、染みやそばかすのたぐいは一切認められない。

外見から彼女の実年齢を当てるのは、まず不可能だろう。事情を知らない者の目には、どんなに多く見積もっても、二十代の中頃にしか見えないはずである。

湖姫が座るソファーの傍らに立ち、彼女の風姿を見おろしながら玖条白星《くじょうしらほし》は思った。

思い返せば、あの日からすでに十五年。

湖姫が本当に二十代の半ばだったあの時期を境に、凍りついて止まってしまったのだ。極限まで傷ついた心と一緒に、その華奢《きゃしゃ》で靱《しな》やかな肉体の変化までもが。凍結の原理がいかなる力の作用によるものかは、未《いま》だに解せないままなのだけれど。

つぶらな瞳《ひとみ》が見つめる視線の向こう、食べかけの缶詰めやレトルト食品が雑然と並ぶローテーブルの反対側には、ソファーに座って深々とうつむく、老いた男の姿があった。

「……そうだ。ここなら、絶対に見つからないと思っていた」

湖姫の言葉に男が答える。声の抑揚がおぼつかないのは、震えているせいだろう。黒いパーカーに付いたフードを目深に被《かぶ》ったこの老いぼれは、名を鴫森恵弘《しぎもりえこう》といった。かつては神奈川県の某市に本部を置く新興宗教団体で、教祖の座にいた男である。彼は教祖であり、開祖でもあった。公的には、十三年前に病死したことになっている。葬儀も当時、大々的に執り行われた。

二〇一八年十一月半ば。この日、白星は湖姫の命に従い、茨城県の山間部に位置する古びた別荘地を訪ねていた。

別荘地と言っても、それは便宜上の呼称に過ぎない。目につく方々に荒れた草木が丈高く繁茂する数千坪の広大な敷地には、洒落《しゃれ》た造りの洋風家屋が無数に並び立っていたが、それらの大半は半ば朽ちかけた空き家である。

昭和時代の終わり頃、格安の別荘地として売りだされたらしいのだが、バブル経済が崩壊したのちは買い手が激減したことと、家を手放す者が激増した煽《あお》りに打ちのめされ、今では廃村のごとき無残な様相と化していた。

湖姫が仕事の現場に白星を同伴させるのは、珍しいことだった。最後に同行したのは十一年前にマルセイユへ遠征した時のことである。

あの時は事前に打ち合わせがあったが、今回は違った。出発の前日に突然切りだされ、白星の運転で東京からおよそ三時間をかけ、昼頃に現地へ着いた。

湖姫と白星が漫然と見つめるなか、鴫森が言葉を継ぐ。

「そもそも私は死人だ。墓だってある。死んだ人間の行方を気にする者などいなかろう。だが、万が一ということもある。だから、誰にも絶対探り当てられないこの地に隠れて、余生を送ることに決めた。実際、お前が訪ねてくるまで、私の心は平穏そのものだった。お前が鼻で笑うこの荒《あば》ら屋が、私の心にこの上ない安寧をもたらしてくれた」

「お前とは随分ですね。もしかしてわたしのこと、自分より格下だと思っています？」

湖姫が笑みを崩さぬまま、冷たい声音でさらりと言い放つ。

とたんに鴫森の細い身体が、ぶるりと左右に波打った。捩《ね》じれるような動きである。

「いや、そんなふうには思っていない。申し訳なかった……」

歯の根の合わない震え声で鴫森が答える。湖姫とは、頑《かたく》なに目を合わせようとしない。

「でしたら結構。言葉選びにはくれぐれも注意を払われたほうが宜《よろ》しい」

対する湖姫は口角に薄い笑みを湛《たた》え、鴫森を見つめながら楽しそうに目を細めている。

今から十分ほど前、湖姫とともにこの家へ踏みこんだ時にほんの一瞬だけ、彼の顔を真正面から見ているが、以後はずっとうつむいたままである。

湖姫に何ができるのかを知っているなら無理からぬことだし、賢明な対処と言えよう。

尤《もっと》も、湖姫がその気になれば、そんな些《さ》細《さい》な抵抗など、なんの意味もないことなのだが。

黒いパーカー姿の鴫森に対し、それを見つめる湖姫も全身、黒ずくめの装いである。黒のブレザージャケットにミディ丈のトレンチスカート。ジャケットの上から羽織るアウターも、黒のフォーマルコートである。パンプスもストッキングも一様に黒い。唯一、ジャケットの襟から覗《のぞ》くブラウスだけが白かったが、その襟元に結ばれている細身のリボンタイも黒だった。弔事に列席する際の身支度に見えなくもないのだけれど、湖姫は日頃から普段着も含めて、ほとんど黒しか身に着けなくなって久しい。

鴫森が「終《つい》の棲家《すみか》」と称したこの家は、廃れた別荘地内の一際奥まった場所にあった。三角屋根に緑色の瓦《かわら》が葺《ふ》かれた、小ぶりな造りの洋風住宅である。

その家のリビングに白星たちはいた。前庭に面したカーテンは閉めきられていたが、生地が薄いため、窓から陽光が透けて射しこみ、室内は脆弱《ぜいじゃく》な明るさに包まれている。最低でも築四十年は下らない、せいぜい雨風を凌《しの》げるぐらいがようやくの破屋である。現在の実質的な家主は鴫森だが、正式な所有主は件《くだん》の教団内における古参の信者だった。固定資産税は今でも支払われていると調べがついている。

リビングには、画面が粉々に砕けたブラウン管テレビや、チェストなどが並んでいた。いずれも荒《すさ》んだ相を示す家財道具に交じって、埃《ほこり》が薄く積もったフローリングの床には、比較的新しそうに見える石油ストーブや、クーラーボックスなども置かれている。

部屋には猫もいた。黄色い目をした白猫である。ソルベという名前だと鴫森は言った。数年前に迷いこんできたのを、飼うともなしに飼っているらしい。

白星たちがこの部屋に踏みこんだ時、ソルベはソファーの上で身を丸くして寝ていた。こちらの存在を察すると素早く起きあがって、一度はテレビの上に移動したのだけれど、ソルベが寝ていた場所に白星がクッションを敷き、湖姫が腰をおろしてまもなくすると、「みゃあ」と懐っこい声をあげながら、ソファーの傍らまで戻ってきた。今は床の上にくたりと身を横たえながら、湖姫の顔を物珍しそうな目つきで見あげている。

猫がいるのは想定外だったが、部屋には他にも異質な「もの」がふたつあった。

ひとつは部屋の隅に立つ、淡白い人影。

影は鳴森が座るソファーの斜めうしろ、朽ちかけたサイドボードの傍らに立っていた。

正体は判然としない。輪郭も細部も、潤んだ目で見るようにぼやけているからである。だが少なくとも影の主が、この世の者ではないということだけは明白だった。

〝外の世界〟において、白星の目に映る亡魂や妖《あや》かしの姿は、概《おおむ》ねこうした具合である。仔細はどれも杳《よう》として、多少の洞察力と想像力を用いなければ正体が摑《つか》めない。

斯様《かよう》な白星の形質を、湖姫はかつて「見ぬもの清し」の諺《ことわざ》を添えて「幸い」と評した。

基本的には「何かがいる」ということについて。さらには「どこにいるか」について、そして「どんな動きをしているか」について。この三つが正確に分かれば十分だという。対象を滅するにせよ、間合いを計るにせよ、動向さえ把握できれば大抵は事足りる。

仔細や正体など、知ったところでプラスになることはない。概ね虫唾《むしず》が走るほど醜く、おぞましい姿をしている。視界に認めても目が汚《けが》されて、記憶が穢《けが》されるだけである。

「だから白星は、余計に視なくて済んで幸いなのよ」

最後にもう一度「幸い」のひと言を織り交ぜ、苦笑交じりに湖姫は言ったものである。

確かにそうだと白星も思う。仔細がはっきり視える時のあれらは凄《すさ》まじく恐ろしいし、はっきり視えないことで、特別不便を感じたこともない。

淡白い人影が白星の目にぼやけて視えているということは、湖姫の目には同じものが鮮明な像を帯びて視えているということになる。湖姫の様子を横目でうかがい見る限り、動じるそぶりは一片たりとも感じ取れないが、気づいていないわけがないだろう。

影から視線を離し、もうひとつの異物のほうへ目を向ける。

それは祭壇だった。こちらは前庭に面した、掃き出し窓の前にあった。

閉ざされたオレンジ色のカーテンを背にして、窓の下半分を塞《ふさ》ぐ形で置かれている。

造りは三段式。碁盤状に菊の花が刺繍《ししゅう》された金襴《きんらん》布が掛けられ、最上段には水晶玉が祀《まつ》られていた。二段目には、造花が挿された花瓶と茶菓子が供えられ、最下段に当たる三段目には、香炉と鈴《りん》が並んでいる。

鳴森の教団が定める祭壇の構えではなかった。最上段に祀られている物からして違う。教団が崇《あが》める正式な本尊は、観音菩薩《ぼさつ》。両手に蓮《はす》の花を模した槍《やり》を二本携え、背中には七つに重なり合った輪光を背負う、異形の観音像が祀られていなければならない。

なのにどうして観音像の代わりに水晶が、最上段に鎮座ましましているのか？

答えはひとつ。鳴森が教団の信仰とは異なるものを崇めているからである。

「心の平穏は上々。では、体調面のほうはいかがでしょうか？」

祭壇のほうへちらりと視線を向けてから、物思いに耽《ふけ》るようなそぶりで湖姫が言った。

鳴森のほうは目深にフードを被った面をさげたまま、「ぐぅん」と奇妙な呻《うめ》きを漏《も》らす。

湖姫はそれを楽しそうな目つきで眺めつつ、食べかけのポッキーに口をつけた。

こりこりと少しずつ、棒の先端から前歯を使って薄く削り取るようにして食べていく。

五センチほど齧《かじ》ると棒から一旦《いったん》口を離して、また五センチほど、こりこりと齧っていく。

いつもこうして、概ね三、四回の咀嚼《そしゃく》に分けて一本を食べきる。湖姫がその身に見せる振る舞いのなかで、ほとんど唯一と言っていいほど、微笑ましく感じられる所作である。

世界一高貴なハムスターのようだと白星は思う。

「こちらのお住まいに引き籠《こも》って以来、ご病気はされていないのですか？」

顔に笑みを浮かべたまま、追い打ちをかけるような調子で湖姫が問いを重ねる。

つかのま重く沈んだ間を置いて、「していない」と鳴森は答えた。

「それは僥倖《ぎょうこう》。盛衰の白澤《はくたく》、ご活用されているようで何よりです」

そのまま石のように押し黙る鳴森を覗きこむようにして、湖姫は流暢《りゅうちょう》に言葉を続ける。

「おそらく不老不死は不可能でも、単なる長寿であれば、叶《かな》えてくれるでしょうからね。願うことで終生無病の恩恵を賜りながら。けれども数多《あまた》の誰かの不幸を糧にしながら」

うつむく鳴森の口から「すぅ」と細い嘆息がこぼれる。

「目的は断罪と回収か？」

「断罪。お望みでしたら請け負いますが、どうでしょうね。そもそも貴方《あなた》の抱える罪は、白澤の件だけじゃないでしょう？　それらをまとめて贖《あがな》う覚悟があるのでしょうか？」

最後のほうは心持ち、声のトーンを落とし気味に述べた湖姫の言葉に鳴森は慄《おのの》いた。

「言えた義理じゃないが、望むところじゃない。頼む。後生だから勘弁してもらいたい。白澤は返す。だからどうか、私を痛めつけるようなことはしないでください……」

湖姫は答えず、代わりにソルベが「みゃあ」と鳴く。まだ湖姫の傍らにいる。

湖姫は断罪を決行する気だろうか。白星は考える。

今日になってわざわざ、というよりは今さら茨城の田舎くんだりまで足を運んで来た理由を考えるとしたら、鳴森に粛清をくだすことぐらいしか思い浮かぶ案件がなかった。それが真意なら湖姫はまもなく、なんの躊躇《ためら》いもなくそれを実行に移すことだろう。

思うさなか、玄関ドアが「ばん！」と開け放たれる音がした。続いて地鳴りのような重たい足音が複数、どたどたと家内になだれこんでくる。

振り向くと異様な風体をした男が三人、戸口から部屋の中へ入ってくるところだった。

いずれも鉛色をした溶接マスクを被《かぶ》っている。目元の部分で一文字に開く覗き穴《あな》には、黒くて厚い遮光プレートが嵌《は》められていた。ゆえに彼らの人相を含め、表情や目つきもうかがうことができない。胴には鈍色《にびいろ》に染まるバイク用のチェストプロテクターを着け、肘《ひじ》と膝《ひざ》にはサポーター、手には鉄パイプを携えている。

男たちは戸口の前で横並びになると両手で得物を構え、無言でこちらを威圧し始めた。

「おやまあ、肩を叩《たた》きに来てくださったのではなさそうですね」

ふわりと小首を傾げ、おどけたそぶりで湖姫が言う。

一方、鴨森のほうは渇いた息をたっぷり吐き漏らしたあと、目元を隠すフード越しに男たちの様子を見つめ始めた。その口元には心なし、安堵《あんど》の色が混じったように見える。

性根は獣じみたろくでなしとは言え、身体の作りまでもが獣というわけではなかろう。健康面に関する問題は白澤の力でクリアできたとしても、衣食に関する問題は別である。外部と通じる世話役が存在するのは、至極当然のことだった。さらには護衛役も兼ねた。

白星たちが気づかぬうちに、鴨森が救《たす》けを求める合図か何かをこっそり送ったものか、それとも家の近くに停めてある車に男たちが気づいて、自発的に踏みこんできたものか。事情は摑めなかったが、事態はこちらの理解とお構いなしに進もうとしている。

何かと物騒な目に遭いやすい仕事柄、いつでも不測の事態に備えるようにはしていた。今日も丸腰で来たわけではない。ジャケットの内ポケットには、カーボン製で伸縮式の特殊警棒を忍ばせていたし、ベルトの脇にはスタンガンと催涙スプレーも差さっていた。

だが、鉄パイプが一気に三本も相手となれば、どうだろう。強い自信は持てなかった。

湖姫は初めからこうなることを見越していたのだろうか？　見越していたように思う。ここへと至る流れの全てが織りこみ済みで、今日は鴨森の顔を見に来たに決まっている。

しかし、だからと言って修羅場の対応策として白星を同伴させたわけでもないだろう。未《いま》だに湖姫の意図は汲《く》み取れなかったが、それだけは間違いない。理由は——。

思っているまに、男たちを眺める湖姫の視線がゆっくりと動いた。視軸を変えた先は鳴森が座る斜めうしろ、白星の目には淡白い靄《もや》状に視える、得体の知れない人影である。

湖姫は人影に向かって視線を留め置くと、続いて両目を膨らませるように丸く見開き、音にならない小さな声で短く何かをつぶやいた。

おそらく「おいで」と言ったのだ。

それが証拠に、人影は湖姫が唇を動かした直後、彼女に向かって一直線に飛んできた。白い影は一瞬にして湖姫の真ん前まで至ると、彼女の身体に吸われるように姿を消した。

鳴森を始め、武装した男たちの中にも、その一部始終に気づいた者はいなそうだった。いずれも底が知れると白星は思う。こんな重大な異変に感づくこともできないなんて。

「白星」

再び男たちに視線を戻して湖姫が言った。

すかさず「はい」と応じる。

「ソルベをお願い」

ソルベも湖姫の声に呼応するかのように「みゃあ」と短く鳴きながら、白星の足元へすり寄ってきた。素早く両手で抱えあげると、ソルベはわずかな抵抗も見せることなく、白星の胸元へ身を丸くして収まった。

「さて」

ソルベの保護を見届けるや、湖姫はソファーからすっくと立ちあがった。

「失礼」

迷いのない足取りで男たちに向かっていきながら湖姫が笑いかけると、彼らも一斉に鉄パイプを振りかざし、負けじと間合いを詰め始める。

初めにまんなかの男が沈んだ。振りあげた得物を湖姫の脳天めがけて打ちおろすより先に、紅葉のように開いた湖姫の手のひらが、マスクを被った男の顔面を打ち据えた。

渾身《こんしん》の掌打《しょうだ》をまともに喰《く》らった男は、部屋の戸口を越えた向こうまで派手に吹っ飛び、埃《ほこり》が積もった廊下の上に仰向《あおむ》けの姿勢で倒れこんだ。

続いて右側の男。こちらは掌打を放った右腕の肘で、プロテクターに護《まも》られていない無防備な脇腹を思いっきり突かれた。その衝撃で、男は身体を斜めにしながら宙に浮き、ばたばたと四肢を暴れさせつつ、床の上に倒れた。

最後に残った左側の男も一撃で仕留められた。湖姫は肘打ちを終えて捻《ひね》り気味だった身体を竜巻のごとく一回転させると、振り向きざまにしなやかな動きで左脚を振りあげ、そのまま男の腹を水平に蹴《け》りつけた。

身体はやはり吹っ飛んでいく。男は戸口に近い背後の壁に背中をもろに打ちつけると、呻き声をあげながら壁際に身を横たえ、頻《しき》りに身体を捩《ねじ》り始めた。

三者三様、いずれに加えた一撃も、常人にはおよそ真似ることのできない芸当である。

久方ぶりに湖姫が振るう圧倒的な暴力を目の当たりにした白星の口中は急速に干上がり、背中には氷柱《つらら》の束を差しこまれたかのような寒気がじわじわと押し寄せてきた。

男たちはそれぞれ倒れた場所で身悶《みもだ》えしながら、苦痛の呻きや唸《うな》り声をあげている。

湖姫は男たちに背を向け、ソファーに座る鴨森のほうへ向き直った。

鴨森はなおも変わらず深くうつむき、頑《かたく》なに目を合わせようとしない。

「遮光プレートか。よく思いつきましたね？　或《ある》いは遮ることができるかもしれません。でも実証する前に伸《の》されてしまったら、なんの意味もなくはないですか？」

揚々と宣《のたま》う湖姫の背後では、男たちが苦痛の声をあげ続けている。

よほど痛いのだろう。時折、悲鳴に近い大声も交じるのでひどく耳障りである。

「黙れ。ぎゃーぎゃー騒いでいると殺しますよ」

湖姫が肩越しに振り返って告げると、声はまもなく抑制された小さな呻きに変わった。分厚いマスクの中から「ずるずる」と汚らしく洟《はな》を啜《すす》る音も聞こえてくる。

そこへ鴨森が突然ソファーから立ちあがり、戸口のほうへ向かって猛然と駆けだした。

けれども湖姫がそれを許すはずもない。鴨森が湖姫の真横を駆け抜けようとする刹那《せつな》、湖姫は右腕を横向きに伸ばすと、鴨森の首に向かってバットのように打ち据えた。

おそらくは二の腕のまんなか辺りが喉仏《のどぼとけ》を直撃したように思う。鴨森は「あぐっ」と濁った声を漏らしながら宙を舞い、ローテーブルの上に背中のほうから落下した。

「どこに行くんですか。別に急ぎの用事なんかないんでしょう？　話しましょうよ」

鴨森は解剖台にのせられた献体よろしく、テーブルの上で仰向けになって噎《むせ》びながら泣き始めた。フードは捲《まく》れ、皺《しわ》だらけの顔面と白髪交じりの薄い頭が露《あら》わになっている。

「白澤があるのは、ここじゃない。場所を教えますから、もう許してください……」

「お願いします……」と小さく結び、鳴森は「はあはあ……」と小刻みに息を喘《あえ》がせる。

対する湖姫は「ふっ」と鼻で笑い飛ばすと、やおら答えを切りだした。

「教えていただかなくても知っていますよ。家の前の道路を挟んだ向かい側でしょう？道路に面した家の裏から二軒離れた先にある、青い屋根をした小さな家ですよね？」

湖姫がすらすらと言葉を紡ぎ始めると、鳴森はたちまちぎょっとした顔つきになった。

「白澤は扉に南京錠が三つも掛けられた、家の地下室にありました」

過去形で締め括《くく》った湖姫の答えに、鳴森はますます顔色を悪くする。

「わざわざご丁寧に教えていただかなくとも、白澤はもう回収済みですのでご心配なく。ちなみにいつ頃だったと思います？」

沈黙。鳴森はふるふると忙《せわ》しなく揺れ動く双眸《そうぼう》で湖姫の顔を見あげながら黙っている。

「答えは三年前。夜中にこっそりやって来て、わたしの権利の下に地下の扉をこじ開け、我が家に代々伝わる由緒正しき白澤を手厚く連れ帰った次第です」

そうなのだ。湖姫の口から出てきた答えを聞いて、やはり間違いではないと思い直す。

霜石家に古《いにしえ》から伝わる鵺神《ぬえがみ》の一体、盛衰の白澤はすでに湖姫が回収しているはずだった。

材料は白い羊と黒山羊《やぎ》の仔《こ》。それぞれの身体を縦に割ったものを半々に繋《つな》ぎ合わせた、左右白黒の毛色を有する異形である。今は屋敷の地下に保管されている。

「だったら……白澤が目当てじゃないんなら、あんたは何をしに来たっていうんだ？」

そうなのだ。最優先の目的はすでに三年前、秘密裏に達成しているはずだというのに、どうして今頃になって湖姫は、鴨森とじかに面する気になったのだろう。

「些末《さまつ》なことですよ。別に貴方《あなた》が知る必要はないと思います」

言いながら湖姫はなぜか白星の顔を一瞥《いちべつ》し、再びソファーに座り直した。

続いてジャケットの内ポケットから、おもむろに何かを取りだしてみせる。

「ぱちん！」と乾いた音が鳴った瞬間、軽く握りしめた湖姫の手の中から、鋭く尖《とが》った銀色の光が生えた。寸秒間を置き、白星の目はそれが飛びだしナイフの刃だと認める。

一方、鴨森の目もはっとした色を浮かべてナイフに向いたが、そこへ湖姫がすかさず「ねえ」と声をかけたことで、視線は反射的に湖姫の顔へと移ってしまう。

チェックメイト。完全に目が合ってしまった。

次の瞬間、湖姫がナイフの柄をくるりと逆手に持ち替え、鴨森の右太腿《ふともも》に突き立てた。鴨森の口から凄《すさ》まじい悲鳴がほとばしる。湖姫は手早く太腿から刃を抜いた。

と、初めは白星の目に映ったのだが、よく見ると刃は太腿から抜けたのではなかった。太腿を覆うズボンの生地には穴も開いていなければ、血もついていない。腿《もも》から離れた刃は再び「ぱちん！」と乾いた音を立て、柄の中へ吸われるように戻っていった。

作りはそれなりに精巧に見えるが、玩具《おもちゃ》のナイフだ。殺傷力はない。物自体には。

「どうです？　女に刺される気分は」

「痛い！」と鴨森が叫ぶや、湖姫は再び刃を突き立てた。二度目の悲鳴も盛大にあがる。

「おかしいな。ただの玩具ですよ？　痛いはずがないんですけどね」

小首を傾《かし》げ、快活な面持ちで湖姫が笑いかける。心底、意地の悪い笑みと虚言である。

湖姫の〝目〟にやられてしまったのだ。鴫森の答えに偽りはない。痛くないはずがない。あるいは本物のナイフで刺される以上の痛みを感じていることだろう。

「時間が勿体《もったい》ない。そんなことより話しましょうよ。というよりも、鴫森さんの口から是非とも聞かせていただきたいお話があるんです。聞かせていただけますか？」

鴫森が答えずに叫んでいると、湖姫はもう一度、太腿に思いっきり刃を振りおろした。鋭い悲鳴をほとばしらせ、身体をぶるぶると大仰に痙攣《けいれん》させながら鴫森が言う。

「なんだ！　なんの話ですか！　なんなんですか！」

「貴方が昔、わたしと緋花里《ひかり》にしたことについて」

短い沈黙。湖姫が頭《かぶり》を振りつつ、太腿に刃を突き直す。鴫森が再び悲鳴をあげる。

「話してくれないなら、何百回でも刺しますけど」

ぼやくような口ぶりで発した湖姫の台詞《せりふ》に、白星は背筋を強張《こわば》らせた。脅しではない。求めに応じなければ、湖姫は本気でそうするだろう。太腿に生じる感覚は幻痛とはいえ、心にかかる負荷は本物である。何度も刺し続ければ、ショックで死に至る可能性もある。

鴫森もすぐに察したのだろう。やにわに悲鳴を引っこめ、荒れた気息を整え始めた。

「一から順を追って、できうる限り詳細に。情感もたっぷりこめて話していただければ、なおのことありがたい。それではさっそく始めてください」

腿からナイフを引き離し、心持ち冷たい声音で湖姫が言い放つ。

それからおよそ三十分近くをかけ、鴨森はおぼつかない口ぶりで湖姫の要望に応《こた》えた。

今から二十年ほど前の昔語り。本来ならば、おくびにだすことすらも憚《はばか》られるような、あまりにもおぞましく、凄惨《せいさん》窮まる凶事にまつわる昔語り。

湖姫はソファーで腕と脚を組みつつ、ほとんど笑みを絶やさず話に聞き入っていたが、時折瞑目《めいもく》し、短くうつむく場面もあった。その際に何を考えていたのかは計り知れない。

白星のほうは抱いていたソルベを床へとおろし、ソファーの傍らに立って話を聞いた。

湖姫と緋花里を襲った件《くだん》の凶事は、かなり以前に湖姫の口からも聞かされている。

その時にも涙をしとどにこぼしたものだが、同じ話であっても、被害者である湖姫が語るそれと、加害者である鴨森が語るそれとでは、受ける印象が格段に違った。

この老いぼれのけだものから聞かされる話のほうが、はるかに白星の憐憫《れんびん》を煽《あお》った。

鴨森は過度に怯《おび》え、まやかしの痛みに始終喘いでもいたので、歯切れこそ悪かったが、湖姫に乞《こ》われたとおり「情感もたっぷりこめて」当時の状況を詳細に物語った。

まさに下衆《げす》の極みにして鬼畜の為せる業。当時の渦中において、この頃まだ成人にも満たなかった湖姫と緋花里の心中は、果たしていかばかりのものだっただろう。

思いを馳《は》せると、目の奥がしくしくと痛くなって、堪《たま》らない気分に苛《さいな》まれた。とはいえ落涙するわけにもいかず、白星はあくまで平静を装い、必死に涙を堪《こら》え続けた。湖姫がこの場へ白星を連れてきた理由に思い至ったのは、そうした時のことである。

答えに得心すると同時に、背筋がしんと冷たくなり、それから決意を新たにする。

「他に何か、付け加えるべき文言はありますか？」

昔語りが結びを迎え、顔を背けて黙りこんだ鴫森に湖姫が問う。つかのまの沈黙。

「すまなかった。私は最低な人間です……」

皺だらけで薄汚れた頬に涙を流しながら、鴫森はようやく呻《うめ》くような声でつぶやいた。

「心にもないことを。わたしの胸にはまったく響いてきませんよ」

短く鼻から息を漏らすと、湖姫はスカートについた皺を整えながら立ちあがった。

「そろそろ御暇《おいとま》しますね。今日から先はくれぐれも体調に気をつけたほうがいいですよ。プラシーボ効果終了。軽く風邪を引いただけでも死ぬかもしれません。お気の毒に」

湖姫が言い終えると、鴫森はがばりと上体を跳ね起こした。

続いて「ぎぃいいぃっ！」と獣じみた唸《うな》り声をあげながら、鉤爪《かぎづめ》のように開いた両手を湖姫に向かってぐんと突きだす。目は血走り、涙が飛沫《しぶき》をあげて噴き出ていた。

湖姫はその醜行を刹那《せつな》のうちに迎え撃つ。神速の勢いで振りあげた右脚が真一文字に空を薙《な》ぎ、「ぼん！」と乾いた音が轟《とどろ》くと、鴫森の両手はあえなく横へと弾《はじ》かれた。

「今度は感情失禁ですか？　小さな子供じゃあるまいし。匙《さじ》加減なしに蹴《け》りましたので、手当ては迅速かつ適切にどうぞ。最悪の場合、皮下出血が悪化して死ぬかもしれません。それではごきげんよう。メメント・モリ」

にこやかな面持ちで言葉を結ぶ。それから湖姫は白星のほうを向いてうなずいた。

「どれくらい持つと思う？」

車が別荘地を出てまもなくした頃、助手席から湖姫がぶっきらぼうに訊《き》いてきた。

「さあ。どれくらいでしょうね」

白星もぼんやりとした声音で、答えにならない言葉を返す。

鴫森の今後に関してなど、さして興味はなかった。せいぜい早く死んでくれればいい。

その程度のものである。いずれ健康状態に異変が生じれば、生命に関わる事態となって
あの廃屋でひっそりと死にゆくか、あるいは死を恐れるあまり、再び世間に姿を晒《さら》して
罪に問われる道を選ぶか。どちらにしても、彼の前途には不穏な暗雲が垂れこめている。

そんなことへ思いを巡らすよりも、白星の心を支配していたのは、湖姫のことだった。

戒めと揺さぶり。

おそらく間違いない。湖姫が白星に鴫森を引き合わせた真意は、このふたつである。

数日前、白星は湖姫に対して少々苦言を呈した。湖姫が長らく進めてきた遠大な計画。

白星も当初から一翼を担ってきたこの計画に関して、少し前からいささか許容しかねる
状況が続いていたからである。

苦言と言ってもそれは押し並《な》べてやんわりと、あくまで波風が立たぬよう、遠回しに
伝えたつもりだったのだけれど、湖姫は意見されること自体が気に召さなかったらしい。

白星の意見に対する正式な回答が、先刻までの大惨事である。

人の枠から逸脱した圧倒的な力。それを久方ぶりに、それも間近で見せつけることで、白星の内に小さく芽生えた疑念の萌芽《ほうが》を根こそぎ刈り取り、さらには思いだすことさえ忌避すべき過去の災禍を加害者側から語らせることで、意想外の揺さぶりももたらした。結果、白星の心は大いに打ちのめされ、鳴森宅を辞してからも背筋の震えが止まらない。

さらに加えて、主従関係を明らかにしたとも受け取れる。

実際、白星が感じているのは恐怖ではなく、畏怖《いふ》に近い感情だった。

白星が切実に感じているのは、「この人から逃げだしたい」という恐れの念ではなく、「この人には逆らえない」という畏《おそ》れの念のほうである。

そして何より、この人のそばにずっといい続けたいという思いが、全ての念に勝った。

遠からず四十路《よそじ》を迎える彼女の横顔は、穢《けが》れを知らない少女のようにあどけない。

それは初めて出逢《であ》った頃と外形だけはほとんど変わらない、純真無垢《むく》な横顔だけれど、やはり中身はあの頃から二十年近い月日を経て、一変したと受け容《い》れざるを得なかった。

あの頃の泣き虫で臆病《おくびょう》で、けれども心根はすこぶる優しかった湖姫はもういない。

そんなふうに思えてしまう自分が悲しかったし、湖姫の今を見るのが辛《つら》かった。

それでも一縷《いちる》の望みだけは捨て去りたくない。おそらくもうじき訪れる運命の日さえ乗り越えられれば、その後は長い時間を費やしても今より事態が良くなるかもしれない。

心の深く暗いところでは新たな疑念の種を孕《はら》ませながらも、白星は湖姫の顔を視界の端に捉《とら》えながら、黙ってハンドルを握り続けた。

冥《くら》き霜夜に陰る

「それではいずれ、再びお目に掛かれる日までごきげんよう。メメント・モリ」

頭の中で声が聞こえた瞬間、私はびくりとなって目を開けた。

シートに預けていた背中が波打ち、浮きあがる。あやうく悲鳴も出るところだったが、こちらはすんでのところで堪えることができた。

寝覚めであっても自分が今どこにいるのか、よくよく理解していたからである。

喉《のど》に強く力をこめると、腹からせりだして悲鳴になるはずだった声は「ぐう」という鈍い呻きに変わって、口の中で潰《つぶ》れるように掻《か》き消えた。

心臓も早鐘を打っていたが、こちらは外に音が漏れるわけでもなし、そもそも一気に動悸《どうき》を鎮めるすべもない。暴れるままに任せておく。

そんなことよりも喉の渇きのほうが気になった。奥のほうまでからからに干上がって、息をするのも苦しいくらいである。舌も天日に干された雑巾《ぞうきん》のような質感になっていた。

前列シートの背面に備えられたホルダーから飲みかけのスポーツドリンクを引き抜き、一気に全部流しこむ。それでも渇きは完全には治まらなかったが、それなりには潤った。

ため息をつきながら暗闇に目を凝らし、腕時計の針を見る。

午前零時半過ぎ。バスが走りだして二時間近くが経っていた。

最後に時計を見たのは、確か十一時半過ぎだった。一時間ほど眠っていたことになる。できることなら朝までずっと眠り続けていたかったのだが、願いは脆《もろ》くも打ち砕かれた。再び眠りに就こうと努めても、おそらくすぐには寝付けまい。げんなりしているうちに意識もしだいに冴《さ》えてきた。

寝覚める間際に聞こえた女の声は、夢から聞こえてきた声ではない。

夢はもう見ない。特異な事情があって、去年の春から一切見られなくなってしまった。ゆえに先刻聞こえてきた声は、寝ぼけた頭が引きだした、単なる記憶の再現にすぎない。

けれどもそれは、身の毛もよだつほど生々しい実感を伴う再現となってしまった。

淀《よど》んだ眠りのさなかに再現された声の主は、霜石湖姫。都内西部の山中に居を構える、資産家の霊能師である。正式な肩書は、境守《さかいもり》というらしい。

台詞《せりふ》は四日前、電話越しに彼女の口から告げられたものだった。

メメント・モリ。すなわち、死を想え。

果たして、冗談以外でこんな言葉を投げかけられた人間というのは、この広い世間に何人ぐらいいるものだろう？　私は本気で言われた。全身がひどい悪寒に見舞われた。

今もそうだ。眩暈《めまい》がするような激しい動悸とともに、総身がぞくぞくと波打っている。

ましてやこれから夜明けを迎えて半日も経てば、今度は彼女とじかに面するのである。悪寒も恐れも刻一刻と強まっていくのは、およそ無理からぬ道理と言えよう。

二〇一九年一月下旬。メメント・モリとは関係なしに、身体の芯《しん》まで沁《し》みこむような冷気が日がな、呪いのごとくあらゆるものを蝕《むしば》み、凍《い》てつかせる酷寒の砌《みぎり》。

この日、私は午後十時台の夜行バスに乗り、仙台《せんだい》から一路、都内へ向かっていた。九時頃からは粉雪がちらつき始め、寒さは一層厳しさを増していた。窓際に引かれたカーテンを細く捲《めく》って外の様子を覗《のぞ》き見ると、高速道路を走る車外の閑散とした闇には、未《いま》だ無数の白雪がちらついていた。まるで地上に銀河が降りてきたような光景である。

バスは午前五時半頃にバスタ新宿《しんじゅく》へ到着する。その後は最終的な準備と休憩を済ませ、午後から湖姫の暮らす屋敷へ向かう予定だった。

主な目的は、彼女が「悲願」と称する、不穏な儀式に携わるため。

形式的には依頼だったが、実質的には脅迫である。私は拒否権の行使できない状況で、彼女の依頼を渋々引き受ける羽目になった。

事の発端は、十二冊に及ぶ大学ノートである。

表紙に書き記されたタイトルは『取材レポート』。タイトルの末尾にアラビア数字で番号が振られたこれらには、いわゆる「怪談実話」と呼ばれる怪異譚《たん》を取材した記録が、膨大な情報量と克明な筆致で綴《つづ》られていた。

作者は裕木真希乃《ゆうきまきの》。都内に暮らす三十代の女性である。

彼女は拝み屋を営む、私の以前の相談客だった。そして彼女が怪談取材を始めたのも、他ならぬ私自身の勧めによるものである。今ではひどく後悔している。

かつて不可思議な事象に見舞われ、奇怪な体験をした人物から人物へ――。

先に話を聞き得た語り手から新たな語り手を紹介してもらい、取材の線を繋《つな》げていく。真希乃の怪談蒐集《しゅうしゅう》は、斯様《かよう》に極めて特異なスタイルをもっておこなわれていった。

二〇一五年の初夏、都内の出張相談で初めて会った時のことである。

この頃、二十代後半だった彼女は、就職に関する悩みを抱えて私にアポを取ってきた。出張の際には、いつも相談場所に使っている新宿駅近くの喫茶店で話は始まったのだが、ふとした拍子に彼女の口から怖い話が語られたのだ。

昭和四十年代の中頃、父方の叔父《おじ》が少年時代に体験したという話だった。

それが滅法薄気味悪く、印象深いものでもあったので、私は全てを聞き終えたあとにほんの軽い思いつきから、彼女にこうした話をたくさん集めてみないかと勧めている。

私が翌日には忘れてしまったような提案を、真希乃はそれからおよそ三年半の歳月を費やして実行し、結果として大学ノートに十二冊分、およそ二百話に及ぶ怪異に関する生々しいレポートが、人の縁という一本の線に結ばれながら完成した。

それを受け取ったのが、一週間前のことである。年明けの出張相談で都内へ赴いた折、再びアポを取って喫茶店に現れた真希乃の手からじきじきに頂戴《ちょうだい》した。

十二冊で十分やりきった感があるし、自分の手元に置いておいても大した意味はない。ならば、拝み屋と兼業で怪談関係の本も書いている私に役立ててほしいという願いから、真希乃は気前よくノートを全冊私に託してくれた。

帰宅してからノートを読み始めた私は、改めてその凄《すさ》まじい成果と運の強さに感服し、興奮しながら頁を捲っていった。その巻数が、半分辺りに差し掛かるまでは。

五冊目を読んでいた時のことである。私の人生の中で長らく根深い問題となっているある案件が、取材記録のひとつとなって登場した。

それは都内西部の田舎町に暮らす、四十代前半の女性の身に起きた怪異だったのだが、彼女は私とまったく面識のない人物だった。ちなみに彼女は現役の霊能師である。

『取材レポート』の中には、他にも大いに不審な点が見受けられた。

互いに接点のない取材対象たちから語られていく話の中に、同一人物としか思えない怪しげな女たちが、たびたび影や姿を現すのである。

レポートは七冊目に入った辺りから、種々の取材記録に交じって真希乃の日常生活や私的な所感を綴った文章が散見されるようになる。中には家族との確執にまつわる話や、学生時代に経験した孤独に関する述懐なども含まれていた。

取材を始めた初期の頃には、あくまでも〝記録する側〟の立ち位置で、取材対象から聞き得た話を淡々とした表現で綴っていたはずなのに、途中から雰囲気が変わってくる。行動方針も変わってしまい、独りで心霊スポットに出掛けた話なども綴られ始めた。

斯様な真希乃の奇行の合間を縫うようにして、件《くだん》の女性霊能師も二度目の取材という名目で再びノートの中に名を現す。驚くことにこの時語られた彼女の奇怪な話の中には、私が以前から懇意にしている別の女性霊能師までもが、その名を連ねて現れた。

二度目の衝撃。紙面を介した予期せぬ不穏な邂逅《かいこう》に、心はさらにざわめいてくる。

五冊目を読み終えた頃から薄々思い抱いていたおぞましい想像も、再び鎌首を擡《もた》げて首筋に冷え冷えと巻きついてきた。それはこんな想察である。

ノートに記録されていった怪異の長い連なりは、真希乃の意志や運によってではなく、何者かによる視えざる力によって脈々と繋げられていったものではないのか？

こうした思いを暗に抱きながら、最後の巻まで休むことなく読み進めていったのだが、結果的に、そして何よりも悪いことに、私の想像は大筋のところで当たってしまった。

真希乃が怪談取材をおこなう陰で密《ひそ》かに糸を引いていたのは、霜石湖姫だった。

レポートの要所に登場する、怪しげな女のうちのひとりも彼女である。

全てを読み終えたのちに全体像を俯瞰《ふかん》すると、真希乃の『取材レポート』というのは、二百話以上に及ぶ怪談実話の取材記録であるのと同時に、湖姫が現当主を担う霜石家の忌まわしい歴史と秘められた事実を多様な視点から捉《とら》えた、備忘録にもなるものだった。

それに加えてもうひとつ。同書は私に宛てた、奇抜な依頼状であったことも判明する。

十二冊目のノートに、それとなく湖姫の携帯電話の番号が記されてあった。

発信してみると、電話は三度目のコールで繋がった。

同時に途絶していた私たちの縁も、およそ五年ぶりに繋がってしまう。

長きにわたって忘却の彼方《かなた》に押しやられていたのだが、私は二〇一四年の一月七日に霜石家に招かれ、湖姫と一度だけ顔を合わせたことがある。

記憶が不可解としか思えない様相を描いて蘇《よみがえ》っていくさなか、湖姫は楽しげな声音を頻《しき》りに弾ませ、聞くだけでぞっとするような出張業務の依頼を持ちだしてきた。

取り合うことなく電話を切り、あるいは再び縁を断つこともできたのかもしれないが、理性がそうした判断を下すより先に、私の心は湖姫に合意を示す答えを告げていた。

大きな理由のひとつとなったのは、真希乃の安否をこの目でじかに確かめるため。

彼女は去年の十一月頃から、霜石の家で厄介になっているそうである。

件の『取材レポート』が八冊目に至る頃、真希乃は不慮の（と見せかけた計画的な）転落事故で大怪我を負い、都内の病院に入院している。その折に（偶然の体を装った）湖姫と知り合い、以後は急速に仲を深めていった。

出会ってまもなく、湖姫は互いの血縁にまつわる重大な事実も打ち明けている。

湖姫と真希乃は、同じ姉妹の姉と妹からそれぞれ生まれた、従姉妹《いとこ》同士の関係だった。湖姫が霜石家の第十四代目当主となる前の旧姓は、月峯《つきみね》という。湖姫の生家はかつて、山梨県の山中にあった。母の名は澄玲《すみれ》。ふたり姉妹の姉である。

真希乃は妹のほうの娘だった。名は亜澄《あすみ》という。彼女は二十歳の頃、東京都下に居を構える小泉《こいずみ》という家に嫁いでいる。小泉夫妻は真希乃が三歳の頃、交通事故で他界した。

その後に真希乃を養子として迎え入れたのが、都内でも指折りの資産を有する素封家。生前の小泉夫妻と浅からぬ縁があった、弦一《げんいち》と篠《しの》の裕木夫妻である。真希乃はふたりに手塩にかけて育てられ、総合的に何不自由のない暮らしを得るに至った。

けれどもそれはあくまでも他人の目から評した、外面上の話である。

裕木真希乃という人間の人生は、決して何もかもが満たされていたわけではなかった。真希乃が養子となって数年後、裕木夫妻に本当の娘が生まれてしまったこと。良家の娘という立場ゆえにしばしば被る、周囲からの奇異な視線や疎外感。成長するにしたがい、少しずつ強まっていった両親との確執、穿《うが》たれていった深い溝。姉である自分よりも、あらゆる面ではるかに秀でた才を持つ妹、夏菜《なつな》に対する劣等感。

こうした鬱屈《うっくつ》を心に抱えながら生きてきた真希乃は、唯一の血縁者と称する湖姫との思いがけない邂逅によって、大きな希望と安寧を見いだすに至った。

今や湖姫の人柄にすっかり心酔し、おそらくは強い依存を示すまでに至った真希乃は、霜石の家を舞台にまもなく始まる、件の不穏な儀式にも参加する予定となっている。

思えば、こんな事態になってしまった原因の大多数は、私の不徳の致すところにある。軽はずみに怪談取材などを勧めて今の流れを作りあげたのは私だったし、二度も相談を引き受けてきたというのに、彼女が抱える心の闇に気づいてあげることもできなかった。

こうした結果は先日の電話中にも湖姫に指摘され、哄笑《こうしょう》交じりに詰《なじ》られている。

「話してくれればよかったのに」などと言い訳するつもりはない。彼女が自分の意志で胸の内を明かしてくれなかったのも、拝み屋としての私自身の在り方に原因があるのだ。

忌々《いまいま》しき事態に真希乃が自ら進んで身を投じてしまった以上、私はせめて彼女の安否をこの目でしかと見届け、予見されうるあらゆるリスクから彼女を守る義務がある。

ゆえに湖姫の依頼を引き受けたのだし、肝に湧きだす怖《お》じ気《け》を必死に宥《なだ》め賺《すか》しながら、今日まで不測の事態に備えたあらゆる準備も着々と進めていた。

けれども今になってよくよく現状を俯瞰《ふかん》してみれば、果たして自分が望んだとおりの成果が望めるものかどうか、疑念に駆られる面も少なくない。

その大半は、己のコンディションにおける問題が占めていた。

気概としては逃げずに当日を迎え、新宿行きのバスに乗りこんだまでは良しとしよう。けれどもその半面、今の私は心身ともどもに「良好」や「健常」などと胸を張れるには、およそほど遠い状態にあるというのも、紛れもない事実だったのである。

それらの不調は、拝み屋としての立場にまで影響を及ぼすものだった。種々の不調は仕事の足を大いに引っ張ってくれていたし、そうした影響は今現在も根強く続いている。

そもそも心身ともにベストな状態だったとしても、今回の仕事は未経験な要素が多く、あらゆる点で多大な危険が付き纏《まと》う。それなりに防護策を講じている面もあるとはいえ、やはり肝心なのはコンディションなのだ。防護策はあくまで保険のようなものである。

とりわけこの日の大詰めに当たる局面には不安が尽きない。たとえるとするなら、鎖で四肢を繋《つな》がれたうえに目隠しもされた状態で、狼の巣の中へ足を踏みこんでいくようなことだった。

我ながら最悪な比喩《ひゆ》表現が脳裏に思い浮かぶなり、喉《のど》から乾いた吐息が大きくこぼれ、気分が一層沈んでしまった。自虐するにもほどがある。控えるべきだと己を律する。

大詰めに与えられた任務は、狼たちの息の根を止め、全ての災いに終止符を打つこと。

依頼主たる湖姫は多分、私の生命や身の安全に関する問題は重視していないということ。

差し当たり、今現在はこの二点のみを把握できていればよかろうと思いを定め直す。

我が身の不調は、昨日今日に始まったことではない。元をたどれば数年前から始まり、あらゆる面で顕著になってきたのは去年からのことである。

不調に蝕《むしば》まれるさなか、拝み屋の立場として厄介な仕事を手掛けることになったのも――規模やリスクの度合いは別としてだが――今回の一件が初めてではない。直近では、昨年の十一月を出だしに関わった仕事がそうだった。

結果的に大したことはできなかったように思う。けれども自分でやれるだけの務めは果たしたようにも思える。あの一件においては、自分に何ができて、できなかったのか。せっかくなので再び眠りに就くまでの間、くわしく記憶を振り返ってみるのもよかろう。

それにあの一連の騒動は、今回の問題にも微妙な関わりを持って繋がってくる。

思い做《な》しか、ここでの復習は、同時に大きな予習を兼ねるような気もしてきた。

まずは新たな最悪の瞬間を経て、まもない頃の情景から――。

昂《たか》ぶる神経を鎮めつつ再び、瞑目《めいもく》。

気息が落ち着いてくるのを見計らうと、私は過去の記憶に向かって思いを委《ゆだ》ね始めた。

視えぬを見やる

姿も視えぬ。声も聞こえぬ。幽《かす》かな気配のひとつでさえも感じ取れぬ。

我が目に映るのは、季秋のか弱い日差しを浴びて寒々とひしめく、無数の墓石ばかり。耳に聞こえてくるのは色無き風に揺られて騒ぐ、樹々の乾いた葉音だけである。

出だしはこんな具合だった。

今を遡《さかのぼ》ること、ふた月半前。二〇一八年十一月半ば。

大勢の参拝人で墓場が賑《にぎ》わった秋の彼岸もとうに過ぎ去り、過ぎゆく日々の暮らしのそこかしこに冬の兆しを感じるようになってきた頃のことである。

その日の昼下がり、私は自宅からほど近い距離にある、菩《ぼ》提寺《だいじ》の墓地にいた。

目的は、この世ならざる者たちの姿を視るため。

我が目にそれが視えるなら、墓の下に眠る祖霊でも、墓地の中を彷徨《さまよ》い歩く死霊でも、あるいは狐狸《こり》妖怪《ようかい》のたぐいであっても構わない。

姿が視られないなら、声や気配を感じるだけでもよかった。とにかくどんなに微細な印でも構わないから、この世ならざる者たちの存在をこの身でしかと感じたい。

そんな思いを秘めつつ、独りで墓地へと参じていた。

この世ならざる者たちの存在が視える、聞こえる、感じる――。

物心がつく頃には当たり前のように備わっていた、私という人間の極めて特異な感覚。

それらがほとんど機能しなくなったことに気がついたのは、つい数日前のことだった。

原因にはいくつか思い当たる節はあったが、いずれも憶測の域は出ず、回復へ繋がる糸口すらも摑《つか》めなかった。仕方なしに以後は苦肉の策として、こうしていかにも何かが起こりそうな場所へと赴き、感度の具合を躍起になって確かめていたのである。

とはいえこの日も空振りだった。そろそろ引きあげようと考え始める。

霊感の問題を始め、二〇一八年は予想だにしないことばかりが次々と起こる年だった。

まずはひとつ目。一月の末頃に妻の真弓《まゆみ》が病に倒れた。

彼女が患ったのは、完治が極めて困難とされる、今後がひどく懸念される病気だった。

青白い顔で臥《ふ》せり始めてまもなくした頃、真弓はまともな意思表示すらできない状態で、実家の親元へと引き取られていった。

以来、私たちは互いの意思で、まともに連絡を取り合うこともできなくなってしまい、すでに半年以上も音信が途絶えている。

意識状態を始め、彼女の経過があまり思わしくないというのも理由のひとつだったが、原因の本質は私と義理の両親との関係が、以前から甚だ芳しくないという一点に尽きた。

ふたりは真弓が病に臥せった原因が、私の仕事にあると見做《みな》していたのである。

折に触れては真弓は今頃どうしているだろうと、ひたすら煩悶《はんもん》する日々が続いていた。

続いてふたつ目。

真弓が倒れて二週間ほど経った二月の上旬、私も数年前から続いていた背中の痛みに堪えかね、病院へ担ぎこまれることになった。検査の結果、膵臓《すいぞう》癌と宣告されたのだが、のちの精密検査で覆り、改めてグルーヴ膵炎《すいえん》という診断が下される。

主に膵頭《すいとう》部と十二指腸、総胆管に囲まれたグルーヴと呼ばれる領域に嚢胞《のうほう》を形成する特殊な慢性膵炎の一種で、嚢胞が肥大したり、水風船よろしく腹の中で弾《はじ》けたりすると、背中と左脇腹に凄《すさ》まじい激痛を引き起こす。数年前から続く痛みの原因はこれだった。

今のところ、有効な治療法も確立されていないため、病院側の対応も鎮痛剤の処方と、実験的に慢性膵炎などに用いる薬を代わる代わる試すぐらいしかできることはなかった。あとは定期的な血液検査とCT検査で、経過を慎重に見守るくらいのものである。

余命宣告をされたわけでもなく、膵臓癌に比べれば結果は良好だったと言えるのだが、いずれにしても質《たち》の悪い病気を患ったということに変わりはなかった。

病名が判明して以来、痛みが生じる頻度も増してきて、その都度病院の世話になった。入退院も頻繁に繰り返すようになってしまい、先月の末も仕事の無理が祟《たた》って緊急入院。およそ二週間の療養期間を経て、ようやく先週退院してきたばかりだった。

妻と自分の病気の件。これらの問題だけでもすでに気持ちは風前の灯火《ともしび》だというのに、退院してから気がつけば、今度はいつのまにか、これである。

ある意味、自身の存在証明とも言うべき特異な感覚が使い物にならなくなったときた。

つくづく不運と苦難の連続だった。せめてひとつだけでも解決できればと願うのだが、いずれの問題も即時の解決は難しそうだと判じざるを得ない。

不運と苦難の三乗。状況を冷静に鑑《かんが》みれば、いよいよお先真っ暗というやつだった。

どうしたものかと惑いつつ、木枯らしの強まり始めた墓地の中をとぼとぼと歩く。

さらにはこれらの諸問題に付随してもうひとつ、少々気になることもあった。

ここしばらく、自分でも驚くほどに気持ちの浮き沈みが激しい。

以前はあまり気にも留めていなかったのだが、おそらく三月ぐらいにはなると思う。

特に深い意味もないというのに目につくものや触れるもの、何もかもがふいに楽しく感じられ、前後の見境もなしに浮かれはしゃぐ。そうした時もある一方、気持ちが突然、暗く沈んでしまい、何もかもが面倒くさくなって手に付かなくなってしまう。

然《さ》様《よう》な心の動きがここ三月ほどの間、不定期に振り子のごとく繰り返されていた。いわゆる躁鬱《そううつ》に近い状態なのだと思う。

ただ、生活に支障が出るほどの症状でもなかったので、医者には診てもらっていない。

とはいえ、こうした自制の利かない気分の揺らぎは鬱陶《うっとう》しかったし、浮いても沈んでもあとからひどい自己嫌悪に駆られるなどして、苛々《いらいら》させられることは多かった。

前にも触れたとおり、今年はそれまで多少なりとも平穏だった暮らしが悪いほうへと一変し、先行きの見えない日々が続いている。

こんな状況にあるからこそ、せめて気持ちだけは前へと向けてがんばっていこう――。

そんなふうに誓って気持ちを強く生きてきたつもりだったのだけれど、過度な重圧に抗《あらが》い続ける心の負荷が、おそらくはこんな形で気分のほうに現れ始めているのだろう。

医者に診られずとも、これぐらいの分析なら自分でも容易に展開することができた。

そのうえで、再びどうしたものかと考える。

己が有する「特異な感覚」が機能しないのであれば、すでに二十年近くも続けている拝み屋という仕事も、そろそろ潮時なのではないかと思わざるを得なかった。

拝み屋というのは別段、特殊な力がなくとも、やりよう次第でこなせる仕事ではある。けれども開業以来、ずっと「視える」「聞こえる」「感じる」を頼りに仕事を続けてきた身としては、今さら向き合い方の根本を変えることに躊躇《ためら》いも感じてしまう。

たとえ仕事の方針を変える必要があっても、このまま拝み屋の仕事を続けていくのか、それとも潔く身を引いて別の生き方を模索すべきなのか。やめたくないという気持ちは強いのだが、事実としてはおそらく大きな岐路に立たされている。いずれ遠からぬ先に答えをだすべき時が来るだろうと感じてはいた。

だが、潰《つい》えるほどに薄れてしまった感覚は、まだ回復しないと決まったわけではない。決断はもう少し様子を見たうえで下すべきだと思いを見送る。

沈んだ気分に陥りつつも、どうにか一縷《いちる》の希望に縋《すが》り、墓地に隣接する駐車場へ戻る。

車へ乗りこみ、エンジンを掛けようとしていたところへ、携帯電話の着信音が鳴った。ディスプレイ画面に表示された名前にいささかの驚きを覚え、すぐさま通話に応じる。

「ご無沙汰《ぶさた》しております。お元気でしたか？　今、お時間少しよろしいでしょうか？」

受話口から聞こえてきた淀《よど》みのない声風《こわぶり》に「ええ」と返す。

電話の相手は浮舟桔梗《うきふねききょう》という、県北の田舎町で拝み屋を営む女性だった。

歳は三十代の半ば頃。二〇一六年の冬場、恐ろしく込み入った仕事に私が携わった際、ひょんなことから彼女と縁が結ばれ、一緒に同じ仕事をしたことがある。

祖母の代から数えて、彼女は三代目の浮舟桔梗となる。先代は、鬼籍に入った母親が務めていた。彼女の家はいわゆる霊感質の家系である。

時代における価値観の変化や多様化に伴い、昔カタギの拝み屋が減少の一途をたどる昨今において、彼女は初代から伝わる堅実な作法で仕事に取り組む拝み屋だった。

最後に電話で言葉を交わしたのは、二年前の三月だった。あの時はいい報告だったが、今度はどんな用件だろう。懐かしさに混じって幽かな不安も抱いてしまう。

「郷内さんって拝み屋の仕事をされながら、怪談話も集めていらっしゃいますよね？」

「ええ、仕事で自然に集まってくるのが大半ですが、たまには取材もして集めます」

「そうなんですか！　お仕事以外でも、別途に集めていらっしゃるお話があるんですね。でしたら、ＵＦＯ関係の話についても色々とご存じではないでしょうか……？」

桔梗がこぼした意外なひと言に、思わず「へ？」と素《す》っ頓狂《とんきょう》な声が漏れる。

「実は少し前から手掛けているお客さんで、子供の頃にお友達をＵＦＯにさらわれたと証言している方がいらっしゃるんです」

やはり淀みのない声風だが、少しだけ含みを帯びた口調で桔梗は話を続けた。

「東京からいらっしゃっている女性の方なんですけどね。彼女、小学三年生の夏休みに一時期、宮城の田舎へ滞在していたことがあるんです。その時に仲良くなった男の子がある日、目の前でUFOにさらわれるのを見てしまったらしいんですよ」

「男の子は今も行方不明？　それともあとになって見つかったんですか？」

「まだどちらとも分かりません。彼女も当時の記憶については曖昧《あいまい》な部分が多々あって、例えば、自分が当時滞在していた田舎の場所についてもよく分からないと言うんですが、それでもUFOに関する記憶だけは、しっかり覚えているんだそうです」

「本当にUFOの仕業なんですか？　たとえば神隠しとか、そういうのじゃなくて？」

「まあ、人が何か怪しいものにさらわれて姿を消したというなら、神隠しでしょうけど、彼女が語る事案については天狗《てんぐ》や神さまの仕業じゃなくて、あくまでもUFOなんです。少なくとも、それを目にした本人がUFOだと認識してはいますからね。ということで現状、暫定的には『UFOだった』という仮定で、調査を進めているところなんです」

神に仏に霊魂、物の怪《け》。

拝み屋とは、本質的には不可解で捉《とら》えどころのない存在を律する生業《なりわい》ではあるのだが、長年こうした仕事を続けていると、極稀《まれ》にこちらの理解や想像の斜め上を行く依頼事が舞いこんでくることがある。桔梗の許《もと》に舞いこんだ案件も、そうした手触りを感じるに十分たるものだった。UFOと来たか。

「そのご婦人は浮舟さんにご相談をされることで、具体的に何を望んでいるんですか？　ＵＦＯにさらわれた男の子の捜索？　それとも安否確認？」

「両方ですかね。そのうえで、自分が当時滞在していた田舎の場所がどこだったのかも知りたいんだそうです。ちなみに『浄土村《じょうど》』と呼ばれていた場所なんですけど、県内に同じ名前の村は存在しませんし、過去の資料をあれこれ調べてみても、該当する村名を見つけることはできませんでした。郷内さんはご存じないですか？」

「いや、残念ながら、私も聞いたことがありません。他の県にあるという可能性は？」

「たとえば岩手や福島ということですよね？　いいえ。ご本人が語るには、間違いなく宮城にあった村なんだそうです。滞在中は関係者たちから何度も『宮城』という言葉が出てきたと言うんですよね。滞在中に見かけた車のナンバーも全部宮城だったそうです。だから場所は、宮城で間違いないという話なんです」

そこで桔梗は短く息を漏らし、それから気を取り直したように言葉を継いだ。

「当時の記憶の中で彼女が覚えているのは、村の名前と村内の風景、村に暮らしていた一部の人の顔と名前。それから最初に触れたＵＦＯの一件。これくらいのものなんです。もしかしたら、県内で発生したＵＦＯの話をお伺いできたら何か手掛かりになるかもと思ってご連絡を差しあげたんですけど、ご存じないでしょうか？」

「うーん……どうでしょう。申しわけないんですが、ぱっと出てくる話は少ないです」

期待のこもった声音で尋ねられたが、あいにく応《こた》えることはできなかった。

長らく続く拝み屋稼業のなかで持ちこまれた話を筆頭に、これまで多種多様な怪異にまつわる実例を数えきれないほど聞き得てきたし、関わってもきたのだが、ＵＦＯやら宇宙人やらに関係する話というのは、ほとんど拾えた例《ため》しがない。

　舞台が宮城となれば、なおのことである。

「やっぱり今後も地道に足を使って探すしかないようですね。といっても実際のところ、捜索を担当しているのはわたしじゃなくて、佐知子《さちこ》のほうなんですけど」

「すっかり負担をかけてしまっていて……」と、ため息交じりに桔梗が笑う。

　またぞろ懐かしい名前が出てきた。十朱《とあけ》佐知子。桔梗の助手を務めている女性である。歳は桔梗と同年代。彼女は去年の春から、桔梗の自宅兼仕事場に住み込みで働いていた。私が彼女と最後に会ったのは一昨年《おととし》の冬場、暮れに近い頃のことだった。

「浮舟さんは、他に手掛けている仕事のほうで忙しいということですか？」

「いえいえ、そうじゃないんです。実は先月、うっかり変な転び方をして右足首の骨を折ってしまって、今も松葉杖《まつばづえ》を突きながら療養中なんですよ。痛みもまだ残っているし、動くのもおぼつかないから迂闊《うかつ》に外へ出られないんです」

「それは災難でしたね。大事にしてください」

「ええ、実際のところ、他にも不備が出てしまって、仕事も控え気味にしているんです。完全にというわけではないんですが、骨折してから特異な勘がかなり薄まってしまって、あまり込み入った内容の仕事には対応できないんですよね」

自嘲《じちょう》気味に笑う桔梗の言葉にぴんと来て、思わず電話を片手に身を乗りだしてしまう。

「そういうのって、初めての経験ですか？」

「ええ、初めてですね。でも、わたしの母も在りし頃、同じ状態に陥ったことがあるし、その後にきちんと治る様子も見てきていますから、あまり焦るようなことはありません。おそらく一時的なものでしょう」

どうしようかと逡巡《しゅんじゅん》したのは、ほんの一瞬だった。現状を曝《さら》けだす躊躇いよりむしろ、なんでもいいから手掛かりが欲しいという思いのほうが、私の中ではるかに勝った。

「こっちは骨折じゃなくて、病気なんですけどね」

これまでの経緯を踏まえ、己の身にも同じ不調が起きていることを桔梗に打ち明ける。

「そうだったんですか……すみません。大変な時に突然申しわけありませんでした……」

それで、お加減のほうはいかがなんですか？」

「病気のほうはムラがある感じですかね。でも今気になっているのは、膵臓《すいぞう》のほうより感覚のほうです。お母さんはどれくらいの期間で元の状態に復帰できました？」

「確か、三ヶ月ぐらいでしたね。母も当時、病気に罹《かか》って臥《ふ》せりがちだったんですけど、霊感が薄れたのも病気が原因だったと聞いています。病気が治ってまもなくした頃から徐々に感覚が戻り始めたそうなので、わたしも足の具合が良くなっていくのに合わせて、元に戻っていくんだろうと思っています。母曰《いわ》く、身心に大きな負担が掛かり過ぎると、稀にこういうことが起きるそうなんです」

桔梗の回答には、興味深いものがあった。さらにくわしく話を聞いてみたいと感じる。だがその半面、いささか躊躇《ためら》いも生じてしまった。仮に私の特異な感覚を塞《ふさ》いだ原因が体調不良によるものだとして、果たして元に戻れるのかという疑念に駆られたのである。何しろ私は、有効な治療法の確立されていない厄介な病気を患っている身なのだ。

返す言葉が詰まってしまう。桔梗も言葉を継がず、電話越しに短い沈黙が流れる。

「あの」

「あの」

ほとんど同時に声が出た。短く息を切りつつ、桔梗へ「どうぞ」と水を向ける。

「すみません。ありがとうございます。あの……もしもよろしければで結構なんですが、一度彼女とお会いになって、お話を聞いていただくことはできませんか？」

「まあ……会うのも話を聞くのも、それは構いませんけど、さっきも言ったように私はUFOにまつわる話や知識にはてんで疎いほうですし、自前の特異な感覚のほうだって今はこんな状態ですから、おそらくなんの役にも立てないと思いますよ？」

「さあ、それはどうでしょう。そんな状態だからこそ、思いがけない人との出会いから意外な光明が射しこんでくる。時にはそういうことだってあるんじゃないでしょうか？というか、すみません。それは単なる口実ですね。わたしもUFOなんて専門外だから手詰まりなんです。お知恵を拝借できれば助かります。ぜひともお願いいたします」

苦笑の声を交えながらも、そこはかとなく切羽詰まった調子で桔梗が言う。

話の流れからして、もはや断れそうにない雰囲気である。潔く腹を決めることにした。ついでに交換条件も思いつく。こちらも特異な感覚の不具合と回復のプロセスに関して、さらにくわしい教示を願いたいと申し出た。

「承知しました。わたしのほうこそ、どれぐらいお役に立てるのかは分かりませんけど、それでもよろしければ、喜んでお話を伺わせていただきます」

交渉成立。色よい返事に期待が半分、不安が半分といったところである。

最後にもうひとつ。最前から少々解せないことがあった。せっかくなので尋ねてみる。

「依頼主の証言が正しければ、田舎で起きたＵＦＯ絡みの失踪《しっそう》事件。コンディションがよろしくない時に、なんだってそんなややこしい仕事を引き受けてしまったんです？」

「普段から、自分にはできそうにないと判断した仕事はお断りするようにしていますし、こんな状態なので本当は尚更《なおさら》なんですけどね……。断りきれない事情があったんですよ。実は彼女、宮城の田舎へ滞在していた頃にわたしの祖母と少々縁があったらしいんです。祖母とは要するに、初代浮舟桔梗のことです。彼女は〝浮舟桔梗〟の名前を頼りにして、わたしにコンタクトを取ってきたんですよ」

それで少なからず奇妙な縁を感じてしまい、依頼を引き受けることにしたのだという。根が実直で責任感の強い、いかにも彼女らしい動機だと思った。

「依頼人の名前は、有澄杏《ありずみあん》さん。年頃は多分、郷内さんと同じぐらい。職業は画家です。彼女、今は宮城に滞在中なので、面会の可否と希望日時を確認してみますね」

こちらのスケジュールを伝えると、桔梗は「一旦《いったん》失礼します」と言って通話を終えた。

数分後、折り返しの着信で「二日後の午後はいかがでしょう?」と打診を受ける。

件《くだん》の有澄杏は、ぜひとも私と会って話したいとのことだった。実りのない面談になる可能性が高いため、期待されても困るのだが、できうる限りの対応をするしかあるまい。

とはいえ話の取っ掛かりを聞く限り、今回の案件では魔祓《まばら》いや憑《つ》き物落としといった、身体に負担の掛かる仕事はせずに済みそうである。それに関してだけは幸いだった。

春先にグルーヴ膵炎と診断される三年ほど前から、身体に堪《こた》えるような激しい拝みを執り行うと背中が痛くなることがままあった。蓋《ふた》を開けてみれば背中ではなく、膵臓に痛みが生じていたわけだが、病名が明らかになってからも症状は相変わらず続いていた。

先月入院した理由も、仕事で魔祓いをやり過ぎたからである。

他には手段の考えられない切迫した事情があって、短時間のうちに何十回も繰り返し、身体にかなりの負担が掛かる魔祓いの呪文《じゅもん》を唱え続けた。

手掛けた仕事自体はどうにか解決を見たのだが、呪文を唱えるさなかに膵臓のほうは悲鳴をあげ始め、事態が解決するのと同時に限界を迎える運びとなったのである。

桔梗は特異な感覚が薄まってしまう理由を、身体や心に掛かる大きな負担と言った。

私の場合、持病の理由の他にも、過度な魔祓いをしたことも条件が一致する気がした。

仮に魔祓いが原因だったとして、問題は今後、元の状態に戻ってくれるかどうかである。

戻ってほしかったし、手掛かりが得られるなら欲しいと思う気持ちも本心だった。

だがその半面、もしも万が一、「二度と元には戻らない」という答えが出たら――。そんな思いも心の暗所に小さく湧きたち、気持ちを幽《かす》かに震わせてもいた。

桔梗のほうはおそらく一時的な症状らしいが、私の場合は果たしてどうなのだろう。

「大丈夫ですか？」

電話口から桔梗に声をかけられ、はっと我に返る。

さりげなく取り繕い、二日後の午後に桔梗の仕事場を訪ねる約束を交わした。

通話を終え、長い息を漏らすと、ひとまず気分は落ち着きを取り戻し始める。

仮にどんな答えが出ようとも、あるいは出ずとも、まずは桔梗と顔を合わせたうえで話を聞いてみないことには始まらない。今は何をどう思おうが、徒労というものである。

それにしてもＵＦＯか。けったいな案件に引き合わされることになった。

およそ解決に向かえるような話とは思えなかったが、それでも乗りかかった船である。できうる限りの対応だけはしてこようと心に定め、淡い希望と不安が綯《な》い交ぜになった気分を抱えつつ、墓地の駐車場から車をだした。

果たして鬼が出るか、蛇《じゃ》が出るか。

車を走らせていくにしたがい、希望と不安が渦巻く胸中は不安のほうがわずかに勝り、どういうわけだか、私の心をざわめかせた。

再会と幕開け

そして迎えた二日後の昼過ぎ。

事前に約束していたとおり、私は車で桔梗の許《もと》へと向かった。

地理的には県北部に位置する栗原《くりはら》市の片隅に、彼女は佐知子とふたりで暮らしている。

我が家からの所要時間は、およそ一時間といったところである。

道行く視界の要所に広範な田畑とまばらに人家が立ち並ぶ、のどかで静かな田園地帯。

宮城の田舎ではどこでも見かけるような鄙《ひな》びた風景の只中《ただなか》に、桔梗の住まいはある。

竹垣に挟まれた門口を抜け、古びた木造二階建て家屋が立つ敷地の中へ車を停めると、
こちらが運転席のドアを開ける前に玄関戸が開いた。

中から出てきたのは佐知子である。以前は長めだった髪がショートボブになっている。

笑顔は潑剌《はつらつ》として明るく、素朴で飾り気のない物腰が親しみやすさを感じさせる。

「ご無沙汰《ぶさた》しています。お身体の具合はいかがですか？」

柔和な笑みに渇いた色も含ませ、車から降りた私の顔を覗《のぞ》くようにして佐知子が言う。

「まあまあですよ。浮舟さんのほうこそ、大変なことになっているみたいですね」

「ええ。転んだ時はびっくりしました。でも、今はおおよそ安定している感じです」

今度は渋い笑みを浮かべてみせる佐知子に「どうぞ」と促され、玄関口をくぐった。

廊下を伝い、家の東側に面した仕事部屋へ入ると、祭壇の前に据えられた座卓の縁に白い着物姿の桔梗と眼鏡を掛けた女性が、面を向け合って座っている。

それに加えて桔梗の傍らには、銀色に染めた髪の毛を丸く結わえた女性も座っていた。こちらは白いパンツスーツ姿。微妙に顔を伏せているので、面貌《めんぼう》はよく分からない。

「こんにちは。ご体調が優れないところ、今日は御足労をいただき、感謝いたします」

座卓の縁から軽く腰を浮かせ、桔梗が丁重なそぶりで会釈した。斜め座りをしている右足首はギプスで白く固められ、傍らには真新しい松葉杖《まつばづえ》が寝そべっている。

見るからに痛々しい姿だったが、そんな彼女の口から出た「御足労」というひと言が妙におかしく感じられ、愛想笑いを返した顔面に奇妙な薄笑いも混じってしまう。

桔梗に挨拶《あいさつ》を返すと、続いて彼女の隣に座る銀髪の女性がぱっと顔をあげて微笑んだ。

「ご無沙汰です。瑠衣《るい》ちゃんから聞きました。体調、大変なことになってたんだったら、ちゃんと言ってくれればよかったのに。夏には大変お世話になりました！」

声色に少々非難めいた色を滲《にじ》ませながらも、快活な調子で彼女は一気に捲《まく》し立てた。

「瑠衣」というのは桔梗の本名である。

私の知る限り、彼女のことを「瑠衣ちゃん」と呼ぶ人物は、ひとりしかいない。

つい先ほどまではこの銀髪の女性が何者であるのか、皆目見当もつかなかったのだが、「瑠衣ちゃん」のひと言と真正面から見た顔でようやく素性が分かり、「ああ」と唸《うな》る。

城戸《きど》小夜歌《さやか》。仙台《せんだい》で占い師を営む女性である。

歳は桔梗と同年代。桔梗の母親である、二代目桔梗の形式的な弟子だった人物である。明確な師弟関係にはなかったが、在りし頃の二代目には何かと世話になっていたらしい。娘の三代目桔梗とも旧知の間柄で、私も小夜歌とはそれなりに浅からぬ縁があった。

小夜歌と最後に顔を合わせたのは、今年の八月。

この日の桔梗と同じく、小夜歌に拝み屋として仕事を依頼された時だった。

何かと厄介な案件だったが、最後はどうにか事無きを得ている。病気の件については特に話す必要もなかろうと感じたので、小夜歌には一切打ち明けていなかった。

顔色をうかがえば、桔梗たちから私の病状を聞かされ、ひどく驚いている様子である。無理からぬ話だとは思うのだが、私のほうも小夜歌には別の件で驚かされていた。

夏場に仕事で顔を合わせた折、彼女の長い髪の毛は、超《スーパー》サイヤ人ゴッドを彷彿《ほうふつ》させる真っ赤な色に染めあげられていた。そのどぎつい赤毛が、わずか三月余りでどうだろう。今は赤の名残すらなく、煌《きら》びやかな銀一色に染まっている。真っ白いスーツと相俟《あいま》って、まるでアパレルショップに就職が決まった雪女のごとき風体に様変わりしていた。

小夜歌とは合間に長短のブランクを挟みつつも、かれこれ二十年近い付き合いになる。初対面の時は眩《まばゆ》いばかりの金髪だったし、その後は薄めの赤、次にはとびきり濃い赤と、会うたびに髪の色が変わっていた。その都度、受ける印象も微妙に変わってしまうため、私の中ではいまいち摑《つか》みどころのない人物という印象が否めなかった。

「嫌だなあ、人のプライバシーをぺらぺらと」

顔をしかめて桔梗に笑いかけると、向こうは渋面を拵《こしら》え「すみません」と返してきた。

「軽い冗談です。別に問題ありません。私のほうこそご無沙汰してましたね、城戸さん。夏場のそっくりさん事件以来か。おたくも今回の件に仲間入り？」

「いえ、単なる偶然。昨日、たまたま仕事でこの辺に用があって、帰りが遅くなるから一晩泊めてもらったんです。その流れからの延長ってところかな。あたしもUFOとか宇宙人なんてジャンルは専門外だから、全然力になれませんでしたけどね。郷内さんが来るって聞いたんで、帰る前に挨拶しようと思って、待ってたって感じです」

言いながら小夜歌が手をひらつかせ、座卓の一角へ私を促す。

礼を述べつつ、腰をおろして再び彼女の姿を見ると、今度は銀と白の二色で染まった形恰好《なりかっこう》がなんとなく宇宙人っぽく思えてしまい、とっさに笑いを噛《か》み殺す羽目になった。どうやら今日の私は、躁《そう》の気のほうが若干強めに働いているらしい。

「どうぞ。深蒸し煎茶《せんちゃ》です。小夜歌さんからいただいたんですよ」

座卓に着くと、佐知子が湯呑《ゆのみ》に注いだ煎茶を差しだしてくれた。

「どうも」と言ったところへ微笑を浮かべた桔梗が、緩やかな声で「さて」と切りだす。

「まずは紹介させていただきますね。こちらが先日お話しした、有澄杏さんです」

「初めまして。有澄です。今日はお忙しいところ、恐れ入ります」

桔梗の紹介に応じ、彼女の対面に座る女性が丁寧なそぶりで頭をさげた。

生業《なりわい》は画家とのことだったが、確かにそんな雰囲気を持つ女性である。

栗色に染めた長い髪の毛は、うしろでひとつに束ねられ、目には品の良い作りをした銀縁眼鏡を掛けている。物静かで知的な印象を感じさせる人だった。

「いえいえ、ご丁寧に痛み入ります。今日はどれだけお役に立てるか分かりませんけど、できうる限りの対応はさせていただくつもりです」

互いに挨拶が済むと、桔梗が杏に向かって小さくこくりとうなずいてみせた。

「さて。何度も繰り返させて申しわけないんですけど、改めてもう一度、当時のお話を郷内さんに聞かせていただけますか？」

「ええ、もちろんです。少し長い話になってしまいますが、よろしいでしょうか？」

今度は杏が控えめな面持ちで私のほうを見つめながら、小さく首を傾げてみせる。

「仕事柄、長い話を聞くのもするのも慣れてます。どうぞ、気楽に始めてください」

答えると、杏は「じゃあ」と短く声を漏らしたのち、やおら言葉を紡ぎ始めた。

謎の僻地《へきち》へ

「そもそもの発端は、父の入院だったんです」

時は一九八八年。今を遡《さかのぼ》ること、ちょうど三十年前。

杏が小学三年生の頃だという。

夏休みに入ってまもない、七月下旬のある日、杏の父・直介《なおすけ》が入院する運びとなった。

少し前に発覚した大腸癌の手術をするためである。術後の経過を見る期間も合わせて、入院期間はおよそ一ヶ月とのことだった。

当時、杏は父とふたりで、都心に近い都内西部の街場に暮らしていた。

母の景織子《きよおこ》は、杏が六歳の頃に病気でこの世を去っている。

建築業を営んでいた父は、故あって実の両親を含む親類縁者と長らく絶縁状態にあり、杏は父方の祖父母を始め、親類の誰とも面識がなかった。母方の祖父母や親類たちとも母の死後に疎遠となってしまい、交流はすでに三年近く途絶えていた。

入院に際して問題になったのは、杏の生活である。

近くに面倒を見てくれる者はなく、九歳という幼さでは独りで暮らすこともできない。

そこで父が提案したのが、宮城に暮らす古い知人に杏を預けるということだった。

時浦笛子《ときうらふえこ》という女性で、歳は三十代半ば。当時の父とほぼ同年代の人である。父の語るところでは、仕事関係で昔、世話になった人とのことだったが、それ以上にくわしい素性は聞かされなかった。

杏にとっては面識のない人物だったし、住まいも都内からあまりに離れ過ぎている。当然ながら気は進まなかった。だがそれ以前に現実問題として、父が退院するまでの間、他に身を寄せる場所もなかった。ぐずりながらも父の言葉に従うことにした。

笛子は、石巻《いしのまき》市内にあるアパートに独りで暮らしているのだという。夏休みに入って数日が過ぎた午前中、杏は入院を翌日に控えた父に東京駅まで見送られ、仙台へ向かう新幹線に乗った。

荷物は大きめのリュックサックとボストンバッグに、着替えや洗面用具などを一揃え。愛用の手提げバッグにはスケッチブックと色鉛筆、水性ペン、絵の具などの画材を一式。それから小さな片腕には、ぬいぐるみのケロを抱えての出発だった。

物心のついた頃から絵を描くのは大好きで、紙と筆のない生活など考えられなかった。宮城で過ごすひと月も、変わらず描き続けるつもりだった。

ケロは黄緑色の蛙である。猫くらいの大きさで、ガラス製の丸くて黄色い目玉を持ち、半開きになった大きな口からは、真っ赤な舌をぺろりと斜めに垂らしている。

胴はずんぐりしているのだけれど、手足はすらりと細長く、抱っこしていると腕からはみ出たそれらがぶらぶらと、腕の中で散歩をしているかのように揺れ動く。

ケロは四歳の誕生日の時、在りし日の母からプレゼントしてもらったぬいぐるみで、杏がいちばん大事にしている宝物だったし、誰よりも仲のよい親友でもあった。

ケロのいない夏休みも、杏にとっては考えられないことだった。

不安な気分に戸惑いながら、目まぐるしく景色の変わる車窓を眺めること二時間近く。仙台駅のホームへ降り立つと、乗降口の近くにいた女性が杏の前へとやって来た。

「杏ちゃんかな？」と尋ねられ、すかさず「はい」と答える。

彼女のほうは軽く咳払《せきばら》いをしてから「初めまして。時浦笛子です」と答えて微笑んだ。肩口の辺りで緩やかにウェーブした黒髪と、薄い水色のワンピースがよく似合う人で、声音や物腰からは、保育士を思わせる優しげな雰囲気が漂っていた。

笛子に「行こう」と促され、ホームの階段を降りる。

出発前に父から石巻という街について漠然と聞かされてはいたが、宮城という土地に来ること自体初めてだったし、仙台から見てどこにある街なのかもよく分からなかった。海辺の街だということは知っていたので、海の絵を描けることだけは楽しみにしていた。

笛子と並んで歩き、右も左もおぼつかない構内をきょろきょろしながら向かった先は、改札口ではなく在来線のホームである。

今度は列車に乗り換え、およそ一時間を掛けて石巻駅を目指すのだという。

列車に揺られて移動するさなか、ホームの売店で買ってもらったお菓子を食べながら、笛子に「海の絵を描きたいです」と言ってみた。

彼女は「絵が好きなんだね」とうなずいてくれたが、続く言葉は予期せぬものだった。

「でもね、これから暮らすことになるのは、海が見えないとこなのよ」

朗らかな面に少しだけバツの悪そうな色を浮かべて、笛子は答えた。

笛子の正式な住居は石巻市にあるのだが、今は事情があって石巻から少し離れた別の土地に暮らしているのだという。海はなく、山や森の緑が多い場所とのことだった。

「ごめんね。先に話しておければよかったんだけど」

両手を合わせて謝られたが、非難する気はなかった。杏にとっては海辺の街だろうと、山や森が多い場所だろうと、見知らぬ土地でしばらく暮らすという事実に変わりはない。この先、何かと面倒を見てもらうことになるのだし、不平不満を言える立場ではないと、子供ながらに感じたのだ。

笛子の説明どおり、仙台駅からおよそ一時間で石巻駅へ到着する。

人気《ひとけ》の少ない、簡素で鄙《ひな》びた風情の駅舎を出ると、駅前のロータリーに停まっていたワゴン車の後部ドアが開き、中から女性がひとり降りてきた。

歳は二十代の中頃だろうか。短めに切った髪の毛を頭の両脇で三つ編みにして結わえ、目には黒いフレームの丸眼鏡を掛けている。服装は白いTシャツに青いオーバーオール。なんとなく『Dr.スランプ』に出てくるアラレちゃんみたいな感じだと杏は思った。

眼鏡の女性は笛子に「電車の往復、お疲れ様です」と声をかけ、続いて杏に向かって「こんにちは」と笑いかけた。続いて「小春《こはる》です」と自己紹介を受ける。

彼女も笛子が現在暮らす「緑の多い土地」の近所に暮らしている知人とのことだった。挨拶《あいさつ》を済ませ、笛子とふたりでワゴンに乗りこむ。

ハンドルを握っていたのは、四十代ぐらいに見える女性だった。肩幅が広く、筋肉質で、肌は浅黒く日焼けしている。笛子と杏が乗車してまもなく、彼女はワゴンを発進させた。

「のど渇いてない？」

ワゴンがロータリーから滑りだすと、小春がビニール袋から缶ジュースを取りだして、杏に手渡した。杏が大好きなフルーツジュースで、缶はきんきんに冷えていた。

笛子にはお菓子を買ってもらったが、ジュースは買ってもらえなかった。

正直、喉《のど》は渇いていたのだが、初対面の人におねだりするのは気が引けてしまったし、笛子も尋ねてくれなかったので、密《ひそ》かに我慢していたのである。

プルタブを切って大きく流しこむと、渇いた喉がたちまち潤って歓喜の吐息が漏れた。甘い味を楽しみつつ、ごくごくと喉を鳴らして一気に半分近くを飲む。

小春はこれから向かう場所のことを「とってもいいところよ」と言った。

続いて笛子は「それにとっても楽しいところだから」と付け加えた。

ハンドルを握る女性も「そうね」と言って、ミラー越しに杏を見つめて微笑みかける。だから杏も「うん」と答えて笑ってみせた。

その後も会話に興じていたのだけれど、長旅と緊張で身体が疲れていたせいだろうか。ふとした拍子に意識がぼやけ、そのまま眠りに落ちてしまった。

目覚めると杏は、夏布団の敷かれた寝床に横たわり、見知らぬ天井を見あげていた。

寝ぼけ眼を擦《こす》りながら上体を起こし、周囲を見やる。杏は八畳敷きの和室にいた。

床には色褪《いろあ》せた畳が並んでいる。部屋の四方には古びた戸襖《とぶすま》に砂壁、半開きになった窓が見える。家具は何もない。部屋の中は薄暗かった。外では蜩《ひぐらし》が鳴いている。

部屋の隅には、杏の荷物がひとまとめになって置かれていた。荷物のそばではケロがごろんと仰《あおむ》向けになり、最前の杏と同じく、ガラスの目玉で天井を見あげている。

立ちあがってケロを抱きあげ、抱きしめた。窓辺へ向かい、外の様子を覗《のぞ》き見る。

天日に焼かれて白茶けた板塀の向こうに、丈高い樹々がおびただしく生い茂っている。視界は一面、翡翠《ひすい》のような濃い緑である。板塀と樹々の他に見えるものはなかった。

外はすでに陽が陰り始め、見あげた空は藍色《あいいろ》の闇に染まりつつある。腕時計を見ると、針は六時半過ぎを差していた。ずいぶん眠っていたものだと思う。

おそらくここが、笛子の今の住まいなのだろう。彼女はどこにいるのだろうか。

襖を開けると、細い廊下が延びていた。視線の先には玄関戸が見える。

ケロを抱いたまま廊下を伝い、手始めに玄関口の横手にあるガラス戸を開けてみた。中は居間のようだった。部屋のまんなかに小さな卓袱台《ちゃぶだい》が置かれ、壁際には茶簞笥《ちゃだんす》やテレビなどが置いてある。笛子の姿はなかった。

廊下に立って「笛子さん！」と名を呼んでみる。だが、返事は聞こえてこなかった。

名前を呼びながら台所や風呂場《ふろば》などにも行ってみたが、声も姿も認められない。

ますます不安な気分になってくる。再び玄関口へ戻ると、三和土《たたき》に自分の靴が揃えて並べてあるのが目に入った。笛子の靴はない。居ても立っても居られず、外へ出る。

戸口を抜けた目の前には、竹垣に挟まれた門口があった。

門口の向こうには、幅の狭い砂利道が延びている。道の向こうには、深々と生い茂る樹々と草むらが広がっている。やはり緑がひどく多い。

家の前庭は、猫の額ほどの広さだった。玄関先の右手には古びた物干し台が備えられ、左手側には千日紅《せんにちこう》や日日草《にちにちそう》が植えられた花壇がある。

どちら側にも笛子の姿はなかった。仕方なく、今度は門口を抜けだしてみる。

戸外の方々から聞こえてくる蜩の声は涼やかだったが、同時に寂しげな印象も抱かせ、胸から沁《し》みだす不安に拍車を掛けた。

門口から出た左手は、緩やかな上り坂になっていた。道は十メートルほど前方で右に曲がり、そこから先は樹々に遮られて視認できない。一方、右手は下り坂になっていて、少し離れた道の先には民家の物とおぼしき垣根が、樹々の間に立っているのが見える。

人の姿は見当たらない。車が道を走ってくる音や気配も感じられなかった。

焦らなくても家の中で大人しく待っていれば、そのうち笛子は帰ってくるはずである。だからこのまま踵《きびす》を返して家に戻るのが、いちばん確実かつ安全な選択だった。

頭では分かっている。だが心情のほうは、先ほど玄関戸を開けた時と変わっていない。

「見知らぬ土地に独り」という境遇が不安で堪《たま》らず、居ても立っても居られないのだ。

両腕に抱いたケロをぎゅっときつく抱きしめ、下り坂に向かって歩き始める。

笛子は近所に用があって出掛けたのかもしれない。向かった先は、坂に沿って見える垣根の中の家かもしれないし、店は坂を下った先にあるのかもしれない。

あるいは坂道を下る途中で、家に戻って来る笛子とばったり出くわすかもしれない。

そんな思案を抱きながら、おぼつかない足取りで坂道を進んだ。

だが、道沿いに立てられた垣根やブロック塀の門口へ視線を注がせても、笛子の姿は皆目見当たらない。家の中は薄暗く、人の声や気配も感じられなかった。

代わりに聞こえてくるのは、数多《あまた》の風鈴の音を思わせる、蜩たちの鋭く騒がしい鳴き声だけである。下り坂の先を見ても、道がどこまで続いているのか分からなかった。

心なし、周囲は先ほどよりも暗くなってきているように感じられる。

このまま先へ進んでいっていいのだろうか？　俄《にわ》かに迷いが生じ、足取りが重くなる。

「おい、そっちじゃねえよ。逆だって」

背後から突然聞こえた声にぎくりとなって、思わず「ひゃっ！」と悲鳴があがった。

振り返ると杏のすぐうしろに男の子が立って、こちらを怪訝《けげん》そうな顔で見つめている。

年頃は杏と同じくらい。白いTシャツにGパン姿で、手にはラムネの瓶を持っている。

「お前、そんなの抱いてて暑くねえのかよ？」

ケロを見ながら、男の子が言った。

大気は湿り気を帯びてそれなりに蒸し暑かったが、都内の気候に比べればマシである。それにケロの生地はすべすべしているので、抱いていて暑苦しいと思うこともなかった。

「暑くない」と答えると、男の子はわざとらしく首を傾げて「ふうん」と返してきた。

「坂の上に集会所がある。今夜はそこで晩飯食うから呼んで来いって言われた」

ぶっきらぼうに語りながら、背後に延びる上り坂を指差す。

礼を言うと、彼はやはりぶっきらぼうな調子で踵を返し、元来た坂道を上り始めた。

足取りが若干速い。戸惑いながらも背中を追いかけ、隣に並んで歩く。

「あの……わたし、杏。有澄杏。東京から来た」

自己紹介をすると、彼は少し間を置き「知ってる。さっき集会所で聞いた」と答えた。

「俺、倫平《りんぺい》。小学校にあがった時からここで暮らしてる」

「そうなんだ。何年生？」

「三年」

「じゃあ、わたしとおんなじだ」

杏が応じると、倫平は少し不機嫌そうな色を浮かべ、「何月生まれ？」と尋ねてきた。

「十一月」と答えるなり、今度は頬を少し綻《ほころ》ばせ、倫平は「俺、六月」と言った。

「俺のほうが年上だ」

言い終えると、倫平は足取りを少し遅くした。杏の歩調に合わせてくれたのだと思う。

よく分からない子だなと訝《いぶか》りながらも、なぜだかちょっと微笑ましくも感じられた。

並んで歩いていると先刻までの不安な気分が少しずつ、潮が引くように鎮まっていく。頭上で鳴き交う蟬たちの声に耳を傾け、楽しむ余裕もでてきた。

坂道をゆっくりと引き返し、笛子の家の門前からさらに上へと進んでいく。道は先へ進んでいくにしたがい、蟬の声に交じって別の声も聞こえてくるようになってきた。

女性たちの笑い声。くすくす笑いを交えつつ、明るく弾んだ声で言葉を交わしている。声は杏が歩を進めるほどに大きく、なおかつ鮮明になっていく。

鬱蒼《うっそう》たる樹々に遮られた上り坂の角を右に曲がると、道は二手に分かれていた。

左は黒々と湿った細い土道になっていて、その先には深く生い茂る森が広がっている。樹々の一部は歪《いびつ》なアーチ形に口を開け、木立ちの間にトンネル状の暗い穴ができていた。道はトンネルの中へと向かって延びている。

右のほうは、砂利道のどん詰まりに大きな屋敷が立っているのが見えた。

家の門口は色褪《いろあ》せた竹垣に挟まれている。その横幅は、笛子の家の倍以上に広かった。竹垣の中には、灰色の瓦《かわら》が屋根に葺《ふ》かれた木造平屋の日本家屋が悠然と構えている。

「ここが集会所。庭でバーベキューやるんだって。花火もあった」

屋敷を指差しながら、倫平が言った。頰は上気して、若干赤らんでいるように見えた。きっと彼は、これから始まる余興を楽しみにしているのだろう。

「うん」と応《こた》え、少しだけ速くなった倫平の足についていく。

上りきって門口を抜けると、広い前庭に女性たちの姿が見えた。

十五名ほどいる。いずれも物干し竿《ざお》に吊《つ》るされたガスランタンのそばに固まっている。その中に笛子と小春の姿もあった。笛子もすぐに気がつき、微笑みながら片手をあげた。

「杏ちゃん！」と呼びつつ、小走りで駆け寄ってくる。これで本当にほっとした。

「ごめんね。ぐっすり寝てたから、こっちの手伝いに来てたの。しっかり休めた？」

身体は少し気だるく、頭も若干ぼーっとしていたが、「うん、大丈夫です」と応える。

笛子は「そう」と笑い、続いて「バーベキューの準備、手伝ってみる？」と訊《き》いてきた。

これにも「うん」と答える。笛子は「じゃあ、お願い」と言って、杏を促した。

ガスランタンが灯《とも》す薄明かりのすぐそばには、折り畳み式のテーブルセットが数基と、大きなバーベキューコンロが設けられていた。

鉄網の下では橙色《だいだいいろ》に煌《きら》めく炭火が、ぱちぱちと騒ぎながら火の粉を揺らしている。

コンロの傍らでは、琥珀色《こはくいろ》に染まって揺らめく焚《た》き火も燃え盛っていた。火の上には大きな鍋《なべ》が掛けられ、美味《おい》しそうな香りを醸す白い湯気を立ち昇らせている。

「と言っても、ほとんど準備はできてるの。あとは食器を並べるくらいかな？」

笛子の言うとおり、テーブルには綺麗《きれい》に盛りつけられた生肉と野菜の大皿、調味料の瓶などがずらりと揃い、いつでも食事を始められそうな雰囲気だった。

周囲に顔を揃える女性たちの年頃は、笛子と同じくらいの人が多いように感じられる。他には笛子とだいぶ歳の離れた四、五十代ぐらいの女性の姿もちらほらと見受けられた。昼間、駅までワゴンを運転してきたいかつい女性も、その輪の中にいた。

笛子に手渡された割り箸《ばし》と紙皿をテーブルの上に並べつつ、彼女たちと代わる代わる挨拶《あいさつ》を交わしていった。いずれも親しみやすい人たちばかりで安堵《あんど》する。

焚き火の上に掛けられていた鍋の中身は、キャベツがメインのコンソメスープだった。調理を担当していた女性に声をかけられ、紙丼によそったスープも配っていく。

他の女性たちと協力しながら始めた配膳《はいぜん》は、数分足らずで完了した。笛子に勧められ、彼女の隣の席に着く。

「さて……雰囲気でもう分かっているかもしれないけど、今夜は杏ちゃんの歓迎会です。何しろすごい田舎だし、最初は戸惑うこともあるかと思う。でも、ここに暮らしている村のみんなは、本当にいい人たちばかりだから安心して。ようこそ、浄土村へ！」

笛子が語り終えると、テーブルを囲む女性たちが盛大に拍手し始めた。

杏は少し緊張しながら「よろしくお願いします」と会釈した。

杏がバーベキューを楽しんだのは、この時が初めてのことだった。学校の給食以外で大勢の人たちと食事の席を囲むのも初めてのことである。炭火で焼いた肉類も玉蜀黍《とうもろこし》も美味しかったし、新鮮なキャベツがたっぷり入ったコンソメスープも格別だった。

笛子の助けもあって、女性たちとはすぐに打ち解けることができた。

いずれの女性たちも、坂道に沿って並ぶ家々に住んでいるのだという。

「浄土村」と呼ばれるこの土地に、果たして何世帯の家があり、何人ぐらいの人たちが暮らしているのか。くわしい数は聞かされなかったが、大したものではないという。

加えて現在、村に暮らす男は倫平ひとりであることも知った。

何やら込み入った事情があるらしく、原則として男はこの村に暮らすことができない。倫平は例外とのことだった。それ以上の説明はされなかった。

変な話に思えたが、都会とは色々勝手が違うのだろう。そうした習わしめいたものがあるのだと割り切り、あまり深く考えないことにする。

浄土村唯一の男だという倫平は、杏から離れた席に座り、黙々と肉を口に運んでいた。杏のほうから聞くともなしに、集会所に関する説明も受けた。

周囲を竹垣に囲まれたこの屋敷は、村で何かあるたびに住人たちが集まる場所なので、「集会所」と呼び習わしているが、実際は個人の邸宅なのだという。

杏たちが座る隣のテーブル、その上座に座っているのが、屋敷の主《あるじ》とのことだった。歳は五十代半ば頃だろうか。大柄で色白い肌をした、恰幅《かっぷく》のよい女性である。

杏はなんとなく、大福みたいな人だなと思った。

名前は小久江《おくえ》という。小久江のそばに座る村の女性たちは、いずれも彼女の取り皿に焼きあがった肉をのせたり、機嫌をうかがうような調子で頻《しき》りに声をかけたりしている。

歳は女性たちの中で最年長に見えたのだけれど、周囲の女性が恭しく接しているのは、単に彼女が年長だからという理由だけではないように思えた。

顎《あご》を引いてどっしりと椅子に腰をおろした姿勢や、頬筋に浮かぶ鷹揚《おうよう》な笑みなどから推し量るに、この村の住人たちの中でも一際、位の高い人物なのだろうと杏は察する。

小久江が陣取るすぐ近くには、彼女と同年代の女性も座っていた。こちらは小久江と対照的にほっそりとした身体つきで、なんとなく気弱そうな雰囲気を醸している。彼女の名は諏訪子《すわこ》。笛子の話では、小久江と共にこの屋敷で暮らしているのだという。ふたりの関係までは明かされなかった。挨拶をすると、どちらも快く応じてくれた。

食事が済んだ頃、外はすっかり暗くなっていた。今度は花火をすることになる。

笛子と小春が持ってきた花火は、大きな段ボール箱の中にぎっしりと詰められていた。手持ち花火を始め、打上げ花火や独楽《こま》花火、UFO花火など、種類も充実している。

倫平は花火を見るなり目の色を輝かせ、ふたりが地面に置いた箱へ駆けだしていった。杏も胸がときめいたのだが、少し催していたので先にトイレへ行きたかった。

笛子に告げると「じゃあ、中のトイレを借りましょう」と、杏の手を引き始める。それを見た倫平はため息をこぼしつつ、「面倒くせえな。早くしろよ」と言ってきた。そばに立つ小春がすかさず「やめなさい」とたしなめる。

倫平に「うん」とだけ答え、笛子と一緒に大きな屋敷へ向かって歩いていく。

玄関の先には、広い廊下が延びていた。笛子の家の廊下に比べ、倍近い幅がある。

玄関口の両脇に面した部屋は、どちらも戸が開いて、中の様子が丸見えになっていた。右手に見えるのは居間のようである。目算で十五畳ほどもあろうかという広々とした和室の中に年季の入った大きな座卓や戸棚、窓際に備えられた地袋などが見える。

左にある部屋のほうはさらに広かった。居間とおぼしき部屋より倍以上の広さがある。

床には薄墨色のカーペットが敷かれていた。そのため、いまいち判然としなかったが、元は何間か連なっていた座敷から襖《ふすま》を外して、ひとつの部屋にしたのかもしれなかった。戸口から奥に向かって長い造りをしていたので、そんな印象を受ける。

部屋のいちばん奥に面した壁際には、銀色の布が掛けられた雛壇《ひなだん》が設《しつら》えられていた。幅は壁の半分以上を占めている。高さも大人の背丈ほどあった。

全部で五段ある棚板の各段には、花瓶に活《い》けられた夏の花や、高坏《たかつき》に盛りつけられた果物、お菓子などが供えられている。子供が遊ぶ玩具《おもちゃ》やぬいぐるみなども並んでいた。

それらを目にして、何かの祭壇であることはすぐに理解することができたのだけれど、何を祀《まつ》っている祭壇なのかまでは分からなかった。

棚板の最上段には、白金色に輝く得体の知れないオブジェが立っている。

全高は道路で見かけるカラーコーンと同じくらい。細長い金属製の棒が、おそらくは十本以上、緩やかな螺旋《らせん》状のうねりを描いて複雑に絡み合い、ひとつの形《かたど》になっている。まるで知恵の輪のお化けを立たせたような恰好《かっこう》だった。生物を模して象られた物には見えなかったし、かといって家や建物にも見えない。見当すらもつかなかった。

「珍しいでしょう？　よそで見たことなんかないはずだもんね」

杏の視線に気づいた笛子が、横から声をかけてきた。

「浄土村が信仰している神さまよ。形は少し違うけど、わたしの家でもお祀りしている。何か行事がある時は、みんなでここに集まってお祈りとかをしているの」

杏は惚《とぼ》けたそぶりで「ふうん」と答えるだけにした。

祭壇に祀られている「神さま」とやらは、理解の範囲を超えていた。

きっと詳細を尋ねても、難しい説明をされるだけだろうと思ったのだ。

それに絵は大好きだけれど、立体造形に関してはあまり興味がない。得体の知れない立体物ならなおさらである。だから余計に話を長引かせないことにした。

トイレから戻ったあとは、みんなで花火に興じた。

倫平は初めのうち、杏から少し離れた場所で楽しんでいたが、小春や周りの女性から「一緒に遊びなさいよ」と言われると、渋い顔をしながらも寄ってきた。

杏も同年代の男の子と遊んだ経験はほとんどなかったし、最初は大いに緊張しながら隣り合って一緒に花火を見つめていたのだけれど、いくらも経たないうちに慣れてきた。

目の前で火を噴く打上げ花火や独楽花火を眺めつつ、「綺麗だね」「すごいね」などと感想を伝えると、倫平もはにかんだような顔つきで「ああ」と声を弾ませた。

笛子や小春を始め、いずれの女性たちも皆、倫平のことを「倫ちゃん」と呼んでいた。だから杏もそれに倣って何気なく「倫ちゃん」と声をかけてみる。

すると倫平はたちまちむっとした顔になり、「女みたいな呼び方すんな」と毒づいた。

思いもよらない反応に杏は面食らってしまう。別に悪気があって呼んだわけではない。せっかくの楽しい時間に水を差されたような気分になって、胸が少しむかむかした。

「じゃあなんて呼べばいいの？　倫くんとか？」

今度は本当に嫌味で言ってみる。これにはもっと怒るだろうかと思って身構えながら。だが、倫平は杏の言葉を聞くと、「ああ、それならいいよ」と答えを返した。顔はもう怒っていない。気に入ったらしい。本当によく分からない子だなと思う。

小春が点火した噴出花火を眺めていると、近くに小久江と諏訪子がやって来た。諏訪子は杏の目線の位置まで膝《ひざ》を屈《かが》め、「楽しんでいる？」と尋ねてくる。

「はい」と答えると、諏訪子は「そう」と目を細めて、一緒に花火を眺め始めた。

続いて小久江が杏を見おろしながら「今度はもっと楽しいことがあるんだよ」と言う。

小久江の話では、近々村祭りが開かれるのだという。

今夜の歓迎会のように美味《おい》しい料理が用意されるし、歌や踊りもあるとのことだった。

「こっちも楽しみにしていてね」と言われる。


花火が終わり、家路に就いたのは十時近くのことだった。

後片付けはまだ残っていたが、杏は長旅の疲れがまだ残っているだろうということで笛子に連れられ、先にお暇《いとま》することになった。

屋敷の門口を抜けた坂道は、黒々と淀《よど》んだ闇に包まれていた。

夕暮れ時に歩いてきた際には気づかなかったが、道には街灯が一本も立っていない。

見あげた空には月が浮かび、無数の星が瞬いている。どちらも東京の夜空で見るのとは比べ物にならないくらい鮮やかな色に染まり、瑞々《みずみず》しい輪郭を際立たせていた。

だが、それでも目の前に延びる坂道は暗すぎる。

こちらも東京では経験したことのない、全身が緊張で強張《こわば》るような不気味さがあった。

胸元にケロをぎゅっと押し当て、抱きしめる。

一方、笛子は慣れた様子で杏の手を引き、「今夜は楽しかったね」と笑いかけてきた。

杏もなるべく明るい声で笛子の言葉に応じる。

夜道に沿って屋敷の前に連なる竹垣を端まで歩き、二手に分かれた道筋まで進んだ。

右手は樹々のトンネルが口を広げる、細い土道に続いている。

そのまま砂利道を伝って坂を下っていくさなか、背後にふと違和感を覚えた。

うまく言葉にするのは難しかったが、強いて表すならば「気配」だろうか。

背後から声や息遣いが聞こえてくるわけではない。不審な物音なども聞こえてこない。

だがそれでも何かが、自分のうしろのほうにいるという感覚を抱いてしまう。

気のせいだと訝《いぶか》るより先に、首が勝手に動いた。歩きながら首だけそっと振り返る。

視線を向けた先には、樹々のトンネルの前に立つ、小さな灰色の人影があった。

背丈は杏より少し低いが、頭は膨れた風船のように大きく、手足は骨ばって細かった。

衣服は身に着けていないようだったが、身体が体毛に覆われているわけでもない。

肌は全身、くすんだ灰色に染まり、ラバーを思わせるつるりとした質感を帯びている。

異様に大きな頭部にも毛は生えていない。目玉も顔からこぼれんばかりに大きかったが、
白目が見えず、灰色に染まった顔の中で黒い瞳《ひとみ》だけがぬらぬらと潤んでいる。

そんな生き物が土道の真上に突っ立ち、こちらをじっと見つめていた。

近くに光源もないというのに、それは夜の濃い闇の中で杏の視界にはっきりと映った。まるで生き物の身体が内側から薄く発光しているかのような印象だった。

笛子のほうへ顔を向け直す。だが驚きのあまり、かける言葉が出てこなかった。

再び土道のほうを見やる。すると生き物は、道の上からそっくり姿をくらませていた。

姿を見たのも消えたのも、どちらもほんの一瞬の出来事だった。

テレビや雑誌で目にする宇宙人みたいだったと思う。グレイと呼ばれる宇宙人である。

だが、今自分が見たものが本物のグレイだったかどうかは分からない。

もう一度、笛子に言おうとしかけたのだけれど、結局口を噤《つぐ》むことにした。

気分が少し冷静になり始めてくると、なぜだか言葉にするのがよくないような予感を覚えたし、仮に話したところで信じてもらえるかどうかも分からなかったからである。

「お父さん、早く退院できるといいね」

優しい声音で発した笛子の言葉に引かれ、杏の意識は現実に立ち返る。

父へは杏が寝ている間に、笛子が電話で連絡してくれたのだという。

杏も父の声が聞きたかった。明日《あした》の午前に入院して、明後日《あさって》には手術がおこなわれる。手術の結果もその後の経過も心配だった。

「うん」と応《こた》え、杏はケロを抱きしめ、笛子に半身を寄せながら漆黒の坂道を下った。

浄土村の杏

翌朝は七時頃に起床した。笛子は仕事に出るとのことだった。

居間で朝食を摂《と》りながら、村で過ごす細かな説明を受ける。

まずは外出について。あまり遠くには行ってほしくないとのことだった。

都会と違い、この近辺は歩いて向かえる範囲に目ぼしい店や遊興施設のたぐいはない。無闇に歩けば迷子になったり、事故に巻きこまれたりする恐れがある。

外で遊ぶなら笛子の家の近く。できれば坂道はおりないようにしてほしいと言われた。

笛子は毎日、夕方六時半頃に帰ってくるという。隣町にある会社に勤めているらしい。車の免許がないので勤め先の方角が同じ、村の女性に送迎してもらっているのだという。昨日、ワゴンで駅まで迎えに来てくれた女性かと思った。

お菓子や飲み物は台所に用意してある。欲しい物があれば、仕事の帰りに買ってくる。それから正式な店ではないが、村内には基本的な生活物資を売っている家があるという。お菓子も少しなら取り扱っているので、興味があればどうぞとのことだった。

笛子の家から坂道を少し下って三軒目に位置する、竹代《たけよ》という女性が暮らす家らしい。買い物代として笛子は千円札を一枚くれた。

緊急時の連絡は、昨夜歓迎会を催した集会所へお願いするようにと言われた。村に電話があるのは、あの家だけなのだという。万が一、小久江と諏訪子が不在でも、屋敷の内外には留守を預かる誰かがいる。頼めば電話を貸してもらえるし、体調不良や怪我を負った時にも対応してくれるという。「頼りにしてね」と念を押される。

なんだか妙な話ばかりで少々戸惑いはした。だが、内容自体は理解することができた。

「分かりました」とうなずき、食事を済ます。

居間の隣は六畳敷きの座敷になっていた。中には二段式の小さな祭壇が祀《まつ》られている。棚板の上段には、知恵の輪のお化けみたいなオブジェが屹立《きつりつ》していた。

昨夜、集会所で見た物体と似ていたが、こちらはメトロノームぐらいの大きさだった。形も幾分、簡素である。祭壇の下段には花と果物、お菓子と玩具《おもちゃ》が供えられている。

出勤前、笛子は祭壇の前に座って両手を組み、何やらお祈りをしているようだった。

その後、笛子を見送ってまもなくすると、戸外で車の走りだす音が聞こえてきた。音は複数。笛子と同じく、近所に暮らす他の女性たちも、誰かの車に乗せてもらって仕事に通っているそうである。毎朝、数台の車に分乗して職場に向かうのだという。

午前中はケロを抱きながら寝そべり、居間でテレビを観ながら過ごした。

父はそろそろ入院した頃だろうか。できれば声を聞きたかった。

「いろいろ変なとこだよね」

ケロに向かって話しかけたが、ケロは無言のままに杏の顔を見つめ返すだけである。

昼食は笛子が冷蔵庫に用意してくれた素麺《そうめん》を食べた。独りの食事は味気なかった。

夏休みなので、午前の間はテレビでアニメの再放送が流れていたが、正午を過ぎるとどこの放送局もワイドショーや昼メロばかりを流し始め、退屈窮まりなかった。

すぐに飽きてしまい、今度はスケッチブックを開いて絵を描き始める。

大好きなトッポ・ジージョや、のらくろクンを描いた。普段なら、一度ペンを握れば夢中になって描き続けるのだけれど、こちらもすぐに飽きてしまう。

それに独りで家の中にいると、昨夜目撃した宇宙人みたいなお化けの姿が脳裏を掠《かす》め、昼でも怖い気分に陥った。思いだしたくもないのに思いだしてしまう。

何をしながら過ごそうかと考え始め、答えが出るのにさほどの時間は掛からなかった。

遠くには行ってほしくないと言われた。できれば、坂道は下らないでとも言われた。でも、お菓子は買いにいっていいと言われている。

台所の戸棚には、お菓子がたくさん入っていた。冷蔵庫にはアイスやプリンもあった。どちらも十分間に合っている。別に新しいお菓子を買う必要などない。

だが、他にすることが思いつかなかったし、家にもあまりいたくなかった。

時刻は二時を過ぎたばかり。笛子が帰宅するまで長い時間がある。少し緊張するけど、竹代という人の家に行ってみようと思った。

片手に財布を握りしめ、玄関を出る。外は昨日より少しだけ蒸し暑かった。

樹々の方々でけたたましく鳴き騒ぐ蛁蟟《みんみんぜみ》や油蟬の声を聞きつつ、砂利道を下り始める。

路傍に並ぶ垣根の数を数えながら進んでいくと、ほどなく三つ目の垣根が見えてきた。足取りを少し速めて近づいていく。だが、門口の前まで達するや、足が止まってしまう。門口の向こうには木造平屋の古びた家が立っていた。造りは笛子の家より少し大きい。玄関先や軒などに視線を巡らせてみたのだが、看板らしき物は見当たらない。それが杏の足を止めさせてしまった。

正式な店ではないと聞かされていたが、いざこうして門前に立ってみると竹代の家は、あまりにも普通の家だった。それに知らない人の家でもある。門戸を叩《たた》くことを躊躇《ためら》う。門口の脇まで身をずらし、色褪《いろあ》せた垣根を見つめながら「どうしよう……」と考えた。

お菓子は絶対欲しいわけではない。単なる時間潰《つぶ》しでここまで歩いてきただけである。少し名残惜しい気はしたものの、目的は半分果たしたし、このまま家へ戻ることにした。踵《きびす》を返し、坂道の上方に視線を向ける。

すると、道の向こうから倫平が歩いてくるのが見えた。昆虫採集をしているのだろう。片手に虫捕り網を持ち、肩から虫籠《むしかご》をぶらさげている。倫平は杏の姿を認めるなり、「お」と小さく声をあげた。

杏も「ん」と、言葉にならない声で応じる。

「お前、こんなとこで何やってんだよ?」

「お菓子。ここでお菓子売ってるって、笛子さんに聞いたから買いに来た」

「あっそ。じゃあな」

相変わらずぶっきらぼうに言葉を返すと、倫平はそのまま目の前を通りすぎていった。杏のほうはその場に佇《たたず》み、坂道をおりていく倫平の背中を漠然と見つめ始める。

すると倫平は、竹代の家の門前から少し進んだ垣根の前で足を止めて振り返った。

「買わねえの、お菓子？」

「やっぱりいい」と答えると、倫平は杏の前まで戻ってきた。そして杏の顔を覗《のぞ》きこむ。

「じゃあ、どうしてここに立ってんだよ？」

「別に、なんでもない」

「もしかして、独りで中に入れねえの？」

口角をにやつかせ、倫平が言う。杏は図星を指されて恥ずかしくなった。

「一緒に入ってやろうか？」

何か言い返してやろうと思ったのだが、先に倫平のほうが思いがけない言葉を継ぐ。

「いいの？」

「うん。けど、お菓子おごってくれたらな」

「分かった。一個だけならおごってあげる」

答えると、倫平は「じゃあ行くぞ」と杏を促し、門口の先へと進んでいった。

「こんにちは！」と挨拶《あいさつ》をして、倫平が玄関の引戸を開く。すぐに「はあい！」と声が返ってきて、中から四十絡みとおぼしき女性が姿を現した。

おそらく彼女が竹代という人なのだろう。彼女も昨夜の歓迎会の席にいたように思う。

「あら、杏ちゃん。こんにちは。昨夜はぐっすり休めたかな？」

杏を見るなり、竹代が笑顔で声をかけてきた。やはり昨夜、同席していたのだと思う。

「こいつ、お菓子が欲しいんだって。見せてくれる？」

倫平が言うと竹代は「はいよ」と言って、家内へ杏たちを招き入れた。

玄関の先は土間になっていて、壁際に木箱が積まれたスチール棚が置かれている。

竹代は棚から段ボール箱をいくつか取りだすと、近くにあった床几《しょうぎ》の上に箱を並べた。

手早く開かれた箱の中には、スナック菓子やチョコ菓子などがぎっしりと詰まっている。

杏はチョコレートを買うことにした。倫平はポテトチップスを選んだ。

値段は少し割高だった。釣銭を受け取ると、定価より数十円多く精算されていた。

その代わり、買い物が終わると彼女は「ちょっくらばかし待ってなさいね」と言って
家の奥へと向かい、ラムネの瓶を二本持って戻ってきた。

「これはおまけ。暑いんだから水分も摂らないと。外で遊ぶ時は日射病に気をつけて」

渡されたラムネは氷のように冷えていた。お礼を言って家を出る。

「ありがとう」

門口を出てから倫平にもお礼を言った。倫平はそっぽを向いて「別に」とだけ応《こた》える。

続けて別れを言おうとしかけたら、ふいに倫平が「どこで食う？」と尋ねてきた。

かすかに胸が鳴って息が詰まる。初めからふたりで食べるつもりだったのだろうか？

「分かんない」と答えると、倫平は「いい場所あるぜ」と顎《あご》をしゃくって杏を誘った。

杏の返事も聞かず、倫平は軽やかな歩調で坂道を上り始める。杏も急いで隣を歩いた。

続いて倫平は、坂道の左側に生い茂る樹々の間に覗く、細い道の中へ分け入っていく。猫が通るような細い道筋だったので、杏は昨日からこの道の存在自体に気づかずにいた。道幅は狭いながらも、路面はほどよく土が踏み慣らされて、草はほとんど生えていない。こうした道に初めて分け入る杏でも歩きやすかった。

倫平の背中を追って少し進んでいくと、澄んだ水が流れる小さな沢のほとりに出た。水は浅く、沢筋から頭を突きだす無数の石に裂かれて緩い飛沫《しぶき》を立てている。石は沢辺にも転がっていた。腰を掛けるのにちょうどいいサイズと形をした物もある。思っていると倫平が、手頃な石に腰をおろした。杏も近くの石に腰掛ける。

目の前を水が流れているせいか、辺りは空気が幾分ひんやりしていて涼しかった。

「ここ、鬼蜻蜓《おにやんま》とか糸蜻蛉《とんぼ》とか、結構いい蜻蛉が採れるんだよ」

得意げに言って倫平は、肩にぶらさげていた虫籠を杏の前に差しだした。籠の中には綺麗《きれい》な色をした蜻蛉が何匹も入っている。絵に描いてみたいと思った。

「すごい」と杏が声を漏らすと、倫平はラムネの瓶を開けながら「まあな」と答えた。

杏も開けようとしたが、瓶のラムネはこれまで数えるほどしか飲んだことがなかった。瓶の口を密閉しているガラス玉を上手《うま》く押しこむことができず、難渋させられてしまう。

「貸せよ」

瓶を両手で傾げていると、代わりに倫平が開けてくれた。「ありがとう」とはにかむ。

「ねえ、半分食べる？」

チョコを見せると、倫平は「食う」と答えた。銀紙ごと半分に割って差しだす。

「一緒に食うか？」

今度は倫平がポテトチップスの袋を掲げてみせた。コンソメ味。杏の好きな味だった。

「うん」と答えると倫平は袋を開け、ふたりの間に転がる平たい石の上に広げて置いた。

「虫、好きなんだ？」

「うん。かっこいいから。この辺、甲虫とか鍬形《くわがた》もいっぱい採れるんで面白いし」

「そう。わたしは絵が好き。本当は海を描きたかったんだけど描けなくなっちゃった。

でもこんなに綺麗な蜻蛉がいるんなら、虫の絵とかも描いてみたいな」

「絵、上手《うま》いの？」

「上手いかどうかは分かんない。でも描くのは好き。絵、描きたい」

沢筋を眺めながら杏がつぶやくと、やおら倫平が「いいよ」と答えた。

「ん？　何が？」

「虫の絵、描きたいんだろ？　他にも穴場いっぱい知ってっから、俺が案内してやるよ。

でも特別だからな。それを絶対忘れんな」

「頼んでないよ」と思ったが言うのはよした。それ以上に嬉《うれ》しい提案だったからである。

「うん、分かった。ありがとう」

倫平はラムネをごくりと大きく呷《あお》り、「ああ」とぶっきらぼうに返してきた。

それから倫平と一緒に家まで戻り、スケッチブックと画材を手提げバッグにまとめた。門口で待っていた倫平に促され、今度は坂道を集会所の屋敷に続く方面へ上っていく。

まもなく倫平が指差したのは、上り坂の分岐路。繁った樹々のトンネルの中に延びる、細い土道だった。昨夜、杏が宇宙人みたいなお化けを目にした、まさにあの道である。

思わず背筋が強張《こわば》ってしまう。道の頭上は密生した樹々の枝葉に森々と覆われていて、木漏れ日の一筋さえ射しこんでいない。陽はまだ高かったが、またぞろ何かが出そうな気配は十分に感じられた。杏が躊躇《ためら》ううちに倫平は、樹々の中へと向かって進んでいく。仕方なく杏も隣に並んで、寄り添うように歩を進めた。

幸いだったのは中に入ってすぐ、道の先に出口を示す光の輪が見え始めたことだった。道の長さはおよそ三十メートル。怖々と進んだのだが、まもなく光の向こう側へ達する。鬱蒼《うっそう》たる樹々のトンネルを抜けた先には、切り立った崖《がけ》が広がっていた。崖の上にはトンネルから続く一本道に沿って、石橋が架けられている。

長さは目算で四メートルほど。横幅も三メートル近くあり、造りはそれなりに大きい。ただ、欄干の丈は低く、せいぜい杏の膝《ひざ》辺りまでの高さしかない。

崖の縁から下を覗くと、水面《みなも》を静かに揺らめかせる太い沢が流れていた。水は一点の曇りもないほど清澄で、青白く輝く夏空を流れの上に鏡のごとく映しこんでいる。

崖から沢までは、かなりの高さがあった。二階建て家屋の屋根よりも高いように思う。水も深そうだった。落ちたらおそらくひとたまりもないだろう。

石橋の向こうにも木立ちが広がっていた。だが、こちらは背後に生い茂る樹林よりも樹々の背丈が低く、幹の数もいくらか少ない印象を受ける。

淡緑色に色づく樹々の奥には、鈍い銀色に光る細長い物体が伸びているのが見えた。先端は針のように尖《とが》り、網目状に組まれた表面の方々にパラボラアンテナが付いている。

一見すると電波塔のように見えなくもない。だが、なんだか形が少しおかしく感じる。

「足元、気をつけて歩けよ」

石橋を顎で示しながら倫平が言った。確かに危ない。眼下を覗《のぞ》くと足が少し震えた。なるべく下は見ないよう、前を見ながら慎重な足取りで橋を渡る。

木立ちの間に延びる短い土道を進んでいくと、少し開けた場所に出た。

広さは直径十メートルほど。周囲に生い茂る樹々の縁に沿って丸い形に広がっていた。地面は乾いた土が剝《む》きだしになっている。

そのちょうどまんなかに、先ほど橋の向こうから見た奇妙な物体が立っていた。

地上から見た全体の形は、四角錐《しかくすい》。地面から上に向かって、針のように細まっていく。遠くから見た印象では、鉄でできているように思えたのだが、近くで見ると木製だった。網目状に組まれた木材が銀色のペンキで、いかにも鉄っぽく染められている。

奇妙な造りをした塔は、地面に刺された四本の足で立っていた。

塔の内部は空洞になっている。けれども四本の長い足に囲まれた地上部分の内側には、正面に格子扉の付いた銀色の四角い小屋が立っていた。

「ここが穴場。いちばん珍しい虫が捕れる。蜻蛉もだけど蝶《ちょう》も多い。適当に待ってるといろんな奴が勝手にどんどん飛んでくる」

得意げな顔で倫平は言ったが、今の杏が抱く興味はそちらではなかった。

「ねえ、これ何？」

塔を見あげながら尋ねると、倫平は「ああ、サリーの塔」と答えた。

浄土村で信仰している、神さまを祀《まつ》る塔なのだという。

そう言われてみれば、全体が銀色に染まる奇妙な塔は、集会所の祭壇に祀られていた知恵の輪のお化けの雰囲気と相通じるものがある。

昨夜はあえて笛子には尋ねなかったが、塔を間近に見ると訊《き》かずにはいられなかった。

パラボラアンテナの付いた塔に祀られている神さまなど、見たことも聞いたこともない。一体、どんな神さまなのだろうと興味をそそられた。

尋ねると倫平は、子供を守る神さまなのだと答えた。くわしい姿は知らないけれど、サリー自身も子供のような姿をした神さまなのだという。

「あのアンテナみたいなのは何？」

「アンテナだよ。トコヨにあるサリーの国に祈りを伝えるための物なんだって」

塔の中層から頂上付近には、二十個近いアンテナが取り付けられていた。二メートル近い大きさの物もあれば、中華鍋《なべ》やマンホールと同じぐらいのサイズをした物もある。下から見あげて様子をうかがう限り、電力は供給されていないようだった。

アンテナの近くにケーブルのたぐいは一本も見当たらない。電気が通っていないのに交信なんかできるのだろうか？　つかのま疑問を抱いたものの、きっとそういう理屈で考えるものではないのだろうと察した。

「トコヨって何？　空の上にあるの？」

「宇宙。よく分かんねえけど、トコヨは何万光年も離れた遠いところにあるんだって」

倫平の発した「宇宙」のひと言に誘発され、杏は昨夜見かけたお化けの姿を思いだす。口にすべきかどうか多少の躊躇いは生じたものの、流れに任せて腹を決める。

「あのね、わたし昨夜、宇宙人みたいなのを見た」

夜の暗い帰り道で自分が目にしたものを、杏はできうる限りくわしい言葉で説明した。どんな反応が返ってくるのか不安だったが、倫平は杏の話に興味深く聞き入ってくれた。

「宇宙人かよ、すげえな。もしかサリーの塔に誘われて、空から降りてきたのかもな」

興奮気味に倫平が言う。

「サリーの塔って、宇宙人と話をするための物じゃないの？　そんなふうに見える」

集会所や、笛子の家の祭壇に祀られている銀色のオブジェも、なんだかSFチックな雰囲気が感じられる物だったし、サリーという神さまの名前もかなり珍奇な印象である。もしかしたら浄土村で信仰しているのは、宇宙人なのではないかと杏は思った。

「違《ちげ》えよ。確かにそんな感じっぽく見えるけど、これはトコヨに住んでる神さまたちに祈りを伝える塔。俺も前に同じことを思ったことあるけど『違う』って言われたし」

やはり宗教的な装置らしい。「トコヨ」にいるのはあくまで「神さま」たちであって、宇宙人ではないのだという。大いに納得しかねるところはあったが、村に暮らす倫平がそう言うなら受け容《い》れざるを得ない。余計な反論は交えず「そうなんだ」とだけ返す。

「サリーの話はもういいよ。それより今は虫のほうだろ？　見てみろよ」

言いながら倫平は、周囲の木立ちを指差した。

無数の樹々が織りなす緑の景色の中には、綺麗《きれい》な色をした蜻蛉《とんぼ》や蝶が飛び交っていた。木立ちのどこに目を向けても虫たちの姿が見える。数えきれないほど飛んでいた。

蟬の声に交じって、笛の音を思わせる鳥たちの鳴き声も聞こえてきた。深い緑の中に目を凝らすと、樹上付近の梢《こずえ》にたくさんの野鳥が留まって、しきりに歌を唄《うた》っている。

「人が来ると隠れるけど、そのうち出てくる。そしたら描きたい奴を描けよ」

倫平の言ったとおり、少し待っていると虫たちは少しずつ、木立ちの中から出てきた。広場の虚空を飛び交ったり、木立ちの手前に生い茂る灌木《かんぼく》や青草に留まったりし始める。杏はさっそくスケッチブックを開き、色鉛筆を使ってそれらの写生を始めた。

「上手いな。すげえ」

草の上に留まった蜻蛉を描いていると、倫平が感嘆の声をあげた。

実際、杏の描く絵は学校でも上手いと評判だった。何度か賞をもらったこともある。

けれども先刻、倫平に話したとおり、自分ではどの程度上手いのかはよく分からない。絵は純粋に好きだから描いているだけだった。「上手い」と褒められ、ほっとする。

しばらく時間が経つと蜻蛉や蝶に続いて、野鳥も姿を現した。鳥たちはサリーの塔の外周を回ったり、広場の虚空を突っ切って反対側の木立ちへ入ったりを繰り返す。だがよく見ていると、一羽たりとも塔の木組みに留まる鳥はいなかった。それは虫たちも同じである。蜻蛉も蝶も、さらには地を這《は》う小さな虫の一匹ですらも、塔のどこかに直接留まったり、這い上ったりするものはいない。

その光景は、彼らが意図してサリーの塔に触れることを避けているかのように思えた。

その後も写生に興じ、辺りが少し暗くなってきたのを見計らって、家路に就いた。

杏が絵を描いている間、倫平は広場を飛び交う虫たちを手練の業で捕まえ、その後は木立ちの中に入って、鍬形《くわがた》や大蟷螂《かまきり》を捕るなどして過ごしていた。

虫籠《むしかご》いっぱいに詰まったそれらも描かせてくれたので、スケッチは予想以上に捗《はかど》った。あっというまに紙数の半分以上を使ってしまう。

石橋を渡り、ますます暗くなった樹々のトンネルを引き返したところで倫平と別れた。

「じゃあな」と言った倫平は、集会所の屋敷へ続く道のほうへ進んでいく。

そこでふと思いだした。彼がどの家の子なのか聞いていなかった。小久江か諏訪子の息子なのだろうか？　去っていく倫平の背中に向かって「ねえ！」と声をかける。

「明日《あした》も遊べる？」

尋ねるとすぐに倫平は振り返り、「ああ」と答えた。

その顔には漠然と、杏のほうから誘われるのを待っていたかのような色が滲《にじ》んでいる。

「しょうがねえな、付き合ってやるよ」といった感じである。

男の子って面倒くさいなと思いながらも、明日も会う約束をかわして坂道を下った。

笛子は予告していたとおり、六時半頃に帰ってきた。

明日、新しいスケッチブックを買ってきてほしいとお願いすると、快く応じてくれた。

それと一緒に、今日は倫平に誘われてサリーの塔へ行ったことも伝える。

笛子は「すんごく変わった形をしていたでしょう?」と苦笑しつつも、真面目な顔で
「変かもしれないけど、みんなで大事にお祀りしているものなのよ」と付け加えた。

子供の守り神だというサリーや、未知なる世界トコヨに関する話も少し聞かされたが、話の中身が難し過ぎて杏には理解できなかった。昼間、倫平がしてくれた説明のほうが、まだ分かりやすかったように思う。

長々と聞かされるのは遠慮したかったので、折を見計らって話題を変えることにした。せっかくなので倫平について尋ねてみる。彼は小久江か諏訪子の子なのかと訊いてみた。

すると笛子は俄《にわ》かに顔色を曇らせ、心持ち声を潜めるような調子で言葉を紡いだ。

「倫ちゃんは、よそから貰《もら》われてきた子なのよ。今は集会所の家でお世話になっている。デリケートな話題になるから、この件は触れないようにしてあげて」

意外な返答に、杏は少なからず驚きを禁じ得なかった。どうりで倫平が自分の口から素性を語らないわけだと了解することもできた。肝に銘じて「うん」とうなずく。

その晩、杏は夢を見た。サリーの塔の夢である。

仔細《しさい》についてはよく覚えていない。

塔は夢の中で白熱色に輝く強烈な光に煌々《こうこう》と包まれていた。

まるで塔全体が、太陽に変じてしまったかのような眩《まばゆ》さだった。

それを自分が見あげていたことだけは覚えている。

だが、どんな気持ちでそれを見あげていたのかは覚えていないし、その後に夢の中でどんなことが起きたのかについても覚えていない。

翌朝目覚めた時には残っていた朧《おぼろ》げな印象も、着替えを済ませて朝食を食べる頃にはほとんど霧散してしまった。

ただ「サリーの塔の夢を見た」という記憶だけが、体験として杏の頭の片隅に残る。

「夢を見た」という記憶すらも意識の上から霞《かす》み始めてきた頃、杏はスケッチブックと画材を携え、倫平との待ち合わせ場所に向かった。

臨界点まで

初めは戸惑うことの多かった浄土村の雰囲気にも、数日経つと大体慣れた。村に暮らす女性たちは、みんな杏に優しく接してくれた。

長い坂道の両脇に沿って点在する民家は、杏の目で確認できる限り、八軒あった。これは集会所の屋敷、笛子、竹代の家を含む数である。

笛子が語る話では、村人たちの大半は何人かの班に分かれ、ひとつの家で共同生活を送っているのだという。笛子も以前は同居人がいたのだが、しばらく前に事情があって村を去っていってしまったため、以後は独りで暮らしているとのことだった。

笛子の言いつけを守り、坂道を下りきったことは一度もない。だから村の中に全部で何軒の家があるのかは分からなかった。辺りは一面、深い緑に視界を阻まれているため、遠くの景色は何も見えない。

父の手術は無事に成功したらしい。笛子が電話で病院に確認してくれた。

できれば父の声を聞きたかったが、まだ容態が安定していないため、直接話すことはできないと言われた。頃合いを見計らい、近いうちに父のほうから連絡をくれるという。寂しかったが、素直にその時が来るのを待つことにした。

村の暮らしに早々と慣れ、父への恋しさを紛らわせてくれたのは、倫平の存在である。倫平とは毎日一緒に、時間を過ごした。

「穴場をいっぱい知っている」という彼の言葉は本当で、木立ちの狭間や民家の裏手にひっそりと延びる細い道から、見慣れない昆虫がたくさんいる森の中へと誘ってくれた。杏にとっては、全てが驚きに満ちた体験だった。

主には倫平の昆虫採集に付き合い、杏はその傍らでスケッチをするのが日課となった。スケッチの合間には杏も倫平にコツを教えてもらいながら、螻蛄《けら》や髪切虫を捕まえたり、甲虫や鍬形を探したりすることもあった。

けれども基本的には、大好きな絵を描いて過ごした。描くべきものは尽きなかった。虫はたくさん描いたし、鳥も描いた。他にも沢で見つけた蟹《かに》や蛙の絵なども描いた。

蛙の顔は、ケロの顔に少し似せて描いた。ぺろりと舌をだしてピースをしながら笑う蛙の絵を倫平に見せると、げらげら笑って喜んでくれた。

他にも気が向いた時には風景も描いた。

門口の前から見た笛子の家、集会所の屋敷、両脇に緑の樹々が深く生い茂る村の坂道、光のシャワーのように木漏れ日が射しこむ森の中、淡い飛沫《しぶき》をたてて流れる沢筋。

杏のスケッチブックは、浄土村の瑞々《みずみず》しい「今」を収める図鑑のような様相となった。倫平は絵を見せるたびに「すげえ！」と喜んでくれたし、笛子も「本当に上手ね！」と褒めてくれた。ふたりの反応はとても嬉《うれ》しいものだった。

ただ、サリーの塔だけは描くことがなかった。理由は自分でもよく分からない。別に笛子を始め、村の女性たちから「描くのはダメよ」と言われたわけでもなかった。自分が立体造形に興味がないのも理由かもしれない。だが、それだけではない気もした。サリーの塔が村で大事にされている神聖な物だから、という思いもなくはなかったが、おそらくそれも最たる理由なのではない。

いちばんの理由は多分、描きたくないから描かないのだろうと思った。

スケッチブックの中にサリーの塔の絵を収めるのが、生理的に嫌なのだろうと思う。好きか嫌かの二択で捉《とら》えるなら、少なくとも杏は、サリーの塔が好きではなかった。

村の暮らしは概《おおむ》ね順調で楽しいことが多かったが、不思議に感じることも少しあった。

一つ目は殺生に関する一幕である。村に来てから四日目のことだった。

昼近く、森の中から坂道へ戻ってくると、道のまんなかで誰かが蛇を棒で打っていた。一メートル近くある大きな青大将で、頭をばんばん打たれている。長い身体は激しく捻《ね》じれながらのたうっていたが、首から上はぺしゃんこになって原形を留《とど》めていない。

叩《たた》いているのは、禎子《ていこ》という四十過ぎの女性だった。

竹代と同じ家に暮らしている人で、主には村の雑務全般を受け持っているのだという。他の村人たちと同じく柔和な印象の人だったが、この時の様子はまるで違った。

一心不乱に蛇の頭を打ち据えるその面持ちは無表情で、氷のように冷ややかである。おそらく蛇はもう死んでいるはずなのに、彼女は念入りに平たくなった頭を叩いていた。

「珍しい。蛇なんか見んの、久しぶりだな」

あまりの光景に杏が身を竦《すく》めていると、隣を歩く倫平がぼやくような調子で言った。

「二年ぶりだよ。とっくにいなくなったとばかり思ってたんだけどね」

倫平の声に気づいた禎子が顔をあげ、満面に渋い色を浮かべて答える。

「蛇は村に災いを呼ぶ生き物だから、見つけたらすぐに始末をしなくちゃいけないの」

今度は杏のほうを見て禎子が言う。顔つきは元の柔和なそれに戻っていた。

村内の蛇は以前から徹底的に駆除してきたので、近年は滅多に見ることはなくなった。だが忘れた頃になると、こうしてひょっこり這《は》い出てくることがあるのだという。

言われてみると毎日森へ入っているというのに、杏は一度も蛇を見たことがなかった。

「徹底的に駆除」という言葉を聞いて、背筋がざわめきながらも腑《ふ》に落ちる。

「倫くんも蛇、殺したことあるの？」

「ねえよ。独りでいる時に出くわしたこともない」

倫平の答えに安堵《あんど》する。彼が禎子のような恐ろしい顔つきで蛇を殺している光景など、想像するのも嫌だった。

その後、禎子はトングと大きな麻袋を持ってくると、死んだ蛇を袋の中に詰めこんだ。

倫平曰《いわ》く、死骸《しがい》はサリーの塔に供えるのだという。

禎子曰く、蛇はサリーの天敵とのことだった。

サリーについて、ますますわけが分からなくなってしまう。

二つ目の不思議もサリーに関する件だった。こちらは笛子の口から聞いた。

近々開かれるという村祭りも、サリーを称《たた》えるための催しなのだという。

主な会場は集会所の屋敷。祭りは夕方頃から夜にかけておこなわれ、集会所の庭先でお祝い用の特別な料理を食べたり、歌や踊りを楽しんだりする。

その後は会場をサリーの塔がある広場へ移し、みんなで祈りを捧《ささ》げるのだという。

「賑《にぎ》やかなお祭りになるから、楽しみにしていてね」

笛子も先日、小久江が発した言葉と同じようなことを言った。

そのうえで笛子はさらにこんなお願いをしてきた。

「ねえ、杏ちゃん。お祭りでお巫女《みこ》さんの役をしてみない？」

祭りのさなか、サリーの塔に特別な供物をお供えするのが、巫女の役割なのだという。

難しいことは何もないし、ぜひとも手伝ってほしいとのことだった。

「特別な供物」と聞いて、蛇だったらどうしようと身構えたが、違った。

「花束よ。大っきい花束。それを杏ちゃんにお供えしてもらうの」

答えを聞いて安心したが、知ったところでやる気になるかどうかは別問題である。

けれども世話になっている手前、断ることは難しかった。やむなく応じることになる。

祭りは来たる八月、一週目の土曜日に開かれる。村人は全員参加するとのことだった。

その日までにお巫女さんの衣装を用意しておくという。

「楽しみにしていてね」と笛子は、念を押すように繰り返した。

　後日、倫平に尋ねてみると、祭りは過去に一度だけ催されたことがあるという。

　毎年開かれるんじゃないんだと思い、杏は少々面喰《めんく》らってしまった。

　以前に祭りが開かれたのは、今から二年前。ちょうど、倫平がこの村で暮らし始めた小学一年生の春だったそうである。さすがに「お巫女さん」という肩書ではなかったが、倫平もサリーの塔に供物を捧げる役を務めたのだという。

「面倒くさい仕事だったぞ。塔の前にじっと座って、サリーにお祈りさせられるんだよ。隣にずっと小久江さんがいるから緊張するし、うしろにもみんながいるから気になるし。お祈りが終わったら終わったで今度はなんか、しつこく感想聞かれて焦るしさ」

　続けて倫平は当時の思い出を語ったが、笛子からそうした話は聞かされていなかった。

「俺なりにいろいろ考えては答えたけど、面倒くさかった以外はあんまり覚えてないな。まあ、今年はお前がお祈り役だから、俺は飯だけ楽しみにしてればいいんだけどさ」

　倫平は美味《おい》しい料理を食べた記憶ぐらいしか、楽しく覚えていることはないと語った。

　改めて笛子に当日の流れに関して尋ねると、やはり塔の前に供物を捧げてお祈りをし、儀式が終われば感想を言わなければならないのだという。

「何を言えばいいのかな？」と訴えた杏に、笛子は「問題ないから大丈夫」と答えた。

　心に思い浮かんだことを素直に口にしてくれればいい。

　それも含めて、祭りの儀式なのだという。

　その後も笛子の話は続いたが、くわしい中身は忘れてしまった。

そして三つ目の不思議は、電話である。

手術から一週間近くが過ぎても、父の声を聞くことはできなかった。

これも笛子の語るところによると、容態があまり思わしくないらしい。笛子も父とは直接話せず、病院から来る連絡で現状を把握しているだけなのだという。

命に別状はないので心配ないとのことだったが、直接声を聞けないのは悲しかった。

祭りについても儀式のことが不安だったので、頭の隅に追いやることができなかった。倫平と遊んでいる時も笛子と食事をする時も、ケロを並べて布団の中へ潜りこむ時にも、自分がお巫女さんの役を上手に務め、みんなの前で感想を述べることができるかどうか。常にちりちりとした不安の念がちらついていた。

だが、そこから先の記憶はひどく朧《おぼろ》で、曖昧《あいまい》なものになっていく。そんなことは覚えている。

八月の一週目を浄土村で過ごし、やがて迎えた土曜日の村祭り。

その記憶は後年振り返ると、要所を切り刻まれたうえで断片を無理やり繋《つな》ぎ合わせた映像フィルムのような印象だった。

祭りは多分、笛子に言われていたとおり、夕暮れ時から始まったのだと思う。

陽がまだ高い昼時から笛子に連れられ、集会所の屋敷に向かった。

屋敷の前庭には、村の女性たちの姿があった。歓迎会で見知った顔ぶれが大半である。彼女たちはテーブルの上に荒縄や白い紙などを並べ、それらを使って何かを作っていた。朗らかに交わす作業の声に交じって、しゃんしゃんという鈴の音色も聞こえてくる。

屋敷の中へ入ると、祭壇がある広間でも女性たちが黙々と作業に勤《いそ》しんでいた。

こちらは座卓を囲み、卓上に山となって積まれた細長いパネル、針金、ボルト、バネ、プロペラなどといった金属製の物品を使って、何かを作っているところだった。

サイズはジュースの缶からランタンぐらいまでと様々である。細部の意匠については細かな違いが見受けられたが、形は全て細長い三角錐《さんかくすい》に近い形をしている。

のっぺりとした銀色に染まるそれらは、サリーの塔や広間の祭壇の上に祀《まつ》られている知恵の輪のお化けと、同じ系譜に連なる物にしか見えなかった。

祭壇の前には小久江と諏訪子が並んで座っているのが見えた。ふたりとも白い上衣《うわぎ》と朱色の袴《はかま》に身を包み、銀色のオブジェを拵《こしら》える女性たちを眺めている。

台所のほうにも女性たちがいた。こちらでは四人の女性陣が料理の支度を進めている。ちらし寿司を始め、煮しめに天ぷらといった和食が主に作られているようだった。

邸内に倫平の姿は見当たらなかった。この日は朝から一度も顔を見ていない。

笛子は広間のオブジェ作りを手伝ってくると言いだした。

「一緒に作ってみない？　作り方を教えてあげる」

にこにこしながら尋ねられたが、まるで気が進まず、首を左右に振り返した。

代わりに料理の手伝いをしたいと申し出る。わけの分からないオブジェを作るよりは、いろんな具材を綺麗《きれい》に切ったり、天ぷらを揚げさせてもらったり、できあがった料理を皿に盛りつけたりしていたほうが気分的に楽だった。

しばらくすると、外から「ふぉん、ふぉん、ふぉーーーん」と叫ぶ声が聞こえてきた。

玄関口から外を覗《のぞ》くと、声の主は先ほど前庭で作業をしていた女性たちだった。

いつのまにか全員、白い和服に着替え、緩やかな円を描く形で庭の中に立っている。

「ふぉん、ふぉん、ふぉーーーん！」

女性たちは開いた両手を天へと向かってまっすぐ伸ばし、満面に笑みを浮かべながら、「ふぉん、ふぉん、ふぉーーーん！」と、鳥のように甲高い声をあげていた。

食事の支度が整い、やがて夕方になると台所に笛子が戻ってきた。

「お巫女さんの衣装に着替えましょう」と言う。

屋敷の奥まった場所にある和室に通され、笛子に衣装を着させてもらった。

「お巫女さんの衣装」も小久江と諏訪子のそれと同じく、白い上衣と朱色の袴だった。

それらの他にも杏の場合は、上衣の上から色の白い衣服をもう一枚着せられた。

幼稚園児が身に着けるスモックのような印象だったが、誂《あつら》え自体は和服である。

着付けが済むと顔に薄く白粉《おしろい》を叩《はた》かれ、唇に赤い紅を差された。髪は鉢巻きみたいな細い布を使い、うなじに沿って、ひとつにぴんとまとめて結わえられる。

「さあ、できた」

笛子に言われ、姿見の前に促されると、鏡の中には小さなお巫女さんが映っていた。

「とっても素敵」と褒められてはにかんだものの、それより変な気分のほうが強かった。

鏡に映る「お巫女さん」の自分は、なんだか自分とは別人のように思えて仕方なかった。

それから前庭で食事会が始まった。

外はすでに薄暗くなり、東の空は深い藍色《あいいろ》に染まっていた。歓迎会の時とは変わって、食事の席はローテーブルが使われた。テーブルは地面に敷かれた茣蓙《ござ》の上に連なる形で川の字に置かれ、その上には綺麗に盛りつけされたご馳走《ちそう》がずらりと並んでいる。

茣蓙の四隅に位置する地面には角材が立てられ、角材の上部には荒縄が張られていた。縄には稲妻形や星形をした紙製の短冊が挟みこまれて垂れさがっている他、剝《む》きだしのCDが紐《ひも》で括《くく》りつけられて等間隔にぶらさがっている。

CDは近くに設置されたランタンの明かりを受けて、きらきらと虹色《にじいろ》に煌《きら》めきながら揺れていた。奇妙だけれど幻想的な光景である。

目算で二十人以上揃った女性たちの中には、初めて目にする顔も多くあった。

そうした場面で見慣れた倫平の顔も、いつのまにか女性たちの中にあるのが見えた。

食事は終始和やかに、尚且《なおか》つ賑やかなムードで進んでいった。

のだと思う。

テーブルを囲む村の女性たちは、いずれも笑顔で食事を楽しんでいたようだった。

笛子も笑っていた。小久江も諏訪子も笑っていたし。竹代も笑っていた。ワゴン車を運転していた女性も笑っていた。小春もアラレちゃんみたいな顔で笑っていた。

みんな、みんな、みんなが笑っている。テーブルに並んだ美味しい料理をもぐもぐと口いっぱいに頰張りながら、もごもごと楽しげに胡乱《うろん》な言葉を交わし合って笑っている。

「ふぉん、ふぉん、ふぉーーーん！」

誰かが席から立ちあがり、開いた両手を天に向けて声をあげる。

「ふぉん、ふぉん、ふぉーーーん！」

すると、他の女性たちも何人かつられて声と動きを重ねた。

「ふぉん、ふぉん、ふぉーーーん！」「ふぉん、ふぉん、ふぉーーーん！」

笛子や小春もすっくと立ちあがって声をあげる。

テーブルの上座に座る小久江と諏訪子は、立ちあがることも叫ぶこともしなかったが、その光景を満足そうな顔で眺めていた。

そうして村の女性たちが一頻《ひとしき》り声をあげ終えると、小久江と諏訪子が笑みを浮かべておもむろに立ちあがり、門口に向かって歩きだす。サリーの塔へ向かうのだろう。

他の面子《メンツ》も流星の尾のようにふたりのあとに続き始めた。

その手にはそれぞれ、先ほど広間で笛子たちが作っていた銀色の怪しげなオブジェや色とりどりの花束、大皿に盛りつけた料理や果物などが携えられている。

笛子に促され、杏も行列の中へと交《とも》じる。長い列のあちこちでは橙色《だいだいいろ》の火花が爆《は》ぜる松明《たいまつ》の炎や懐中電灯の円い明かりが灯り、黒々と染まる周囲の闇を盛んに照らしだした。

道中は、絶えることなく木霊《こだま》する「ふぉん、ふぉん、ふぉーーーん！」の奇声に重ね、不思議な節がついた歌も唄《うた》われ始めた。子守歌か御詠歌を思わせるような響きだったが、歌詞は言葉が難しくて、何を唄っているのかは判然としなかった。

だがそれ以上に判然としないのは、塔の前に到着してからのことだった。

小久江と諏訪子を先頭に、村人たちは塔の前に敷かれた茣蓙の上に腰をおろした。

小久江と諏訪子に声をかけられ、杏はふたりの間に座る。

眼前は塔の最下部である。四本の足に囲まれた塔の内部には、正面に格子戸のついた銀色の四角い小屋が立っている。小屋の前には、女性たちが持参した銀色のオブジェがずらりと立っていた。オブジェの前には、花瓶に挿された花々と供物の皿が並んでいる。

「ふぉん、ふぉん、ふぉん、ふぉーーーーん！」

「ふぉん、ふぉん、ふぉーーーーん！　ふぉん、ふぉん、ふぉーーーーん！」

背後で女たちが盛んに喚《わめ》き続けるなか、隣に座る諏訪子から大きな花束を渡された。

自分の背丈ほどもあるそれを受け取り、よろめきながら頭上を仰ぐと、空には無数の星々が瞬いていた。銀色のペンキでのっぺりと塗り固められたサリーの塔は、地上からワークライトの強い光で照らしだされている。

網目状に連なる骨組みの方々も、稲妻形や星形に切られた短冊やCDが結わえられた荒縄が張り巡らされていた。元から塔の各部に取り付けられているパラボラアンテナの雰囲気も相俟《あいま》って、杏は夏だというのにクリスマスツリーみたいだなと思った。

「ふぉん、ふぉん、ふぉーーーーん！　ふぉん、ふぉん、ふぉーーーーん！」

立ちあがって小屋の前まで進み、屈《かが》んだ姿勢で銀色のオブジェの前へと花束を供えた。

続いて両手を組み、瞑目《めいもく》して祈る。所作は先ほど小久江に耳打ちされて教わった。

「ふぉん、ふぉん、ふぉーーーん！　ふぉん、ふぉん、ふぉーーーん！」

無心で祈っていると、俄《にわ》かに素晴らしい心地になって、うきうきと胸が弾み始めた。

続いて声も聞こえてくる。声は耳からではなく、頭の中から聞こえてきた。

それはドアチャイムやオルガンの音色を彷彿《ほうふつ》させる、極めて人工的な響きだった。

およそ生き物が発するものとは思えない奇妙な声音だったが、生き物の声と認識した。

否。厳密には生物の声ではなく、確固たる意思を有する存在の声だと認識したのである。

サリーの声だと杏は思った。

サリーは音楽を奏でるような抑揚で、何かをつらつらと語り始めた。日本語ではない。

英語でもない。だが、不思議と話していることは容易に理解することができた。

「ふぉん、ふぉん、ふぉーーーん！　ふぉん、ふぉん、ふぉーーーん！」

背後ではなおも女たちが喚いている。杏が振り返ると、声は雨がやむように止まった。

笛子には「お祈りが終わったら、みんなに感想を伝えてほしい」と言われていたけれど、
何も思い浮かばなかったので、代わりにサリーが語っていることをそのまま伝えた。

するとまもなく村の女たちは、涙を流して喜び始めた。笛子も小春も泣いていた。

小久江も諏訪子も嗚咽《おえつ》をあげながら杏の言葉に聞き入り、満面に歓喜の色を滲《にじ》ませた。

つらつらと杏が伝えるサリーの言葉に、村の女たちは滂沱《ぼうだ》の涙を流して喜んだ。

それから女たちは再び歌を唄い始めた。

唄いながら塔の周りを囲み、奇妙な踊りも見せ始める。

女たちは列をなし、塔の周りを踊りながらぐるぐると練り歩いた。

見あげた夜空に瞬く星々は一層輝きを増し、光に目が刺されて痛いまでに感じられる。

小久江と諏訪子は小屋の前に深々とひれ伏し、何やらぶつぶつと小声で囁《ささや》き続けている。

格子扉のほうに目を向けると、格子の向こう側の暗闇に小さな人影が立っているのが
ぼんやりと見えた。それは異様に大きな頭と目玉をしていて、白目のない真っ黒な瞳《ひとみ》を
じゅくじゅくとゼリーのように潤ませながら、杏の顔を小揺るぎもせずに見つめていた。

間違えるはずもない。村に来た最初の晩に夜道で目にした、あの灰色の異形である。

その姿はやはりどう見ても、宇宙人にしか見えなかった。

これがサリーなのだろうか？

ならばサリーは、宇宙人ということになる。

サリーの声はなおも頭の中で延々と反響し続けていた。けれども絶え間なく聞こえる
声の中に、杏の確信めいた思いに対する答えが含まれていたのかどうかは定かでない。

その後も祭りは、熱狂的に盛りあがったようである。女たちは塔の周りを唄いながら
踊り続けた。夜空の星々もますます明るく瞬いて見えた。

サリーの塔もいつぞや夢で見た時と同じように、白熱色の凄《すさ》まじい輝きを放っていた。

あまりの光の強さに、まるで塔が太陽に変じてしまったようだと杏は思う。

光の果て

その後、祭りの行方がどうなったのかは分からない。いつしか意識が潰《つい》えてしまった。記憶の続きはおそらく、祭りが終わった翌日から始まっている。ここから先の流れはさらに断片的なものとなり、虚実の区別もつかない事象も加わり始める。

朝の時間か昼日中、とにかく戸外が眩《まぶ》しい時間である。杏は笛子に肩を揺さぶられて目が覚めた。場所は笛子の家の寝室。隣ではケロも寝ていた。

笛子の手はなぜか、渇いた土で汚れている。パジャマの肩が指の形にうっすら汚れた。

「体調はどう？　具合悪くなってない？」

寝床から身を起こした杏の顔を覗《のぞ》きこみ、笛子はそんなことを尋ねてきたように思う。

「大丈夫」と答えると笛子は杏の手を引き、慌ただしい様子で寝室から連れだした。

向かった先は家の玄関。戸口には、見たことのない女性がふたり立っていた。

ひとりは腰の折れ曲がった白髪頭の老婆である。かなりの高齢のように見える。

もうひとりは五十絡みとおぼしい、すっきりとした顔立ちの女性だった。

彼女は黒い髪の毛をうなじのところで一本に束ね、純白の上衣《うわぎ》と袴《はかま》に身を包んでいる。

長い帽子は被《かぶ》っていなかったが、それ以外は神主のような装いだった。

彼女の装いに誘発され、昨夜の記憶が意識の底からじわじわと、沁《し》みだすように蘇《よみがえ》る。一瞬、祭りがまだ続いているのかと思ったが、どうやらそうではなさそうだった。

ふたりの背後には、竹代の姿もあった。そこからさらに少し離れた門口のところには、村の女性たちが数人立っているのも目に入る。いずれも何かを心配しているかのような、それでいて頭が半分惚《ぼ》けて夢の中にでもいるような、ひどく摑《つか》みどころのない面持ちでこちらに視線を向けていた。竹代も少し、ぼんやりした顔をしている。

一方、白装束の女性は何やら短く挨拶《あいさつ》のような言葉を述べたあと、杏の前で膝《ひざ》を折り、まじまじと目の中を覗きこんできた。

続いて女性は杏の身体をくるりと回し、背中に向かって何やら叫び声のようなものを発したように思う。指先や手のひらで背中を叩《たた》かれたり、なぞられたりした感触もある。

そのさなか、白髪頭の老婆は、彼女のことを「キキョウさん」と呼んでいた。

笛子と竹代は「ウキフネさん」と呼んでいた。これも耳に残って妙に覚えている。

事情はまるで分からなかったが、杏の背後で声をあげる「ウキフネキキョウさん」は、なんだか少し怒っているか、焦っているかのような印象だった。

記憶が飛ぶ。次に思いだすのは、寝室でケロと話をしている場面である。

外は明るかったが、時間については分からない。

杏は無性にサリーの塔へ行きたくなった。家にはこの時、杏とケロの姿しかなかった。ケロは何度も杏に「行っちゃダメだ」と言った。「危ないから絶対に行くな」と言う。

でも、杏は「絶対に行きたい」と思っている。だから「行くの！」と強く言い返した。ケロの反対を押しきり、杏は塔へ行くことにする。

しかし、ケロをそのまま置き去りにもしなかった。片手にケロをぎゅっと抱きしめて一緒に連れていくことにした。するとケロは「僕が杏を守る」と言った。

寝室の窓を開け、靴も履かずに裏庭へ出る。裸足《はだし》に触れる地面の硬い感触が痛かった。服装もパジャマのままだったが、服装のことなどよりも、自分が外を歩いている姿を誰かに見られてしまうことのほうが気になった。

裏庭に立てられた板塀の隙間から敷地の外へ出る。そのさなか、坂道のほうへ視線を向けると、村の女性がひとり、地面にだらりと足を伸ばして座りこんでいるのが見えた。

今朝子《けさこ》という恰幅《かっぷく》のよい中年女性で、彼女は口を半開きにしながら、ぼんやりとした眼差《まなざ》しで青々と澄みわたる空を仰いでいる。杏に気づく様子はなかった。

今朝子の様子を横目にうかがいながら、家の裏手に面した木立ちの中へと入っていく。木立ちの中には細い藪道《やぶみち》が延びていた。昆虫採集の折、倫平に教えてもらった道である。

わずかに傾斜のついた藪道を上っていくと、視界が開けて目の前に崖《がけ》っぷちが現れた。崖に架かった石橋の先には、淡緑色に色づく樹林とサリーの塔のてっぺんが見える。

塔を見るなり、大きく胸が高鳴った。気持ちが逸《はや》り、裸足で地べたを踏みしめながら石橋に向かってずかずかと近づいていく。片手に抱いたケロは「行っちゃダメだ！」と叫んだが、構わずまっすぐ進んでいった。

　足元のはるか真下でさらさらと流れる水音を聞きながら、足取りを速めて石橋を渡る。樹林の中に聳《そび》えるサリーの塔は昨夜と同じく、白熱色の眩《まばゆ》い光を放っていた。

　ますます胸が高鳴ってゆく。

塔の下に立つ小屋まで行くと、昨夜まで閉めきられていた格子戸が開け放たれていた。小屋の前の地面には、ぼそぼそとぱさついた、土塊《つちくれ》みたいな物体が乱雑に転がっている。大きさはばらばらだったが、杏はすぐに「ばらばら」の意味が違うことに気づく。

　いずれも鉛のような色をしたそれらは、よく見るとばらばらに砕け散った死骸《しがい》だった。幼児ほどの大きさをした胴体を中心に、粉々に砕けた四肢が散らばっている。

　小ぶりな胴体に比べて不釣り合いなほどに大きな頭部は、脇腹のそばに転がっていた。白目のない真っ黒な瞳をしたそれは、昨夜見たサリーの顔と何から何まで同じである。

　視線が合うなり、頭の中にサリーの声が聞こえてきた。

　こんな状態になっても、サリーはまだ生きていた。甲高く人工的な声音で「とてもtotemoトテモ苦しい」と、サリーは言った。

　すかさず駆け寄り、ばらけた身体の前に屈《かが》みこむ。

　とたんにぞくりと冷たいものが背筋を襲い、身体がぎゅっと石のように強張《こわば》り始めた。得体の知れない気配を感じ、堪《たま》らず周囲に視線を向ける。

　すると、石橋のほうから倫平が歩いてくるのが見えた。

　だが、気配の正体は倫平ではない。

どこからともなく、何者かに睨《にら》みつけられているかのような視線をひしひしと感じる。堪らず「倫くんッ！」と手を振り、大急ぎで近づいていく。

「あのね、サリーが大変なんだよ！　でもまだ生きてる！」

訴えると、倫平もサリーのばらけた身体を目にして「うわっ！」と驚きの声をあげた。頭の中ではサリーが「助けてたすけて tasukete タスケテ」と悶《もだ》える声が聞こえてくる。

「元に戻せるかな？　サリーの身体、治るかな？」

おろおろしつつ倫平の横顔を覗きこむ。だが倫平は、一拍置いてこちらを振り向くと、サリーの容態よりも杏のことを気にかけた。

パジャマ姿の杏を怪訝《けげん》な目で見つめながら、「お前、大丈夫か？」などと囁《ささや》く。

確かに杏はパジャマ姿で、おまけに裸足だったが、そんなことはどうでもよかった。

「わたしよりもサリーだよ！」と両目を大きく剝《む》いて憤る。

だが倫平はサリーのほうへ視線を戻すことなく、杏の顔を見つめ続けた。静かな声で、幼児に言い聞かせるかのように「サリーはいいから、家に帰ろう」などと言いだす。

片手に抱いたケロも「そうだ、そうしよう、杏！」と叫んだ。

「黙ってて！」と叫び返してもケロの訴えは止まらない。まるで壊れた警報機のように「逃げよう、杏！　逃げよう、杏！」と繰り返す。

そうするなかで「行くな ikuna いくなイクナ」とサリーの声も頭の中に響いてくる。かわいそうなサリー。サリーを助けたい気持ちで杏の心はいっぱいだった。

だが同時にふと気づけば、例の恐ろしい気配も先ほどより一層強まったように感じる。

やはり何かに睨みつけられているような感覚。

それも何か、とてつもなく大きなものに睨まれているような感覚。

恐怖で膝の辺りがぶるぶると勝手に笑い始める。

それでも勇気をだして「行かない！」と杏が叫ぶと、倫平は杏の片手をさっと摑んで、

「いいから行くぞ！」と声を張りあげた。

男の子にこんなに強く手を握られたのは、この時が生まれて初めてのことだった。

異様な事態にあるというのに、頭の芯《しん》が一瞬、湯掻《ゆが》いたように火照《ほて》ってしまう。

対照的に気分のほうは、少しだけ熱が引いたように落ち着いた。

倫平は杏の手を引きながら歩きだす。迷いのない足取りで石橋のほうへ向かっていく。

石橋の路面は、裸足の皮膚を焦がすように熱かった。

さっきは塔へ向かうのに夢中で意識していなかったが、落ち着いて歩き直してみると灼熱《しゃくねつ》の天日に焙《あぶ》られた石造りの橋床は、足の裏を火傷《やけど》しそうなほどの熱気を帯びている。

熱いのは嫌だった。早く渡りきってしまおう。

思うそばから頭の中で再び声が高鳴り始める。

「戻れ tasukete もどれ tasukete 戻れ ikuna もどれ tasukete 戻れもどれ tasukete 戻れ！」

そうだやっぱり戻らなきゃ。倫平が摑む手を解《ほど》きながら、背後にすばやく首を向ける。

とたんにはっと息を呑《の》んで、硬直する。

サリーの塔の上空に、何かが浮かんでいるのを目にしたからである。

平皿のような形をした物体がふたつ。

それらが塔の頂上から少し高い宙に並列して、二本の太い線のような形で浮いていた。

それぞれの横幅は、目算でおよそ五メートル。色は仄《ほの》かに黄みがかった白に見えたが、
全体が強烈な光を帯びて煌《こう》々《こう》と輝いているため、色よりも眩《まばゆ》さのほうがはるかに勝った。

直視するのがきついほど眩《まぶ》しい。

「UFOだ……」

ぽつりとつぶやいた杏の手を、倫平が再びぐっと握り直した。

すかさず振りほどこうとしたのだけれど、今度は手首をがっしりと摑《つか》まれてしまう。

二の腕を打ち振るい、身体を捩《よじ》って逃れようとしてもびくともしなかった。

「放してよ！」と叫ぶ杏に、倫平は「駄目だって！」と頭を振って、激しく制する。

今度は空いているほうの手で倫平の胸を押すと、倫平はぐらりとなって仰《の》け反《ぞ》ったが、
すぐに体勢を立て直し、もう一方の杏の手も摑んで必死で動きを押さえにかかった。

そうして互いに声を張りあげ、組んず解《ほぐ》れつしていた時だった。

頭上が突然、ぱっと輝き、視界が一瞬、強烈な白一色に染まった。

見あげると、杏たちのすぐ真上にUFOが浮いていた。

黄みがかった白い耀《よう》光《こう》を発するUFOは虚空にふたつ、目玉のごとく横並びになって、
まるで杏たちを見おろすかのように留《とど》まっている。

「あっ」と思った瞬間、倫平の身体が上下逆さに裏返り、ふわりと虚空に舞いあがった。争いながら繫《つな》ぎ合っていた手と手が、ずるりと滑って離れていく。

とっさに摑み直そうとしたのだが、センチ単位のわずかなところで間に合わなかった。杏の指先は、倫平の開いた手のひらを掠《かす》め、湿った肌から溢《あふ》れる幽《かす》かな温《ぬく》もりだけをかろうじて空気の揺らぎの中に感じただけだった。

天地が逆転した倫平の身体は、真っ青に澄みわたる夏空に向かってつま先のほうから一直線に飛んでいく。

その先にはＵＦＯがあった。倫平は眩い光に包まれたふたつのＵＦＯの間に向かって、ぐんぐん吸いあげられていく。大きく開いた両目は、まっすぐ杏のほうを見つめていた。

堪《たま》らず悲鳴をあげると視界がぼやけ、倫平の輪郭が溶けるように消えてしまう。

暗転。

おそらく意識を失ったのだろう。どれぐらい昏睡《こんすい》していたのかは定かでない。

その後に連なる記憶は音も言葉も情景も、さらには時間の前後や間隔さえも。

あらゆるものが混濁していて、いよいよもって摑みどころがなくなってしまう。

朦朧《もうろう》とする意識の中、ぼんやり目蓋《まぶた》を開けた時、目の前に村の女性たちの顔があった。

笛子に諏訪子、竹代に小春。白髪の老婆。それから多分、キキョウさん。

けれども記憶は曖昧《あいまい》である。

みんなの顔よりも昏睡する前に見たＵＦＯのほうが、はるかに強い印象を残していた。

暗転。

荒い息を吐きながら再び目を開けると、今度は目の前に強い光が灯《とも》る天井が見えた。

天井の色は灰色。光の形は円く、直視すると目の奥に燃えるような痛みが走った。

思わず呻《うめ》きながら顔を背けた時、自分が仰向《あおむ》けの姿勢で寝かされていることが分かる。

背中に覚える硬い感触からして、レントゲン台か、手術台のような物ではないかと思う。

近くでは淡白い色をした人影が、杏の身体を囲むような形で揺らめいていた。

宇宙人？　そうなら〝トコヨ〟からやって来た、サリーの仲間たちだろうか？

ならば自分が寝ているこの場所は、ＵＦＯの中なのかもしれない。

テレビや映画でよく見る、実験室の寝台に寝かされているのではないかと思った。

心細くてケロを抱きしめたかったが、腕の中から消えていた。呼んでも返事はない。

代わりに杏のほうが名前を呼ばれた。優しい女の人の声だった。

声の主は子供を寝かしつける時のような淡い笑みを滲《にじ》ませ、杏の顔を覗《のぞ》きこんでいる。

「大丈夫。きっと大丈夫だから、安心しなさい」

優しい声音で微笑みながら語りかけたのは、幼い頃に死に別れた母だった。

「お母さん」と呼びかけると、母は「うん」と応《こた》えてうなずいた。

暗転。

再び淡白い人影が近づいてくる。影は杏の頭のそばにある何かの機械をいじりながら
甲高い声で話しかけてきたが、宇宙人の言葉は分からないので返事はできなかった。

他にも奇妙な邂逅《かいこう》があった。軍服らしきものを着た男たちの姿も記憶に残っている。人数はふたり。彼らも杏が横たわる枕元へとやってきて、頻《しき》りに何かを語りかけたり、尋ねたりしてきたのだけれど、どんなやり取りをしたのかまでは覚えていない。

溶転。

意識が暗く淀《よど》んだまま、絵空事のように散発的な光景だけが、記憶の中に残っている。経緯は覚えていないが、結果論としてUFOらしき場所からは脱出できたようだった。行方不明だったケロはいつのまにか戻ってきたが、まもなく別れの挨拶《あいさつ》を告げられた。

「さよなら、杏。元気でね。ずっと見守っているからね」

寂しそうな声でつぶやくと、ケロは杏の前からすっと姿を消してしまった。

おそらくその後、キキョウさんとはもう一度会っている。その時は笛子も一緒にいた。祭壇が祀《まつ》られた部屋で会った記憶があるのだが、場所は集会所の屋敷ではなかった。初見の時とは打って変わって、この時のキキョウさんはなんだか優しい雰囲気だった。顔が――他にもたくさんの顔が、眩《まばゆ》い閃光《せんこう》の中でぼやけたり、歪《ゆが》んだり、漆黒の中に浮かびあがったりを繰り返しながら残っている。

諏訪子に小春に竹代、氏名のおぼつかない村の女性たち、白衣を纏《まと》った医者と看護師、そうした中には、なぜだか父の顔も紛れこんでいた。

だが、錯綜《さくそう》しながら薄れる記憶の中に、倫平の顔だけは二度と現れることはなかった。

闇の先

「三十年前の夏、確かにあったことだと思うんですが、最後は記憶も曖昧で……」

異様極まる昔語りを一頻り終えたのち、大きく肩を窄《すぼ》めて杏が言った。

時刻は三時三十分過ぎ。ここへと流れが至るまで、すでに一時間半近くが経っていた。

杏は小さく咳払《せきばら》いをすると、湯呑《ゆのみ》に注《つ》がれた煎茶《せんちゃ》の残りを口に含んだ。

湯呑が空になったのを見計らい、座卓の角側に座っていた佐知子が新しい茶を淹《い》れる。

佐知子に礼を述べると、杏は再びこちらに視線を戻した。

「それに、大事なことがもうひとつあります。こんなに色んなことが起きたはずなのに、わたしはしばらく、当時のことを全然思いだすことができなかったんです」

杏が浄土村で過ごした日々を思いだしたのは、当時から四年の月日が経った頃だった。

中学に進学した最初の夏、体育の授業中、プールサイドに座って水面を眺めている時にはたりと記憶が蘇《よみがえ》ったのだという。

「あまりにも現実離れした記憶だったので、初めは夢で見た情景かと思ったんですけど、何度も思い返していくうちに現実味が増してきて、夢の記憶とは思えなくなりました」

この時、杏は父方の祖母に引き取られて暮らしていた。

大腸癌の手術を受けた父は、杏が小学六年生の時に亡くなっている。

父はこの世を去る少し前、長らく絶縁状態にあった祖母と和解。その後の杏の養育を彼女に託して世を去った。

記憶が蘇ったのち、当時のことを祖母に尋ねてみたが、何も知らないとのことだった。杏の目から見る限り、祖母は嘘をついているようには思えなかった。

そもそも浄土村に関する出来事は全て、祖母と知り合う前に起きたことである。

仕方なく、自分なりに当時の記憶を整理して、今へと繋がるようにたどり始めてみた。

すると、すぐにある時期の記憶がすっぽり欠落していることに気がついた。

浄土村から東京の自宅まで、いつ頃帰ってきたのかという記憶がないのだという。

一方、小学三年生の二学期にあった授業や学校行事などにまつわる記憶は残っていた。だから間違いなくこの頃までには帰ってきているはずなのだが、正確な時期については思いだすことができなかった。

父の様子については、至って変わりなかったそうである。

少なくとも杏の記憶に残っている限りでは。

杏が浄土村に滞在している間に手術を受けた父はその後、杏が五年生に進級してからまもなく今度は骨癌を患ってしまい、半ば寝たきりになってしまうのだが、鬼籍に入るその日まで、特に不審なそぶりを見せることはなかった。

ばかりか、浄土村や笛子の素性について、父と話をしたような記憶もないのだという。

「当時の記憶をつぶさにたどってみても、父から笛子さんに関する話を聞かされたのは、宮城に出発する前までの記憶しかありませんでしたし、東京に帰ってから村についての話題が出ることも、逆にわたしのほうから話題にだすこともなかったと思うんです」

渇いた声で杏は言う。

ならばやはり、そんな出来事などなかったのではないか？　全ては多感な年頃だった中学時代の杏が、頭の中で無意識に作りあげた虚構の産物だったのではないか？　つかのま、そんな疑念が脳裏を掠めたが、確信を抱くまでには至らなかった。

「それに」とつぶやき、杏はさらに話を続ける。

「どれだけ探してもあの頃、わたしが村で使っていたスケッチブックも見つからなくて。東京から持っていったスケッチブックが一冊。あとから笛子さんに買ってもらったのが多分五冊くらいあったと思うんですけど、手元には一冊も残っていなかったんです」

杏は小さな頃から自分の作品は、大事に保管しておく性分なのだという。

小学生の頃に描いた絵に関してだけでも、落書き感覚で紙面を埋め尽くした自由帳や図工の授業で描いた絵なども含め、今でもその大半が手元に残っているそうである。

けれども小学三年生のあの夏、浄土村で使っていたはずのスケッチブックについては、どれだけ探しても一冊たりとも見つからなかったと杏は語る。

当時の物で行方が分からなくなった物は、他にもあるという。

「スケッチブックと一緒に、ケロも消えてしまったんです」

村の記憶とは違い、ケロの消失については、当時も認識することができたのだという。時期の詳細については不確かだが、二学期を迎える頃には父に所在を尋ねた覚えがある。

「でも、父の答えは『分からない』でした。さっきも話しましたけど、浄土村に関する記憶の最後のほうではケロ、勝手に喋《しゃべ》ったりしていますし、このくだりに関ししだけは、夢と現実の境が曖昧《あいまい》なんです。母からもらって、すごく大事にしていた子なんですけど、多分あの夏、浄土村のどこかでなくしてしまったんじゃないかな。記憶の最後のほうでケロから言われた『さよなら』は結局、現実になってしまいました」

浅く目を伏せ、独りごちるようにこぼしたあと、杏はさらに言葉を継いだ。

「繰り返しになってしまいますが、浄土村で怪しいお祭りみたいな儀式が始まる頃から記憶は少しずつぼやけていって、あやふやなものになっていきました。終わりのほうは本当に夢の中か、でなければ譫妄《せんもう》状態で体験したような情景が残っているだけなんです。喋るケロの他にも、亡くなった母に声をかけられたり、あの時、宮城にいるはずのない父の顔を見た記憶もあります。『あの村で過ごした記憶は本物』という実感がある半面、こういう有り得ない情景も記憶の最後に混じっているから、そのうち浄土村についての記憶をどんなふうに受け止めたらいいのか判断がつかなくなっていってしまって……」

結局、答えも真相も得られないまま、事情の怪しい記憶は杏の心の中に燻《くすぶ》りながらも、次第に意識の底へと沈下していった。歳をとるにしたがい、思いだす機会も減っていく。

そうした流れに思わぬ進展が生じたのは、つい二週間ほど前のことだった。

今月初めの夕暮れ時、久方ぶりに当時の記憶が蘇った杏は、なんとはなしにスマホで「ウキフネキキョウ」というワードを検索してみた。結果、ほどなくヒットしてしまう。

画面に出てきたのは、宮城の田舎町で拝み屋を営む、浮舟桔梗という女性の名前だった。

詳細を調べた結果、年頃は杏とさほど変わりないことが分かる。浄土村の歪《いびつ》な記憶に出てくる「キキョウさん」とは、明らかに別人である。

だが、単なる偶然と割り切ることはできなかった。

即日メールで連絡を取り、それから電話で桔梗と話すことができた。躊躇《ためら》いながらも事情を説明すると、彼女は祖母の代から名前を受け継ぐ三代目ということが分かる。

半ば幻想と思いかけていた遠い日の記憶が、一気に現実へと引き戻された瞬間だった。

「不安に駆られる気持ちもあったんですけど、記憶の最後のほうでＵＦＯみたいな物にさらわれてしまった倫平くんが、あれからどうなってしまったのか。彼の安否も含めて当時の真相を知りたいという気持ちのほうが、わたしの中ではるかに勝りました」

かくして大筋は現在へと至る。

三代目桔梗の了解を得た杏は、慌ただしく旅支度を整え、宮城へ出発。事前の確認で桔梗の口から、初代桔梗と浄土村に関する一件は何も知らないと聞かされていたのだが、それが真相への糸口を断つ証言にはならなかった。

桔梗の許《もと》を訪ねて通された仕事場の様相は、当時の記憶に残る「祭壇のある部屋」と重ね合わせて、驚くほど趣きが似ていた。

とりわけ祭壇の設《しつら》えについては同じ物としか思えないほどだったので、やはり自分が当時接した「キキョウさん」は、初代浮舟桔梗で間違いないとの確信を抱く。

以後は桔梗と協議の末、登米《とめ》市のビジネスホテルに滞在しながら、佐知子の運転する車で県内の各地を巡り、浄土村に関する手掛かりを探しているのだという。

「とはいえ、今のところはこれ以上の進展はない状態です。肝心要《かなめ》の『浄土村』という村名自体も公的には今も昔も存在していないようですし、私があの頃、笛子さんたちに宮城のどこへ連れていかれたのかも見当がつかないから、暗中模索といった感じですね。今まで聞いていただいた話の中で何か思うところがありましたら、なんでも構いません。ぜひご意見をお聞かせいただきたいです。お願いします」

桔梗から先んじて「UFO絡みの案件」と聞かされ、それなりに異質な話だろうとは思っていたが、いざこうして蓋《ふた》が開かれてみると異質どころではなかった。

少なくとも私の中では類を見ない、極めて異様な話である。

答えに迷ったものの、まずは脳裏にもっとも色濃く浮かんだ印象を伝えることにする。

「事前に想像していた内容とだいぶ毛色の違う話だったので、正直なところ驚きました。いちばん意外に感じてしまったのは、下地に関する部分です。お話の舞台になっている浄土村のご婦人方がのめりこんでいた妙な信仰。感触的には、SFというよりホラーだ。拝み屋の見地から検証しても、怪談書きの立場から解釈しても、思うところは同じです。単なる巷《ちまた》のUFO話と同一には、受け止めることができなくなってしまいました」

所感を述べて桔梗のほうに視線を向けると、彼女の視線もこちらにあった。目が合うなり、ゆっくりとまばたきをしてみせる。同意を表す目配せと見る。

小夜歌と佐知子の様子もうかがってみたが、私の見立てに異論はなさそうだった。

「ええ、確かに信仰でした。村で祀《まつ》られていたものの正体や教義がなんであったにせよ、あの村で何か特殊な信仰があったことに間違いはありません。当時は小学生だったから、『田舎には変わった信仰があるんだな』なんてくらいにしか思っていませんでしたけど、あるわけないですよね。知恵の輪のお化けみたいな形をした銀色のオブジェに祈ったり、無数のパラボラアンテナが取り付けられた鉄塔みたいな物を崇《あが》めたりする信仰なんて」

「少なくとも私自身は、民間信仰を含め、宮城の田舎にそういった信仰が存在するとは聞いたことがないです。まあ、実際存在するか、かつては存在していたのでしょうから、『聞いたことがない』という私の答えは、あまり意味がないかもしれませんけど」

「笛子さんや倫くんは、サリーを宇宙人ではないと明言していました、それについてはどうでしょう？　サリーが宇宙人じゃないなら、宮城や東北の信仰の対象になるもので、宇宙人やUFOみたいな存在と特徴が一致するものってありますか？」

これについては心当たりがなくもなかった。ただ、それを正解と裏付けるものもない。杏の話を聞いているうちに思い浮かんだ憶測に過ぎなかった。

「自信はありませんけど、お地蔵さんですかね」

前置きをしたうえで一応答える。

「強いて共通点があるとするなら、地蔵。サリーは子供を守る神さまということですが、お地蔵さまも子授けや子供守護の御利益《ごりやく》があるとされる仏さまです。有澄さんがその昔、浄土村で見たというグレイっぽい化け物がサリーだとしたら、なんとなく石で作られたお地蔵さまの形質と似通う部分があるように思ったんです。といっても頭髪のない頭に、身体が灰色をしているという二点だけなんですけどね。まあ、おそらく違うと思います。サリーの正体はお地蔵さんなんかじゃないでしょう」

実際、言葉にだして説明してみると、我ながら単なるこじつけにしか思えなかった。グレイと石造りのお地蔵さまの姿に多少の共通点があるとしても、パラボラアンテナが設置された鉄塔やＵＦＯらしき物体との間に関しては、なんらの符合も見いだせない。

杏のほうも「そうですか。そういう解釈もありますよね」などと答えてくれはしたが、ただの相槌《あいづち》である。案の定、そこから話が膨らむことはなかった。

気を取り直し、話題を切り替えることにする。

「お調べになられてみた限り、浄土村という村名は見つからなかったということですが、こういう線は考えられませんか？『浄土村』という名称は、妙な信仰を営む女性たちが、自分たちの居住地に対して独自に付けた、非公式な村名という線」

「ええ。それについては桔梗さんからもご指摘をいただきました。浄土村がどの程度の広さでどれぐらいの人が暮らしていたのか。仮にわたしが当時、自分の目で見た範囲がほぼ全部なら、村とするにはあまりにも規模が小さな場所だったと思います」

所有地に名前をつけてコミュニティを築きあげるという行為は、カルト宗教においてしばしば見られる行為である。

時代の古いものだと、ガイアナ人民寺院集団自殺事件で知られるジム・ジョーンズがガイアナ共和国に作りあげたジョーンズタウンという町の例があるし、日本でもその昔、オウム真理教が山梨県にサティアンと呼ばれた宗教施設を作っている。

カルト宗教に関する資料を紐解《ひもと》いてみると、こうした集団は規模の大小に関わりなく、探し求めた土地に独自の施設や集落を築きあげて、共同生活を送るケースが散見される。

杏から聞いた村の雰囲気にも、そうしたコミュニティに共通する印象を強く感じた。

「村の地形や道の造りから考えても、なんとなくそんな感じがするんですよね」

杏の答えを見計らうようにして、桔梗が口を開いた。

「長い坂道に沿って民家が数軒立ち並ぶ構成。坂道は未舗装の砂利道。坂道の頂上には大きな屋敷が立っている。屋敷を本家、他の家を分家と推定すれば、答えが出てきます。浄土村は坂道を含めて、同じ一族が共同で所有していた、広大な私有地という見解です。

三十年前、浄土村に暮らしていた女性たちが血縁関係にあったかどうかは不明ですが、仮にそうでない場合であっても、土地の在り方に関する仮説は崩れません。その場合は以前の居住者たちが血縁関係にあって、さっき説明した形で同じ土地内に暮らしていた。その後になんらかの事情があってその人たちがいなくなってから、ＵＦＯカルトっぽい女性たちが新たに移ってきた。ちょうど、居抜き物件みたいな感じで」

桔梗の意見に賛同する。私も大体、同じことを考えていた。

「こんなふうに仮定すると一応理屈は通りますし、村内の特異な地形や規模についての辻褄《つじつま》も合うと思います。こちらもこちらで仮定の話であることに変わりはないんですが、カルト教団の信者めいた人物たちが、限定された地域に寄せ集まっていた背景としては、それなりに説得力のある話だと思うんですが、いかがでしょうか？」

「冴《さ》えてますね」と答え、思いを巡らす。

主には本家や親の家を中心として、その親族や子供たちが近くの土地に新たな住居を構えて暮らすというのは、田舎においてそれほど珍しいことではない。

元から山林を始めとした広い土地を持っている旧家もあるし、土地を持ってなくても基本的に田舎というのは地価が安いため、それなりの貯えがある家なら、近隣に手頃な土地をまとめて買い求めることができる。

こうした事情があって田舎の狭隘《きょうあい》な地域内には、同じ苗字《みょうじ》の親戚《しんせき》同士が小さな集落と思えるような形で固まるように暮らしている光景が、しばしば見られるのである。

桔梗が挙げた砂利道の件に関しては、件《くだん》の浄土村において、村内に延びる長い坂道が未舗装の砂利道だったというのは、この道も含めて私有地だったという裏付けにもなる。

これも田舎ではしばしば見受けられる光景である。敷地の中に敷かれる道というのは、未舗装である場合が多いのだ。

思いを巡らすさなか、桔梗がさらに言葉を続ける。

「それからもうひとつ。村の場所の特定からはむしろ遠ざかってしまう話なんですけど、おそらく有澄さん、浄土村に向かう途中で睡眠薬を飲まされていると思うんです」

眉間《みけん》に軽く皺《しわ》を寄せながら桔梗が言った。

ちらりと視線を杏のほうへ向けると、彼女はわずかに動揺の色を見せてうなずいた。

「最初の日ですね。石巻駅に着いた時に小春さんからもらった、フルーツジュースです。変な味とかはしませんでしたけど、飲んだらだんだん眠たくなってしまったんですよね。多少は旅の疲れもあったんでしょうけど、目が覚めたら笛子さんの家で寝かされていて、外はもう夕方でした。大体五時間くらいかな。昼寝にしては、ちょっと寝過ぎですよね。移動している間の記憶は全然ないので、石巻駅から浄土村までどういうルートを通って、どれだけ時間が掛かったのかも判りません。到着までの過程を全部隠されたかのように私は道中、ずっと眠り続けていました。確かに薬で眠らされていたのかもしれません」

「これを事実と仮定するなら、笛子さんたちは当時の有澄さんに、村まで至る道のりが知られるのを意図して防いだということになります。浄土村が何を信仰していたのかは知りませんけど、暮らしているのは信仰対象の天敵と称して、子供が見ている目の前で蛇を殺すような人たちですからね。他にも変な形をしたサリーの塔や異様な祭祀《さいし》の様子。村の中には迂闊《うかつ》に外部に話が漏れると、多方でごたごたしそうな『こと』や『もの』が盛り沢山です。有澄さんを村には招き入れても、あとから起こりうる余計なトラブルを避けるため、くわしい場所だけは知られないようにしたのではないでしょうか？」

桔梗の話を聞いてなるほどと思う。当時の状況から鑑《かんが》みて、筋の通った推察である。

「あ、ちょっといいかな？　その件であたし、なんとなく思うことがあるんだけど」

こちらが答えを返そうとしていたところへ小夜歌がふいに口を開いた。

「どうぞ」と答えると、小夜歌は座卓の縁から少しだけ身を乗りだして話を始めた。

「瑠衣ちゃんが言うとおり、あとから起きうるリスクを避けるため、浄土村の人たちが有澄さんを睡眠薬か何かで眠らせて、村の場所を覚えられないようにしたっていうのは、おそらく正解だと思うんですよ。でもさ、冷静に考えてみると、おかしくないですか？どうして笛子さんたちは外部の人に知られたらまずいような場所に、あえて有澄さんを迎える気になったわけ？」

桔梗が「ああ」と惚《ほう》けたような声を漏らし、それから「あっ」と鋭い声を吐きだした。

「有澄さんのお父さんに頼まれたから仕方なく……って考えても、腑《ふ》に落ちない話です。そういう気まずい事情があるんだったら、断ればいいじゃないですか。ましてや相手は面識のない小学生、それも一日二日預かるんじゃないんです。万が一、何かあった時の責任問題だってあるし、あたしだったらそんな話は断ってしまいますけどね」

そこまで聞いて、私も「ああ」と唸《うな》った。ますます不穏な流れになってくる。

「それって要するにあれか。多少のリスクはあったとしても浄土村の連中には何がしか、当時の有澄さんを村に迎え入れてもいいだけの理由があったってことですか？」

私が尋ねると、小夜歌は「ビンゴ」と言って顔をしかめた。

「そうね。そうだと思いますよ。現に有澄さん、サリーを崇《あが》める気持ちの悪い村祭りに担ぎだされて、お巫女《みこ》さんの役なんかやらされてるじゃないですか？」

「なるほど。お祭りを始めるのにお巫女さんが必要だったから、有澄さんを受け入れた。確かにそう考えてみると微妙な齟齬《そご》がなくなって、辻褄が合ってしまいますね」

視線を空に泳がせ、小夜歌の答えを頭の中で反芻《はんすう》するような面持ちで桔梗がつぶやく。

甚だ嫌な仮説ではあったが、私もしっくりきてしまった。

ギブアンドテイクである。浄土村の女たちは、他人様《ひとさま》の娘をひと夏預かる対価として、怪しいカルトの異様な儀式に彼女を使わせてもらったのではないだろうか。

「あの……辻褄といえば、薬の件でもうひとつ。どうして今まで考えなかったんだろう。意識状態のことです。お祭りの日からわたしの意識状態がおかしくなってしまったのも、村の人たちにその、何か危ない薬を使われたからなんじゃないでしょうか？」

追い打ちをかけるようにおぞましいことを杏が言う。

「うん……まあそうですね。有澄さんの記憶は、後半の時系列が曖昧《あいまい》になっていますし、そういう可能性も否定はできないと思います。当時の状況を考えると他にも何がしかの呪術的《じゅじゅつ》な作用があった結果だとか、あとはまさしくUFOみたいな物体から放たれた未知の力の影響とか、それなりに考えられる原因はあるんですけど……どうでしょうね。危ない薬という推測が出てしまうと、他の可能性は一気に霞《かす》んでしまう気もするんです。何しろいちばん現実的な可能性になってしまいますから」

困ったような色を浮かべて答えた桔梗に、杏がさらに重たい所感を投げ返す。

「ああ……となると、わたしが浄土村で体験したことって全部、夢や幻覚症状みたいな解釈で説明できるって話になってしまうんでしょうか……？」

「一概に絶対にそうとは言い切れませんけど、可能性としてはゼロではないと思います。でも確たる証拠もないし、今はあくまでも可能性のひとつとして考えておきましょう」

「ええ。確かにあの村では、いろいろと常識外れな体験をしていますし、記憶している後半の出来事については記憶自体もあやふやです。でも、あの時体験した出来事が全部、怪しい薬の力なんかで見せられた幻覚みたいなものだとも信じ辛《づら》いんです。村に着いた最初の晩やお祭りの夜に見た、グレイみたいな生き物のこともはっきり覚えていますし、お祭りのあとの昼間に見たＵＦＯみたいな物もそう。わたしの記憶に残っている光景はとても写実的で、目蓋《まぶた》を閉じると今でもディテールがはっきり思い浮かんでくるくらい、記憶の質が鮮明なんです」

言いながらもどことなく不安げな眼差《まなざ》しで、杏が空に視線を泳がせる。

「お話をお伺いして想像してみる限りでは、やっぱりＵＦＯだし、倫平くんがＵＦＯにさらわれている光景にしか思えませんね。他に当て嵌《は》まる答えが思い浮かばない」

私が言うと、杏は視線をふわりと空から私のほうへ留め置いた。

「ありがとうございます。わたしが今回の依頼でいちばんに知りたいと思っているのは、倫平くんがあのあと、どうなってしまったのかについてなんです」

「ええ、分かります。彼の存在がなければ、そもそもこんな依頼はしてませんよね？」

「ですね。仮にくわしい事情が分からなくてもいいんです。彼が無事でいるのかどうか、それだけでも分かれば十分なんです。短い付き合いでしたけど、当時はすごく仲良しで、今でもすごく印象に残っている子だから、どうしても気になってしまって」

「そのうえで」と杏は続ける。

「もしも本当に、あの時見た光景が夢や幻覚だったと証明される結果になるんでしたら、それはそれで構わないとも思います。厄介なお願いなのも重々承知しているつもりです。とにかくわたしは事の真相が知りたいんです」

言い終えて杏がうなずくと、桔梗は話を引き継いだ。

「わたしも当時、祖母が浄土村とどんなふうに関わったものなのか、気になっています。これまで知らなかった祖母にまつわる過去の話が、有澄さんから舞いこんできたことに何か運命というか、因縁めいたものを感じずにはいられないんですよ。小夜歌さんから意外な気づきをいただいて、わずかながらも進展らしい運びになりましたけど、現状で分かることは大体この辺までです。初代浮舟桔梗に当たる祖母は、わたしが六歳の頃に肝硬変で亡くなっているんですけど、生前の祖母からはもちろん、四年前に亡くなった母からもそれらしい話を聞かされた覚えはありません。何か当時の手掛かりにでもなる記録がひとつでも残っていないかと思って、佐知子とふたりで家じゅうを探し回ってもみたんですが、結局何も見つかりませんでした」

大体のところはここまでか。確かに桔梗の言うとおりである。

杏の昔語りに始まり、これまで長々と言葉を重ね合ってきたが、要はそうなのだ。

浄土村の性質や形態について有意義な推察を展開することはできても、議題において何よりも肝心な「果たしてそれがどこにあるのか」の目星がまったくつかないのである。

村の代わりに当時の関係者を探そうにも、こちらも手掛かりが少なすぎて難しかった。

杏の父が他界した今となっては、笛子のくわしい素性を知る術《すべ》はないにも等しかったし、杏の説明によると、それは他の村人に関しても条件はほぼ同じである。

村の女性たちの中で、杏がフルネームを覚えているのは唯一、笛子だけなのだという。他にも「小久江」や「諏訪子」といった名前だけか、苗字《みようじ》のみを知る人物ばかりである。そもそも記憶に残っていないどころか、当事者たちからフルネームを教えられていないケースも多そうだと杏は言う。

何しろ杏は、今回の件においていちばん大事な、倫平の苗字さえも知らないのである。村に関する情報不足も含め、これではまともな捜索など望むべくもない。

だからこその「UFO路線」なのだと、改めて察した。

宮城県内で記録された、UFO関係の怪談話。桔梗としてはそれらの話を手掛かりに、怪異の詳細や発生地から、浄土村の位置を割りだそうという算段だったのだろう。

だが事前に話しているとおり、残念ながら私の手持ちにそうした話はほとんどないし、私自身もUFO関係の知識に殊更明るいわけでもない。

UFOと聞いて思い浮かんでくるのはせいぜい、小学時代にテレビで放送されていた矢追純一《やおいじゅんいち》のUFO特番に肝を冷やしたり、胸をときめかせたりした思い出ぐらいである。タイムリーな思い出としては、グレイと遭遇したアメリカ人の再現映像が特に怖かった。黒くて大きな目をした全身灰色のチビ助には、幽霊などとはまったく異質な怖さがある。

「UFO、宮城で何かご存じないですか？」

思っているそばから桔梗に再び尋ねられた。

仕方なく、だいぶ以前に知人や相談客から聞かせてもらったUFOにまつわる小話をいくつかぽつぽつと掻いつまんで語る。だが案の定、色よい反応は見られなかった。

「車で探し回っているそうですけど、具体的にはどういうところに行かれたんです？」

やはり仕方なく、煎茶《せんちゃ》のおかわりを準備していた佐知子に話を聞いてみる。

「最初は石巻駅の前からスタートして、海のほうに聳《そび》える山をいくつか回ってみました。その次は栗原市にある山をいくつか。石巻駅は浄土村への出発地点ですし、栗原の山を怪しんだのは、初代桔梗さんと村との接点を考えて、もしかしたら浄土村はこの家から割と近い距離にあるのかもしれないと思ったからです。結果的には空振りでしたけどね。この次は石巻と栗原を結ぶルートを重点的に探してみるつもりです」

当時の少ない情報を参考に、有力そうな地域は捜索済み。どの程度まで調べたのかは分からないし、あるいは見落としもあるのかもしれないが、それでも真剣に巡り歩いた結果の空振りだったのだろう。

石巻から栗原までは直線距離でおよそ五〇キロ。所要時間は大体一時間ぐらいである。石巻から見て栗原は北西に位置する。次なる捜索の地域に選ぶ道理は理解できるのだが、両市を結ぶルートはいくらでもあるし、石巻と栗原の間に村があるという保証もない。

「見つかるといいですね。私のほうはお役に立てなくて申し訳ありません」

佐知子と杏に笑いかけ、頭をさげる。

完全にお手上げだった。訪ねる前から分かっていたが、やはり私の役に立てることは何もなかった。あとは頃合いを見計らって退散すべきと判じる。

その後も三十分ほど、座卓を囲む五人の面子《メンツ》で議論を交わしたものの、特に有意義な進展はみられなかった。時計が六時を回る頃を潮に、私は席を立つことにする。

別れの挨拶《あいさつ》を告げると桔梗は松葉杖《まつばづえ》に手を伸ばし、玄関口まで見送ろうとしたのだが、「いいですよ」と断った。身体を捻《ねじ》り、畳の上に片膝《かたひざ》を突きかける様子もひどく緩慢で痛々しい。廊下を伝うだけとはいえ、おぼつかない足取りで歩かせるのは忍びなかった。代わりに佐知子が立ちあがり、仕事場の戸を開けてくれた。

「今日はありがとうございました。大したお構いもできず、申しわけありません」

「いいえ、こちらこそ力になれず申し訳ありません。ご無理をしないでお大事にどうぞ。下手に動いて転んだりしたら、ふりだしに戻ってしまう」

「貴重なお時間をいただいて感謝します。浄土村、なんとか探してみたいと思います」

桔梗の言葉に応《こた》えると杏も席から立ちあがり、丁寧にお辞儀をしてくれた。

「ええ。色よい成果が出ることを祈っています」

　素直な気持ちで杏を労《いたわ》り、なんとはなしに小夜歌のほうへ視線を向ける。

「郷内さんも膵臓《すいぞう》、くれぐれもお大事に。また近いうちにお会いできるといいですね」

「ですね。一層労るようにしましょう。今度は楽しい機会にお会いできれば」

　軽口気味に応えた私に、小夜歌は鼻面をくしゃりと縮め、奇妙な笑みを作ってみせた。

　佐知子とふたりで仕事場を出たあと、暗くなった玄関口で別れの挨拶を告げたのだが、彼女は靴を履いて前庭に停めた車のほうまでついてきてくれた。

　悪いと思ったので「寒いからいいんですよ」と笑って制したのだが、向こうも笑って「寒いからこそ、きちんと最後までお見送りするんですよ」と言い返された。

「正直な話、今回の依頼事は迷宮入りしそうな予感もひしひし感じてはいるんですけど、できるだけのことはしてみようと思っています。今日はありがとうございました」

　半分開けた運転席の窓外から顔を覗《のぞ》かせ、佐知子が笑う。

　その目には幾許《いくばく》かおぼつかなそうな陰りも見て取れたが、面差し自体は凜《りん》としていて、堅固な意志をありありと感じた。

　以前とは別人のようだと思える。明るくなったし、おそらく芯《しん》も強くなったのだろう。確かな覚悟を抱いて時間を味方につければ、人は望むべきものへ確実に変わっていける。

　思い返せば、決して普通の出会いではなかった。私が佐知子と初めて知り合ったのも、一昨年《おととし》の冬場に手掛けた例の「恐ろしく込み入った仕事」のさなかである。

かわいそうなことに佐知子は当時、とある怪異がもたらす大きな災禍に巻きこまれた被害者だったのだが、同時にある意味では、加害者でもあるという複雑な立場にあった。

私や桔梗たちがこの一件に関わりを持って、事態がどうにか一段落を迎えるまでの間、彼女は終始、思いつめたような暗い顔つきをしていたものである。口数も極端に少なく、出てくる言葉も一様に暗かった。

それがこの一年半で見事なまでに変わった。変貌《へんぼう》の理由が、桔梗の助手を務めてきた結果であることは、先ほどまでの彼女の言説や立ち居振る舞いを見ていれば明白である。

加えて自分自身としっかり向き合い続けた成果ともいえる。一昨年の一件が終わってまもなくした頃、佐知子はそれまで自分がしてきたことへの罪滅ぼしがしたいと言って、桔梗の助手を務め始めたのである。

良い道を歩んでいると思った。できる限りのことは協力したいという気にさせられる。だが、残念なことに本件においてはこれ以上、私が力を貸せる用件はなさそうだった。

「とにかく自分が今できることを一生懸命取り組んでみることです。前向きな気持ちでがんばっていけば、どんな結果になろうと、少なくとも悔いは残らないと思います」

「ですね。最後までがんばってみるつもりです。もしもまた、何かお願いしたいことが出てきたら、連絡させていただくかもしれません。……よろしいですかね？」

「ご遠慮なく」と答えたものの、果たして今後、そんな流れがくるものかと思う。

前庭で手を振る佐知子をサイドミラー越しに見やりながら、私は車を門口からだした。

己のやらかしたポカに気がついたのは、それから三十分以上も経った頃のことである。

「思いだした。交渉の件だ。やっちまったよ、この間抜け」

一昨日《おととい》、桔梗と交わした約束の件である。

桔梗たちにUFO絡みの怪談話を提供するその見返りとして、私のほうは彼女から、停滞中の特異な感覚を元に戻すためのアドバイスを聞かせてもらえる予定だったのだ。

おそらくは桔梗も自分の用件に夢中で忘れていたのだろう。実に迂闊《うかつ》なことだった。

「ちょっと前にもあったたな、こんなこと」

つい先々月の秋口にも旧知の拝み屋仲間に相談したいことがあって、仕事場を訪ねた。その折にも、向こうのほうが現在進行形で抱えこんでいた異様な話に聞き入ってしまい、いつしか自分の用事を忘れて話を聞き終え、そのまま家路をたどっていたのである。

なんだろう。歳のせいだろうか。気づくとたちまちげんなりさせられてしまう。

ついさっきまでは、桔梗たちとはしばらく会う機会はないだろうと思っていたのだが、こうなると再会の日は案外近いのではないかと思い直した。

事情を説明して電話で聞いたほうがてっとり早いし、楽なことも分かっているのだが、なんとなくそんなふうにはならないような予感も抱いた。

事はカルト絡みのUFO事件。

ご丁寧にグレイ型の宇宙人らしき異形まで話の中に絡んでくる。

対してこちらは持病を抱え、今や特異な感覚すらも停滞している無力な拝み屋である。

仮に今後も関わったところで実質、私にできそうなことなど何ひとつ思いつかなかった。

ならばいつものように警戒することもなかろう。

そもそも今回の案件は、毛色も違い過ぎるのだ。

微妙にざわめきかけた心を宥《なだ》めながら私はその日、どうにか無事に帰宅した。

だがしかし、正体不明の異形とカルトが共に結んで織りなす浄土村の怪異に向かって私が再び担ぎだされるまでは、そこからさして時間が掛かることではなかった。

近くて遠い日々のコーネリア

可憐《かれん》な花のような娘だった。薄桃色に染まる薔薇《ばら》の品種と、同じ名前を贈ってあげた。

南の国の空の下で煌《きら》めく海のように青い目をした、不思議で可憐で、愛《いと》おしい娘。

思えばあれからすでに、四年も経つのか――。

記憶の暦をたどれば紛れもない事実と認識しつつも、俄《にわ》かに信じ難い気分にもなった。

なぜなら今でも胸を馳《は》せれば、全てが昨日のことのように思いだすことができるからだ。

二〇一八年十一月半ば。都内西部、緩やかな稜線《りょうせん》を描く山間に面した、閑静な田舎町。

昼に吹く色無き風の冷たさに、少しずつ冬の到来を感じるようになってきた頃のこと。

柳原鏡香《やなぎはらきょうか》は、近いようでも日々確実に遠のいていく記憶の情景に思いを巡らせながら、自家の裏手に広がる木立ちの様子を漫然と眺めていた。

敷地の間口を優に越えて広く深く群立する樹々の葉々には、燃え立つような強い赤や、梔子《くちなし》で染めたような黄褐色に色づくものもたくさんある。裏手の森を含む近隣の紅葉は、少し前から見頃の時季に差し掛かっていた。

桜の花が散りゆくほどの急ぎ足ではないものの、余裕を構えていると気づいた頃には一枚残らず散っているというのが、秋の紅葉というものである。

少なくとも鏡香の感覚では昔からそうだったので、今が盛りと感じていられるうちにしっかり目に焼きつけておこうと思い、外へ出た。けれども裏手の森に視線を向けると、先に視界に入ってきたのは紅葉ではなく、木立ちの間に覗く小道の細い入口だった。

全てが昨日のことのように感じられる四年前、厳密には二〇一四年二月のことである。鏡香はこの木立ちの向こうで、ひとりの少女と出会っている。

前年の七月半ばから鏡香はこの地に借家を見つけ、独りで暮らし始めるようになった。その前までは都心のマンションに十五年ほど暮らし続け、寝食を共にする家族もいた。同年代の夫と、中学二年生になる娘である。

やはり前年五月のことだった。娘の加奈江《かなえ》が致死性不整脈という稀有《けう》な発作を起こし、突然この世を去ってしまう。死に目に会うこともできなかった。

これだけでも相当狂おしい思いに苛《さいな》まれたのだが、それからまもなく夫の不倫も発覚。ここで完全に打ちひしがれてしまった鏡香は、離婚を前提に別居を開始することにした。新たな住み家として知人のつてを頼って見つかったのが、都内西部の田舎町に位置する、築三十年ほどの一軒家だったのである。

越してくるのと同時に、十年近く続けてきた霊能師の仕事も一時休業することにした。理由は心労が祟《たた》ったゆえだが、より詳細に内実を明かすなら、自信も失ったからである。人の目に視えざるものや感じざる事象を専門に扱う本職の霊能師が、愛娘《まなむすめ》の死はおろか、夫の不倫さえも見抜くことができなかったのだ。とんだ御笑い種《ぐさ》だと落ちこんだ。

事務所として借りていたテナントは住まいを移す際に解約し、仕事は完全にやめると決めないながらも無期限で休むことにして、しばらく静養に当たるつもりだった。

結果としては、これがよろしくなかった。独りで家に籠《こも》り続けて加奈江の死を悔やみ、それと同時進行で夫に対する憎悪も滾《たぎ》らせ、うだうだ自問自答を繰り返しているうちに心が耐えきれなくなってしまい、そのうち酒で気を紛らわすようになったのだ。

酒量は日を追うごとにいや増していったが、悩める鏡香の心を一時的に鎮めるだけで、なんらの光明ももたらすことはなかった。むしろ冥府《めいふ》の闇へと誘《いざな》う始末となってしまう。

独り暮らしを始めておよそ半年が経った、二〇一四年二月八日のことだった。

その日の朝方、昨晩からの深酒を引きずって目覚めた鏡香は、死ぬことに決めた。

リビングのカーテンを開けると外では雪が深く降り積もっていて、このまま外に出て酔い潰《つぶ》れて意識を失ってしまえば、楽に死ねるのではないかと思ったのだ。

そして上着すらも羽織らない薄着のまま、ブランデーのボトルを片手に向かったのが自宅の裏手、今も目の前に口を広げて見える森の小道の先だった。

中に入って道なりに五十メートルばかり進んでいくと、周囲を丈高い樹々に囲まれた空き地に出る。そのまんなかには、半分ひしゃげたまま放置されている木小屋があった。おそらくはその昔、伐採した材木を保管するのに使っていたこの木小屋の屋根に腰掛け(屋根は壁ごと前のめりになって傾き、地面に近い高さにあったので、腰をおろすのにちょうどいい按排《あんばい》だった)、ブランデーを呷《あお》りながら寝落ちするのを待つつもりだった。

思ったとおりにふらつく足で小道を進んで空き地へ至り、木小屋の屋根に尻《しり》を預けて、ボトルからじかにアルコール度数四〇のブランデーを胃の腑《ふ》にぐびぐびと流し始める。

彼女に出会ったのは、そうした時のことだった。

ぼやけた意識の中にふと聞こえてきた足音に耳を澄ますと、まもなく大雪にまみれた木立ちの中からひとりの少女が出てくるさまが目に留まる。

とたんに胃の腑がぎゅっと窄《すぼ》まる感覚を覚えた。

年頃は死んだ加奈江と同じくらい。背丈も加奈江に近く、百五十センチほどに見えた。髪型はストレートのロング。真っ黒な髪の毛を腰の辺りまで長々と生え伸ばしている。綺麗《きれい》な顔立ちの娘だったが、顔の右端からはおびただしい鮮血が流れ、顔の右半分がどろどろとした質感を帯びた血の赤に染まっていた。形相も両目と歯を剝《む》きだしにした、怒りと憎悪に満ちた念に象《かたど》られている。

服装は白いTシャツに薄手のロングスカート。Tシャツの胴側一面にはシャガールの作品とおぼしき西洋画が大きなサイズでプリントされていた（のちになって調べた結果、やはりシャガールの作品で、『青いサーカス』というタイトルだと分かった）。

スカートは花柄で、黄土色をした生地の全体に薄桃色に色づく薔薇が咲き乱れている。長いスカートの裾《すそ》からちらつく脚の先にはクリーム色のスニーカーと、三つ折りにした白いソックスを穿《は》いているのが見て取れた。

それらのいずれもがずたずたに引き裂かれ、全身の方々に真っ赤な染みができている。

こうした容姿に加え、さらに鏡香を慄《おのの》かせたのは、少女が右手に携えていた物だった。カッターナイフ。それもホルダーがテレビのリモコンほどの大きさもある、工業用の巨大なカッターナイフである。色はピンクだったが、可愛げは微塵《みじん》も感じられなかった。どれだけひどく酔っていようが、少女がこの世の者でないことは、ひと目で分かった。しかも、それまでの人生の中で鏡香が一度も関わったことのない、凄《すさ》まじい凶兆を孕《はら》む規格外の存在であることも瞬時に理解することができた。

たちまち酔いが醒《さ》めるのを感じるのと同時に、木小屋の陰へと身を隠していたのだが、事態はそれほど穏便には済まなかった。いくらの間も置かずに存在を気づかれてしまい、木小屋の壁に背後を塞《ふさ》がれながら、目と鼻の先の距離まで迫られてしまう。

状況を俯瞰《ふかん》すれば、黙って殺される以外の結末はないと感じた。雪の中で眠りながら楽に死にたいなどと願った自分の意志が、死神を招いてしまったのだと覚悟した。

だから素直に「殺して」と少女に告げたのだけれど、ここで予期せぬ流れが生じる。

水気を湛《たた》えた黒い真珠を思わせる、深い艶《つや》と潤みを帯びた大きな瞳《ひとみ》。

右手にカッターナイフを携えながら、こちらをまっすぐ見あげる少女の黒い瞳の奥に、鏡香は幽《かす》かながらも人間らしい、血の通った輝きを感じ取ってしまったのだ。

同時に加奈江の顔も脳裏をよぎり、気づけば「おいで」と言って両手を広げていた。

少女はつかのま、石のように固まっていたが、まもなく明らかな困惑の色を見せ始め、最後はとうとう鏡香の胸にそっと顔をうずめてくる。

身体を引き寄せ、優しく抱きしめてあげると、鏡香は涙がこぼれて止まらなくなった。脳裏に浮かぶ加奈江の顔が像を強めて、恥ずべき自分の所業に苛まれる。

理由は汲《く》み取れなかったが、鏡香の胸に顔をうずめた少女も、声を殺して泣いていた。着ていたセーターの布地に涙が滲《し》みこむ熱い湿りを感じる。

「大丈夫だよ。大丈夫だからね。もう大丈夫。大丈夫だから……」

黒い髪を撫《な》でつけながら呪文《じゅもん》のように言葉を繰り返しているうちに、鏡香はいつしか意識を失ってしまう。

気づくと夜になっていて、リビングの床に横たわっていた。

初めは夢を見たのだろうと思いかけたが、それにしては記憶に残る体験の何もかもが確かな実感を伴って思い返された。あまつさえ、着ていた衣服には枯れ草の切れ端やら枯れ枝の破片やらがあちこちに付着している。

セーターの胸元には、少女のものとおぼしき赤黒い血の痕《あと》もついていた。家の裏手に面した窓から外の様子をうかがうと、深く降り積もった雪の上に森の入口を行き来する自分の足跡がくっきり残っているのも確認できた。

信じられない心地で再び眠りに就いてからは、今度こそ本当に夢を見る。

そこにも同じ少女が現れた。けれども服装は違ったし、血にもまみれていなかった。

夢の中での少女は、白いワンピースのセーラー服を着ていた。胸元には青いリボンが結ばれ、襟や袖口《そでぐち》にも青いラインが入っている。

目の色も黒い真珠を思わせる深みを帯びた暗い輝きから、アクアマリンを彷彿《ほうふつ》させる淡い水色に変わっていた。見つめるだけで心が安らぐ、不思議な光を宿した瞳である。

自宅のリビングで寛《くつろ》いでいる夢だった。少女は掃き出し窓の外にいて、戸惑いがちな笑みを浮かべてこちらを見ていた。

だから「どうぞ」と中へ招き入れ、酒に溺《おぼ》れる以前はいちばん好きだった飲み物――とっておきの紅茶を淹《い》れてご馳走《ちそう》してあげた。

少女は少しはにかみながらも、笑みを浮かべて飲んでくれた。明るくなった瞳の色や服装と相俟《あいま》って、その雰囲気は森の中で対峙《たいじ》した時とは別人のように思えた。

否。あるいはこれが、彼女本来の姿なのかもしれない。抱えこんでいたマイナスから解放されて、元の姿に戻れたのではないだろうかと感じる。

ぬくぬくと穏やかな陽光が降りそそぐリビングのローテーブルを挟み、鏡香と少女はそれからしばらく美味《おい》しい紅茶を味わいながら、楽しく安らかなひと時を過ごした。

少女との本格的な交流が始まったのは、こうした夢を境にしてのことである。

いい夢だったと思い、できればまた見たいと思っていたら本当に見ることができた。

その後もたびたび、自宅のリビングを舞台にした夢の中に少女が遊びに来てくれた。

目覚めると記憶が少し薄らいでしまうし、交わした言葉も細かいことは忘れてしまう。

だがそれでも夢の中で少女と触れ合うことに幸せを感じたし、ただの夢ではないという実感もありありと抱くことができた。

少女と交流を重ねていくにつれ、心に澱《おり》のごとくわだかまっていた悲しさや悔しさもしだいに洗い流され、日に日に気力が蘇《よみがえ》ってくる。

酒も飲まずに済むようになり、だらだらと休んでいた霊能師の仕事も、少しずつだが再開できるようになった。加奈江に対する向き合い方も変わる。娘が彼岸で胸を張れる立派な母になることがいちばんの供養になると思い定め、気持ちを新たに励み始めた。

夢の中の少女は、名前も素性も分からぬままに交流が続いた。素性はともかくとして、呼びかける名前がないのは寂しいものである。だから呼び名を贈ってあげることにした。

コーネリア。

初見の際に少女が穿いていたスカートの花柄にちなんで、思い浮かんだ名前である。薄桃色に色づく薔薇《ばら》の品種に同じ名前の花があるのだ。可憐《かれん》で可愛らしい響きだったし、外国風の名前は、彼女の小さな面で輝く青い目にも雰囲気がぴったり重なると思った。

夢の中でコーネリアと過ごす時間は、いつでも至福のひと時となった。絆《きずな》が深まっていくにつれ、新しい娘ができたような喜びさえも感じるようになる。

鏡香が抱く感触では、このままずっとコーネリアと一緒にいられそうな気がしていた。鏡香が抱く希望としても、コーネリアと末永く一緒にいたい気持ちでいっぱいだった。

けれどもそうはならなかった。

コーネリアと知り合って、およそ三月余り。自宅の裏手に広がる森の樹々が柔らかな新緑の青さに色づき、加奈江の一周忌が間近に迫りつつある、五月上旬のことだった。

夫から離婚届けが届いた。不倫相手と再婚する旨を記した手紙も一緒に添えられて。

鏡香の心は荒ぶった。元より離婚するつもりではいたのだけれど、不倫相手に対する愛情や再婚が云々《うんぬん》などという戯言《たわごと》は、できれば一生知らずにおきたいものだった。

手紙が鏡香に対する露骨な当てつけなのは明白だった。加奈江の一周忌が間近に迫る大事な時期にこうした悪意をぶつけてこられたことについても、凄まじい憤りを感じる。

自制が利かなくなった鏡香は、とうに縁を切った酒への渇望が再燃し、誘惑に負けた。車を飛ばして町場でブランデーを買い求め、帰宅するなり玄関口でボトルの口から直接大きく呷り始めると、あとは夫にさんざん毒づきながら、意識が潰れるまで呑《の》み続けた。

それから潰《つい》えた意識の中で夢を見る。

舞台はいつものリビングではなく、鏡香が自殺を考えた森の中の空き地だった。

あの時と同じように、深雪にまみれた木立ちの中から、重苦しい足音が聞こえてくる。とっさに視線を向けた先には、コーネリアがいた。木立ちの中から歩み出てくる。

だがその装いは、真冬の朝に初めて出会った時とまったく同じ、『青いサーカス』がプリントされた白いTシャツと、薄手のロングスカートに戻っていた。

顔つきも悪鬼のごとく険しい形相へと立ち返り、瞳の色も青から黒へと戻っている。

右手には化け物じみた巨大なカッターを握りしめ、左手には耳を摑《つか》んで束にまとめた、兎たちの生首をぶらさげている。

兎たちはひと目見るなり、夫がペットで飼っていたものだと分かった。

「コーネリア……」

　震える声で呼びかけたが、慄きに竦《すく》んで彼女の許《もと》へ近づいていくことができなかった。

コーネリアも木立ちの前に佇立《ちょりつ》したまま、こちらを睨《にら》みつけるばかりである。

　どうしてこんなことになっているのか、道理はすぐに理解することができた。

己の所業の愚かさを呪うと同時に、その代償のとてつもない大きさに打ちのめされる。

今の自分の目に映るコーネリアは、同時に自分の心の醜さを如実に表す鏡面でもあった。

自分が夫に対して望むことを、彼女は最大限の惨《むご》さをもってやり遂げたのである。

　大いに恥じたし、後悔もしたし、反省もしたし、できればやり直したいとも思ったが、

彼女の許へ足を踏みだしていく勇気だけは、どんなに振り絞っても湧いてこなかった。

「ごめんね。わたしはすごく弱い人だね。本当はずっと一緒にいたいのに、今は怖くて

あなたに近づくこともできない。あなたのことをすごく傷つけてるって思ってる……」

　嗚咽《おえつ》混じりに必死で言葉を向けても、コーネリアは険しい形相を僅《わず》かも崩すことなく、

強々《こわごわ》と見開いた両目でこちらをじっと見つめるばかりである。

　自分の心の弱さが、この娘をこんな姿にしてしまった。昨日まであんなに楽しそうに

笑っていたのに、自分がこの娘から無邪気で可愛い笑顔を奪い取ってしまった。

「わたしだったら大丈夫。ひとりできちんと決着を着けられる。そしてもっと強くなる。

約束するね。だからあなたは、何もがんばらなくていいんだよ。ありがとうね」

　覚悟を決めると、鏡香は自ら踏ん切りをつけることにした。

それでもコーネリアは微動だにせず、つかのまこちらをじっと睨み据えていたのだが、まもなくすると左手に束ねた兎たちの首を雪の上へと放り投げ、元来た木立ちのほうへゆっくりと踵《きびす》を返し、小さな背中をこちらへ向けた。

「今までありがとう。わたしはあなたがいたから救われた。それは本当のことだから」

樹々の狭間へ消えていく背中に向かって声をかけると、しだいに視界が白んでぼやけ、全てが散りゆくように遠のいていった。


以来、今日という日に至るまで、コーネリアの夢を見ることは一度もない。

同じく、彼女が去っていったあの日から、酒は一滴たりとも呑んでいない。

離婚の手続きを済ませてからは、寝るまも惜しんで仕事に励んだ。

田舎に引っこんだ都合上、それまでは電話とメール相談を主に仕事をしていたのだが、依頼主から希望されれば、相手方の住まいや職場へ積極的に出掛けていくようにしたし、自宅の一室に祭壇を祀《まつ》って対面相談も再開するようになった。

全ての努力は、加奈江が向こうで誇ってくれる母であるため。

そしていつの日かもう一度、コーネリアと再会できる日のことを願って。

脇目も振らず、うしろへも退《ひ》かず、これから自分が生きうる道の中で為すべきことにひたすら前を向いて挑んでいけば、いつしかかならず願いの叶《かな》う日が来てくれるはず。

鏡香は信じて、まっすぐ信じて、弛《たゆ》みない努力を始めた。

そして今日という今がある。おかげで日々の暮らしは忙しいながらも順風満帆である。無益に塞《ふさ》いで酒を呷《あお》るのに代わって、仕事の合間に嗜《たしな》む紅茶と、来客にとっておきの紅茶を振る舞うことが暮らしの中での喜びとなって久しい。迷いも悩みも何もなかった。

「わたしは毎日、約束を守って生きているつもり。あなたは元気に過ごしている？」

赤と黄色に色づいた森の道へと声をかけたが、その先に彼女がいるはずもないことは百も承知のうえだった。形式的な声掛けにすぎない。

夢からコーネリアが去ったあと、一度だけ森に入って空き地へ行ってみたことがある。思っていたとおり、彼女がそこに佇《たたず》んでいることはなかった。

夢の中で三ヶ月も触れ合った割に、コーネリアの素性について鏡香が知り得たことはほとんどなきに等しい。この世ならざる者だという点については疑いようがなかったが、その正体がどんなものであるのかについては、いまひとつ判断がつかなかった。

確実に分かっているのは、あの娘の本質はとても素直で優しいということ。

そして四年前に人生のどん底に陥っていた自分を助けてくれたということ。

多少の疑念はあっても、それだけ確信できていれば鏡香にはもう十分だった。

また会える日が来ることを願いながら、鏡香は心の中に彼女の姿を思い浮かべた。

わずかな希望

同じく二〇一八年十一月半ば。桔梗の仕事場から帰宅した晩のことである。八時過ぎ、居間の炬燵《こたつ》で横になり、少しうとうとしていたところへ携帯電話が鳴った。画面を見ると、発信主は小夜歌である。昼間に話しそびれたことでもあったのか。横臥《おうが》したまま着信ボタンを押し、電話を耳に押し当てる。

「今日はどうも。思いがけない再会になっちゃいましたね。今、お話大丈夫ですか？」

快活な声を弾ませ、スピーカーの向こうから小夜歌が言った。

「こんなに早く、また声が聞けるとは思ってませんでした。ええ、構いませんよ」

「実は例の村探しなんですが、あたしもお手伝いすることになりました。まずは明後日《あさって》、サッちゃんと有澄さんの三人で、石巻と栗原の間を車で回ってみる予定です」

「へえ。それはまたどういうわけで。何か効率のいい探し方でも思いつきました？」

「いいえ。でも不肖あたくし、一応は本職の占い師ですからね。あちこち回って歩けば、持ち前の変な勘もそれなりに働く時があるかもしれません」

「なるほど。謙遜《けんそん》することはないです。理に適《かな》ったサポートだと思いますよ。今は実質、村を探す指針もほとんどないわけですし、十朱さんたちも心強いと思うはずです」

「うん。まあ、あまり当てにしない範囲で奇跡を期待してもらえるのがベストかな」

　拝み屋に占い師。分野と立場に多少の違いはあれど、特異な技能で糊口《ここう》をしのぐ者の御多分に漏れず、小夜歌も幼い頃からたびたび「変な勘」が働く人物だった。

　占いの鑑定とはまた別に、他人の死期が分かってしまったり、なんの手掛かりもない状況から失《う》せ物を見つけだしたりできてしまう。それらに加えて、時と場合によってはこの世ならざる者たちの姿や気配を感じ取ってしまうこともある。

「変な勘」は百発百中ではないし、本人の意思とは無関係に発動するという不安定さも抱えているが、それでも素質は十分だったので、彼女は長じて占い師の道へと進んだ。

「別に瑠衣ちゃんから頼まれたわけじゃないし、何かでしゃばるみたいな感じもあって、ちょっぴり遠慮しているところもあるんですけどね。でも、昨夜から様子を見ていたら、なんだか放っておけないくらい心配になってきちゃって」

「骨折した足、想像していたよりも悪そうに見えましたし、人のことは言えませんけど、今は持ち前の霊感も休眠中じゃ、確かに心配にもなりますね」

　昼間見た桔梗の姿を思い浮かべながら答える。

　すると小夜歌は、声音を少し落として言った。

「霊感の状態って、その人の意識にもいろんな影響を及ぼすものだって思いません？」

「え？　それはどういうことでしょう」

　唐突に切りだした小夜歌の言葉に答えが詰まる。

「『霊感』っていう、特殊な言葉を使うから省かれがちですけど、そもそも霊感だってその人が持っている体性感覚の一種でしょ？　それが不調を起こすと心にも少なからず影響が出てくるって思うんです。たとえば風邪を引いてものすごい熱が出ている時って、ダルさで頭なんかまともに回らないじゃないですか？　歯医者に行って虫歯をドリルでガリガリ削られている時、まともな思考なんかできませんよね？　身体の状態が普段と違う状況に陥ると、その影響が思考や行動とかにも大なり小なり出てくると思うんです。霊感の不調もその例外ではないっていうのが、あたしの持論。お分かりかしら？」

「まあ、筋は通っていると思うし、言っていることは理解できます」

「瑠衣ちゃんの場合、影響が強く出ているのは洞察力かな。あたしが心配しているのは、霊感自体がお休みしていることなんかよりも、むしろそっちの影響のほうなんですよね。今日の昼間、もしかしたら当時の有澄さんは、怪しげなお巫女《みこ》さん役をやらせる目的で村に連れてこられたみたいな話をしたじゃないですか？」

「ええ、そうですね」

「こう言ったらなんですが、話を聞いて少し考えれば、あたしでも分かる道理ですよ？　元々頭の回転の速い瑠衣ちゃんが、あたしなんかの指摘で気がつくなんて絶対に変です。霊感がお休み中の影響で調子が悪い証拠ですよ」

「そうは言いますけど、考えすぎなんじゃないですか？　あれは浮舟さんだけじゃない。十朱さんだって分かっていなかったんでしょうし、有澄さんもそうだった」

「サッちゃんはあのとおり、奥ゆかしい性格ですからね。本当は思うところがあっても、瑠衣ちゃんの顔を立てて余計な口を挟まなかったのかもしれません。有澄さんのほうは多分ですけど、当時の記憶が混乱している影響で、トラブルの根っこに当たる違和感に気づかなかっただけだと思う。古い記憶って、印象が曖昧《あいまい》になっちゃうこともあるし」

私も小夜歌の口から薬の話が出るまで、そんなことには一切頭が回らなかったのだが、私の場合はどんな理由があって気づかなかったというのだろう？

何気に答えを待っていたものの、小夜歌はすぐに話題を桔梗のほうに戻してしまった。

「でも、瑠衣ちゃんは違います。昨日から様子を見ていても、会話の受け答えが時々ちぐはぐになったり、話に関する固有名詞をド忘れしたり、何かと粗《あら》が目立つ感じ。旧知のあたしが贔屓目《ひいきめ》に見ても、今回みたいに事情が入り組んだ相談事を手掛けるのはなんとなく危なっかしいように感じました。だからですよ」

控えめな笑い声を漏らしながら、小夜歌が言う。

「指摘されて気分のいいことじゃないと思うし、このことは瑠衣ちゃんに言ってません。代わりに軽い感じで『よかったら手伝うよ！』って申し出たんです。そうしたら喜んでOKしてもらえました。実際、瑠衣ちゃんのほうも少なからず心細さはあったみたいで、『助かります』ってことでした。大した力にはなれないと思うんですが、瑠衣ちゃんの霊感が元のレベルに戻れば、思わぬ突破口が開けるかもしれないし、それまでの代理と思ってがんばってみるつもりです」

「なるほど。それは素晴らしいサポートだと思います。ぜひともがんばってください」

奇抜な性分だが、昔から情には厚いのだ、この人は。

「で、ここから先が本題です。郷内さんも一緒にやりません？　浄土村探し」

一瞬、耳を疑ったのだが、スピーカー越しに届いた小夜歌の言葉に間違いはなかった。

声音は悪戯《いたずら》っぽかったが、その抑揚には有無を言わせぬような熱っぽさも籠《こも》っている。

「何を言ってるんですか。変な冗談はやめてください。心臓に悪い」

「悪いのは心臓じゃなくて膵臓《すいぞう》でしょ？　冗談じゃなくって、本気で誘っているんです。病気のこと以外にも瑠衣ちゃんから聞いてます。郷内さんも同じように停滞状態だって。今日はうっかりしていて、その件についてのお話ができなかったこと、反省してました。事前に約束してたのに、こういう杜撰《ずさん》なところも不調による影響かもしれませんね」

「浮舟さんの事情は分かりました。話はまた、機会を改めて聞かせてもらうつもりです。それよりどういうつもりで私を誘っているんです？　霊感だったら今の私もありません。捜索に加わったってなんの役にも立てないでしょう。浮舟さんと十朱さんのサポートは、城戸さんひとりがいれば十分だと思います」

「そんなに謙遜することはないと思うんですけど、サポート役はあたしが担当するのでそれについてはご心配なく。郷内さんは村探しのメンバーに加わって、自分のペースでリハビリをしてもらえばいいんですよ。たくさんドライブすることになるでしょうから、それなりに効果はあると思うんですよね」

「また話が分からなくなってきた。リハビリってなんですか？」

「答えはひとつ、単純明快。霊感回復のリハビリです。今日、瑠衣ちゃんも言ってたし、師匠も昔、言ってました。即効性はないけど、鈍ったり止まったりしてしまった霊感を回復させるには、気分を変えてみるのがいちばん。最近何かそういうことしてます？」

「お化けがいそうな場所に出掛けて、なんとか視えるように神経を尖《とが》らせています」

「全然気分変えてないじゃないですか。そういうのは駄目。焦りは逆効果みたいですよ。焦らないでじっくり回復の時を待つのが、こういう場合のセオリーみたいです」

嚙《か》んで含めるような口ぶりで小夜歌が言う。

気分転換か。小夜歌が案ずるとおりだった。特異な感覚が不調を来たしてからこっち、特にこれといってそういうことをした覚えがない。

今日も帰宅してから何をしていたかといえば、何もしていない。ありあわせの夕飯を食べ終えたあとは、炬燵で横になりながら悶々《もんもん》としていただけである。

先刻、小夜歌の口から出てこなかった答えが気になった。

笛子たちがわざわざ睡眠薬を使ってまで、少女時代の杏を浄土村へと招き入れた理由。私はなぜに「良からぬことに杏を利用するため」という推察に思いが至らなかったのか。確かに筋の通る憶説なのに、小夜歌に指摘されるまでは疑念を抱くことすらなかった。

あるいは小夜歌が心配している桔梗と同じく、私のほうも特異な感覚に異変が生じた悪い影響で、思考力や判断力が鈍化しているのかもしれない。

「村探しを手伝ったら、多少は今より良くなるんですかね？」

「保証はできませんけど、基本的には田舎の冬景色を眺めながらのドライブになります。しかも車に同乗するのは美女三人。リハビリにはもってこいな条件だと思いませんか？あとは郷内さんの判断次第かな？　普段と違う環境に身を置いて気分が変わってくれれば、見えなくなってしまったものも見えてくるかもしれませんよ」

「浮舟さんはどうなんです？　リハビリが必要なのは彼女も同じでしょう。私なんかを誘うより、浮舟さんを連れだすほうが良くないですか？」

「あの足ですよ。松葉杖必須。そもそも車の乗り降りからして大変だし、瑠衣ちゃんの場合は気分転換より、まずは足を治すほうが優先だと思います」

「まあ、それも道理の通った意見ですね。確かにご無理はさせないほうがいいでしょう。でもねえ、ちょっぴり待ってくださいよ。なんだか話がおかしなことに気づいてきたぞ。私の件についてです。城戸さんたちにご一緒する目的は、薄気味の悪いＵＦＯ村探しだ。私が最近ソロでやってる怪しいスポット巡りと、どんな違いがあるって言うんです？」

冴《さ》えてきた。脳裏にふっと思い浮かんだのである。

閃《ひらめ》いたと言い換えてもいい。

これは秘境の温泉巡りや、宝探しなどとはわけが違う。我々を乗せた車が目指すのは、怪しげな呪術《じゅじゅつ》や宗教儀礼も絡んでいるとおぼしきＵＦＯ村である。捜索に加わるのなら嫌でも神経を張り巡らせることになるだろう。気分転換になどなるまいと思った。

「違いは『独りじゃない』ってことです」

　ほとんど間髪を容《い》れずに小夜歌が答える。

「独りで今後を心配しながら過ごしているよりかは、誰かと一緒に過ごしているほうが、多少は気持ちのプラスになるんじゃないですか？　怪しい力で捜索をサポートするのはあたしの役目。郷内さんは張り切りすぎずに、何かあれば思ったことを教えてくれたり、みんなで意見を交わし合ってもらえればいいんです。一回だけでもどうですか？」

　本日のお勧めランチでも勧めるような調子で小夜歌は言った。

「まあね。それも道理は通ってます。お気遣いいただき、ありがとうございます」

　冴えてなどいなかった。実際は心配されたうえで、手を差し伸べようとされていた。

　さて、なんと答えるべきか。小夜歌は「一回だけでも」と、譲歩までしてくれている。人の心までろくに見通せなくなってきているのを実感すると、やはり勧めに従うことが肝要か。差し当たり「一回だけなら」と思い做《な》す。

「なるほどね。意向も含めて分かりました。どれだけお役に立てるか分かりませんけど、浄土村の捜索ツアー、私も言葉のとおり、謹んで乗らせていただきますよ」

「よかった。本音を言うと、あたしも独りじゃ少々不安な面もあったんで安心しました。瑠衣ちゃんのことも心配ですけど、あたしもあたしで答えが出るなら知りたいんですよ。三十年前、初代はどういう事情があって、浄土村や有澄さんと関わることになったのか。これに関してはうっすらですけど、変な勘が働いているような気もするんです」

「勘というと？」

「是が非でも真相を知るべきという直感。でも、矛盾してますけど、それと同じくらい『知らずに済むなら、知らないままのほうがいいんじゃない？』っていう印象もありき。要は定まらない感じなんですけど、今は僅差《きんさ》で『知るべき』のほうが勝ってます」

「勘っていうよりは、単なる優柔不断なんじゃないんですか、それ？」

「まあ、そういう気持ちのあれこれは、今後の流れの中で分かってくるかもしれないし、分からず終《じま》いになるかもしれません。でも少なくとも、面白半分じゃないですよ？」

「それは伝わってきてます。だから乗らせていただくんです。がんばってみましょう」

半ば相槌《あいづち》のような答えを返し、それからまもなく通話を終えた。

小夜歌はさっそく佐知子にスケジュールの確認をしてみるという。

ほどなく今度はメールが届いた。

ツアーは五日後。週を跨《また》いだ四週目の半ばに午前九時から出掛けることで話が決まる。

当日は私の家まで佐知子が迎えに来てくれるという。

追って桔梗と佐知子からもメールが入った。こちらは感謝を伝える連絡だった。

つくづく「堅い人」たちだと思う。

宮城の言葉で「義理堅い人」を賛する際の言い回しである。相変わらず、役に立てる自信も算段もなかったが、少しだけ身の引き締まる思いにはなった。

そのうえで、再び小夜歌の呼びかけに思いを巡らせる。

いささか散漫なプレゼンではあったものの、彼女が感じていることは理解できたし、私の現状を案じて村探しに誘ってくれた点についても、ありがたい。

そこまでは呑《の》みこむことができた。だが、そうした一方で何やら腑《ふ》に落ちないものがつっかえているようにも感じられ、なんとなく釈然としない気分にもなった。

一頻《ひとしき》り思案を巡らせてみたが、徒労に終わる。答えは何も出てこなかった。

単なる勘違いの可能性もある。小夜歌の言説が正しいのなら、特異な感覚が停滞している今の私も桔梗と同じく、洞察力やら感受性やらに不備が生じているのかもしれない。

昨今の浮き沈みしやすい情動の件も鑑《かんが》み、可能性は大いにありきと思った。

やはり単なる気の迷いだろう。誘いを受けて早々にこんな調子では先が思いやられる。

とはいえ、約束した以上、もはやあとに引くこともできない。少なくとも今のところは、引くつもりもなかった。現状が手詰まりになっているのは、こちらも同じことである。

たとえ望みがわずかであっても、不調を来たした感覚を元に戻せる可能性があるなら、今は試してみるより解決策はなかった。

UFO村。仮に見つけだせた折には、鬼が出るか蛇が出るか。

奇《く》しくも先日、私が胸に抱いた最初の所感と、小夜歌の所感も同じ含みを帯びていた。

まだ見ぬ異様な集落の情景を脳裏に思い浮かべていくうちに、先ほど湧いた疑念は潰《つい》え、代わりに脳の襞《ひだ》がざらつくような不快でおぞましい感覚に私の心は滲《にじ》んでいった。

暗中模索

それから数日後。二〇一八年十一月下旬、四週目の半ば、曇天模様の正午過ぎ。

私は赤い軽ワゴンの助手席に座り、車外に見える寂れた野山の景色を眺めていた。

事前に約束していたとおり、佐知子は九時頃に我が家へ迎えに訪れた。後部座席には小夜歌と杏も座っている。

「やっぱり特に感じるものはありません？」

車外を眺めながら尋ねると、小夜歌は「うむぅん」と野武士のような唸《うな》り声を発した。

「ええ。残念だけど決定的なのは。すみませんね、当てにならない勘ですし」

この日の捜索は、石巻駅から始めていた。小夜歌の勘に引っかかるものが出ることを期待した、改めての捜索である。

最初は、駅前から市街地を抜けた北東部に聳《そび》える上品山《じょうぼんさん》を選んだ。北上《きたかみ》山地に属するこの山は、駅からいちばん近い距離にある「いかにもそれらしい雰囲気の山」である。

標高四百六十五・七メートル。山名は浄土を願う修行僧の最高位「上品」に由来する。

これがミステリ小説の世界なら「上品山に浄土村」というのは、いかにもお誂《あつら》え向きの展開なのだが、あいにくそれらしいロケーションを見つけだすことはできなかった。

山には以前、佐知子と杏がふたりの時にも入っているのだという。

その時は、山の南側から外周をなぞっていく感じで、麓《ふもと》に延びる道筋を散策していた。一頻り巡ったあとは山中にも分け入り、主要なコースも走破しているという。

今回はそうしたコースに加え、以前は確認しなかった山中の脇道なども覗《のぞ》いてみたが、収穫はなかった。鬱蒼《うつそう》とした木立ちの中に銀色の怪しい塔が見えてくることもなければ、杏の記憶に一致する集落の面影すらも認めることはなかったという。

以前は実施しなかったという聞き取り調査も今回はおこなった。問者は小夜歌である。

小夜歌は独自の基準で、麓の道端や田畑の中に適当な地元民を見かけると、そのたびに車を停めてもらい、浄土村という村落や銀色の塔に関する質問を繰り返していった。

不確定要素の強い勘に頼るよりは、よほど堅実な手段である。但し収穫はゼロだった。何かにつけて物怖《ものお》じしない小夜歌の聴取は、地元民を戸惑わせるだけの結果に終わった。

何しろ見た目の圧が強いのだ。見慣れぬ車の中からいきなり躍り出てきた銀髪の女に怪しげな質問をされれば、誰もが多少なりとも凍りついて身構えてしまうものである。しどろもどろに言葉を返す彼らの様子を見ていて、大層申しわけない気分になった。

続いて上品山の東部に位置する硯上山《けんじょうさん》のほうも調べたが、結果は同じく空振りである。ただ、こちらについては初めから大した期待をしていなかった。

ぎりぎり内陸側に聳える上品山に比べて、硯上山のほうは三陸《さんりく》海岸に近い距離にある。特に山の東側は、山中から太平洋が望めるほどに海が間近に迫っている。

笛子が当時、杏に語った説明が信じるに値するものなら、浄土村は海からそれなりに離れた場所にあるのだ。硯上山では条件が合致しない。

一方、笛子は浄土村の所在地を「石巻から少し離れた別の土地」とも説明している。こちらについては一応、上品山も硯上山も条件に当て嵌《は》まらないこともない。

現在の石巻市は、二〇〇五年に当時の市と隣接する桃生町《ものうちょう》、河北町《かほくちょう》、河南町《かなんちょう》、北上町《きたかみまち》、雄勝町《おがつちょう》、牡鹿町《おしかちょう》の六町と合併し、新たな大きな市として生まれ変わっている。

上品山は元々、旧河北町の北西にあった山である。硯上山のほうは、かつて河北町と雄勝町だった土地を跨いで聳える山なのだ。

ゆえにふたつの山は「石巻から少し離れた場所」という候補地に、一応は当て嵌まる。だがそもそもの話、三十年前の笛子の説明自体が真実だったかどうかも定かでないのだ。仮にそれが本当の話だったとしても、「石巻から少し離れた場所」という情報だけでは、焦点が漠然とし過ぎて範囲の絞りようがない。

改めて私たちは、雲を摑《つか》むような手段で浄土村を探していることを思い知らされた。

「やっぱり記憶に重なってくるものはありませんか？」

今度は杏に尋ねてみる。すると杏は苦笑いを浮かべつつ、小さく肩を竦《すく》めてみせた。

「ごめんなさい。注意しているつもりなんですけど、今回もさっぱりです」

何も謝ることはない。小夜歌に尋ねたついでに声をかけただけである。

「それにしてもすごい。ある意味、写真よりも写実的に感じるものがあります」

今度は膝《ひざ》の上に置いていたクリアファイルを開きながら、杏に率直な感想を述べる。

「いえいえ、ありがとうございます。ある意味、幻想アートの領域かもしれませんけど、当時の記憶を元にできるだけ正確に描きだしたつもりです。少しでもご参考になれば」

ファイルの中には杏が最近描いたという、浄土村の風景画が収められている。

数は全部で十枚ほど。画材は鉛筆と透明水彩絵の具。緑が繁る長い坂道の風景を始め、笛子の家や坂の上に立つ屋敷、さらにはサリーの塔やグレイによく似たサリーの姿など、彼女の昔語りに出てきた主なるものが精緻《せいち》な形をなして網羅されている。

いずれも凄《すさ》まじく上手《うま》い絵ばかりだった。

これらの絵はファイルごと、宮城へ初めて来た日に桔梗に預けていたのだという。

当初の段取りでは私が先日、桔梗の家を訪ねた際に見せるつもりだったらしいのだが、話の流れのなかで桔梗がうっかり忘れてしまったそうである。

先日、小夜歌が語ったとおり、不調の影響でやはりどこか抜けているのかと思った。

絵と言えば、私もその昔はイラストレーターを志していた時期がある。高校卒業後は仙台にある美術専門学校に進んで、二年ほど絵画や立体造形に関する技術を学んだ。

楽しく有意義な学生生活だったが、私は杏ほど絵の才能はなかったのかもしれないし、絵に向ける情熱自体もなかったのかもしれない。結局、ものにはならなかった。

正確に言い表すのであれば、最終的には人生における大きな岐路に差し掛かった時に自分の意思で絵の道よりも拝み屋の道のほうを選んでしまったのである。

だから絵の道には特に大きな未練はなかったし、絵が嫌いになったわけでもないので、上手い絵を目にすると心が浮き立つ。たとえテーマが浄土村の怪しげな風景であっても、杏の絵には人の目を惹《ひ》く鮮烈な魅力があった。

　仕事では油絵を描くことが多いという。CGの仕事もしている。だが、依頼があれば水彩画も手掛けるとのことだった。プライベートでは、水彩画と色鉛筆画を描くことが多いらしい。

「どうしましょう。この辺はもう切りあげて、栗原までの道筋を調べに行きますか？」

佐知子が言う。「任せます」と答えた。登米市へ向かうことになる。

　県北に位置する登米市は、石巻市と栗原市の間に位置する街である。石巻市と同じく、二〇〇五年に登米郡の八町、登米町《とよままち》、南方町《みなみかたまち》、迫町《はさまちょう》、東和町《とうわちょう》、中田町《なかだちょう》、石越町《いしこしまち》、米山町《よねやまちょう》、豊里町《とよさとちょう》と、本吉《もとよし》郡津山町《つやまちょう》が合併して登米市となった。宮城の米所、仙台牛の産地として知られる他にも、渡り鳥の越冬地として日本一を誇る街でもある。

　こうした特色を持つ土地柄ゆえ、登米市の地形は平野がその大半を占める。主な山は、市の北東部から南部にかけて延びる北上山地に属している。南から翁倉山《おきなぐらやま》、物見《ものみ》石山《いしやま》、高塒山《たかとやま》、蚕飼山《こがいさん》などがある。その他、栗原方面へ向かう市の中央部から西部にかけても山は一応あるのだが、こちらは概《おおむ》ね低山である。

　プランを尋ねると、佐知子は思案げに首を捻《ひね》りながら「うーん、そうですね……」とつぶやき、続いてミラー越しに小夜歌のほうを見た。

「小夜歌さん、お願いします」

「相変わらず何も感じないんだけど、あたしが決めていいの？」

「お願いします。城戸さんの導きを頼りにしています。有澄さんもよろしいですか？」

「ええ、異論はまったくありません。わたしからもぜひお願いします」

「そう。じゃあちょっと待って。集中してみる……」

渋い声で答えた小夜歌に佐知子は礼を述べ、山道の路側帯に車を停めた。

小夜歌は「集中してみる」などと言ったが、例の妙な勘は自分の意志とは関係なしに生じるものと聞いている。集中しても意味などないのではないかと思ってしまう。

とはいえ、余計なことを言う気もさらさらなかった。

消去法の問題で、選べる選択肢はひとつしかないのである。

合理性や確実性から考えれば頼りない手段ではあるが、聞きこみの当ても外れている。現状において頼みの綱となるのは、杏の遠い記憶と小夜歌の勘ぐらいしかないのである。

だが事実を踏まえると、ますます無謀なことをしているのだという思いも募った。

確率論の見地から考えれば、我々が村を探し求めているうちは、発見される可能性がゼロになることはない。ただこれは言わずもがな、単なる数字のうえでの裏付けである。

単に「確率がゼロではない」というだけの話であり、お目当てが絶対に見つかるという保証が出てくるわけではないのだ。その確率と可能性を少しでも底上げしてくれるのが、杏の記憶と小夜歌の勘ではあるのだが、さてどうだろう。

シート越しに背後を覗くと、霊感持ちの雪女は、両手で頭を抱えながら深々と項垂《うなだ》れ、

「うーん、うーん……」と低い唸り声をあげていた。頭頂部を起点にまっすぐ垂れ落ち、左右に揺らめく銀髪は、見ようによっては人生に行き詰まった素麺《そうめん》のようである。

「どうでしょう？」などと声をかけるのはやめた。黙って結果が出るのを待つ。

「決めた。目指すは登米の東。北上山地を北上しながら山の中を見てみましょう」

一分近く唸ったのち、小夜歌はようやく顔をあげると、乾いた笑みを浮かべて言った。

「『決めた』ってことは、何かが浮かんできたわけではないってことですよね？」

ようやく余計な所感を言ってのけると、小夜歌は「ははは」と目を逸《そ》らして笑った。

「どうかいじらないであげてください。難しいお願いをしたのはわたしなんですから」

半笑いを浮かべ、囁《ささや》くように佐知子が言う。

「失礼。つい面白くて」

こちらも半笑いを浮かべて応《こた》え、再び小夜歌のほうへ目を戻す。

「登米の山、ここからだと近いけど、石巻駅からは適度に離れているじゃないですか？笛子さんの言ってた『石巻から少し離れた場所』に条件も合いません？」

言いわけめいた調子で小夜歌は言ったが、一応、筋は通って条件も満たしていた。

栗原市から登米市東の北上山地の辺りまでは、車で約四十分といったところだろうか。同時に三十年前の夏、初代桔梗が自宅からなんなく行き来できるくらいの距離でもある。捜索の候補から外す理由はない。

「なるほどですね。ありの線だと思います。じゃあ登米のほうに行ってみますか」

佐知子もすぐに同意だった。杏も賛成。誰も彼もということで、次の行き先が決まる。

硯上山をおり、国道沿いのラーメン屋で遅めの昼食を摂《と》ったのち、登米方面へ向かった。

朝から四人で浄土村に関する議論を交わし合ってきたものの、限られた情報の中では限界に達するのも早い。先日、桔梗宅で話した以上のものが出てくることはなかった。

仕方なく車外の景色に目を光らせつつ、山中を当て所《ど》なく走り続けることになる。


そして捜索を切りあげたのは、西日もすっかり沈んだ午後の六時過ぎだった。

「切りあげた」ということは言わずもがな、村は見つからなかったということである。

石巻の二座と同じく北上山地も麓《ふもと》を巡って回り、必要に応じて山の奥へも分け入った。

こちらは小夜歌の進言があった時と杏の希望があった時である。私は口を挟まなかった。

再び聞き取りもおこなったが、それも含めて芳しい成果が得られることはなかった。

「そもそも的が広過ぎるんですよ。短い時間で調べ尽くせるようなもんじゃない」

ようやく所感を述べたのは、自宅まで送ってもらう道すがらのことである。

「そうですよね。確かに探すべき範囲が広過ぎです」

佐知子が同意を示したことで、頭に浮かぶ山の広さがさらに増していくように感じた。

あなどってはいなかったし、そう易々とお目当てにありつけるとも思っていなかったが、いかんせん実地に挑んでみるまで、臨場感というものが欠けていた。

宮城の東部に聳《そび》える山々はいずれも想像していた以上に大きく、広過ぎたのである。

佐知子の言うとおり、我々はこの日、どの山についても、全体の半分すら見ていない。

山道を助手席で揺られるさなか、無謀や無益、無理筋などの言葉がしばしば脳裏を掠《かす》め、掠めるたびに「村は見つかる」という現実味が薄れていった。

「今日はすみませんでした。貴重なお時間を使わせてしまって」

車が我が家の玄関前に停まると、杏がうしろから少し身を乗りだして声をかけてきた。

「いえ、とんでもない。自分の意思で付き合ったんです。謝る必要なんかありません」

反射的に答えたが、顔に笑みを浮かべるのが少し遅れた。杏のほうへ振り向くまでは多分、株で大損した親父みたいな顔つきをしていたはずである。

「あんまり気分転換にはならなかったみたいですね……。ごめん。あたしのほうからも謝ります。ゆっくり休んでくださいね」

やらかしたと思ったそばから小夜歌に言われてしまう。嫌味ではなく、冗談交じりの緩い謝罪だったが、図星を指された身としては気まずい思いに駆られてしまう。

季節が夏なら爽《さわ》やかに色づく青葉を眺めるなどして、少しは気も晴れたかもしれない。

だが、今の時季に眺める田舎の風景というのは色みに乏しく、全体的に陰鬱《いんうつ》としていて、見ていて少しも気分があがることはない。

少なくとも私の感性ではそうだった。冬枯れに豊かな色みを失った山の樹々や田畑の土塊《つちくれ》を眺めていると、まるで死後の世界に迷いこんだような印象を抱いてしまう。

ただ、殊更そんなふうに感じたのは、例の気持ちの起伏によるものなのかもしれない。午後から太陽が傾いていくにつれ、気持ちも車外の明度につられるように陰気なほうへ傾き始め、気づけば顔から笑みも消えていた。

村の発見に関する諸問題に落胆したせいもあったが、それは多分、呼び水に過ぎない。冷静に考えればどうしてここまで沈まなければならないのかと驚くほど、私の気持ちはいつしか鉛のように重たく、暗澹《あんたん》たる色に染まっていた。

ようやくながらも「よろしくないな」と気がついて、外面だけでも明るく取り繕う。

「だから謝らなくてもいいですよ。そもそも今日のツアーは、私の接待ツアーじゃない。何か少しでも役に立てれば良かったんですが、私の勘も冴《さ》えなかった。面目ない」

本音である。一日かけてあちこち走り回ったにもかかわらず、今日もこの世ならざる者たちの姿はおろか、声や気配すら微塵《みじん》も感じることができなかった。

「じゃあ、わたしはお礼だけにしておきますね。今日は本当にありがとうございました。長丁場でお疲れでしょうし、ゆっくりお休みになってください」

朗らかな面差しで佐知子に笑いかけられ、なんともいたたまれない気分になる。

先ほど佐知子に尋ねたところ、次の予定も日程も、まだ決まっていないそうである。

案の定、誰の口からも誘いの言葉が出てくることもない。自業自得というものである。

最後の最後になんとも気まずい思いを嚙《か》みしめて、この日のツアーは終わりとなった。

蛭巫女《ひるみこ》の家

「気分はいかがでしょう。少しは落ち着かれましたか?」

「はい、なんとか。まだ少し、眩暈《めまい》を感じるみたいですけど……」

口元に小さな作り笑いを浮かべて白星が尋ねると、裕木真希乃はのろのろと布団から半身を起こし、弱々しい笑みを浮かべて答えた。こちらは多分、心からの笑みだろう。

努めて平静を装い、声をかけたつもりだったのだけれど、珍しく粗が生じてしまった。「気分」の前に「ご」をつけるのを忘れてしまったし、おそらく笑みもぎこちなかった。

真希乃はこちらの本心に気づいただろうか? 今のところは知る術《すべ》もない。

「食欲はありますか? あり合わせで申し訳ないのですが、お食事をお持ちしました」

両手に抱えたトレーを視線で示すと真希乃は礼を述べ、「いただきます」と応じた。

チタン製の四角いトレーには、レトルトパックのクリームシチューとドライフルーツ、小ぶりのロールパンがふたつのっている。

本当に全部、あり合わせの品だった。本邸の備蓄棚から適当に見繕って持ってきた。

シチューを加熱するため、隣に面した台所へ向かう。真希乃は「自分でやります」と立ちあがりかけたが丁重に断り、電子レンジにパックを放りこむ。

二〇一八年十一月十八日、戸外に冷たい木枯らしが吹き荒《すさ》ぶ昼近く。

この日、白星は湖姫に命じられ、霜石邸に担ぎこまれた真希乃の介抱に当たっていた。

昨夜二時過ぎ、真希乃は湖姫が運転する車で運ばれてきた。

意識を完全に失った状態で。

湖姫が真希乃を屋敷へ招くのは、半ば事前に決まっていたことだったが、昏睡《こんすい》状態で門扉をくぐる確率は五分五分だろうというのが、湖姫が事前に示した見解だった。

一方、白星のほうは九分九厘、まともな状態で訪ねてくるとは思っていなかったので、予想は大当たりだったのだけれど、実際に結果を見ると心は決して穏やかではなかった。

苦楽の双頭の双生児。

先月になって、ようやく所在が明らかになった最後の鵺神《ぬえがみ》を回収すべく、湖姫は昨夜、房総半島の山中に位置する廃工場へと向かった。

廃工場と言っても実際は見かけばかりの紛い物。鵺神を秘匿するために仕立てられた、過度に大掛かりな鵺神の保管施設である。

湖姫はこの地に真希乃も伴った。真希乃も合意のうえでの同伴である。

目的も知らないくせに、彼女は湖姫の誘いに嬉々《きき》として応じ、湖姫がハンドルを握る漆黒のフェアレディZに乗じ、ろくに事情も知らないまま、その身を危険に晒《さら》さしめた。

鵺神の回収は成功。これと並行して、湖姫が密《ひそ》かに実行に移したもうひとつの目的は、真希乃の容態と同じく、五分五分の結果。

最良の結果ではないにせよ、想定の範囲内だと湖姫は評した。「器」には使えないが、代わりに侍女の役目を担わせるという。真希乃は承諾するだろうとも湖姫は言った。

これに関しては白星も同感である。まもなくしたら湖姫の口から事細かに明かされる此度《こたび》の計画の全容がもたらされれば、真希乃はきっとわずかな躊躇《ちゅうちょ》の体を示しながらも、その後は乗り気で首を縦に振るはずである。

昨夜(実質的には湖姫のせいで)のっぴきならない事態に見舞われたにもかかわらず、未《いま》だに湖姫を信頼して、あるいは昨夜以上に湖姫を信頼しきっているのがその証《あかし》である。蒼《あお》ざめた真希乃の顔には、仄《ほの》かな充足の色さえちらついているのが見えた。

シチューを入れた電子レンジのつまみを回す。パッケージに記された加熱時間よりも一分多めに回して温め始めた。

製造年から三十年近く経つこの古ぼけた電子レンジは、つまみがおかしくなっていて、加熱の目安時間より一、二分余分に回さないと望んだ温かさにならない。

かつて白星がこの家に住んでいた頃からそうだった。ゆえに使い方は熟知していた。

家は本邸の正面から見て斜め右の方角に、二十メートルほど離れた距離に立っている。中は六畳敷きの居間と寝室、台所、風呂《ふろ》、トイレ。人が暮らすのに最低限の設備だけが整えられた、極めて簡素な造りである。

白星は高校を中退した十七歳の夏から、この家に独りで暮らし始めた。以来八年ほど、やはり独りきりで暮らし続け、その後は本邸で湖姫とふたり、寝食を共にしている。

それなりに長く暮らした割に大した思い出はない。記憶をたどれば思い出よりむしろ、不穏な出来事ばかりが過去の襞《ひだ》から這《は》いだしてくる。

主には夜になると、家の中にしばしば見知らぬ女が現れたこと。

それも複数。いずれもこの世の者ではない。

白い上衣《うわぎ》に漆黒の袴《はかま》を穿《は》いた和装支度の者もいたが、寝間着姿や普段着姿の者もいた。装いに違いはあれど、この家に現れるということは、いずれも先代の蛭巫女たちだろう。

そもそも家の正式名称も巫女寮という。

女たちは寝室の隅に物言わず佇《たたず》んでいたこともあったし、居間と寝室を隔てる戸襖《とぶすま》の細く開いた隙間から、こちらを覗《のぞ》きこんでいたこともある。あるいは今のように台所で食事の支度をしているさなかに、背後や隣に立たれたこともあった。

住み始めてしばらくの間は、目にするたびに悲鳴をあげて竦《すく》みあがっていたものだが、そのうち悲鳴はあがらなくなり、やがては動じることさえなくなった。

それはひとえに説示と実感、その双方が等しくもたらした裏付けによる賜物《たまもの》である。

何度目かに女の姿を認めた時、白星は先代当主に対し、事情を包み隠さず打ち明けた。霜石家の第十三代目当主にして、緋花里の母に当たる伊吹《いぶき》は、怯《おび》える白星にこう答えた。

「それらは幽霊のたぐいではありません。怖がる必要はありません」と。

言うなれば、生きているうちに身から剝《は》がれ落ちた皮膚の欠片《かけら》のようなものだという。

「つまりは記憶の名残ということです」と、伊吹はさらに付け加えた。

それで合点がいったのは、この家に姿を現す蛭巫女たちの振る舞いだった。

家の中で目にした歴代の蛭巫女——白星が目測した限り、四人ほど認めている——は時折、ふいをついて姿を現す以外にこれといって何をしてくるわけでもなかった。

ただ、虚《うつ》ろな相を面に浮かべて幽寂と佇むばかり。それからすっと姿を消してしまう。その様相には悪意や害意はおろか、一片の感情すらも汲《く》み取ることができなかった。

こうした光景を何度も目に収めていくにつれ、彼女たちにはなんらの危険性もないと実感することができたし、伊吹の言葉も得心することができた。

「人が生前、強い愛着や執着を抱いた場所にそうした現象が起こりやすいのです」

これも伊吹の言葉である。歴代の蛭巫女たちがこの家に残していった思いというのが愛着だったのか、それとも只事《ただごと》ならぬ執着だったのか、あるいはその両方であったのか。事実を知る由はなかったが、実態を理解することによってこの件に関する脅威は潰《つい》えた。

その後は蛭巫女たちの残影を目にする機会自体も少しずつ減っていき、暮らし始めて数ヶ月が経った頃には完全に視えなくなってしまう。視る側の目が慣れていくにつれて、こうしたものは意識の上から認識されなくなっていくものなのだという。

これもやはり伊吹の言葉である。今はもう亡き、かつては白星の主君だった人……。

伊吹の顔が脳裏に浮かび始めたところで、レンジが甲高いブザー音を鳴らした。

小さくため息を漏らしつつ、温まったシチューを持って布団が敷かれた居間へ戻ると、真希乃は半身を起こしたままの姿勢で待っていた。

「お休みになっていて良かったんですよ」

「すみません。でも、寝ている姿を見られるのもなんだか少し恥ずかしくて……」

しおらしく首筋に指を添えながら、真希乃が言う。

眼差《まなざ》しには疲弊の色を孕《はら》ませているが、瞳《ひとみ》の色は澄みきって眼球の動きも正常である。昨夜、湖姫が仕掛けた〝変化〟は、すっかり効き目を終えたように思える。安堵《あんど》する。

「もうしばらくしたら主人がもう一度、訪ねてくると思います。お食事が済みましたらご無理をなさらず、ゆっくりとお休みになってお待ちください。何かご用がある際にはわたしの電話にご連絡をください」

会釈して引きあげようとしたところへ、真希乃が「あっ」と声をあげた。

「湖姫さんのほうは大丈夫でしょうか？　わたしもこんな感じなのにあれなんですけど、湖姫さんもなんだか少し顔色が良くなかったみたいだったから、心配で……」

そんなことは知っている。

少なく見積もっても、こっちはあなたの数千倍の時間をあの人のそばに寄り添い続け、支え続けてきているのだ。そんなことは言われずとも、とっくに自分で気がついている。

だからこそ早く切りあげたかった。「ご心配なく」とだけ答え、家を出る。

風の勢いは幾分弱まりつつあったが、見あげた空には鈍色《にびいろ》の雲が多く垂れこめていた。幾重にも重なる雲の層に隠れて、太陽が見えない。気分がますます陰ってきた。

玄関前から延びる舗装路を本邸に向かって歩き始める。

都心から西へ遠く離れた山の中腹にあり、周囲を深い森に囲まれた霜石家の敷地には、本邸と巫女《みこ》寮の他に六棟の家が立っている。それらの大半は、広い敷地の表側に面した長屋門を抜けた先から本邸に向かって延びる、この舗装路に沿って並んでいた。

造りも大きさも様々だったが、どれも平屋建ての民家で、今から十五年ほど前までは来客の宿泊用や使用人たちの住まいとして使われていた。

今は全てが無人である。使用人も白星以外には誰もいない。本邸の清掃や修繕などは、外部から定期的に業者を招いて賄っている。

霜石家は表向き、投資を生業《なりわい》にしていることになっているので、業者を招き入れても特に怪しい目で見られるようなことはなかった。そもそも彼らが仕事で立ち入る場所に殊更怪しまれるようなものは一切置いていない。

本邸は三階建ての大きな和風建築である。屋根には黒い瓦《かわら》が葺《ふ》かれている。

一見すると旅館のようにも見えるこの建物は、家人の住まいという位置付けもあるが、邸内には、歴代の当主が特別な相談客を応対する際に用いてきた祈禱《きとう》場も有していたし、かつては関係者らが大々的に会するために使っていた集会室なども備えていた。

一階は和室と洋室がおよそ半々、二階は洋室、三階は和室で構成されている。白星の部屋は二階の一室、長年未使用だったという広めの洋室が宛《あて》がわれていた。

敷地の周囲に深々と生い茂る樹々の葉は、その大半が燃えるような赤や黄色に染まり、なんだか敷地の中に立ち並ぶ家々にまで延焼してきそうな錯覚を抱いてしまう。

今から半世紀近く前のこと、真希乃の叔父《おじ》が少年時代にこの屋敷を訪ねた時の季節は、晩秋だったと聞いている。ならば彼もその当時、今のような風景を目にしたのだろうか。そんなことを思いながら歩いていると、視界の端に違和を感じて足が止まった。

視軸を向けた先は、本邸正面の斜め前に立つ外灯である。

外灯の前には白い着物姿の少女が佇み、こちらに顔を向けていた。

その面貌《めんぼう》はぼこぼこと異様な形に歪《ゆが》んで膨れあがり、人としての原形を留《とど》めていない。目も鼻も唇も頬も、まるで顔全体が無数の水風船と化したような有り様である。

霜石伊世子《いよこ》。やはり半世紀近く前に十二歳でこの世を去った、伊吹の姉。

彼女は伊吹が生前語っていた「記憶の名残」ではない。蛭巫女《ひるみこ》たちの幻影とは違う。

「伊世子さん……」

小声でそっと声をかけると、伊世子は外灯の前から煙が散りゆくように姿を消した。

〝外の世界〟ではぼやけた輪郭にしか見えない存在も、この家では何もかもが明瞭《めいりょう》かつ底知れない不穏を帯びて、網膜にありありと映りこんでしまう。

留《とど》まる時間が長ければ長いほどそうなる。過度な恐怖を抱いてもそうなる場合がある。だから業者は決して長居をさせないし、心を乱すような働きかけも絶対にしない。

真希乃は耐えられるのだろうか。本人が乗り気になっているのであれば仕方がない。

それにもう、いちばん大きな歯車は動きだして久しい。

今さら案じたところで、時は勝手に向かうべき道へと進んでいくばかりである。

蛇に喰《く》われる蝶《ちょう》と蟻

感じたのは高揚。

足掛け十余年にも及ぶ、狂おしいまでに長く険しかった旅路が、もうじき終わる。

我が唯一の願い、心からの渇望、宿願の達成まで、体感的にあと数歩。

心中に湧きたつ、予感よりもはるかに強い確信の念が、湖姫の感情を奮わせていた。

二〇一八年十一月十八日、深夜零時四十四分。

房総半島の山中に位置する偽装廃工場に到着して半刻余り。

真希乃を伴い、敷地内に立つ「一号棟」と呼ばれる建物内から、目当ての伸縮梯子《ばしご》を見つけだし、あとは梯子を使って鵺神《ぬえがみ》が秘匿される玄室へ踏みこむだけだった。

玄室は敷地内の奥側に面した、四角い塔の地下にある。外形はおよそ五メートル四方、高さはおよそ七メートル。

建材は鈍色がかった濃い銀色を湛《たた》え、壁面には縦に細長い溝が等間隔に連なっている。材質はおそらくステンレス鋼。長年、雨風に吹き曝《さら》された影響で全体的に古びているが、分厚く頑丈そうな風合いを醸しだしていた。

地味な外観ながら一見した限りでは、用途のうかがい知れない構えをしている。

これが第一印象。到着してすぐに塔を注意深く見据え、大まかな寸法は把握していた。だが梯子を携え、再び塔の前まで戻ってくると、あからさまに高さが違って見えた。

改めて見あげた塔の高さは、十メートル以上ある。

塔の上部は漆黒の闇に染まり、さらには懐中電灯の光を向けて目視しているとはいえ、先刻までと高さが違い過ぎる。誤差の範囲では済まなかったし、見間違いとも思えない。

やはり情報というものは、多めに仕入れておくに如《し》くはない。

塔の高さが違って見えるのは、侵入者を阻む防護装置のひとつだった。

一週間ほど前、この偽装廃工場をでっちあげた男と、つかのまの面談に臨んだ。

西園寺《さいおんじ》総介《そうすけ》。かつて霜石家に我が物顔で出入りをしていた、自称陰陽師の弟君である。

兄のほうは清吾《せいご》という。霜石家に伝わる鵺神の一柱、苦楽の双頭の双生児を擁したまま、清吾はこの十四年余りの間、湖姫の前から行方を晦《くら》ませていた。

長きにわたる捜索の末、先に所在が判明したのは総介のほうである。

いすみ市の郊外にある、廃品回収会社を偽装した小さな二階建てビルに暮らしていた。

ついでに名前も偽名。なんでも偽るのが好きな男である。

素行に違《たが》わず、痩《や》せ衰えたカメレオンのごとく、目玉をぎょろぎょろさせたこの男は、清吾よりも三つ若いはずだから、御年六十半ば辺りとなる。

昔見た時と比べ、さすがに老けこんだ感はあったが、着ている服は上等なものだった。世間から姿を隠している身ではあっても、落ちぶれたという印象はない。

理由は至極明快。苦楽の双頭の双生児の霊験《れいげん》に縋《すが》って、楽しく生き長らえてきたのだ。かの鵺神は、願えば金や色を筆頭に、あらゆる享楽にちなんだ幸福をもたらしてくれる。他人が被るあらゆる苦悶《くもん》や苦痛と引き換えに。

十六年前に西園寺兄弟と同じく、鵺神の一柱を抱えて消息を絶った、静原素子《しずはらもとこ》。彼女の所在を探り当てた際には、心身ともども限界近くまで追いつめてやろうと思い、わざわざ彼女が暮らす近所のアパートを借りて、嫌がらせの限りを尽くしてやった。

今回もできることなら、何か趣向を凝らした悪戯《いたずら》をしてやってもよかったのだけれど、静原の時とは違って、あいにく時間に余裕がない。全てのゴールが目前に迫っている今、余計な戯れに興じるよりも、目的の遂行を最優先とした。

だから事を手短に済ませようと決め、夜が来るのを見計らってビルの二階に位置する瀟洒《しょうしゃ》な設《しつら》えの居室に踏みこんだのだが、結果はなかなか骨の折れる作業となった。

総介の警護役として腕っぷしの強そうな半グレが数人ついているのは、下見の段階で知っていたし、扱いに困ることもなかった。いつものように一撃ずつ、死なない程度に小突いて泣かせておしまいである。いずれも半べそをかいて竦《すく》みあがってしまった。

ここまでは順調だった。けれども計算外だったのは、湖姫が半グレたちをぶちのめす光景を見て、総介が失神してしまったことである。挙げ句に失禁までしてしまった。

部屋じゅうにひどい臭気が立ちこめるなか、意識のほうは数分足らずで戻ったものの、この老害は目覚めてからも過度なショック状態が続いていた。

ゆえに必要な情報を全部聞きだすまでに相応の時間を要したのである。正直なところ、殺してやりたいくらい苛々《いらいら》したが、目的の達成を重んじ、ぎりぎりの線で耐え抜いた。

斯様《かよう》な辛抱が功を奏して、湖姫が欲しかった答えは全て、総介の口から吐きだされる。自称陰陽師の清吾は、七年前に心臓発作で死んでいることが分かったし（不埒《ふらち》なことに腹上死だったという）、鵺神が秘匿されている場所も分かった。

できれば偽装事務所の中に隠してあってほしかったのだが、仕方なしに脅しつけると、総介は嗚咽《おえつ》をあげながら偽装廃工場の門扉を始め、玄室へ至るために必要な鍵《かぎ》を束ねたキーリングを差しだしてくれた。

互いに不快な思いをすることにはなったものの、事は最終的に丸く収まった形である。総介は命乞《いのちご》いの言葉に絡めて、湖姫が尋ねていないことまで懇切丁寧に教えてくれたし、別れしなには、霜石の家から長年借りっぱなしになっていたという、五百万もの金子《きんす》も全額現金で返してくれた。誠実は美徳なり。何気にありがたいことではないか。

そうした「尋ねていない」情報の中に、伸縮梯子と塔の性質にまつわる説明もあった。

玄室へ続く入口は、地上からきっかり五メートル上部に当たる、壁のまんなかにある。

但し、塔の外壁部に階段やタラップのたぐいはない。そこで利用することになるのが、伸縮梯子だった。梯子を五メートルの高さまで伸ばして入口の前へと達する。

手順は簡単ながらも、入口は外壁とまったく同じ造りになっているため、あらかじめ場所を知らないことには視認することすら不可能だろう。

加えて小癪《こしゃく》なことに、塔と梯子には一風変わった呪《まじな》いもかけられていた。

定期的に見る者の視覚を狂わせ、塔の高さと梯子の長さを誤認させてしまうのである。

こちらは話半分で聞いていたし、事実であったとしても容易に打破できると思っていた。

けれどもこうして再び見あげてみると、塔はメートル単位で高さが変わって見えたし、幻惑を打ち消そうと努めても、視覚が捉《とら》える異変が元に戻ることはなかった。

総介曰《いわ》く、塔の正確な高さは十二メートルだという。梯子の寸法は最長で六メートル。塔の見た目が伸縮しても実際の高さは不動なので、地上から梯子を五メートル伸ばして上っていけば、入口にたどり着くことができる。

問題は、その五メートルの長さを正確に割りだして、塔に梯子を架けられるかだった。

真希乃とふたりで小脇に抱えた梯子を見ると、先ほど見つけた時よりも微妙に長さが増しているように感じた。畳んだ状態で、五十センチほど長くなっているように見える。

なるほど。確かにこれでは位置を定めて上っていくのは難しい。

無計画に梯子を伸ばしても、正しく五メートルの長さに伸ばせたものか分からないし、そもそも梯子を上っていくうちに塔の高さが再び変わって見える可能性もある。

お手上げではないまでも、仕掛けを知っていなければ大いに惑わされるところだった。

これに関しては、総介に形ばかりの感謝ぐらいはせざるを得ない。

ご丁寧に彼は、上り方も親切に教示してくれたのである。

震え声で語った彼の講釈を思いだしつつ、まずは畳んだ梯子を塔の壁面に架ける。

続いて心の中で「五であがり」と唱え、一気に梯子を伸ばしていった。

梯子は湖姫の手の動きに合わせ、童話に出てくる豆の木のごとく、するすると背丈を増していったが、やがて全部が伸びきらないうちに湖姫の手の動きが勝手に止まった。

ふむ。こういうことか。

「悪いけど、押さえていて」

真希乃に声をかけ、梯子を押さえてもらいつつ、スチール製の踏《ふみ》ざんに手足をかける。

「気をつけて」と言われたが、「何に？」と思い、一瞬ふっと気が抜ける。

言葉を頭の中で反芻《はんすう》すると、今度は一応合点がいった。

この日も湖姫は、いつもと大して変わらぬ装いだった。細身のリボンタイを結わえた白いブラウスにショート丈の黒いブレザージャケット、ミモレ丈の黒いフレアスカート、そしてエナメルの光沢が輝く黒いパンプス。

これでも激しい動きをとるのに邪魔になると思い、外套《がいとう》は羽織ってこなかったのだが、それを差し引いても無理はない。とても梯子を上るような恰好《かっこう》には見えないだろう。

加えて腰には、黒革の帯刀ベルトも付けている。左側に空いたふたつのホルダーには、二振りの刀が差さっていた。

刃長二尺の打刀《うちがたな》と、刃長一尺の脇差《わきざし》。鞘《さや》はどちらも漆塗りの黒である。

打刀の号は万斬蝮《まんぎりまむし》。刀身は真冬の三日月のごとく冴《さ》え冴《ざ》えと輝く銀色を帯びているが、材質は槐《えんじゅ》。真剣ではなく、刀身を特殊な顔料で塗り固めた模造刀である。

脇差の号は姫波布《ひめはぶ》。どちらも霜石の家に古くから伝わる霊刀だった。二振りで一対の役目を成す姉妹刀で、鍔《つば》と頭《かしら》、柄《つか》の拵《こしら》えもほぼ同じ。鍔と頭は暗みを差した銀色を湛《たた》え、薄墨色の柄巻に包まれた柄の表裏には、号になった蛇を模した目貫《めぬき》が嵌《は》められている。青みがかった銀に染まる蝮と姫波布は、細い身を荒ぶる波のごとき形にうねらせながら鎌首を擡《もた》げ、柄巻の隙間から三白眼の鋭い眼光を覗《のぞ》かせている。

二振りともに霜石家の当主たる境守が振るう刀である。主には未踏の闇から噴き出た魔性を斬り伏せるのに用いる。湖姫は先代当主、伊吹から引き継いだ。

真希乃の言葉に答えは返さず、静かに両目を瞑《つぶ》って梯子《はしご》を上り始める。

スチール製の踏ざんに引っかけた手足を交互に素早く動かしながら、今度は頭の中で「左端」と念じた。無想無念で上っていくと、ほどなく手足の動きが緩やかに止まる。目蓋《まぶた》を開けた先には、塔の壁面が見える。両手は梯子の頂を摑《つか》んでいた。視界の左に向かって目を凝らすと、縦に連なる壁の溝に丸い鍵穴《かぎあな》の形が浮かび始める。鍵穴は文字通り、溝の中に浮かび始めた。最前まではなかったはずのものである。

二重の防護装置。たとえ梯子を正確な長さに伸ばしても、解呪《かいじゅ》の言葉を念じなければ、扉を開ける鍵穴が見えないようになっているそうな。本当に偽るのが好きな男である。

ジャケットのポケットから懐中電灯を抜きだし、鍵穴に光を翳《かざ》す。

続いてキーリングを取りだし、「II」と刻印された鍵を挿して時計回りに捻《ひね》る。

かちんと軽い音が鳴った直後、目の前の壁がドアの形を作って、薄く開いた。

縁に手をかけ、ドアを開けると、中の空気が身体にどっと押し寄せてくるのを感じた。続いて周囲の空気がみるみる重たくなっていくのを察する。

中の様子を覗きこむと、暗がりの前方に鉄柵《てっさく》が立っているのが見えた。鉄柵の脇には下方へ連なる階段の踏面《ふみづら》が延びているのも見える。

一旦《いったん》ドアを閉め直し、急いで地上へ戻っていく。同時進行でやるべきことがあるのだ。地上へ降り立ち、梯子を押さえている真希乃に弾んだ声で語りかける。

「隠し扉。本当に小癪なものでしょう？　中に階段が延びていて、下までおりていける。鵺神《ぬえがみ》は内部の地上階をさらに下った、地中深くにあるとのこと。さあ、行きましょう」

笑みを拵え、返答を待ったが、真希乃の答えはＮＯだった。

「ごめんなさい。怖い……。無理です。わたしは怖くて、上れないと思います……」

上目遣いにこちらを見ながら、真希乃は血の気の引いた顔で頭《かぶり》を振る。

「うん……分かった。確かに怖いよね。頑張ったね。気づいてあげられなくてごめんね。じゃあ、真希乃は車の中で待っていてくれる？　すぐに戻って来るから」

いい娘です。予想どおりの答えをくれて面倒が省ける。周囲に漂う雰囲気に呑《の》まれて怯《おび》えているせいもあるだろうが、素人なりに危険を察する予感も働いたのかもしれない。だとしたら、陰ながら少しずつ仕込んでいった甲斐《かい》があるというものである。

真希乃に付き添い、塔の前から少し離れた場所に停めた車へ向かう。一緒に乗りこみ、気晴らしにラジオか音楽をかけようかと尋ねたが、「大丈夫」とのことだった。

「じゃあ、行ってくるね」

助手席に座る真希乃の鼻先まで顔を差し寄せ、至近距離から彼女の瞳《ひとみ》を見つめる。

「うん、気をつけて」

応《こた》えた真希乃の声に合わせ、湖姫はささめくような小さな声で言葉を告げる。

「開眼」

何かを発したことには気づいたようだが、意味を解してはいないだろう。

これで下地は整った。あとは綺麗《きれい》に適合できるか否か、密《ひそ》かに結果を待つだけである。

車から降り、さっきと同じ手順を踏んで梯子を上る。

頂に達して再びドアを開けるなり、やはり重たい空気が身体にどっと押し寄せてきた。

構わず内部へ踏みこんでいく。

パンプスのヒールが床に触れると、硬い音が「かつん」と響いた。懐中電灯の光芒《こうぼう》に照らしだされた足元には、鈍色《にびいろ》に染まった金属製のプレートが敷かれている。

プレートから少し離れた前方には、先刻目にした鉄柵があった。高さは腰の辺りほど。

プレートも鉄柵も薄く埃《ほこり》が積もっていたが、過度な傷みや古めかしさは見られない。

鉄柵の向こうに軽く身を乗りだし、眼下に向けて電灯の明かりを翳す。闇が深すぎて仔細《しさい》までは見て取れなかったが、壁の四方に沿って取りつけられた鉄柵と階段の踏面が、いちばん下まで連なっているのは確認できた。

階段の流れに沿って、塔の内壁をぐるぐると回りながらおりていく。

階段をおり始めてすぐに電灯は消した。闇に目を慣らしたほうがいいと判じたからだ。中に踏みこんでから、空気の重みがどんどん増していくのを肌に感じる。

内壁を三度回り、階段を半分辺りまでおりた頃、鉄柵の向こうに口を広げる闇の底で、何かが蠢《うごめ》くのが見えた。視界の端に映ったそれは、水泡のようにぶくぶくと動いている。

視線をおろすと、どす黒い闇の底に女の顔がびっしりと固まって揺らめいていた。

いずれも白磁のように艶《つや》やかな質感を帯びた、蒼《あお》いまでに真っ白な色をしている。

どれもが黒い髪の毛をばさつかせ、耳の代わりに白くて大きな蝶《ちょう》の羽を生やしていた。首の下からは、筆字で何やら呪文のようなものが書かれた白い幕が垂れさがっている。

顔の数は百以上あったが、人相は全て同じである。見たことのある顔だった。

「あらら、茗子《めいこ》さん。おぞましい姿になっちゃって」

西園寺茗子。七年前に逝った、西園寺清吾の娘である。

その昔、清吾と一緒に霜石の家へ何度か来たことがあるので、顔はよく覚えていた。

彼女も他界したと聞かされていたが、よもやこんな形で再び面することになろうとは。

とはいえ眼下に群がる茗子の顔は、悪霊や怨霊《おんりょう》のたぐいではない。

呪術を以《もっ》て人為的に作りだされた式神《しきがみ》である。ゆえに茗子本人ですらなかった。

道理で推測するなら、製作者は死んだ清吾だろう。娘に対する執着が凄《すご》かったのだ。

在りし頃には気の向くままに犯していたらしい。身辺で声高に言う者はいなかったが、それなりによく知られた話だった。嘘か実《まこと》か、尻《しり》まで犯していたという噂も聞いている。

「トラップか。まあ、わたしのほうも織り込み済みですけどね」

思っていたのとはだいぶ違ったし、数も少々多いようだが、なんとでもなるだろう。

ジャケットの内ポケットからケースを取りだす。円筒形をしたクローム製のケースで、側面に付いたボタンを押すと、上部がスライドして四角い口が開くようになっている。

多分、もう一錠で充分。今夜、屋敷を出発する前にも一錠嚙《か》んできた。

ケースを口元に近づけ、手早くボタンを押す。中から出てきた錠剤型の白い物体——小指の爪に等しいサイズの錠禍を一錠嚙んで、再びケースを胸元にしまいこむ。

「いつでもどうぞ。お手並み拝見」

万斬蝮を鞘から引き抜き、微笑を浮かべて宣戦を告げる。

湖姫の声に呼応したのだろう。真っ白い顔をした茗子もどきは、蝶の羽のばたつきをおもむろに加速させると、闇の底から螺旋《らせん》模様を描きながら次々と湧きあがってきた。

初めに近づいてきた三羽を左一文字斬りでひとまとめに薙《な》ぐ。顔が上下に断ち切れた茗子もどきは悲鳴を発することもなく、無表情のまま闇に吸われるように消えていった。

案外脆《もろ》い。六〇点。ところでこいつらを数える単位は「羽」で合っているのかしら？

オリジナルに敬意を表して「人」？　それとも「匹」？

「匹」でいいかと思うさなかに、茗子もどきがばささと群れをなして押し寄せてくる。

西園寺兄弟の顔を脳裏に思い浮かべると、彼らの講じた悪意に静かな怒りが湧いてきた。

同時に背筋が小気味よくざわめく、甘やかな闘争心も。

「諸人《もろびと》こぞりて迎えまつれ――か」

新たな茗子もどきが間合いに入ってきた刹那《せつな》、数匹まとめて袈裟《けさ》に斬る。

「諸《しゅ》人ーこぞーりーて、迎ーえまーつれー、久しーくー、待ちーにーしー」

主は来ませり、主は来ませり、主は、主は来ませり。

高らかに歌声を弾ませ、軽やかな足取りで階段をおりつつ、殺気をこめた刃を振るう。

「悪魔の人牢《ひとや》をー、打ちー砕ーきてー、虜《とりこ》をー放つーとー」

主は来ませり、主は来ませり、主は、主は来ませり。

ばさばさと幾重にも重なり合って聞こえる羽音のうねりが凄《すさ》まじい。羽音に合わせて空気もびりびりと震え、頬や首筋に微《かす》かな風を感じた。微妙にこそばゆくて不快な感覚。

「こーの世のー闇路《やみじ》をー、照らーしたーもうー、妙《たえ》なーるー光のー」

主は来ませり、主は来ませり、主は、主は来ませり。

式神の件については、総介の口から一切聞かされていなかった。気前よく玄室までの道のりを教える体を装ってその実、式神たちに湖姫を襲わせる魂胆だったのだろう。

お礼参りに再訪してやるのも一興だったが、今は余計なことをしている時間などない。

「命拾いしましたね」と心の中で毒づきながら、怒濤《どとう》のごとく打ち寄せる茗子もどきを神速の勢いと精密さをもって、一匹たりとも仕留め損ねることなく滅してゆく。

「萎《しぼ》めるー心のー、花ーを咲ーかせー、恵みーのー露《つゆ》ー置ーくー」

主は来ませり、主は来ませり、主は、主は来ませり。

唄《うた》いながら、ふと思いだした。

高校時代、文化祭で無理やり唄わされたカラオケ大会の一幕のこと。

大勢の観客を前にして唄う緊張感に堪えられず、湖姫はステージの上で嘔吐《おうと》した。

今となってみれば些末《さまつ》なことだけれど、それでもやはり忌まわしい過去には違いない。

人外の前ならこんなにも伸びやかな声が出るというのに、運命とは皮肉なものである。

今でも人前で唄ったら吐くだろうか？　思えど大した興味は湧かなかった。

「平和のー君なーるー、御子《みこ》ーを迎えー、救いーのー主《ぬし》ーとーぞー」

褒め称《たた》えよ、褒め称えよ、褒め、褒め称えよ。

意図したことではなかったけれど、歌が終わるのに合わせて折良く階段も下りきった。

周囲を鬱陶《うっとう》しく飛び交う茗子もどきも、残り数四までに減っている。それらも斬り伏せ、順当なペースで到達した塔の最下層へ視線を巡らせた。

ここまで歩いてきた踏面の数から換算すると、最下層は地上から四、五メートルほど深い位置にあるようだった。階段をおりた目の前に、細い通路が延びているのが見える。

そのどん詰まりには、鉄製の観音扉が固く口を閉ざして立っていた。

目指していた玄室である。扉へ至る道筋は、さながら羨道《せんどう》といったところか。

目はすでに闇の暗さに馴染《なじ》んでいた。生まれ持った体質に感謝。懐中電灯を持たずに刀を振るえたので楽だった。周囲に光源のない漆黒の中であっても、湖姫の目は多少の時間をかければ、朧気《おぼろげ》ながらも必要な視界を確保することができた。

羨道を突き進み、ポケットからキーリングを取りだす。「I」と刻印された鍵《かぎ》を摑《つか》み、扉に備えられた鍵穴に挿しこんで時計回りに捻《ひね》る。鍵は難なく回って開錠された。

正面についた取っ手に手をかけ、扉を開ける。中へ足を踏み入れると、暗闇の方々に薄白い光が煌々《こうこう》と浮かび始め、視界一面をあっというまに埋め尽くした。

同時に光は像を結び、おびただしい数の茗子に変じる。顔の両脇に蝶の羽を生やした、おぞましき茗子もどきの顔である。数は階段で搗《か》ち合った時の数倍はひしめいている。

念には念をか。盗品をここまで厳重に守らんとする心意気には恐れ入るばかりである。浅ましさの極み。いよいよもってうんざりしてきた。

右手に万斬蝮を携えたまま、左手で姫波布を鞘《さや》から引き抜き、二刀を両手に揃える。

「もう飽きた。一匹残らず屠《ほふ》ってやるから、まとめて来い」

無数の羽ばたきが一斉に始まり、勢いを増し、空気が震え、おびただしい茗子の顔が轟《とどろ》きながら津波のごとく迫って来る。

八岐大蛇《やまたのおろち》。

両手に構えた二刀を間断なく振るい、続々と押し寄せる茗子もどきを斬り捨てていく。袈裟、左袈裟、真っ向、右一文字、逆袈裟、左逆袈裟、左一文字、突き、一刃の交差。

湖姫の周囲を竜巻のごとく旋回しながら間合いを詰めてくる異形たちの襲撃に合わせ、瞬時に型を拵《こしら》えて迎え討つ。二刀の斬撃《ざんげき》で追いつかない獲物は、刀を振り交わしながら両脚を荒ぶる蛇の頭《かしら》のごとく緩急自在に操って、思いのままに蹴《け》り潰《つぶ》した。

錠禍二錠の恩恵は覿面《てきめん》にして適確だった。感覚神経が隼《はやぶさ》の鉤爪《かぎづめ》のごとく研ぎ澄まされ、異形どもの動きよりも格段に素早く刃を向け、なおかつ正確に斬り伏すことができる。筋力も上々。日頃の鍛錬を怠らず、適度な張りと靭《しな》やかさを合わせ持つ全身の筋肉は、さらに強度と柔軟さを高まらせ、怒濤と破竹の勢いで立ち回る湖姫の身体の一挙一動を寸分たりとも崩すことなく、最適なバランスを保持してがっしりと支えていた。

時間にしておよそ四、五十秒。分にも満たない一刻に、茗子もどきは湖姫の視界から一匹残らず完全に消え失《う》せた。轟々《ごうごう》と喧《やかま》しかった羽音も潰《つい》え、辺りに静寂が舞い戻る。

湖姫は「ふう」と、短く小さな吐息を漏らした。それだけで充分に気息が整う。

ざっと二十帖《じょう》はあるだろうか。いやにだだっ広い玄室の奥に向かって視線を投げると、暗がりの中に赤い布が掛けられた大きな祭壇が設《しつら》えられているのが見えた。

最上段のまんなかに、四角い木箱が祀《まつ》られている。大きさは、およそ三十センチ四方。元が何色だったのか分からないほど、全体が古びて黒ずんでいる。

中身が無事ならいいが。だがその前にもうひとつ、やるべき仕事が残っていた。

「最終防衛線、突破」

姫波布を鞘に納めながら歩を進め、祭壇の最下段に腰掛ける小さな人影に声をかける。

西園寺清吾。総介の兄君にして、茗子の不埒《ふらち》な父君である。

弟がカメレオンなら、兄は蟻みたいな顔をした男だった。色黒で、両目が鼻の脇から離れ気味で、弛《たる》んで半開きになった唇から、いつもぎざぎざした歯をちらつかせている。

生前も背が低かったが、今はもはやコロポックルの域だった。祭壇上に腰掛けながら怯《おび》えた目つきで湖姫を見あげる清吾の身の丈は、五十センチにも満たない有り様である。その輪郭は真夏の陽炎《かげろう》のごとく、ややもやとせわしなく揺らめいていた。

「ご無沙汰《ぶさた》しております。今のお姿、生前よりもお似合いですよ。貴方《あなた》という人間の本質を的確に体現していらっしゃる」

在りし頃は低い背丈を誤魔化すためにいつも肩を怒らせ、ぎょろぎょろした目つきと煙を咀嚼《そしやく》しているような低い濁声《だみごえ》で、無闇に周囲を威嚇していた西園寺清吾。成れの果てはこれである。死者に鵺神《ぬえがみ》は使役できない。鵺神の恩恵に与《あずか》れなくなった絶望と消沈が、彼をこんな姿に貶《おとし》めてしまったのだろう。ざまのないことである。

「死んでも鵺神に固執しますか。呆《あき》れたことで。けれども、そちらの箱に収まっている苦楽の双頭の双生児は、当家の至宝に当たるものです。今夜で返していただきますよ」

小さな清吾を見おろし、金属的な冷たい声音でつぶやく。

「ついでに貴方も滅して差しあげます。死んでもこの世に存在しているのが腹立たしい。剝《む》きだしの魂を滅して、此岸《しがん》からも彼岸からも、完全に存在を消し去ってくれる」

額の前に万斬蝮の切っ先を向けると、清吾は離れた両目をひくひくと震わせ始めた。

「嫌ですか？　ならばわたしに跪《ひざまず》け。屈服の意を示し、懺悔《ざんげ》の意を表し、多少なりともわたしの溜飲《りゆういん》をさげることができるんだったら、少しは考え直してやらないでもない」

揚々と言い終えたところへ、背後の空気に幽《かす》かな揺らぎを感じた。

「あら、茗子さん。すっかり大きくなっちゃって」

反射的に振り返ると湖姫の眼前、正確には湖姫の顔から一メートルほど上方の暗闇に、茗子の顔があった。生前よりもふた回りほど大きい。蔑《さげす》むような薄笑いを浮かべている。

大きいのは顔だけではなかった。身の丈は実に三メートル余りもある。

巨大な茗子は素っ裸で、歪《いびつ》な体軀《たいく》をしていた。爪の形はいずれも三角になって鋭く尖《とが》っている。指先が床についてしまいそうだった。腕が異様に長い。あと十センチほどで、

首も常人のそれより長く、頭部が鎖骨に並行する形で、ずっしりと垂れさがっていた。

乳房は申しわけ程度にぷくりと膨らんでいるだけだが、腹のほうは巨大な風船のごとくぱんぱんに膨れあがっている。まるで進化した餓鬼のような風貌《ふうぼう》である。

一目するなり判別できた。先刻までの式神たちとは違う。眼前に聳《そび》え立っているのは正真正銘、本物の西園寺茗子その人だった。

「案外、仲が良かったの?」

問いかけると茗子は、電信柱のような双腕をぶわりと大きく振りあげた。

対する湖姫は瞬時に両脚を八の字に広げ、深々と腰を落として臨戦態勢に入る。

垂直に振りかぶった腕がおりてくる。同時に茗子の顔も倒れるように迫ってきた。

夜刀神《やとのかみ》。

広げた両脚を鋏《はさみ》のごとく閉じ合わせ、つま先にこめた力で宙へと一直線に跳ねあがる。

軌を一にして、万斬蝮を握る右手を頭上に向かって高々と突きあげる。

切っ先は茗子の額のまんなかを的確に捉《とら》え、刀身のおよそ半分が額を貫いたところで茗子は滅した。闇の中へと姿が消える。

「かつん」とパンプスのヒールを響かせ、軽やかに着地。再び祭壇のほうへと向き直り、茶目っ気たっぷりの眩《まぶ》しい笑みを浮かべてみせる。

「娘は消えた。お前も消えろ。ごきげんよう」

大口を広げてこちらを見あげる清吾の脳天目掛けて、刃を真っ向に振りおろす。

粛清完了。あとは目的を果たすだけ。

清吾が消えた祭壇の上から木箱を抱えあげ、清吾が腰掛けていた段へと箱を置き直す。蓋《ふた》を開けると、くすんだ琥珀色《こはくいろ》に染まる異形の干物が、ふたつの顔で見あげていた。

左の顔は猿、右の顔は狸。どちらも幼体のものである。双方ともに毛は生えていない。それぞれに皮膚が露《あら》わになった猿の顔は薄笑いを浮かべ、狸の顔は歯を剝きだしにして苦悶《くもん》の相を浮かべている。

横並びになっているふたつの頭部は、体毛を剃《そ》られた子猿の身体につながれている。小さな両手は胸元に交差して添えられ、両脚は胡坐《あぐら》の形を取って座している。

「初めまして。霜石の十四代目当主が迎えにあがりました。長きにわたる酷使の限りに辛くも耐え抜き、ご苦労さま。さあ、帰りましょう」

敬意をこめて語りかけると、ふたつの顔は幽かに口元をひくつかせ、「かあ……」と乾いた息を短く漏らした。

小脇に木箱を抱え、元来た道を引き返す。

それにしても最後は意外な展開だった。茗子。配置の按排《あんばい》自体は清吾の奸計《かんけい》だろうが、勇んで父を守らんとした奇襲については、紛れもなく茗子自身の意志によるものである。所詮《しょせん》は父娘《おやこ》揃って、好き者同士の関係だったということか？　あるいは父から受ける責め苦の恥辱以上に何がしか、慕うべき想いがあの娘にあったということだろうか？

湖姫には分からなかった。理解の範囲を超えている。理解したいという気もない。

思いに耽《ふけ》るさなか、階段を上り始めたところで湖姫は再び新たな気配を感じた。

今度は外が騒がしい。多数の好ましからざる気配が敷地の中をぞろぞろと蠢《うごめ》くさまが、地中に在っても肌身を微細にくすぐるような感覚をもって伝わってくる。

好意的に表するなら、用意周到と言ったところだが、あいにく西園寺兄弟に好意など毛ほども持ち合わせていない。こういうのは無駄な努力と言うのだ。ない知恵を絞ってどれだけ防護策を講じようと、突破されればなんの意味も成さない。

湖姫にはそれができる。それも易々《やすやす》と。ゆえにただ、鬱陶《うっとう》しいと感じるだけだった。

それより真希乃はどうなっただろう。外から感じる気配から察する限り、残念ながら望んだ成果は得られなかったような気がする。ならば彼女は今頃、塔の外で何がしかの脅威に晒《さら》されているということになる。

先ほど車に置いてきた時、知覚を十割増しで鋭敏にしてやったので、真希乃の目にもそれの仔細《しさい》が余すところなく視えているはずである。不可抗力とはいえ、かわいそうに。

脅威は遠隔でも払拭《ふっしょく》できると思う。ヒカリに念じれば、すぐに排除してくれるだろう。だがより良い結果を選ぶなら、ここは湖姫自身が救いの手を差し伸べるほうが好ましい。窮地に駆けつけてあげれば、真希乃の気持ちをさらに摑《つか》むことができるはず。

巡らせた思いを定めるなり、駆け足で階段を上っていく。上り詰めていくにしたがい、外から感じる気配も強さを増していくのが如実に分かった。同時に正体も判明する。

塔の外壁を隔てて、真希乃の悲鳴も聞こえてきた。急がねば。

難なく最上層まで戻ってドアを開けると、漆黒の闇に降りしきる無数の雨糸が視えた。幻の雨である。実際には降っていない。

続いて地上へ視線を投げる。塔の真ん前には、ヘッドライトをつけっ放しにしているフェアレディZが停まっている。助手席のドアが全開になっていた。

真希乃はドアから少し離れた場所にいた。頻降《しきふ》るまやかしの雨の中、身を強張《こわば》らせて棒立ちになり、おろおろと周囲に視線を泳がせながら金切り声をあげている。

塔から見おろす視界の先には、真希乃以外にも無数の人影が蠢いていた。

白い着物姿の女、茶色い作業服を着た男たち、白髪を振り乱した老婆、片腕のない男、花魁《おいらん》風の煌《きら》びやかな着物を肩のところで開《はだ》けた女、目鼻口のない全身真っ白の人形。

立ち位置から見て察するに、いずれも敷地内に立つ工場の陰から出てきたようだった。数はおよそ三十。どれもが真希乃に向かってじりじりと進んでいくのが見て取れる。

あれらは式神ではない。いずれも半自立式の滓霊《しりょう》、いわゆる浮遊霊のたぐいである。

仕組みのほうはさておき、塔のドアを開けるか、鵺神の箱を回収するかを合図にして発動するトラップのひとつだろう。呆れるかな、最後の嫌がらせがいちばん安っぽい。

地上までの距離はきっかり五メートル。普通は梯子《はしご》を伝っておりるのがセオリーだが、せっかくなのでここはひとつ、印象深い帰還を演じてみるのもいいだろう。

二錠使っているし、おそらく耐えられるはず。常識を超えていけ。

戸口の床に箱を置く。「ごとり」と鳴った音に気づいたのか、真希乃が首《こうべ》を振り向け、こちらを見あげた。湖姫は躊躇《ためら》うことなく戸口の床を蹴《け》りつけると、幻の雨糸と一緒に地上目がけて一直線に落ちていく。

雷鳴にも似た、耳をつんざく轟音《ごうおん》が「ずんっ！」と木霊《こだま》し、びりびりと波打つ衝撃が、地面についた両足から頭へ向かって一瀉千里《いっしゃせんり》に突き抜ける。

続いて足の裏から太腿《ふともも》にかけ、じんわりとした痛みがゆるゆると這《は》いあがってきたが、あとは特にこれといった実害はなかった。少なくとも今のところは。

膝《ひざ》を伸ばして姿勢を直し、真希乃に向かって歩を進める。

「伏せて」

万斬蝮の柄《つか》に手をかけ、真希乃に告げる。

知覚に手心を加えた影響で、剣筋が彼女に当たらないようにしなければならなかった。タイミングを誤ると彼女も無事では済まない。こちらがどんな気持ちで刀を振るおうが、彼女が「斬られた」と認識すれば、確実に影響が出るだろう。

幸い、真希乃は一瞬にして深々と身を伏せてくれた。視界前方、暗闇の中に明瞭《めいりょう》たる像を浮かばせ、ぞろぞろと蠢く有象無象に向かって右足を踏みだす。

「去《い》ね」

蟒蛇《うわばみ》一閃《いっせん》。

勢いよく抜剣した刃が、左一文字に幅広く空を薙《な》ぐ。剣尖《けんせん》の真っ向にいた亡者どもは太刀筋に合わせて左側から順に、その身を上下真っ二つに分断されながら消えていった。最後の一体が消え去ると雨のほうもたちまち止んで、辺りは再び夜のしじまに包まれる。

「ごめんなさい。危ないところだったね。危機一髪。もう大丈夫だから、安心して」

刀を鞘《さや》に納めながら、怯《おび》える真希乃に声をかける。

顔は血の気が失《う》せ、頬は涙で濡《ぬ》れていたが、特に被害を受けた様子はなさそうだった。湖姫が密《ひそ》かに期待していた印のほうも現れていない。近くにヒカリの気配を感じるので間違いないだろう。試みは失敗に終わったというわけだ。

半ば予期していたことだが、残念。やはり当初のプランAで事を進めていくとしよう。

「うん……ありがとうございます。怖かった……」

大きく肩をわななかせ、息も絶え絶えといった調子で真希乃が言う。

「回収した鵺神《ぬえがみ》、上の戸口のところに置いてあるの。持ってくるから少し待っていて」

「独りにしないでッ！　独りにしないでッ！」

湖姫が踵《きびす》を返すなり、うしろから真希乃が悲痛な叫びをあげて追ってきた。

まったく手の焼ける。今夜は怖い体験がしたくて、同伴したんじゃなかったかしら？

「梯子を上っておりてくるだけ。そこで見ていて。わたしもちゃんと見ているから」

苦笑を浮かべつつも、優しい言葉で窘《たしな》める。真希乃は何か言いたげな顔をしていたが、
構わず梯子を上っていく。一息に頂上まで引き返し、箱を抱えて地上へ戻る。

「ミッションコンプリート。少々手こずったけれど、無事に回収することができた」

びくびくしている真希乃の前まで歩み寄り、軽い虚言を交えて今夜の成果を報告する。

実際は少々どころか、わずかも手こずってなどいない。軽い謙遜《けんそん》を装った演出である。

これから帰路に就く。だがその道中でも真希乃にめそめそされたり、今伝えなくても
いいことまで根掘り葉掘り尋ねられるのは、少々疎ましく感じられた。

説明と今後に関する打診は、後回しでいい。今は独りで少し、感慨に耽りたい。

「特別よ。付き合ってくれた御礼にお見せしましょう。とくとご覧あれ」

勿体《もったい》ぶって箱の蓋を開いて見せると、真希乃は中へと多分、反射的に視線を落とした。

まもなく耳をつんざくようなけたたましい悲鳴があがって、その場にふらふらと頽《くずお》れる。

少なくとも湖姫が耳にした限りでは、真希乃が発した今宵《こよい》いちばんの大絶叫となった。

屈《かが》みこんで軽く肩を揺さぶり、「真希乃」と声をかけてみたが、ぴくりとも動かない。

息はしていたので上々の効き目だったと言える。あとはしばらく眠り続けることだろう。

「お疲れさま。気分が落ち着いた頃にまた話しましょう。今はゆっくり休みなさい」

真希乃の肩を担ぎあげて車へ向かい、助手席のシートに座らせる。

フロント側から迂回《うかい》して、運転席のドアを開けようとした時である。

頭上から「ピイーーーーッ！」と甲高い声が木霊した。

視線をあげた先には、工場の平たい屋根の縁に留まる赤い鳥の姿がある。

大きさは九官鳥とほぼ同じ。紅血を思わせる鮮やかな赤一色に羽毛を染めたその鳥は、油粒のように黒くて丸い目を濡れ光らせ、屋根から湖姫の顔を見おろしていた。

「帰ろう、ヒカリ。当ては外れたみたいだけど、これも織り込み済みのことだから」

見あげながらつぶやくと、鳥はおもむろに羽を広げ、闇空の彼方《かなた》へ飛び去っていった。

蛭巫女《ひるみこ》と主君

真希乃の介助を終えて本邸に戻ると、白星は家の東側に面する湖姫の私室へ向かった。ドアをノックする。だが、応答はなかった。

私室は書斎と隣接し合った、続き部屋になっている。ドアの向こう側に私室があって、私室の中に書斎へ通じるドアがもうひとつある。湖姫は書斎に籠《こも》ることも多かった。そちらにいるのかと思い、今度は「湖姫さん！」と声を大きくかけてみる。

けれども湖姫の声は返ってこなかった。帰宅時に「休む」とは言っていなかったので、眠っているわけでもなさそうだった。そもそもドアの向こうに気配を感じない。

ならば浴室のほうかと思い、廊下を進んでいくと当たりだった。本邸の北側に面した廊下を進んでいくにつれ、シャワーが放つ軽やかな水音がさらさらと耳をくすぐりだす。

「失礼します」と声をかけ、浴室の手前に位置する脱衣所のドアを開ける。

白星が中へ入ると、磨《す》りガラスの引戸に隔てられた浴室の向こうから水音に混じって、湖姫の声が聞こえてきた。「どんな感じ？」と主君は問う。

「少しずつですけど、持ち直してきているようです。食事も口をつけてくれました」

「そう。だったら問題なさそう。予定通り、しばらく身の回りの世話をお願い」

「承知しました。なんなりと」

答えた白星に、湖姫は「待っていて」と促した。仰せのままにドアの手前付近に佇《たたず》み、湖姫が湯浴みを終えるのを静かに待つ。

「お風呂《ふろ》が済んだら、除染をします。顔色が少し良くないようですし」

「いらない。顔色も悪くない。髪を乾かしたら番《つが》いの間に行く。白星も来て」

「ですが」と言いかけて、やめた。差し障りなく慇懃《いんぎん》に「承知しました」とだけ応《こた》える。

仮にどんな言葉を選んだとしても、一度拒絶を示した湖姫の意を覆すことはできない。今までもそうだったし、これから先もきっとそうだろう。主君の発する意志の力は強い。

代わりに白星は『鏡の国のアリス』のことを考え始めた。

〈燻《いぶ》り狂えるバンダースナッチの傍に寄るべからず！〉

湖姫に拒絶の意を示されるたび、あるいは威圧を感じるたび、白星は同作に登場する「ジャバウォックの詩」に綴《つづ》られた一節を思いだす。

バンダースナッチとは正体のよく分からない存在なのだが、広義には凄《すさ》まじく凶暴で、尚且《なおか》つ異様な敏捷性《びんしょう》を合わせ持つ生物として解釈されている。

甚だ無礼なことは承知のうえで、湖姫の性質に重なる部分があると白星は感じている。見た目は黒いアリスで、時折少女のように可憐《かれん》で純真な振る舞いを見せることもあるが、敬服すべき我がアリスは、胸の内にバンダースナッチの凶暴性も絡め合わせているのだ。不用意に刺激して、滾《たぎ》らせないに如《し》くはない。

こみあげてくるため息を押し殺しながら待っていると、引戸が開いて湖姫が出てきた。

湖姫のほうは白星を残念そうな目で一瞥《いちべつ》すると、衣擦《きぬず》れのような細い息を漏らした。

「そこで待っていなくてもいいでしょう」

「すみません」

思い返すと湖姫は「待っていて」と言っただけだった。「そこで」とは言っていない。

朝から矢継ぎ早に対応することが多かったので、言葉の意味を取り違えてしまったのだ。

今さらながら、自分が少し疲れていることに思い至る。

頭をさげるさなか、濡れ髪が張りついた湖姫の胸元に目がいく。

ちょうどまんなか、控えめに膨らむふたつの乳房の間には、奇妙な痣《あざ》が浮かんでいる。

開いた人の手のひら、紅葉のように小さな手形を象《かたど》った、赤黒い色の痣である。

久方ぶりで目にしたが、何度見ても軽い驚きと、言葉に言い得ぬ感慨を抱いてしまう。

生まれながらに付いていた痣なのだという。便宜上は双子の姉に当たる緋花里の胸にも、まったく同じ形の痣が浮いていた。こちらも生まれつきのものだと聞かされている。

緋花里と湖姫の特異な関係性と深い絆《きずな》を知っているから、痣はそんな姉妹の縁を表す印のように思えてならなかった。実際、そうではないかというのが白星の見立てである。

あれこれ思いを馳《は》せても、他には理由も意味も見いだすことができなかった。

痣を目にして叱られたことはないものの、妄《みだ》りに見つめ続けてよろしいものでもない。

視線を足元のほうへ移す。そこで白星は「あっ」と声をあげることになった。

「何？」

訝《いぶか》る湖姫に「どうしたんです？」と訊《き》き返す。

湯あがりの水滴にまみれた湖姫の両脚は、全体が毒々しい赤紫色に染まりつつあった。

「毒々しい」というのが肝であり、「染まりつつある」というのが難である。

変色の原因は、皮下出血によるものだろう。見た目はまだまだ薄く滲《にじ》む程度だったが、痛々しいと感じるほどには色づいている。この分だとさらに濃くなっていきそうだった。

昨夜は果たして、どんな大立ち回りを演じてきたというのだろう。

霊刀を携えての出立だったので、かの偽装廃工場に何がしかの脅威が（それも霊刀を必要とするような脅威が）存在するのだろうとは察しがついたし、湖姫が帰宅した時の顔色から察して、一錠ならず錠禍を服用したことも了解している。

だが、この脚の色に関しては完全に想像の圏外だった。あまりにも酷《ひど》すぎる。

これまでにも危うい用件に臨んで帰ってきた時には、手足に豆粒程度の小さな鬱血《うっけつ》や軽度の擦り傷を負っているのを見たことはある。しかし、これほどまでにあからさまな被害を被った湖姫の身体を目にするのは、この日が初めてのことだった。

帰宅時に湖姫が微笑みながら言った「難なく」という言葉を鵜呑《うの》みにしてしまったが、今はそれを吐き戻して一から解釈したほうが正しかろうと、白星は思い始めている。

少なくとも「難なく」ではなかったのだ。どこかで相当無茶なことをやらかしている。それも常人の身体では到底耐えきれないほどに無茶なことを。

「ちょっと飛び降りてみただけ。試すだけの価値はあったから問題なし」

白星から受け取ったタオルで身体を拭《ふ》きながら、湖姫が言った。

「どこから?」や「どれほどの高さから?」などと質問を加えるのは控えることにした。思わせぶりな湖姫の口ぶりから「とんでもない高さ」と理解しただけで十分だった。

つくづく我が身を顧みない。若い頃からこうした傾向があるのは承知しているものの、近年は特に危ない橋を好んで渡りたがっているように感じられる。

目的の遂行と成功を最優先と捉《とら》えるがゆえの行動、ないしは選択なのかもしれないが、白星は錠禍の影響も多少なりとも関係しているのではないかと感じていた。

だからこそ、除染は適切な機会と頻度でおこなっておきたいと考えてもいる。

「病院に行かれたほうがよろしいのではないでしょうか。もっと悪くなると思います」

「普通に歩けるから平気。骨にダメージはないみたい。放っておけば治るでしょう?」

医者ではないので、そんなことまでは分からない。二の句が継げなくなってしまう。

「軟膏《なんこう》を塗る」

そこへ湖姫が言葉を継いだ。ぽつりと独りごちるような声だった。

「すぐに用意します。一緒に除染もしてしまいましょう」

今度は間髪容《い》れずに答えたのが、事を上手《うま》く結んでくれた。

「分かった。先に除染からしてもらう。でも時間のほうは短くでいい」

こちらから目を逸《そ》らし、素っ気ない調子で湖姫が応じる。

何事にもタイミングというものがある。湖姫が時折、駄々っ子のように振る舞う際は心の中のバンダースナッチが鳴りを潜めている場合が多い。機会は大して多くはないが、こうしたチャンスを見逃さず、一度でも多く除染をおこなっていくことが肝心なのだ。

さもないとこの人は、目的を達成する前に潰《つぶ》れてしまうかもしれない。

そうでなくても、心のほうにはずっとひびが入っているような状態なのに。

湖姫が除染を拒否したり、手短に済ませようとしたりするのは昔からのことだったが、事が今という時期に至っては、来たるべき当日に備えて白星の心身を最良の状態に保ち、担うべき務めを万全な形で遂行させせんがための配慮、という思惑もあるような気がした。

確かに儀式の当日、白星が担う役割は心身ともに大きな負担が掛かるものではあったが、当の湖姫はそれ以上に大きな消耗と身の危険に晒《さら》される激務を担うのだ。

来たる当日に備えて最良のコンディションを維持しておくべきなのは、白星ではなくむしろ、湖姫のほうである。そのためには犬馬の労を厭《いと》わない。当たり前のことである。

蛭巫女が常に最優先とすべき務めは、主君の身の安全を保つことにあるのだから。

密かに思いながら白星は、湖姫の気が変わらないうちにこの場ですぐに除染を始めた。

深天《みてん》の闇

昔々、はるか昔。
今の世よりも神や仏、魔物や死人の姿が、人の目にだいぶ濃く見えた時代のお話です。
江戸からはるか西の山中に、ひとりの貧しい男が暮らしておりました。
ある日のことです。男は空の上から女が降ってくるのを目にしました。
たくさんの女です。女たちは、男が暮らす家の近くの森の中へと降り立ちました。
男が驚き見にいくと、女はいずれも裸の姿で、ぞろぞろと樹々の中に立っていました。
全部で十人はいるようです。生白い身体の方々に、黒くて長い髪をうねらせています。
背丈はまちまちでしたが、そのほとんどは男の倍ほどもある大きなものでした。
話しかけると奇妙な言葉が返ってきました。通じた様子はありませんでした。
男が戸惑う間に女たちは奇妙な言葉を吐きながら、森の方々へ姿を消していきました。
けれどもその場に残った女もいました。
背丈の大きい女がひとりと、それから背丈の低い女がひとりです。
小さな女は、男の背丈の半分ほどしかありませんでしたが、身体は大人のようでした。
どちらも具合が悪そうでした。不憫《ふびん》に思った男は、ふたりを家に連れ帰ります。

男の世話の甲斐《かい》あって、大きな女と小さな女はやがてすっかり良くなりました。
言葉も覚えて話ができるようにもなったので、男はふたりと暮らすようになります。
大きな女と小さな女は、それぞれ不思議な力を持っていました。
小さな女は、森の獣や鳥たちと言葉を交わすことができました。
大きな女は、遠くにいる者と心で話し、人の病気や怪我を治すことができました。
ともに暮らせば、しだいに情も深まりゆきます。
男は大きな女を好いて、交わるようになりました。
けれども男は小さな女も好いて、陰では小さな女とも交わるようになりました。
そのうち男は、大きな女に飽きてしまいます。
小さな女も、大きな女を疎ましく思うようになりました。
ふたりは大きな女に毒を盛り、殺して家の床の下へと埋めてしまいます。
それから時が経ち、小さな女は身籠《みごも》りました。生まれてきたのは可愛らしい女子《めのこ》です。
女子はすくすくと育ち、やがて美しい娘に成長しました。
代わりに小さな女は、病に臥《ふ》せった末に死んでしまいます。
死の間際、小さな女は男と娘に、大事な言葉を残して旅だっていきます。
きっともうすぐ、良くないことが起こるはず――。
まもなくした頃、床の下から夜な夜な小鬼たちが這《は》い出てくるようになりました。
床板を剝《は》がすと、大きな女を埋めた地面にぽっかり穴が空いていることが分かります。

それは深い穴でした。どんなに深いのかも分からないほど、暗くて深い穴でした。
小鬼たちは穴の中から這い出てきます。ぞろぞろぞろぞろ湧いてきます。
男は思いました。穴は亡者になった大きな女が掘ったのだと。
穴を石や板で塞《ふさ》いでも、小鬼たちは平気な顔で湧いてきました。
男が力いっぱい打ち据えても、小鬼たちは少しも怯《ひる》むことはありません。
けれども娘が叩《たた》くと、小鬼たちは痛がって穴の中へと戻っていきます。
ふたりが困り果てていると、娘の頭の中に小さな女の声が聞こえてきました。
穴は地の底に向かって掘られている。今より先も未来永劫《えいごう》、掘られ続けていくだろう。
娘も生来、不思議な力が備わっていました。たちまち事情を吞《の》みこみます。
まずは小さな女を模した小さな石像を彫って、穴のそばにお祀《まつ》りしました。
すると小鬼たちが出てくる数も機会も、少しだけれど減りました。
次に娘は若い宮司を頼り、穴に向かってお祓《はら》いをしてもらいました。
すると小鬼たちが出てくる数も機会も少しだけれど、もっと減らすことができました。
災いを完全に収めることはできませんでしたが、悪いことばかりでもありません。
穴から出てくる風には時折、人を幸せにする霞《かすみ》が混じりこんでいることがありました。
吸いこむと頭が冴《さ》えたり病気が治ったり、富や名誉に与《あずか》れる、とても不思議な霞です。
気を吸いこむことで男と娘の家は栄えるようになり、宮司も幸せになりました。
のちに娘と宮司は契りを交わすと、いっぷう変わった商いを始めるようになりました。

特別製の壺《つぼ》に溜《た》めた霞を高値で譲ることにしたのです。

譲るのは秘密を守れる人だけです。そして、お金をたくさん持っている人だけでした。

娘と宮司は稼いだお金で家を建て替え、有志を募って秘密の組合も作りました。

穴の保全と家の存続を目的とした、心強い組合です。

組合員は役目を担う代わりに、穴から噴きだす不思議な霞を優先的に授かれるのです。

屋敷の地下に暗く深き穴を秘するこの家は、のちに霜石と呼ばれるようになりました。

娘と宮司の夫婦が逝って次の代に継がれたのちにも、家と組合の関係は続きました。

穴も変わらず小鬼と霞を噴きだし続け、深さはますます増していっているようでした。

長い年月を経るにしたがい、穴から出てくる魔性も小鬼だけではなくなっていきます。

大きな鬼や、業火《ごうか》を背負った骸骨《がいこつ》、顔じゅう目玉だらけの獣、蜘蛛《くも》の身体をした龍《りゅう》。

そうした者ら――荒ぶる強き者ら――も、暗き穴から這い出てくるようになりました。

穴より来たりし魔性を打ち祓う役目は、霜石の当主が陣頭に立って担いました。

家は不思議なことに最初の娘の代から、女児しか生まれることがありませんでした。

だから当主は代々婿を取り、女が継ぐようになっています。

時代が下ると、当主は密《ひそ》かに「境守」とも呼ばれるようになっていきました。

穴もいつしか「深天《みてん》の闇」と名づけられ、次の代へと引き継がれていきます。

こうして古き時代から続く霜石家は当主の境守を筆頭に、今でも異界の闇から来たる魔性たちに目を光らせながら、気高き血筋を連ねているのです。

めでたしめでたし――などではない。

なぜなら災禍は近世まで連綿と続き、災いの元凶は未《いま》だに断ち切れていないのだから。

これは御伽噺《おとぎばなし》のたぐいではない。古《いにしえ》の時代からこの家に伝わる、歴然たる史実である。

つらつらと当家にまつわる成り立ちに思いを巡らせながら、白星は本邸一階に延びる長い廊下を歩いていた。

隣には白星による除染を済ませ、黒い長袖《ながそで》のワンピースに着替えた湖姫が並んでいる。顔色が少しだけ良くなった。頬筋に戻り始めた仄《ほの》かな赤みを認めて、白星は安堵《あんど》した。

向かう先は番《つが》いの間。秘密の階段を下っていった地階にある。

一階の北側、掃き出し窓が並ぶ廊下に面したまんなかの部屋は、祈禱《きとう》場になっている。湖姫が当主になってからはやめてしまったが、以前は組合員のつてを主にした紹介制で種々の悩みを抱えた客人を招き、相談内容に応じた加持祈禱を執り行っていた。

場内は二十畳の和室になっていて、壁に面した一方は板の間になっている。

年季の入った黒檀《こくたん》で張られた板の間の面積は、横幅約四メートル、奥行約一メートル。板の間の中央部には、滅紫《めっし》色の敷布が掛けられた、七段式の巨大な祭壇が祀られている。高さは二メートル近くもある。

地階へ続く階段は、この祭壇の内側にあった。

湖姫が祭壇の右側に面した敷布を下から高く捲《めく》りあげ、わずかに姿勢を低くしながら中へと向かって身をくぐらせていく。白星もあとに続いた。

祭壇の内側――祭壇の正面から見て奥側の壁――には、木製の門扉が嵌《は》められている。厳密には分厚い造りの開き戸なのだが、霜石家では昔から「門」と呼び習わされていた。深きに続く第一の門と。

門を開く把手《とって》の下部には鍵穴《かぎあな》が付いている。門の内外、どちらからでも施錠ができる両側鍵で、基本的には中に入った者が内側から施錠し直す決まりになっていた。

敷布に閉ざされた薄闇の中で、湖姫が腰ポケットから抜きだした鍵を使って門を開く。扉は内側に向かって開く造りである。

戸口の内側、右手の壁面に取りつけられたタンブラースイッチを湖姫が指であげると、静寂の黒に包まれていた地階の闇が、橙色《だいだいいろ》の物憂げな色みを湛《たた》えた弱光に照らされた。

戸口の先には、手摺《てす》りの付いた矩《かね》折り階段が延びている。階段は途中で踊り場を挟み、右へ向かって折れる。踏面の幅は戸口と同じく、一メートル近い広さがある。

階段を下った先には、框《かまち》で段差の付いた四角い床板が張られている。框の向こうには両側を乳白色の真壁で挟まれた通路が延びていて、床は灰色をした石造りである。

框から先は、靴を履いて進んでいく。階段をおりてすぐ右手に漆塗りの下足箱がある。湖姫と白星は、それぞれ自前に備えている地階用の靴を取りだして履いた。

湖姫が靴を履く時、白星は湖姫の脚へと視線を向けてみたのだが、ワンピースの裾《すそ》が長くて脛《すね》の半分辺りまでしか見えなかった。そもそも湖姫の両脚は厚手の黒いタイツで覆われていたので、肌の様子がわずかも見て取ることができなかった。

白星にあれ以上うるさく言われるのが嫌で、タイツで隠しているとしか思えなかった。

先ほど渡した軟膏《なんこう》は塗ったと言っていたが、日を追って悪くなっていかなければと思う。

今のところ、足取りに異常は見られないのがせめてもの幸いだった。

石造りの通路を五メートルほど進んでいくと、広々とした空間に出る。

こちらの広間は祈禱場の倍近い面積があり、その中央部には下り口を木製の手摺りにコの字で囲われた階段が、さらに地下へと向かって延びている。

これを下っていった先にあるのが、伝承で語られる深天の闇への入口だった。

今よりはるか昔、毒殺による非業の死を経たのちに荒ぶる神と化し、霜石家の床下に巨大な蚯蚓《みみず》のごとく深々と連なる穴を掘り始めた女は、厳《いか》い女《め》という名で呼ばれていた。

古い絵巻に描かれたその姿は一糸纏《まと》わぬ裸身で、波のようなうねりを帯びた黒い髪を膝《ひざ》の辺りまでおどろに伸ばし、指には土竜《もぐら》のそれを思わせる長くて太い爪が生えている。

白星は蛭巫女《ひるみこ》の務めを始めた頃、在りし日の伊吹に絵巻を見せてもらったことがある。

霊刀を構えた古の境守と向き合う形で描かれたイカイメの背丈は、およそ三メートル。爪は口紅みたいな形をしていて、指の第二関節からまっすぐ突きだすように生えていた。第二関節から先が爪になっているような生え方である。

今では深さも計り知れず、どこへと向かって延びているのかも分からない深天の闇は、憶説として地獄や根の国へ続いていると伝えられているが、実際のところは不明である。

唯一分かっているのは、人の世界ではないどこかへ繋《つな》がっているということだけだった。

穴の名に「天」の一字が付くのは、内部の様相に基づく。冥々《めいめい》たる黒の陰気に染まる地中の暗闇には、満天の星々のごとく仄白《ほのじろ》く灯《とも》る怪火が、無数に瞬いているのだという。中へと入る資格を持たない白星は、一度もそれを見たことがない。

この十五年余り——湖姫が今の当主の座を継いでから先は、穴の口から湧き出てくる魔性の数はだいぶ減った。およそ半年に一度の割合である。

白星がこの家に来た頃は少なくとも月に一度か二度、多い時にはその倍ほどの頻度で、記録に伝わる様々な姿をした異形どもが現れた。時には大きな群れをなして。

これらを迎え撃って滅するのは本来、当主である境守と、荒巫女《あらみこ》と呼ばれる使用人の務めだったのだが、伊吹の代にはすでに荒巫女は不在となっており、白星は状況次第で荒巫女の役割も兼任することがあった。

この屋敷ではありとあらゆる事象と存在が、この目に眈《しっか》と映しだされる。

だから白星は、余計に視なくて済んで幸いなのよ——。

以前、湖姫から向けられた短い言葉は、まさに正鵠《せいこく》を射ている。

あんなものや、あんなものに似たものが外の世界で視えたとしたら、おそらく自分は正気でいられなくなってしまうだろう。本来的にはせいぜい靄《もや》のような朧《おぼろ》な輪郭でしか不可視の存在を視認できない自分の眼力に、心底感謝するよりなかった。

それほどまでに穴から出てくるあれらの姿は、白星の心を狂おしい恐怖に駆り立てた。できれば全てが夢であってほしいという思いも、未だに心のどこかに根付いている。

穴から出てくる魔性を滅することはできるが、全てを根絶することはできなかったし、穴そのものを封じることもできなかった。穴の前を注連縄《しめ》や御札のような物で塞《ふさ》いでも、時間が経つにつれてそれらは悉く《ことごと》破られ、深い底から押し寄せてきたまま境界線の前で足止めを喰《く》らっていた魔性どもが、一気に外へ飛びだしてくるのだという。

湖姫が今回、長い年月を費やして集め終えた鵺神《ぬえがみ》を使って実行しようとしているのは第一に、百年単位で続いたこの災厄に終止符を打つためだった。

それは古の先代たちが腐心してきたように、生半可な手段で穴を封じることではない。湖姫は穴の底からこちら側へ魔性どもを遣わす、元凶そのものを滅しようと考えていた。

深天の闇へ通じる階段の下り口から背中を向けた反対側、すなわち白星たちが先ほど進んできた通路の戸口の真上には、戸口とほぼ同じ横幅をした神棚が設《しつら》えてある。

一社式の大きな宮形の中に祀《まつ》られているのは、古い伝承の中に現れるもうひとりの女。イカイメと対をなす、小さな女の分霊である。

こちらは名前を細《ささ》ら女《め》という。伝承に記されているとおり、ササラメは死したのちに彼女の姿を模した石像が彫られ、深天の闇に睨《にら》みを利かせる役目を担うようになった。

効果のほどは未知数である。この地に穴が穿《うが》たれた最初の頃は穴の縁《ふち》に像が置かれて、まさしく睨みを利かせていたらしいのだけれど、時代が下るにつれて新たに設けられたこの神棚に御神体として祀られるようになり、その後はさらにおわす所を移されていた。

今現在、ササラメの石像は本邸三階にある大座敷の神棚に祀られている。

絵巻に描かれているササラメの姿は、確かにひどく小さかった。隣に描かれた男と比べ、背丈は半分ほどしかない。大人と幼稚園児ほどの差があった。ただ、イカイメと同じく一糸纏わぬその身体は、ふたつの乳房が豊かなまでに膨らんで、恥部には黒い毛も生えている。大人の女がそのまま縮んだようななりをしていた。

イカイメとササラメは互いに不仲であったし、今もその関係性に変わりはないという。むしろ互いに死したのちのほうが、憎悪《ふめいりよう》を滾《たぎ》らせ合っていると聞かされている。

ふたりの正体については、全体的に不明瞭なままだった。天女のような存在であると、一応解釈されてはいたが、白星の印象にある天女とはおよそかけ離れたイメージである。ふたりの異様な背丈もそうだし、土竜のようなイカイメの指先もそうだった。

互いに憎しみ合っているという事実以外に、ふたりが姉妹のような身内であったのか、それとも赤の他人同士であったのか、そうした関係性についても全て未詳となっている。

広間には、地上階への階段を結ぶ通路の他に三つの通路が延びていた。

それぞれが四方の壁の中央に一本ずつ延びていて、各通路の壁に沿う形で合計十二の部屋がこの地階にある。頭の中で全体像を思い浮かべてみると、この広間を中心にして、歪《いびつ》な卍《まんじ》の形に思えなくもない。階段を結ぶ通路以外は、全て途中で左右に折れていた。

地階が今の造りになったのは、昭和時代初期のこと。屋敷が建て直されるのに際して当時の組合員が懇意にしていた業者に頼んで作らせたのだという。完成後に業者は全員、口封じのために呪い殺されたという物騒な話もあったが、真偽のほどは定かでない。

目指す番《つが》いの間は階段側の通路から見て、右手の通路を進んでいった最奥部にあった。
途中で左に折れている角を曲がり、その先の真正面に見えるのが番いの間である。
湖姫と足並みを揃えて通路の角を進んで曲がり、観音扉が嵌《は》められた扉の前へと至る。
緊張気味に中へ入ると、広さ十帖《じょう》ほどの室内には異様な光景が広がっていた。
部屋の中央には、四角い脚をした胸像用の台座が六つ、横一列になって屹立《きつりつ》している。
上部の平たい板の上にはそれぞれ、異様な体をなした六体の干物が鎮座していた。
いずれも湖姫が足掛け十余年をかけ、元組合員のお偉方から回収した鵺神たちである。
それぞれの素材に用いられている動物たちは、全て異種間の雌雄だという。
白星は固唾《かたず》を呑《の》みつつ、右から順にそれらの姿を流れる視線で追っていく。

禍福の絜鉤《けっこう》。鳥と鼠の複合体。
鳩の頭に溝鼠《どぶねずみ》の身体。鳩の背には鴉《からす》の翼も縫い合わされている。
以前の借主は淀川源貴《よどがわげんき》。かつて霜石家で神事の補佐を務めていた某神社の宮司。
二〇〇四年に兵庫県で回収完了。
栄枯の玄武。亀と蛇の複合体。
臭亀《くさがめ》の身体に、縞蛇《しまへび》の身が尻尾《しっぽ》の代わりとなって付いている。
以前の借主は国生千治《こくしょうせんじ》。かつて霜石家に莫大《ばくだい》な資産をもたらしたトレーダー。
二〇〇七年にフランスはマルセイユで回収完了。

浮沈《ふちん》の人魚。猿と魚の複合体。
体毛を剃《そ》った子猿の上半身に、魚の尾鰭《おひれ》側半分が繋ぎ合わされている。
以前の借主は静原素子。かつて霜石家の相談役を務めていた霊能師。
二〇一一年に都内江戸川《えどがわ》区で回収完了。
賢愚《けんぐ》の牛鬼《ぎゅうき》。牛と犬の複合体。
仔牛《こうし》の頭に犬の身体。腹の両脇には、仔牛の脚も合わせて四本縫いつけられている。
以前の借主は荒垣良治《あらがきりょうじ》。かつて霜石家で諸々《もろもろ》のトラブル対応に当たっていた男。
二〇一四年に北海道で回収完了。
盛衰の白澤《はくたく》。羊と山羊《やぎ》の複合体。
縦半分に割った白い仔羊と黒い仔山羊《こやぎ》の身体をひとつに繋ぎ合わせたもの。
以前の借主は鳴森恵弘。かつて霜石家と懇意にしていた、信仰宗教団体の元教祖。
二〇一五年に茨城県で回収完了。
そして、苦楽の双頭の双生児。猿と狸の複合体。
体毛を剃った子猿の身体に、子猿と子狸の首が横に並べて繋がれている。
以前の借主は西園寺清吾。かつて霜石家で呪術《じゅじゅつ》の補佐を務めていた自称陰陽師。
昨晩、千葉県房総半島にて回収完了。
悪い意味で壮観である。台座の雰囲気も相俟《あいま》って、悪魔が催す美術展のようだった。

鴉神たちはそれぞれの名に冠された福を借主に与え、同じくそれぞれの名に冠された禍を借主が望む対象にもたらす。鴉神が発する陽の気、福を賜るためには、その対価に見合う陰の気、禍を他者に向けて発しなければならないのだという。

要は人の不幸を糧にして幸福を得るための装置というのが、鴉神が有する特質である。

製作者は古い時代における霜石家の当主たち。

わずかに現存する記録書によれば、四代前の当主が在世だった昭和時代の中頃までは、組合員たちの要望や、特殊な事情を抱えた依頼主らに乞《こ》われて作っていたらしいのだが、その後は取りやめとなり、今はくわしい製法自体も失われて久しい。

要望に従い、乞われて作ったと言っても、鴉神は他人に授与するためとしてではなく、貸しだす名目で作られていた。およそ十年から二十年の期間を目途に希望者へ貸しだし、頃合いを見計らって引きあげる。理由は本来の目的に用いるためである。

借主の欲望と数多《あまた》の人々の不幸を存分に吸い取った鴉神は、最終的に深天の闇の中に祀られている祭壇に、イカイメへの捧《ささ》げ物として奉納される。

特異な捧げ物を納める理由については、はるか地の底から霜石家の末裔《まつえい》を恨み続けるイカイメの許しを乞うためとも、鴉神の身を魔性たちの餌にして穴から出てくる頻度を遅らすためとも伝わっているが、真相については不明である。

ただ、こうした奉納が比較的近代になってとりやめになってしまった理由については、期待するほどの成果が得られなかったからではないか、というのが白星の推察だった。

十五年前に当時の組合員たちがこの家から去っていった折、彼らはどさくさに紛れて借り受け中の鵺神を擁したまま、いずれも行方を晦《くら》ませてしまった。

同じ頃、この家の当主になったばかりの湖姫は「借りパクされた」と憤ったものだが、公平な見地から俯瞰《ふかん》するなら、彼らに鵺神を持ち逃げさせる動機を与えてしまったのは、他ならぬ湖姫自身である。当の本人も「このうえない大失態だった」と自覚はしていて、だからなおのこと躍起になって執念深く、鵺神の回収作業に血道をあげてきた節もある。傍から動向を見守っていただけでも、凄《すさ》まじく執拗《しつよう》な情念を滾らせた十五年だった。

白星の推察では、作る意義がないとの理由で製造が途絶え、その製法自体も失われた鵺神たちを、なぜに湖姫は尋常ならざる歳月を要して回収するに至ったのか。

理由は奉納の儀式を再開するためなどではない。

「思っていたよりだいぶ消耗している。多分、ひと月からふた月といった感じかな」

苦楽の双頭の双生児の前に顔を近づけ、湖姫がぼやくようにつぶやいた。

「消耗が激しい」とは、湖姫が発したままの意味である。以前に回収された鵺神たちも程度の差はあれ、全てそれなりの消耗を来たして、この番いの間に運びこまれてきた。

苦楽の双頭の双生児もまた、長らくの年月、私欲にまみれた借主に酷使された影響で過度に疲弊しているのである。御霊自体が潰《つい》えたわけではないので、供え物などをして懇《ねんご》ろに労《いたわ》ってあげれば、いずれは回復に至るはずだが、湖姫は待ちきれないのだろう。積年の大願を果たすべき時が始まるのを。

「とりあえず、ひと月待ってみようと思う。その時に大丈夫そうなら、殺し合わせる」

湖姫がこちらを振り向き、笑いながら言った。ユーモアのかけらもない笑みだった。

「ええ、承知しました。道具をもう一回、見直してみます」

白星が答えると、湖姫の目の前に座る双生児が、もごもごとふたつの口元を動かして
「かあ……」と小さく呻《うめ》いた。

この屋敷ではありとあらゆる事象と存在が、この目に瞭《しっか》と映しだされる。

苦楽の双頭の双生児に相応の活気が戻り次第、鵺神《ぬえがみ》たちはその身を元の素材となった
ふたつの獣の部品に解体され、ふたつの大きな壺《つぼ》の中へと半々にされて詰めこまれる。

ふたつの壺の中でそれぞれ六対六の潰《つぶ》し合いがおこなわれたのち、最後に勝ち残った
合計二体の獣は、それぞれが絶大な威力を有する神霊へと変容する。

蠱毒《こどく》。古代中国を発祥とする、本質的には外法《げほう》とも言うべき呪いの儀式の成果である。

本来は複数の生きた動物たちをひとつの容器に閉じこめ、互いに喰らい合わせるのだが、
今回は一度死んで特異な神に生まれ変わった獣たちを素材に用いる。

湖姫は蠱毒の儀式で創出した神霊を使って、イカイメを完全に滅する算段だった。

「ついでにあっちのほうも確認しておく？」

言いながら湖姫が指で指し示したのは、鵺神たちが並ぶ台座の向こう側だった。

できれば見たくないと思って視線を向けなかったのだが、言われてしまったからには
どうしようもない。湖姫とともに台座の脇を迂回《うかい》して部屋の奥へと向かって進んでいく。

奥側に面した壁際には、四辺の縁《へり》が繧繝錦《うんげんにしき》の模様で彩られた厚畳が二枚敷かれていた。一方の畳の上には細いテントのような輪郭線を描いて、高さ一メートルほどに隆起した白いシーツが立っている。

湖姫が取り払ったシーツの中から現れたのは、ふたりの若い男女の姿だった。

因果の子坪《こつぼ》。花婿と花嫁の複合体。正座の形に組んだ二本の脚で畳の上に座している。衣装は白無垢《しろむく》。けれども白無垢の上には、黒紋付の羽織を掛けている。

純白の綿帽子の中には、笑みを浮かべた男女の首が横並びになって生えていた。腿《もも》の上に添えられた羽織の袖《そで》からは、男女の手首がそれぞれ二本ずつはみだしている。

外見的な要素は共通しているが、これは鵺神ではない。見た目は生身の人と見紛うほどに生々しいが、肌身がシリコンで作られた人形である。蠱毒を用いる儀式の日には、こちらの人形も別の用途で使われる手はずになっていた。

魂はまだ入っていない。だが、目星はすでについていた。

「問題なさそう。次はこっち」

そう言って湖姫がもう一方の畳の上に横たわっているシーツのほうへ手をかける。

こちらの中身は絶対に見たくなかったのだけれど、シーツは否応《いやおう》なしに取り払われて、白星の網膜にこの家でいちばん見たくないものの姿がありありと映しこまれた。

円盤集会

「改めまして、なんとも意外な展開になってしまった感じですねえ」

リビングのまんなかに置かれた座卓の向こうから、青木大吾《あおきだいご》は感慨深げに微笑んだ。

座卓の上には付箋《ふせん》の挟みこまれた大学ノートと、クリアファイルが数冊並んでいる。

「同感ですし、ありがたい限りです。こちらこそ改めて、今日はお世話になります」

青木は登米市に暮らす、四十代の男性である。日頃は平凡な会社員として勤める傍ら、余暇では怪談蒐集《しゅうしゅう》の酔狂を続けている。

彼とは二〇一三年の夏場、とある幽霊屋敷にまつわる奇妙な相談を通じて知り合った。その後は長らくブランクがあったのだが、二〇一六年の夏場に今度は私が演者を務めた怪談関係のイベント会場で偶然再会。以来、彼の家族も含めて細々と交流が続いている。

二〇一八年十一月下旬、四週目の土曜日。

この日の昼過ぎ、私は登米市の西部に位置する、青木家を訪ねていた。

隣には佐知子と杏の姿もある。青木の隣には、彼の細君も座っていた。

事の発端は、私の仕事と彼の趣味によるものである。

佐知子たちと浄土村探しに出掛けた次の日の夜、久方ぶりに青木から電話が入った。

用件は屋敷祓《はら》いに関する出張依頼。

近々、自宅の改装工事の都合で、古い庭木を何本か切らなければならないのだけれど、手を入れる前に拝んでもらえないかとのことだった。

土地祓いの仕事は、対象となる樹木の前に捧げ物を供え、祝詞《のりと》を詠むのが本分である。特異な感覚は必須《ひっす》ではない。今の自分でも務まる仕事だったので快諾した。

日取りを相談するさなか、なんとはなしに互いの近況なども報告し合っていたのだが、そこでふと、彼の怪談蒐集に関する酔狂を思いだした。

望みは薄いと感じながらも、UFOや宇宙人にまつわる体験談について尋ねたところ、意外なことにその手の話もそこそこ集まっていると、色よい答えが返ってくる。

その大半が、宮城県内で聞き得た話だという。差し障りのない範囲で事情を伝えると、青木はみるみるうちに声を弾ませ、進んで情報提供の誘いを申し出てくれた。

それで急遽《きゅうきょ》、佐知子と杏に予定を繰り合わせてもらうことにし、拝み屋の仕事がてら、彼の厚意に甘えることにしたのである。誰にとっても思いがけない幸運だった。

「幽霊や妖怪《ようかい》みたいな連中が出てくる話に比べてみれば、数はそんなに多くないですし、私も意図して集めているわけじゃないんですけどね。それでも記録を調べ返してみたら、両手の指では数えきれないくらいの話はありました」

座卓の上に置かれたノートとファイルを指差しながら、青木が言う。

「驚きです。私のほうにはこの手の話は、ほとんど入ってこないので」

「おそらくジャンルが違うからじゃないですか？　今回の有澄さんのお話は特別として、普通は拝み屋さんに相談をしたり、聞かせたくなるような用件じゃないと思いますし」

「まあ、そうですね。拙著の読者から寄せられる話も、大半がお化け絡みのものだし」

「ちなみに私が集めたこの手の話以外にも、宮城県って昔からＵＦＯにまつわる逸話が、ちらほらあるにはあるんですよ。ご存じでした？」

私は「いいえ」と答えたが、佐知子はすぐに「はい、多少でしたら」と答えた。

今回の件が私に来る以前、佐知子と桔梗は県内のＵＦＯ情報に関する目ぼしい資料を調べ尽くしたのだという。初めに電話をよこした折、桔梗もそんなことを言っていた。

「たとえばそう、いちばんスケールの大きな話だと、田代峠《たしろ》はＵＦＯの目撃談が多くて、山の中に宇宙人の秘密基地が存在するとか、そういう噂があるんだそうです」

田代峠とは、宮城と山形の県境に位置する峠である。ＵＦＯ云々《うんぬん》の話は初めて知った。

「それで最初は目星を付けたんですけどね。でも、早い段階で候補からは外しました」

理由のひとつは、距離だという。

田代峠は宮城県の中西部に位置する加美郡《かみ》加美町《かみまち》の西側に広がっている。栗原市から加美町までの距離は、およそ二七キロ。さほどの距離ではないのだが、石巻市からだと四八キロほどにもなり、宮城をほとんど東西に横断するような道のりになる。

たとえ「ＵＦＯ」というキーワードが重なっても、三十年前に笛子が当時語っていた「石巻から少し離れた場所」という条件のほうには合致しない。

ふたつ目には、話題性の問題があった。

田代峠のＵＦＯ話というのは、今の時代になってはマニアックなＵＦＯファンなどがかろうじて知るぐらいのものでしかないらしいのだが、昔は違ったそうである。

主には七〇年代から八〇年代の時期だと、佐知子は語る。

地元で噂話が広がり始めた頃から、テレビ局を始めとした各媒体のマスコミ関係者がしばしば現地を訪れ、取材を繰り返すようになったそうである。

噂の発端については定かでないが、少なくともその一端を担ったのは、一九六八年にこの地で発生した墜落事故ではないかという。

この年の一月、航空自衛隊松島基地を出発したＦ86セイバー戦闘機が、大雪の影響で田代峠に墜落。のちにパイロットは死亡が確認されたのだが、発見された機体のほうは左翼が分離している以外に大きな損傷は見られず、深く積もった雪の上に腹のほうからすとんと水平に落ちるような形で着地していた。

斯様《かよう》に不審な墜落状況は、機がＵＦＯと遭遇したからだと解釈する者もいたのである。メディアはこうした憶説もＵＦＯ情報の一部、信憑性《しんぴょうせい》を高める要素として取り扱った。結果として、同地で語られる噂話にさらなるリアリティを与えたのは想像に難くない。

大まかには然様《さよう》な流れがあって、ローカルだった怪しい噂は日本全国に広がっていく。こうした噂の影響を真っ向に受けてしまった田代峠は一時期、「ＵＦＯ目撃多発地帯」「ＵＦＯ基地がある場所」などとして、広く世間に知られることになったのだという。

「そんな歴史がある場所なので、現地は一通り、調査されていると思うんです」

「桔梗さんの推測なんですけどね」と前置きしたうえで、佐知子は言葉を継いだ。

噂が熱を帯びていた当時、田代峠はＵＦＯの離着陸の痕跡《こんせき》やら秘密基地の発見やらを目的としたマスコミ連中が、現地をずいぶん探し回ったに違いない。それに加えて噂を知ったＵＦＯマニアも独自に調査や探検などをおこなったはずだという。

仮にそうした場所の地域周辺に浄土村が存在しているとするなら、今の世に至るまで、何がしかの情報が出ているはずではなかろうか。それが桔梗の思い描いた推察だった。

「確かにＵＦＯ目当てであちこち探し回っていれば、そのうちサリーの塔を見つけたり、村のおかしな信仰を探り当てたりする者が出てきても、おかしくないってわけですね」

「むしろ、いないほうがおかしいというのが桔梗さんの見解でした。わたしも同感です。今になっても田代峠の周辺で怪しい村や塔が見つかったという情報はありません」

石巻市からの距離も遠いため、推察の段階で村が存在する可能性は無に等しくなった。ゆえに候補から完全に外さないまでも、現地へ行くのは保留とした。杏も同意したため、村探しは暗中模索で石巻市と栗原市の界隈《かいわい》を起点に始めることにしたのだという。

佐知子の説明を聞くうちにふと思った。「ＵＦＯ」や「宇宙人」というキーワードはヒントになりそうで、実は大してならないのかもしれない。

そもそも三十年前、浄土村に暮らしていた連中は「宇宙人」を信仰しているなどとはひと言も言っていない。我々が宇宙人のように思える存在を信仰していただけである。

ならば逆にそうしたものとは一見、縁のなさそうな場所にこそ村はあるのではないか。なんだかそんな感じもしてきたのだが、他に有用な捜索基準も浮かんではこなかった。

「ですので今日は助かります。公になっている資料は簡単に調べることができますけど、表に出てこない個人の体験談については、調べる手段が本当に限られてしまうので」

佐知子の言葉に「いえいえそんな」と、はにかみながら青木が笑う。

「こっち系の話をピックアップしながら、話を聞かせてくれた人たちが怪異を体験した場所も確認していったんですがね。UFO絡みの怪異が集中している市町村というのは特別ない印象でした。逆に言ってしまえば、場所や地域に関係なく、どこでも満遍なく発生している感じです」

「なるほど。その辺は、お化けが主役の怪談と大きな違いはないってことですか」

さらに付け加えれば、お化けと同じくUFOも、世界じゅうに目撃例があるのである。そういう意味でも大差はないと私は思った。

「ですね。どれだけお役に立てるか分かりませんけど、そろそろ中を覗《のぞ》いてみます？」

座卓に並ぶ大学ノートとクリアファイルを指差しながら青木が言った。

前振りはおおよそ終わったように思う。彼の提案にありがたく同意する。

天怪の記録

■鳥澤《とりさわ》さん（四十代）発生地：栗原市（旧築館町《つきだてちょう》）八〇年代末頃
高校時代のある晩、知人の通夜へ出掛けていった両親がなかなか帰ってこなかった。夜更け近くになってようやく帰宅した両親が事情を語るには、車で家路をたどるさなか、夜空に浮かぶＵＦＯを見たのだが、そこから先の記憶がない。数時間後に意識が戻ると、車はＵＦＯを目撃した現場から五キロも離れた空き地に停まっていたという。

■梨岡《なしおか》さん（五十代）発生地：栗原市（旧花山村《はなやまむら》）九〇年代末頃
夜中に飼い犬の声で目覚めると、自宅の前庭にある畑の宙に小さな円盤が浮いていた。翌朝再び庭へ出たところ、畑に植えていたトマトが全て黒ずんで腐っていた。土のほうも粘つく水気を帯びていて、畑は使い物にならなくなった。

■利賀《りが》さん（六十代）発生地：石巻市（旧桃生町）　九〇年代末頃
夜更け過ぎ、友人宅からの帰り道で、墓地の中空に浮かぶ大きな白い円盤を見かけた。人魂《ひとだま》だと思って逃げ帰ったのだが、形から推し量るとＵＦＯだったのかもしれない。

■須江代《すえよ》さん（五十代）発生地：登米市（旧東和町）七〇年代中頃
中学時代、日暮れ後に通い慣れた農道を自転車で帰宅していると、頭上が昼のように煌々《こうこう》と明るくなった。見あげた夜空には、視界一面を埋め尽くすほどに巨大なＵＦＯが頭上に浮かび、白金色に輝く眩《まばゆ》い光を放っている。

翌朝起きると目が見えなくなっていた。治るまでに六日もかかってしまったという。

■眞守《まもり》さん（五十代）発生地：大崎市《おおさき》（旧鳴子町《なるこちょう》）二〇一〇年代前半
休日の夕方、自宅の裏手で寛《くつろ》いでいた時、遠くに見える山の中に不審なものを認めた。卓袱台《ちゃぶだい》ぐらいのサイズをした円盤に乗って宙を飛ぶ女である。

女は白い着物姿で、円盤の上に座る姿勢で乗っていた。驚きながら動きを見ていると、女を乗せた円盤は夕日が沈む西の空に向かって、あっというまに飛び去っていった。

■日奈《ひな》さん（三十代）発生地：刈田《かった》郡蔵王町《ざおうまち》　二〇〇〇年代中頃
友人とラーメンを食べにいった日のこと。食事中、窓の外へ目を向けると、店の外の上空に奇妙な物体が滑るような動きで飛んでいるのが見えた。色は白く、ラーメン丼《どんぶり》を逆さにしたような形をしていたが、大きさは少なく見ても数メートルはある。

丼のような形をした物体は店の真上を突っきって、あとは見えなくなってしまった。

■麻尋《まひろ》さん（二十代）発生地：加美町　二〇一〇年代中頃
夜に近所の田んぼ道をウォーキングしていた時のこと。

遠くで黒ずむ山の真上に黄色い光が輝いているのが見えた。形は丸いが、月ではない。位置も大きさもまったく違った。不審に思いながら見ていると、光は突然花火のごとく四方八方に弾《はじ》け散り、無数の小さな粒となって山の上へと落ちていった。

■町屋《まちや》さん（五十代）発生地：柴田《しばた》郡村田町《むらたまち》　七〇年代後半
小学四年生の秋だった。放課後に友人たちと近所の山へ通草《あけび》を採りに出掛けたのだが、自生している穴場へ行くと、通草は全部腐って異様な臭気を放っていた。

その後、友人のひとりが近くの藪《やぶ》の中で、銀色に染まる丸くて平たい円盤を見つける。大きさはマンホール蓋《ぶた》の倍ほど。友人が上に乗ると、円盤は地面からふいに浮きあがり、友人を振り落として藪の彼方《かなた》へ飛び去ってしまった。

■赤島《あかしま》さん（五十代）発生地：遠田《とおだ》郡涌谷町《わくやちょう》　九〇年代中頃
夕暮れ時、ガソリンスタンドで車の給油をしていると、オレンジ色に輝く球体が空に浮かんでいるのが見えた。一瞬、夕陽かと思ったが、球体は東の空に浮かんでいる。怪訝《けげん》に思い始めてまもなく、球体はさらに空高く舞いあがって消えてしまった。

■樋口《ひぐち》さん（八十代）発生地：大崎市（旧岩出山町《いわでやままち》）七〇年代中頃
真冬の日中、近隣の山中へ仲間たちと猪狩りに出掛けた時のこと。

昼になって弁当を食べていると、用を足しに行っていた仲間のひとりが、小藪の中で気味の悪い生き物の死骸《しがい》を見つけた。毛のない猿のような姿で、背丈は乳飲み子くらい。頭が異様に大きく、全身は鈍い銀色に染まっていた。

死骸は別の仲間が持ち帰ったのだが、その後に病を得て死んでしまったのだという。

■豊島《としま》さん（四十代）発生地：栗原市（旧金成町《かんなりちょう》）九〇年代末頃
建設会社の社員寮に暮らしていた頃のこと。夜更けにベランダで煙草を吸っていると、目の前を流れる川の中空に平たい円盤が浮かんでいるのが目に入る。

大きさは十メートル近い。巨大なCDが宙に浮いているような印象だった。

「UFOだ！」と思い、ガラケーで写真を撮った瞬間、両隣にグレイ型の宇宙人が現れ、意識を失ってしまう。翌朝目覚めると、撮ったはずの写真のデータは消えていた。

■佳菜子《かなこ》さん（四十代）発生地：白石市《しろいし》　二〇〇〇年代初め
夏祭りの夜、人気《ひとけ》の少ない会場内の駐車場に銀色の全身タイツを着た男が歩いていた。不審者だと思って遠くから様子を見ていたら、まもなく夜空に向かって飛んでいった。

■絵美乃《えみの》さん（三十代）発生地：登米市（旧石越町）九〇年代後半

小学校の遠足行事で、とある公園施設へ行った時のこと。

昼食時に友人たちと原っぱで遊んでいると、草地の上で小さなものが跳ね回っていた。毛のない猿のような姿をした生き物で、背丈は子供の親指ほど。全部で五、六匹いた。興味を抱いて近づいていくと、遠くの草むらの中からシャンプーハットと同じくらいの大きさをした円盤が飛びだしてきて、小さな生き物たちの上までやって来た。

円盤は生き物たちを一匹残らず吸いあげると、再び草むらの中へ消えていった。

■浦添《うらぞえ》さん（四十代）発生地：南三陸町《みなみさんりくちょう》　五〇年代末頃

浦添さんの祖父が若い頃に体験した話。夏の朝方、家の裏手に広がる森の畑へ行くと、見たこともない生き物と出くわした。幼児ぐらいの背丈をした二足歩行の生き物である。数は三匹。身体に毛はなく、全身がくすんだ灰色に染まっていた。頭と目玉が異様に大きなそれらは、しばらく畑の上で円を描きながら踊るような動きを見せていたのだが、祖父の気配に気づくと森の中へ走り去っていってしまった。

後年、浦添さんが一家でテレビのＵＦＯ番組を観ていた時、祖父はブラウン管に映るグレイ型の宇宙人を指差し、「俺が見たのはこいつらだ！」と叫んだそうである。

■志穂乃《しほの》さん（三十代）発生地：栗原市（旧瀬峰町《せみねちょう》）二〇〇〇年代末頃

真夜中に仕事を終えた帰り道、車でいつもの農免農道を走っていると、前方の夜空にふたつの青白い光が流れているのが見えた。形はどちらも平たい円盤状。それらは追いかけっこをするような動きで、視界の端へ流れるように消えていった。

■伊豆木《いずき》さん（四十代）発生地：塩竈《しおがま》市　八〇年代中頃

小学時代の夏休み、近所の公園で映画の野外上映会が催された。そのさなか、夜空に真っ赤な色をした三角形の物体が浮かんでいるのを、その場にいた全員が目撃する。

一同が見守るなか、正体不明の赤い三角形は、まもなくすると五つの小さな三角形にばらけ、それから凄《すさ》まじい速さで夜空の方々に散らばっていった。

■貴理子《きりこ》さん（四十代）発生地：仙台市青葉《あおば》区　二〇〇〇年代末頃

実家の大掃除をしていた折、座敷の天袋から奇妙な絵の描かれた掛け軸が見つかった。

松の木の根本にグレイ型の宇宙人としか思えない生き物が二匹、しゃがみこんでいる。そんな絵が描かれた掛け軸である。掛け軸は祖父の遺品で、かなり古い物だった。

美術関係の仕事をしている知り合いに鑑定してもらおうと思い、スマホで撮影すると画面が真っ暗になって壊れてしまった。掛け軸は知らないうちに母親が処分してしまい、くわしい由来については分からずじまいになってしまったという。

青木が選出してくれた資料の精査が終わったのは、午後の五時半過ぎ。窓の向こうが冷えた濃い闇にすっかり染まった頃だった。

先立つ感想としては、バリエーションの多さに驚かされた。

巷《ちまた》でよく聞くUFO目撃談から、身の毛もよだつ恐怖譚《たん》、果ては理解不能な奇譚まで。よもや宮城県内だけで、これほどまでに多種多様な「UFO怪談」が発生しているとは夢にも思っていなかった。

彼はあくまで謙遜《けんそん》しているが、UFO関係の資料としてもかなり貴重なものである。

「大変参考になりました。目星が付けられる場所がたくさん増えて助かります！」

快活な笑みを浮かべて佐知子が青木に頭をさげたが、実際的にはどうなのかと思った。

感謝を伝えた言葉が本心なのは分かるのだが、「目星がたくさん増えた」ということは、裏を返せば確信を持って探すべき的が絞れなかったという意味に他ならない。

同じく杏も、青木に丁寧な謝意を示したが、今日の成果は思わしいものではなかった。

青木が文書にまとめた体験談の全てに目を通しても、杏の記憶に符合する情景や人物、怪しげな信仰などに関する情報は一切含まれていなかったのである。

そこはかとない線で、発生した怪異とその後の流れが共通しているように思えたのは、須江代さんという女性の体験談ぐらいだった。頭上に浮かぶ巨大なUFOの光を見たら、その後しばらく目が見えなくなってしまったという話である。

三十年前、頭上に現れたふたつのＵＦＯを目撃したあとに意識を失い、そこから先はしばらく記憶が錯綜《さくそう》してしまったという杏の経験に、少しながらも通じるものはあった。

杏自身もこの話には多少の食いつきを見せたし、佐知子も「ううん」と唸《うな》ったのだが、浄土村との接点を見いだすまでの印象には、あと一歩及ばずといったところだった。

「これだけ幅広いというか、ほとんど県内全域でいろんな目撃情報がありますからねえ。目星を減らすのも大変だと思うんですが、少しはお役に立てていただければ本望です」

佐知子の言葉を受け、青木は私の胸中を見透かすかのような応《こた》えを返した。

「印象の強い線から意識してみようかと思ってます。本当にありがとうございました」

佐知子は体験談の資料から要点を書き写した手帳を青木に見せつつ、微笑んでみせる。

陰りの感じられないまっすぐな笑みだった。

時間は頃合いだったし、話も頃合いと判じ、佐知子たちに「お暇《いとま》しましょう」と促す。

そこへ青木の細君から「せっかくですし、晩ご飯はいかがですか？」と誘われた。

ありがたい誘いではあったのだが、あまり気を遣わせてしまうのも忍びなかったので、佐知子らの返答を待たず、丁重な言葉を添えて辞退する。

とはいえ、誘いを断った理由はもうひとつあって、実際的にはそちらの理由のほうが断る理由としては大きかった。私は昔から他人と食事を共にするのが苦手なのだ。

理由は自分でもよく分からないのだが、先日のツアーで昼食時に佐知子たちと四人でラーメンを食べた時も露骨なまでに箸《はし》が鈍り、結局半分近く残してしまった。

共に味わう食べ物の種類などは関係ない。お茶菓子やつまみでさえも忌避してしまう。現に今日もせっかくだしてもらったマカロンやフルーツに一切手を付けていなかった。斯様《かよう》な体たらくゆえ、この期に及んで青木の奥方に食事まで振る舞っていただくのは、甚だ申しわけないと思ってしまったのである。

帰り際、佐知子に今後の方針を尋ねると、次回も北上山地の探索を考えているという。何しろ範囲が広い。前回のツアーで回ったのは山地の中のほんの一部でしかなかったし、小夜歌もなんとなく、再度の調査を希望しているのだという。

「なんの保証もできないんだけど、微妙に引っかかるものがあるとおっしゃってました。だから次は三人でもう一回、登米の北上山地を調べてみる予定です」

須江代さんがＵＦＯ体験をした地域にも重なる場所だし、良いのではないかと思う。

「なるほど。それも立派な指針ですね。がんばってください」

「はい。当たって砕けろの精神も込みで、がんばってみます」

この日は別々の車で青木家に来ていた。庭先に停めた車に各々が乗りこもうとする時、見送りに出てきてくれた青木も、佐知子に改めて言葉をかけた。

「宮城県内のＵＦＯ情報、時間を見ながら自分なりにもう一度、洗い直しておきますよ。何か分かったら、ご連絡を差しあげてもよろしいですか？」

「ありがとうございます。お手数をおかけしますけど、よろしくお願いいたします！」

深々と頭をさげて佐知子が声を弾ませる。

どちらも前向きな姿勢で大変素晴らしいことである。私も見習うべきだろうと思った。さっそく今できることを実行に移す。

「良かったら今度も付き合わせてもらえます？　迷惑じゃなければですけど」

「えっ！　いいんですか！　って、実はそうおっしゃっていただけると信じていました。もちろん迷惑なんかじゃないですよ。すごく助かります！」

はちきれんばかりの笑顔を拵《こしら》え、佐知子は私の顔をまじまじと見つめた。

日程は小夜歌の都合も伺い、改めて相談したいと言う。杏からも丁寧に礼を言われた。

「なんの」とふたりに応え、この日はそれぞれの車に乗って解散となった。

北上山地を巡りつつ

それから数日後、二〇一八年の十一月もそろそろ終わる末の頃。

浄土村探しの二回目となるツアーは、昼過ぎから始まった。

当初は前回のツアーと同じく、午前から出発する予定だったのだが、前日に桔梗から連絡が入り、予定を午後からに変更できないかと打診された。

ツアー当日の午前中に急な仕事が入ってしまい、応対しなくてはならないのだという。桔梗ひとりでは難儀しそうな案件のため、佐知子の助けがいるとのことだった。

佐知子と話し合い、日時を変更しようかという話も出たのだが、すでに私と小夜歌に都合をつけてもらっている関係もあり、できれば出発時間だけを変更させてもらいたい。こうした事情を聞き受け、私はふたりの希望に従うことにした。

午前の仕事が終わると、佐知子は初めに登米市の西部に位置する梅ケ沢《うめがさわ》駅へ立ち寄り、仙台駅から列車で着いた小夜歌と合流。続いて登米市の中心部にあるビジネスホテルで杏をピックアップして、最後に我が家へやって来た。

一時半過ぎに前回と同じメンバーが揃ったところで、再び登米市へ向かって北上する。目指すは二度目の北上山地である。

先日のツアーでは時間的な都合があって、最後のほうは急ぎ足の捜索になっていたが、今回も時間の問題については大きな違いはない。

冬の落日は早い。仮に夕方以降の予定が空いていても、今度は視認性の問題が生じる。夜の山道を走り回ったところで、目当ての風景を見つけられるとは思えなかった。

そこで今回は限られた時間を有効に使うべく、捜索における指針を定めることにした。

水の流れをたどるのである。私の思いつきだった。

杏の昔語りでは、浄土村の坂道を上りきった森の向こうには、石橋の架かる太い沢が流れていた。対岸の森の中にサリーの塔が聳《そび》える沢である。

今でも涸《か》れずに流れているのなら、麓《ふもと》のほうから山へと延びる沢筋をたどって村までたどり着けないかと考えたのだ。確実性はないが、広い山中を当て所《ど》もなく巡るよりは、幾分マシだろうと判じた。

佐知子らも同意してくれたので、山麓《さんろく》沿いの道路を走りつつ、山中から流れる沢筋を見つけるたびに最寄りの山道を上り、できうる限り流れをたどった。

その間、小夜歌は自前の〝アンテナ〟を伸ばし、山中に漂う怪しい気配を探り続けた。とはいえ彼女が有する〝妙な勘〟は、己の意思にかかわらず偶発的に生じるものなので、集中しても基本的には意味がない。あくまで気合がけのような意味合いである。

然様《さよう》な具合で水の流れと霊感を頼りに、まずは登米市西南部の翁倉山から調査を始め、市内西部に聳える北上山地の山々を回って歩いた。

二時間近く経過して、成果はゼロ。単に「沢筋をたどる」といっても、かならずしも山道に沿って流れが続いているわけではなく、多くは山道を上りゆくなか、路傍に茂る樹林の中に隠れてしまい、先を追えなくなってしまった。

完全に当てが外れてしまう。

小夜歌の勘も不発。村の所在に通じるような閃《ひらめ》きが得られる場面はひとつもなかった。走行中、小夜歌は山道に面した方々にたびたび怪しげな気配を感じ取りはしたのだが、それらは全て、我々が探しているものの気配ではなかった。

山道の方々で彼女が感じ取ったのは、いずれも「霊」と認識されるものの気配である。

一回目のツアー時にも、何度かこうした〝余計な気配〟を拾ってしまうことがあった。小夜歌はその都度、佐知子にわざわざ車を停めてもらって気配の正体も確かめたのだが、なんの成果も得られることはなかった。

山のお化けや幽霊が発する気配は、いわば、浄土村探しにおける〝ノイズ〟である。

しかし、こうした感覚が機能しない今の私にとっては、たとえ結果が外れであっても小夜歌のこうした挙動が羨《うらや》ましくも感じられ、少々複雑な思いに駆られる。

何度かこうした誤認を小夜歌が繰り返していくうちに、車内で語られる話題のほうも自然と霊感に関するものになり、そこからさらにシフトして怪談関係の話題になった。

仕事絡みの霊体験や、学生時代にあった奇怪な出来事を小夜歌が語り、それを聞いた佐知子も自身の体験談やネットで見聞きした怖い話などを披露していく。

　修学旅行の晩や法事の食事会などで見られる、怖くて楽しい感じの、あのノリである。私もふたりに乞《こ》われて話に付き合い始めたものの、どうにも気分が乗らなかった。

「ところで有澄さんは、浄土村の体験以外に何か不思議な体験ってないんですか？」

　小夜歌と佐知子に話をせっつかれるのが面倒で、代わりに杏のほうへ水を向けてみる。

「うーん、そうですね。時々金縛りには遭いますけど、あれは単に神経疲れが原因だと思いますし。……そうだ。大学時代に肝試しで変なものを見たことならありますよ」

　答えた杏に「え、何々？」と小夜歌のほうが先に食いついた。

「あっ、ちょっと待ってください。そうそう。肝試しの話に関係してくる不思議な話が、実はもうひとつあるんです。こっちの話も、肝試しの話と同じ時期にあったことですし、ふたつまとめてお話ししても大丈夫ですか？」

「全然構いませんよ。お姉さま方は今、その手の話に飢えていらっしゃるようですし」

　冗談めかして私が応じると、杏はつかのま息を整え、それから話を切りだした。

「別に幽霊とかが出てくるような怖い話じゃないんですけどね。ただ、今思いだしてもあれはなんだったのかなって、すごく不思議に思うことがあったんです」

クロスオーバー

時は西暦二〇〇〇年。来たる新世紀を間近に控えた年のことだという。

この頃、杏は大学二年生。進学をきっかけに長らく世話になっていた祖母の家を離れ、大学からほど近い、都心のアパートに独りで暮らし始めていた。

二年生に進級してまもない、四月頭のことである。杏は懇意にしていた講師の勧めで、NPO法人が主催する学習支援のアルバイトを始めることになった。

勤め先の名はアカシア支援教室。大学から近い雑居ビルの中にあり、自宅が位置する方角の同一線上にもあったので、地理的にはこのうえなく通いやすい場所だった。

生徒の対象は小学生から高校生まで。主な業務内容は、絵画や立体造形などに関する技術指導全般だったが、指導を通じて生徒の心をケアすることも含まれていた。

教室に通う生徒は、生活困窮家庭に置かれていたり、学校に居場所がなかったりなど、様々な事情を抱えた子供が大半である。そうした子供たちとアートを通じて交流を深め、安らかな時間を過ごしてもらうというのが、支援教室の趣旨だった。

難しそうな仕事と感じたので初めは躊躇《ちゅうちょ》したのだが、指導の基本は常任の職員たちがしっかりサポートしてくれるので、あまり気負う必要はないと言われる。

さらに加えて、講師の語った「絵は心を映す鏡」という話が、杏の気持ちを動かした。多様な悩みを抱える子供たちが描きだす作品に触れることは、今後の大きな糧となる。子供たちに学びの機会をもたらすのと等しく、自分自身が学びを受ける機会も多かろう。そうした講師の示唆にも押され、杏はバイトを始めてみることにした。

開講日は月水金の週三回。時間は十六時三十分から二十時までの三時間半。面接時に相談した結果、杏は少しでも職場の雰囲気に慣れるべく、全日出勤することに決める。


初日は浅木《あさぎ》さんという若い先輩指導員と組んで、授業に臨んだ。

教室には板面の広々としたテーブルが数基並び、それぞれの席に十数人の子供たちが肩を並べて着いていた。割り合いは小学生が三分の二を占め、他には中高生が数名ずつ。男女比率は概《おおむ》ね半々といったところである。

みんなの前で緊張がちに自己紹介を済ませると、続いて浅木さんが軽く咳払《せきばら》いをして、

「実は有澄先生の他にも今日は、新しいお友達がこの教室に加わります」と言った。

それから少しの間を置き、教室のいちばん奥側に面したテーブルに独りで着いていた女の子がおもむろに立ちあがる。紺色のブレザーを着た、髪の短い女の子である。

「こんにちは。玖条白星です。絵が描きたくて、ここに通いたいと思いました……」

蚊の鳴くような小さな声で、彼女は訥々《とつとつ》と語った。浅く伏せた顔には頬筋の強張《こわば》った緊張の相が浮かび、言葉を紡ぐ唇は、幽《かす》かにふるふるとわなないているのが見て取れた。

自己紹介を終えた白星に、教室の子供たちから一斉に歓迎の拍手が送られる。白星は素早くぺこりと頭をさげると、そのまま崩れるような身ごなしで椅子へと座り直した。

この日は水彩画の授業だった。題材は好きな動物。鳥や魚、虫なども対象に含まれた。事前に自宅のペットの写真や動物図鑑を用意してきた子もいたし、手ぶらで来た子も、教室の一角に備えられている本棚から生物関係の本を探りだして、資料に使い始める。

配られた画用紙に向かって子供たちが楽しそうに筆を走らせるさなか、白星は独りでテーブルに着いたまま、周囲へ戸惑いがちに視線を泳がせている。

「有澄さん、初日で緊張してます？」

浅木さんに尋ねられ、「ええ、割かし……」と苦笑を浮かべる。

「じゃあ、お互い緊張している同士ということで、あの娘をお願いできますかね？」

いきなり難題に挑ませられたという感は否めなかったが、独りきりで席に着いている白星が不憫《ふびん》に思えていたのも事実だった。「がんばります」と答え、向かっていく。

「こんにちは。隣、いい？」

声をかけると白星はわずかに眉《まゆ》を曇らせたが、まもなくか細い声で「はい」と答えた。隣の椅子に腰掛ける。続いて話の取っ掛かりにと思い、「何年生なの？」と訊《き》いてみる。白星は「高校二年生です」と答えた。

これには多少なりとも驚かされた。杏は白星を中学生だと思いこんでいたからである。おそらく三年生というのが杏の印象だった。

しかし正確な学年を知ると、間違いだった印象はしだいに薄らいでいく。白星は別段、顔つきが幼いわけではなく、背丈が格別小さいということもなかった。実際よりも幼く見えてしまったのは多分、彼女の様子が必要以上に萎縮《いしゅく》しているせいだろう。

「何を描こう？　決まってないなら、資料を探しにいってみようか」

持ちかけた杏の言葉に、白星は「はい」と応じてくれた。一緒に本棚の前へと向かう。

杏は昆虫図鑑を手に取った。久しぶりに虫の絵が描いてみたかったからである。

一方、白星は杏が資料を選び終えてからも、本棚に並ぶ書籍の背表紙を難しげな顔で眺めながら思案に耽《ふけ》っているようだった。その間、杏は自分の画材とスケッチブックを取りに教壇のほうへ戻った。

それらをテーブルに置き、本棚のほうへと向かい直そうとした時に白星も戻ってくる。

「何選んだの？」と尋ねると、白星は少しはにかみながら「鳥の本です……」と答えた。

彼女が両手にそっと摑《つか》んでいたのは、年季の入ったポケットサイズの鳥類図鑑だった。

「自由に描こう。楽しく描こうね。でも困ったことがあったら、なんでも訊いて」

望まざる干渉をするのは良くない。まずは伸びやかな気分で描いてみるのがいちばん。

杏が絵を好きになった理由も、出来栄えの善し悪しなどより、描くこと自体に楽しさを見いだしたからに他ならない。それが高じて、プロの道を志すに至っている。

杏は蜻蛉《とんぼ》の絵を描くことにした。図鑑の中から選んだ種類は、塩辛蜻蛉。長い腹部が爽《さわ》やかな水色に染まるこの蜻蛉はその昔、かの浄土村で何度も描いた思い出がある。

写真を参考に鉛筆で大まかな姿を描きだし、適度に水で色を薄めた透明水彩絵の具で少しずつ全体を彩っていく。最初に下地となる色をしっかり決めて、焦らずじっくりと最終的な色みを目指して着彩を重ねていくのが、綺麗《きれい》に仕上げるコツだった。

筆を進めていくさなか、隣に視線を向けると、白星も筆箱を重し代わりにして開いた鳥類図鑑を見ながら、黙々と作業に勤《いそ》しんでいた。

開かれたページの上には、九官鳥の姿がある。白星が鉛筆を走らせる画用紙の上にも写真と同じポーズを取った九官鳥が、鉛色の描線で徐々に全体像を現しつつあった。

九官鳥。思い入れのある鳥なのか。もしかしたらペットで飼っているのかもしれない。直感的に思い浮かんでくるものはあったが、口は噤《つぐ》んだままにした。無粋《ぶすい》な声掛けは、せっかくの集中力を薄めることにもなりかねない。静かに絵の完成を楽しみに待つ。

だがほどなくすると、思わず「え？」と声が出かかった。

白星は完成した九官鳥の下絵に、赤い絵の具で色を塗り始めたからである。

塗るべき色を誤ったのではなかった。下絵が完成すると白星は、迷いのない手つきで絵の具箱から赤い絵の具のチューブを手に取り、パレットの上に中身を絞っている。

絵の具をたっぷり含んだ平筆は、たちまち九官鳥の全身を鮮やかな真紅に染めあげた。

それに加えて下絵に色が入ると、鳥は九官鳥と微妙に姿を異にしていることも分かる。

図鑑の写真に写る九官鳥と比べて嘴《くちばし》が少し長く、顔立ちもシャープな印象を抱かせる。翼も九官鳥のそれよりだいぶ大きく、のびやかで優雅な線を描いていた。

「すごい……」

そこへ白星がつぶやいた。視線は杏が絵筆を添える紙のほうへと注がれている。

塩辛蜻蛉はあらかた彩色が仕上がっていた。赤い鳥とは好対照の趣きで、長い腹部を見目爽やかな明るい水色に輝かせている。

「ありがとう。そっちもすごいね。どんな鳥なの？」

白星は「夢で見た鳥」と答えた。種類はよく分からないけれど、綺麗な鳥だったので絵にしておきたかったのだという。

この娘《こ》は模写より空想画のほうが向いているのかもしれない。できあがった赤い鳥は、技術的に拙《つたな》い点はままあれど、そんなことは大した問題ではなかった。彼女が一生懸命描きあげた鳥は、努力とセンスの共同作業によって確かな生命を吹きこまれ、紙の上に生き生きとした存在感を宿して佇《たたず》んでいた。

次の出勤日にも白星は来た。浅木さんの提案で、この日も杏は白星と組んだ。

題材は風景。白星は前庭に色とりどりの花を咲かせた花壇が広がる、洋風邸宅の絵を描いた。二階建てのてっぺんに青い屋根が葺《ふ》かれた、瀟洒《しょうしゃ》な構えの邸宅である。

家も花壇も写真を参考に描いた。ただ、それぞれは別の写真で、白星は二枚の写真を参考にしながら、それらを独自のセンスで組み合わせ、立派な花壇を有する屋敷の絵に仕上げていた。

同じテーブルに隣り合って絵を描く傍ら、ぽつぽつと雑談を交わす回数も増えていく。

そうしたさなか、白星の家は母子家庭で、母親とふたり暮らしだということが分かった。母の仕事は様々とのこと。工場勤務を主に、飲食店や居酒屋といった接客業のバイトを掛け持ちしているのだという。

住まいは教室からさほど遠からぬ距離にあった。アパート暮らしとのことである。高校生活において、白星は部活に所属していない。好きな科目は現国とのことだった。

こうした情報を耳に入れつつ、心密《ひそ》かに了解できたことがふたつある。

ひとつは白星の家庭が、決して裕福ではないだろうということ。

それから白星の高校生活は、あまり楽しいものではなさそうということだった。

母親の人となりや家庭生活についてもくわしい話題が出ることはほとんどなかったが、それ以上に白星の口から高校生活に関する話題が出てくることは皆無に等しかった。虐《いじ》めを受けているのかもしれないと感じ、それとなく尋ねてみたこともあったのだが、杏の問いに白星は漠然と答えをはぐらかし、すぐに話題を変えられてしまった。

だからそれ以上、踏みこんでいくのはよした。上のほうからあまり立ち入った話題に触れないようにと言われていたし、無理に詮索《せんさく》を重ねて白星の心を傷つけたくなかった。

その代わり、絵に関する話題や、白星が好きな本に関する話題をたくさん持ち掛けて、明るい答えを引きだすように努めた。幸いにもこうしたアプローチは功を奏したようで、授業で面するたびに白星の言葉と笑顔は確実に増えていった。

半面、白星は教室に通う他の生徒とは、あまり深く接しようとしなかった。歳の近い中高生の女子たちが声をかけても軽く挨拶《あいさつ》を返すなど、社交辞令的な応対をする程度で、交流の輪を広げるつもりはなさそうだった。

そうした振る舞いは浅木さんや他の指導員に対してもほぼ同じで、白星がなつくのはあくまでも杏だけに限られた。結果として、杏は半ば白星の専属指導員になってしまう。悪い気はしなかったし、張り合いも持てたし、何より白星に好かれたことが嬉《うれ》しかった。

知り合ってひと月も経つとふたりの仲はさらに深まり、授業が終わったあとは帰路を共にするようになる。反応はおしなべて控え目だったが、道中、杏が持ちだす話題にはなんでも応じてくれたし、無邪気な笑顔も見せてくれた。

描く絵はやはり空想画が大半を占めた。長い尾びれを持つ鯨、翼の生えたユニコーン、雲の上に浮かぶ城、青いドレスを纏《まと》った双子の女の子、猫の背に跨《また》がる妖精《ようせい》たちなど。

いずれも写真を参考に筆を進め、独自の姿や構図に仕立て上げる。感性も鋭かったが、技術的な勘もなかなか優れたものがあり、杏が教える絵画の技法は概《おおむ》ね大した苦もなく、習得していった。確かな才能を宿しているというのが、忌憚《きたん》なき杏の評価だった。

白星が毎回課題と違うものを描くことに関しては、上からなんらのお咎《とが》めもなかった。教室本来の趣旨として、むしろ好きなものを思う存分描かせてほしいと背中を押される。それで杏も気兼ねなく、白星の創作活動に寄り添うことができた。

涙の記憶

アカシア支援教室に勤め始めて三月ほどが過ぎた、七月初旬のことである。

杏はひょんなことから、幽霊屋敷へ肝試しに行くことになった。

場所は鎌倉《かまくら》市の海岸近く。高校時代の友人たちと車で海を見にいった夕刻時の帰り道、付近のファミレスで食事をしている折に友人のひとりが持ち掛けてきた。

この時のメンバーは杏を含めて四人だったのだが、可否について多数決をしたところ、結果は三対一で肝試しは決行されることになった。反対したのは杏ひとりである。

ファミレスで日が完全に落ちるまで時間を潰《つぶ》し、それから車で現地へ向かった。

ほどなく到着した幽霊屋敷は、青草が生い茂る敷地の中に立つ二階建ての文化住宅で、外見からして幽霊屋敷と呼ばれるのも納得できる、荒《すさ》んだ雰囲気を醸していた。

道ゆくさなか、つらつら聞かされた話では、過去に殺人事件があった家なのだという。一家全員が強盗に惨殺されたという話もあれば、子供が父親に殺されたという話もある。どちらが真相なのかは定かでないが、とにかく幽霊は出るとのことだった。

「誰の幽霊？」という杏の質問に友人は言葉を濁らせ、「とにかく出るんだって！」と返してきただけである。過去の事件も幽霊の噂も眉唾《まゆつば》ものだと杏は思った。

家の裏手に面した勝手口から侵入すると、外の様子に負けず劣らず、家の中も相当な荒れようだった。至るところの床板が抜け落ち、下から草が針のように突きだしている。友人が携える懐中電灯の明かりを頼りに、荒れ果てた家の中を順繰りに回って歩いた。家財道具が倒れた居間を突っ切り、隣の座敷へ入った時のことである。

杏は視界の端にふと違和感を覚え、反射的に首を振り向けた。移した視界の先には、小さな女が立ってこちらを見ていた。

一瞬ぞっとするも、よく見れば女は人形である。片手に扇子を掲げた日本人形だった。人形は壁際に置かれた箪笥《たんす》の上に立ってこちらを見ている。

怖さを紛らわそうと思い、友人たちに「ねえ」と発して、箪笥のほうを指し示す。だが、人形はいなかった。杏が目を離した数秒のうちに跡形もなく姿を消していた。

事情を話して箪笥の周囲をみんなで調べてみたが、どこにも転がっている様子はない。「見間違えじゃないの？」と言われたが、納得することはできなかった。

その後は友人たちが目当てにしていた幽霊の出現や、怪しいことが起こることもなく、不気味な余韻を残して杏は幽霊屋敷をあとにする。

再び異変が起きたのは、夜の遅くに帰宅してからのことだった。

入浴の支度をすべく浴室に入ると、猛烈な吐き気に襲われた。まるで胃袋を両脇から「ばちん！」と叩《たた》かれたような感覚だった。腹から逆流してくる熱いものは抑えられず、すかさず便器の前に屈《かが》みこむ。

喉《のど》から噴きだしたのは大半が胃液だったが、胃液の中には不審な異物も交じっていた。髪の毛である。

細くとぐろを巻いた黒い髪の毛が一房、便器の底に沈んでいる。長さは十センチほど。杏の髪ではなかった。長さも色もまったく違う。

目にしたとたん背筋がざわめき、急いで洗浄レバーを回した。慄《おのの》きが治まらないまま、今度は口をゆすぐために台所のシンクへ向かい、水道からコップに水を注ぐ。

ひと口呷《あお》ったところで再び吐き気に見舞われた。水と一緒にシンクの中へ吐きだすと、またもや黒い髪の毛が胃液に交じって排出された。先刻よりも量はだいぶ少なかったが、髪質から見ておそらく同じもので間違いなさそうだった。

その後、吐き気を催すことはなくなったが、翌日から杏は微妙に体調を崩してしまう。四六時中、身体にダルさを感じ、喉に痰《たん》が絡まりやすくなった。食欲も湧きづらくなる。寝起きは決まって頭の芯《しん》が重苦しかった。

病院に行っても原因ははっきりとしなかった。気休めのように風邪薬を処方されたが、飲んでも体調が改善することはなかった。

大学にはどうにか通うことができたし、バイトも休むことなく続けられたのだけれど、症状は何日経っても治まらない。そうした割に顔色などには一切変化が見られないのが、不思議といえば不思議だった。

こうした気疎《けうと》い不調がある一方で、白星との関係はなおも深まるばかりに好調だった。

七月の二週目に開かれた授業では、白星から映画の誘いを受ける。

彼女が「観たい」と持ち掛けてきたのは、『ツイン・フォールズ・アイダホ』というタイトルの映画だった。持参してきたチラシに銘打たれたキャッチコピーはただひと言、

「君を忘れない」

内容は、かなり変わった趣向のラブ・ストーリーだった。結合双生児の男性ふたりと、娼婦《しょうふ》の女性の間に起こる奇妙な三角関係が描かれるのだという。

「こういうのが好きなんだ？」

「変かもしれないけど、なんとなく気になって……」

もじもじしながら答えた白星に、杏は「行こう！」と快諾した。封切は月末だった。

けれどもふたりの約束が果たされることはなかった。

その翌週、杏が出勤すると浅木さんから、今日の授業で白星がやめると聞かされた。くわしい事情は不明とのこと。ただ、家庭の事情ではないかという話ではあった。

授業が始まり、いつものごとく同じテーブルに着いてから本人にも尋ねてみたのだが、答えはやはり同じだった。久方ぶりに蚊の鳴くような声で「やめるんです……」と言う。

「映画は？」と尋ねても、こちらも「ごめんなさい……」とのことだった。

この日の授業の課題は、植物だった。様式に則《のっと》って白星は教室の本棚から花の図鑑を選《え》り抜き、写真を参考に筆を進め始めたが、その仕上がりは少々意外なものとなった。

白星が題材に選んだのは、彼岸花だった。

白花曼珠沙華《しろばなまんじゆしやげ》という、白い彼岸花である。

これまでだったら写真を元にしつつも、形や色みに独自のアレンジを加えて仕上げる。それが白星好みのスタイルだったはずなのに、この日、画用紙の上にできあがったのは写真のそれとまったく同じ、細長い花弁を並べて群れ咲く、白い彼岸花の光景だった。

否。厳密には白星が描いた絵のほうが、写真に見える光景よりもはるかにたおやかで、なおかつ生き生きとした世界観を表すに至っている。その出来栄えが三ヶ月余りに及ぶ学びの成果だということは、何も考えずとも絵を見ただけで明らかだった。

「先生、よかったらこの絵、もらっていただけますか……？」

仕上げた見事な彼岸花の絵を指し、おじおじしながら白星が言う。

「喜んで」と杏は答え、初めて手掛けた愛《いと》しい生徒が去りゆくことを心底惜しんだ。

やがて授業が終わり、帰宅の段に至る。杏が声をかけ、最後も一緒に帰ることにした。

道中、やめてしまうことに関して事情を尋ねてみたのだけれど、白星は寂しげな顔で「くわしく話せませんけど、家の事情なんです……」と答えただけだった。

「そっか……でも、絵のほうはこれからも続けていってくれると嬉《うれ》しいな」

「はい。できればそうしたいです……」

杏が漏らした精一杯の願いに、白星はどっちつかずな言葉で応じた。その答えだけで起きたのは只事《ただごと》ではないのだろうと考えてしまう。一体、何が起きたというのか。

ぽつぽつと言葉を交わしながら夜道を歩き、やがていつもの分かれ道に差し掛かった。

大通りから脇へと曲がる人気《ひとけ》の少ない細道の手前が、ふたりの別れの場所だった。

「さよなら」のひと言がひどく重い。それでも切りださなければと思っていたところへ、白星のほうが先に口を開いた。

「先生。少し屈んで、目を瞑《つぶ》ってもらえますか？」

予期せぬ言葉に困惑したが、素直に少し膝《ひざ》を折って身を屈め、両目を静かに閉じ結ぶ。するとまもなく、白星の両手が杏の肩に添えられる温《ぬく》もりを感じた。

それに続いて額のほうにも、ぴたりと張りつく温もりを感じる。

はっとなって目蓋《まぶた》を開くと、視界一面に杏と額を突き合わせた白星の顔があった。白星はきつく目蓋を閉じた両目から、どくどくと黒い涙を流している。製図インクか墨汁を思わせる粘度を帯びたどす黒い液体が、頬筋を伝って顎《あご》の先へと滴っていた。

反射的に白星の両手を払いのけ、後ずさる。白星は顔をうつむけながら、両手の指で目蓋を素早く拭《ぬぐ》っていた。顔から指をおろしてこちらに向き直ると、黒い涙は目からも頬からも一滴残らず消えている。

啞然《あぜん》となって杏がその場に立ち竦《すく》んでいると、今度も白星のほうが先に言葉を継いだ。

「今までありがとうございました。楽しかったです。本当です。お元気で……」

湿った声で絞りだすように言いながら、再び目から涙がこぼれだす。けれども今度は別れの悲愴《ひそう》に熱く滾《たぎ》った、無色透明の涙だった。

「うん、わたしも楽しかった。ありがとう……」

もっと何か言葉を返してあげようと思ったのだけれど、その前に白星は杏に背を向け、自宅へ通じる分かれ道に向かって歩き始めてしまった。歩みはたちまち駆け足に変わり、彼女の背中はみるみるうちに小さくなって消えてしまう。

杏が体調の変化に気づいたのは、白星の後ろ姿が小さくなりゆくさなかのことだった。すでに三週間近くも続き、悪い意味で馴染《なじ》みつつあった身体のダルさが、嘘のように消え去っていた。

俄《にわ》かに信じ難い気持ちだったが、翌日以降も体調が逆戻りすることはなかった。


白星とは結局、それっきりになってしまう。

別れしなに「よければ、また会おうね」と言いそびれてしまったことが悔やまれた。

その代わり、別れの記念にもらった絵は、ずっと大事に保管している。

のちになって調べたところ、思わず目頭が熱くなってしまうこともあった。

また会う日を楽しみに――。

白い彼岸花の花言葉である。

同じ言葉を贈れなかったことを、再び杏は悔やんでしまう。

通過点

「黒い涙……。確かにあの時、見ているんですよ。今も画《え》としてはっきり思いだせます。あれは一体、なんだったんでしょうか？」

しめやかな声で杏が言う。

話の流れから考えて、白星なる少女が杏の身体に不調を及ぼしていた何か（九分九厘、幽霊屋敷で拾った何かだろう）を取り除いたと解釈するのが妥当だった。黒い涙という、極めて特殊な手段を用いて。

手かざし、ないしは直接身体の患部に触れることによって、人の病気や怪我の症状を和らげたり、治せたりといった霊能関係者の話は、これまで飽きるほど聞き得てきたが、白星のようなやり方で穢《けが》れのようなものを祓《はら》う話は初めて知った。

とはいえ、過度に驚くことでもない。何しろ、同じ体験者のオファーで今動いている別件のほうが、規模も事象もはるかに常軌を逸したものに思えてならないからである。

UFOにさらわれた少年や、宇宙人らしき生命体、それを崇《あが》める宗教団体が暮らす村。

かくも異質なピースで構成された此度《こたび》の案件に比べれば、黒い涙のお祓い話のほうが、私にとってはよっぽど馴染み深く感じられた。

　ほどなく車内の怪談会は幕をおろし、その後も北上山地を北上しながら捜索を続けた。けれども成果は得られず、気づけば陽が傾いてきてしまう。

「そろそろ今日は潮時かもしれませんね。どうしましょうか？」

　山裾《やますそ》に延びる狭い道を走るさなか、佐知子がぽつりとつぶやいた。

「かもね、しょうがない。でもせっかくだから、どっかでご飯食べて帰らない？」

　私が答えるより早く、後部座席から小夜歌が答えた。

　今日は集合時間に間に合わせるため、昼食を食べていないのだという。

　佐知子も午前中の仕事が終わってすぐに出てきたため、食べていないとのことだった。

　小夜歌の提案に「いいですね」と応じる。杏もふたつ返事で同意した。

「郷内さんは？　何か食べたい物、あります？」

　シートから身を乗りだし、小夜歌が私に問う。

　返答に窮した。言わずもがな、腹は減ってきていても、気は進まなかったからである。

「いいえ、特にこれといって。みなさんのご希望にお任せします」

　ぶっきらぼうな私の答えを聞くと、小夜歌はさっそくスマホで近場の店を調べ始めた。

　手間取ることなく、適度な距離に個人経営のラーメン店が二軒と定食屋が一軒見つかる。

　ラーメンは先日のツアーで食べているので、今回は定食屋で遅めの昼食兼早めの夕食を摂《と》ることになった。

まもなく着いた定食屋は、県道沿いに立つ古い構えの店だった。昭和の香りが色濃い。頼んだ料理が出てくる間、小夜歌は従業員に浄土村やＵＦＯに関する質問をしていたが、有益な情報は得られなかった。単に変な目で見られただけである。

ほどなくテーブルに供された料理を緊張がちに食べ進める傍ら、杏のほうも心なしか、沈んだ面持ちで料理を口に運んでいるのが目に入る。

「せめて手掛かりのひとつも得られればいいんですが、力になれず申し訳ありません」

「そんなふうにおっしゃらないでください……。みなさんには本当に十分過ぎるくらい、お力添えをいただいています。わたしのほうこそ、すみません……」

自分の焼きそばを眺めつつ話しかけた私に、素うどんを箸《はし》でいじりながら杏が答えた。頼んだ品も食べ方を見ても、彼女がいかに気落ちしているのかがうかがえる。

三十年も前に見た風景を確認するだけでもかなり難儀なうえに、今は当時の季節とは真逆である。冬枯れに色褪《いろあ》せた山々の道に視線を凝らせど、当時の印象とは違い過ぎて判別もつけづらかろう。憔悴《しょうすい》していくのも無理からぬ話である。

「元気があれば、なんでもできる！　有澄さんこそ、すみませんなんて言わないで」

両手でガッツポーズを作ってみせながら、無邪気な笑みを浮かべて小夜歌が言った。

続いて佐知子が言葉を継ぐ。

「そうですよ。探す当てはまだまだあるんですし、引き続きがんばらせてください」

ふたりの言葉に励まされ、幾分なりとも杏の気分は上向いたように見受けられた。

食事を済ませて店を出ると、時刻は五時半過ぎ。外はすでに暗くなっていた。

予定ではこのまま帰るはずだったのだが、佐知子の提案でなるべく北上山地の近くを通っていくことになる。それが済んだら登米市内にあるビジネスホテルへ杏を送り届け、続いて私を涌谷《わくや》の自宅へ、最後に小夜歌を駅まで送るという流れである。

提案は承諾したが、視認性の問題で、捜索は昼よりさらに難しくなるだろうと思った。

沢筋を目安に山沿いの道を進んでいくも案の定、暗くて周りがよく見えない。

半面、小夜歌の勘は昼より一段と冴《さ》えた。

けれども冴えれば良いというものでもない。

「ああ……ごめん。多分、事故で亡くなった人。首と背中に痛い感じが伝わってくる」

周囲が暗くなった影響か、小夜歌が有するアンテナの感度があがってしまったらしい。

昼にも増して余計な気配をキャッチする頻度が高まっていた。

そうして定食屋を出発してから、一時間近く経った頃である。

山裾に延びる田舎道をとろとろ走り続けるさなか、小夜歌が再び口を開いた。

「あ、またなんか変な感じを拾った。でも気にしない。どうせまた幽霊だと思うから」

夜になっても相次ぐ誤認に自分でも辟易《へきえき》しているようである。ここまで至る道中でも逐一車を停めて確認してはいないので、今度も別にいいと言う。

「下手に関わって、とり憑《つ》かれても困るしね」と小夜歌は笑った。

車はちょうど、助手席側に田んぼが広がる舗装道路を走っている時だった。

運転席のほうには雑木林が壁のように連なっている。樹々の間には、窓明かりの灯《とも》る民家もまばらに立っていた。林の向こうは山なのだろうが、特別どうということのないロケーションである。

私も神経を研ぎ澄ましてみたが、やはりと言うべきか、小夜歌の言う「変な感じ」は受けなかった。相も変わらず、特異な感覚が戻ってくる様子は兆候すらも認められない。小夜歌の言葉どおり、ここでも車を停めず、そのまま通り過ぎることにする。

ホテルに到着したのは七時過ぎだった。今日のお礼と別れの挨拶《あいさつ》を告げる杏の顔色は、少々蒼《あお》ざめているように見えた。表情も定食屋で見た時より幾分暗い。

佐知子が「大丈夫ですか？」と尋ねると、杏は「少し疲れたみたいです」と答えた。思えば、昼からほとんどぶっ通しで車に揺られ続けていたのである。疲れが出るのも無理はなかろう。いくらかふらつく足取りで彼女はホテルの中へ入っていった。

こちらにまだしばらく滞在していられそうだと聞いている。ツアーのない日は部屋で仕事をしたり、徒歩や公共の交通機関を使って地元の散策をしたりしているのだという。フリーランスな仕事柄に加え、独り身だからできることだと車の中で言っていた。

今回のツアーも結果は不発に終わったわけだが、猶予は残っているという具合である。しかし、ここまでに至る車中の打ち合わせで、次の目的地はまだ定まっていなかった。

「じゃあ、行きましょうか」

佐知子の言葉にうなずき、再び車が動きだしてまもなく、小夜歌がふいに口を開いた。

「あのう、おふたりとも。お疲れのところ、大変申し訳ないのは山々なんですが……」

両肩を前後にくねらせ、珍しくもじもじしたそぶりを見せつつ、言葉を濁らせる。

「なんですか？『もう一回、ご飯食べたい』とか、そういうんだったらナシですよ」

「違う。ご飯じゃなくて、捜索のほう。良かったらもう一回、戻ってもらえない？」

先ほど変な感じを受信した場所が、今頃になって妙に気になって仕方ないのだという。

現場を少し離れた頃から気になり始めていたのだが、隣に座る杏の容態も察してしまい、切りだすことができなかったと小夜歌は言った。

「わたしは大丈夫ですよ」と佐知子が先に答えた。

間髪容《い》れずか。ならば仕方あるまい。

「ご都合いかがですか？」などと気遣いを受ける前に、私も「構いませんよ」と答えた。

小夜歌の「すいませんね」を合図に、元来た道を引き返す。

ルートはナビに記録されていたので、迷うことはなかった。三十分ほど走った頃には、小夜歌も再び「変な感じ」を受信し始めた。

彼女の指示に従い、夜道を慎重に進んでいく。

そうして小夜歌が「停めて」と頼んだのは、まさに先ほど、彼女が異変を訴え始めたあの道だった。場所は登米市の北東部。片側に田んぼが広がる山沿いの細い市道である。

車を停めた助手席側の横手には、鬱蒼《うっそう》と茂る樹々の間に口を広げる坂道が延びていた。

道の先は真っ暗だったが、目算で車二台がぎりぎりすれ違えるくらいの幅員がある。

懐中電灯を携え、三人で車から降り立つ。

「この辺ですか？　というか、この道の先？」

尋ねると小夜歌はつかのま「うーん」と唸《うな》ったのち、「どうでしょう……」と答えた。

こうして地面に直接立ってみると、車の中で感じるよりも若干強く感じられるという。

ただ、その正体や正確な発信源となると摑《つか》みどころがない。

「なんだか変な感じを受けるのだけは、間違いないんですよね。でもその出処が薄くて、どういうふうに変なのかまでは分からない。こういうの、割と珍しいんですけどね」

小夜歌は自分の霊感が弱くて上手《うま》く感知できないか、相性が悪いのではないかという。

ならばいっそ、坂道を上っていけば何か分かるのではないのか？　小夜歌の話を聞いてそんなことも考えてみたのだが、状況を見ると実現は少々難しそうだった。

坂の入口には、赤錆《さ》びたポールチェーンが張られていた。

腰の辺りの高さに張られているため、くぐり抜けようと思えばできなくはない。

けれどもチェーンの向こう側に見える坂道の路面は、背の高い枯れ草にまみれていた。

かすかに人が搔《か》き分けたような細い筋も確認できたが、上っていくのは躊躇《ためら》われた。

そもそも道は堅固に閉ざされている。封鎖したのが市なのか個人なのかは知らないが、どちらにしても、この道を閉ざす権利を有する者だろう。下手に入れば不法侵入になる。

学生連中の悪ふざけじゃあるまいし、こんな用件で法を犯すことになるのは御免だった。

一応確認してみたが、小夜歌と佐知子も同じ意見だったので安心する。

「じゃあ、どうしましょうね？」

電灯の明かりでチェーンの向こうを照らしながら、佐知子が言う。

坂道はどこまで延びているのか分からない。遠目にはまっすぐだと思っていたのだが、チェーンの前から首を伸ばしてよく見ると、しばらく先でカーブしているようだった。

田舎に見られるこの手の坂道は、少し上った先に畜舎や材木小屋が立っていることが比較的多い。明かりの照らす向こうにそうした物が浮かんで見えると思っていたのだが、道の先には荒れた樹々しか見えなかった。山の中へと続く道なのだろうか？

「どうしようもないでしょうね。入れないんなら、この場で探りを入れるしかない」

「そう言われても限界。気持ちを集中させると、逆にどんどん印象がぼやけてしまって、ますます摑みどころがなくなっていく感じ。だから余計に気になるんですよねえ……」

唇を尖《とが》らせ、坂道の奥を見ながら小夜歌が言う。

「何が気になるんですか？」

ふいに聞こえた女の声にはっとなる。振り向くと、今度は眩《まばゆ》い光に目を射貫《いぬ》かれた。

「どちらさまでしょう？　どういったご用件でこちらにいらっしゃるんですか？」

いつのまにか私たちの傍らに、懐中電灯を持った女がふたり立っていた。

ひとりは六十絡みとおぼしき、細身の女。狐の面を思わせる冷たい顔つきをしている。

もうひとりは七十ぐらい。身体が少し太めの女である。こちらは遮光器土偶よろしく、腫《は》れぼったい目蓋《まぶた》を細め、こちらを覗《のぞ》きこむような前傾姿勢で見つめている。

視線を巡らせると、坂道から少し離れた雑木林の傍らに明かりのついた民家があった。ふたりは徒歩で現れている。状況から見て、そちらの住人たちではないかと思った。

「ああ、いえ。特にこれといって用はないんですけど……」

「ご用もないのに車を停めて、わざわざ外に突っ立っているっていうんですか？」

佐知子の答えに細身の女が言い放つ。仕方なく、間に割って入ることにした。

「あの、こちらの坂道は、あなたがたが所有されている土地ですか？」

「答える義務はありません。話をそらさないで質問に答えてください」

私の問いかけもうっちゃって、女はさらに語気を強めた。

「だったら我々も答える義理はないな。公道の路肩に車を停めて何が悪い？」

「こんな時間、こんなところに車を停める人なんかいません。あなたがたを不審者だと思うから声をかけているんです。答えられないんならいいでしょう。でしたら身分証を見せてください。疚《やま》しいことがないなら、お出しになられても問題はないはずです」

身分証と来たか。まいったな。

確かに疚しいことはないのだが、私のほうからすれば、殺気立った形相で凄《すご》んでくるこの女たちのほうがよほど不審者である。進んで素性を教える気にはなれなかった。

意想外の要求に、佐知子もどうするべきか戸惑っている。

「それはちょっと……」と口ごもり、相手の出方をうかがうが、ふたりの女はあくまで「見せて」と譲らなかった。

「分かりました。だったらちょっと待ってて」

そこへ小夜歌が言い放ち、車中にある自前のバッグから名刺入れを取りだした。

「こういう者です。他に何かご不明な件が発生しましたら、こちらにご連絡ください」

細身の女に名刺を一枚渡し、鋭い声ですらすらと言い切る。女は名刺と小夜歌の顔を交互に見つめ、あからさまに困惑したような色を見せ始めた。

「失礼します。ご不安な気持ちにさせてしまったことについては、お詫《わ》びいたします」

小夜歌は女が「ああ」とか「うん」とか呻《うめ》いたのを見計らい、あとは有無を言わさず、私と佐知子に向かって「行きましょう」と囁《ささや》いた。

言われたとおり車に乗りこみ、急いでその場をあとにする。

「すいません。やっぱり戻んなきゃよかった……」

車が走りだしてまもなく、小夜歌がうしろのほうから私と佐知子の間に身を乗りだし、両手を合わせて頭をさげた。

「しょうがない。ツアーにトラブルは付き物ですよ。別に気にしてませんって」

小声で悔いる小夜歌の言葉に応《こた》えつつ、サイドミラー越しに背後の様子をうかがうと、ふたりの老いぼれ女は、明かりのついた民家の門口へ入っていくところだった。

我々の行為が訝《いぶか》られるのも無理はない。何しろ田舎というのは、仮に昼間であっても近所を散歩しているだけで、場合によっては不審者扱いされるような土地柄なのだから。斯様《かよう》な事態はツアーに付き合うさなか、意識のどこかで薄々想定していた。

それが現実となった今、これぐらいの悶着《もんちゃく》で済んで、むしろ幸いだったと思う。

「向こうも殺気立ってたが、あなたも凄い迫力だった。さすが元ヤン、堂に入ってる」

「え？　小夜歌さんって元ヤンだったんですか？」

「違う。高校時代に金髪だったってだけ。あとはそうね……友達と夜遊びしてたくらい。サッちゃんに変な印象植えつけないでください」

十分ヤンキーだろうと思ったが、あとは余計なことは言わず、笑うだけにした。

小夜歌も佐知子もつられて笑いだしたので、それで幾分ひりついていた車内の空気が和やかになった。その後は雑談に興じつつ、私たちはようやく本当の帰途に就いた。

蛭巫女《ひるみこ》の憂い

「浮かない顔で桜を観ないで。なんだかすごくもったいない」

隣に座る霜石緋花里が、やんわりと窘《たしな》めるような口調でつぶやいた。

折しもベンチに腰掛け、眼前に咲き誇る桜の様子を眺め始めた時だった。

確かに気分は弾んでいない。浮き立ってもいない。どちらかといえば、重たく淀《よど》んで沈んでいる。そうした気分を表に醸しだしていた気はなかったのだが、それとはなしに顔や居住まいに陰りが噴き出てしまったのかもしれない。

「すみません。でもどんな顔をすればいいのか分からなくって……」

白星がぺこりと頭をさげると、緋花里は「別に謝らなくていいよ」と言った。

「そういうことじゃない」と継ぐ。

目つきは研ぎ澄まされた刃のように鋭いが、怒っているのでも咎《とが》めているのでもない。これが平素の目つきである。頬筋も少々強張《こわば》っているが、決して機嫌が悪いのではない。これもほとんど平素の面差しだった。笑顔を含め、他の表情は一度も見たためしがない。

むしろ今は上機嫌。頬の強張り具合と声音の軽やかさから、如実にそれを感じ取れる。

知り合って二年も過ぎれば、さすがにこれぐらいのことは手に取るように分かった。

二〇〇二年三月下旬。今や半ば夢で見た情景のようにさえ感じられる、遠い口のこと。

その日の昼下がり、白星は緋花里に誘われ、目黒区《めぐろく》にある碑文谷《ひもんや》公園にいた。

園内を埋め尽くす桜の樹々は今がまさに最盛期で、淡いピンクに色づいた花の茂りが緩やかな春風に煽《あお》られ、無数の花びらが虚空をはらはらと蝶《ちょう》のように舞っている。

「桜、綺麗《きれい》だって思わない？」

目の前に並び立つ桜の樹々に視線を留め置きながら、緋花里が言った。

「思いますよ。綺麗です」

「だったら綺麗って思いながら眺めればいい。そうしたらきっと、いい顔になれる」

仏頂面で桜を眺める緋花里に言われたのがなんだか妙に面白くて、頬が少し緩んだ。

そうしたら気持ちも多少はほぐれて、自然と笑みが作れるようになった。

「ねえ。せっかくだから、ちょっと呑《の》まない？　花見酒。なんだか少し呑みたい気分」

「まだ未成年です。そういうのは良くないと思います」

再び真顔に戻り、頭《かぶり》を振って答える。この時、白星は十九歳だった。

「煙草は吸うくせに？　お酒のほうは駄目なんだ」

目尻《めじり》をわざとらしくぎゅっと吊《つ》りあげ、ぼそりと発した緋花里の言葉に息を呑む。

確かにこの頃、白星は煙草を吸っていた。せいぜい週に一本か二本のペースだったが、吸っているという事実に変わりはない。

不安や疲弊、緊張感が高じた時に限って吸う。吸えば多少は気分が楽になる。

この日も緋花里の許《もと》を訪ねる前に吸っていた。目黒駅に着いてすぐ、人目につかない路地に入って、こそこそと周囲に視線を巡らせながら一本吸った。

その後は公園の水道で口を洗い、ガムを嚙《か》んで臭いを消したつもりだったのだけれど、吸わない人には分かってしまうものなのか、それとも緋花里の嗅覚《きゅうかく》が鋭いだけなのか。

仮に前者であった場合、伊吹や湖姫にもばれているかもしれない。黙認されたうえでお咎めなしでも、勘づかれているのなら嫌だった。気分がそわそわと落ち着かなくなる。

「分かりました。付き合います……」

バツの悪さと仄《ほの》かに湧いたざわめきを消し去りたくて、緋花里の不穏当な提案に乗る。

緋花里は「行こう」と言って、近くで営業している屋台のほうへ促した。

「風が甘いね。気持ちいい」

歩きながら緋花里が、唄《うた》うような声風《こわぶり》でつぶやく。

長く伸ばした黒髪が温くて仄かな甘みを帯びた微風に遊ばれ、さわさわと揺れている。足の動きに合わせて颯々《さつさつ》と揺らめく緋色《ひいろ》の華奢《きゃしゃ》な形姿が、目に焼きつくほどに眩《まばゆ》い。

この日、緋花里は緋色のカーディガンに、白いロングのワンピースという装いだった。

緋花里は数ある色の中でも、緋色のような赤みの強い色彩がよく似合っていた。

目元の作りや全体的な雰囲気は伊吹と近しい。顔の形と背恰好《せかっこう》は湖姫によく似ている。それなのに赤が似合うのは、緋花里だけだと白星は思う。なんとも不思議なことである。

白星にとって、伊吹は黒や濃紺のイメージが強く、湖姫は青や白が似合うと感じていた。

園内の一角で軒を連ねる屋台の前にたどり着く。

焼き鳥屋台でカップ酒を二本買い、ねぎまと腿《もも》と砂肝を二本ずつ買った。

いずれも緋花里の奢《おご》りだった。会計時に「払います」と言ったのだけれど、緋花里は「いいから」と言って白星が差しだした財布の手を遮り、自分のお金で会計を済ませた。

財布は伊吹から預かっている物だった。白星のお金ではない。

経費で使えるお金なのに、いつもこうしてさらりとかわされ、奢られてしまう。

「というわけで、色づく桜を愛《め》でながら飲《や》りましょう」

鋭い目つきの不機嫌そうな顔つきで、緋花里は冗談めかした明《あお》るい声を弾ませた。

緋花里と一緒にカップ酒の栓を開け、桜を観ながらごくりと呷る。

桃の果肉を思わせる仄かな甘味を感じ、続いて喉《のど》が焼かれるような強い辛味を覚えた。

それから胸の辺りが濛々《もうもう》と熱くなる。思わず顔をしかめ、口を開けずに「ぐぅ」と呻《うめ》く。

緋花里のほうは「ふぅぅ」と長い息を吐いたあと、深々とうなずきながら「うん」と小さく声を漏らした。

「美味《おい》しい……。どう？　美味しい？」

「辛いです」

「ビールに代える？」

「いえ、大丈夫」

これ以上、お金を使わせたくなかった。もうひと口、軽く呷って笑みを浮かべる。

ビールなら、過去に何度か呑んだことがあったが、日本酒は初めてだった。一口目は辛くてきつかったけれど、二口目は甘味のほうを強く感じ、胃の腑《ふ》がぽかぽかし始める。思考が少し霞《かす》みがかった感じになり、気分も若干高揚した。

ちびちびとカップ酒に口をつけながら焼き鳥を齧《かじ》りつつ、それからしばらく緋花里と会話に興じた。主には緋花里が話題をだした。大半は、白星の近況を尋ねるものだった。伊吹や湖姫のことも尋ねてきたけど、白星が質問に答えておおよその状況を把握すると、話題は再び白星のほうに戻った。

おしなべて自然な雰囲気で問いかけてくるので、こちらも気負いせずに答えてしまう。緋花里が霜石の家から目黒のアパートに独りで居を移したのは、昨年八月のことだった。それから毎月、白星は緋花里の許を訪ねている。

訪ねるたびに、緋花里はこうして白星の近況を聞きだし、答えに応じた感想をくれる。それらはいずれも白星の心を和ませ、落ち着かせ、時には喜ばせてくれるものだった。

半面、自分のことはあまり話さない。せいぜい体調に関する報告をするくらいである。訊《き》けばなんでも応じてくれるけど、答えは大抵簡素なものだった。手早く答え終えると一拍置いて、白星の近況を尋ねてくる。おしなべて優しく、静かな声音で。

鋭い目つきと、いつでも何かに怒っているような顔つきで誤解されてしまいがちだが、この人は実際のところ、愛情深い人なんだ。それも比類なきほど、愛情深い人である。

だからこそ白星は緋花里と面するたび、いたたまれない気分に苛《さいな》まれてしまう。

「緋花里さん。家に戻りたいって思うこと、ないですか……？」

思うさなかに言葉が口からこぼれてしまった。酔いが回ってきたせいもあるのだろう。

「どうかな。少なくとも、今の状況で戻りたいとは思わない」

やはり簡素な言葉で、緋花里は答えを返してきた。堪《たま》らず白星は問いを重ねる。

「それは分かりますけど、たとえば本邸からいちばん遠い別邸のほうに戻ってくるとか、他に何か、今よりマシなやり方があるんじゃないかと思う時があるんです。湖姫さんも毎日塞《ふさ》ぎながら待っていますし、わたしも帰ってきてほしいと思っています」

緋花里はつかのま白星の目を見つめたあと、「ありがとう」とだけ応《こた》えた。

「言葉が適切か分かりませんけど、緋花里さんがかわいそうです。それにわたし自身も不甲斐《ふがい》なくって悔しいです。こんな状況、早く終わりになってくれればいいのに……」

言っているうちに涙が頬を伝っていた。目の奥が刺されるようにちくちくと痛む。

涙を指で拭《ぬぐ》っていると緋花里は短く息をつき、「酔ってきてるね」とつぶやいた。

「かわいそうって思われるぐらい、不自由な生活はしてないよ。店の動物と戯れながら、毎日ボヘミアンに暮らしてる。わたしは大丈夫。ボヘミアンって意味知ってる？」

「……川と何か関係あります？」

痺《しび》れて濁る頭をたきつけ、とっさに思い浮かんだ答えを返す。

「それは多分、歌でしょ？　ごめん。『モルダウの流れ』は関係ない。ヴルタヴァ川もボヘミア盆地も関係ない。フランス語。勝手気ままに楽しく暮らしてるって意味」

それから緋花里はボヘミアンの由来について語り始めた。酔いに任せて白星が発した訴えを打ち消すつもりの講釈なのは、酔っていてもすぐに分かった。だからそれ以上は余計なことを言うのはよした。

「湖姫に伝えて。誕生日、楽しみにしてなって」

酒を呑みつつ、小一時間ほど桜を愛でた帰りしな、道を歩きながら緋花里が言った。

「はい。湖姫さんも同じことを言ってました。プレゼントを用意するって」

来月はふたりの誕生日である。どちらも同じく四月二十八日で、二十三歳になる。

ちょうど来月、白星が再び緋花里の許を訪ねる時期なので、その日はきっと湖姫から緋花里宛ての誕生プレゼントを預かることになるだろう。同じ日に緋花里から湖姫へのプレゼントも預かるようになりそうだった。

ふたりは去年の八月から、一切顔を合わせていない。直接連絡を取り合ってもいない。霜石の家を出る際に伊吹の意向で、緋花里の携帯電話は番号を変えられてしまった。湖姫は新しい番号を知らされず、緋花里が今住んでいる場所さえも知らされていない。こちらも伊吹の意向だった。

白星を介しての言伝《ことづて》や手紙のやりとりまでは(明確には)禁じられていなかったので、以前は湖姫から預かった手紙を緋花里に届けていたのだが、この半年余りは滞っている。緋花里が家を出て以来、湖姫の気塞《きふさ》ぎは悪化の一途をたどり、ありのままの思いを表す手紙をしたためる気力も萎《な》えてしまったようだった。

そうした流れがあるなか、誕生日の話題に関しては久方ぶりに前向きな姿勢になって声を弾ませていたので、白星も最善を尽くしてあげたいと考えていた。

「ありがとう、白星。また来月」

目黒駅の改札前で、緋花里が言った。いつもこうして改札前まで見送ってくれる。

「はい。何かあったら知らせてくださいね。いつでもすぐに駆けつけます」

「うん。でも、白星。それでも自分の身を最優先に。どんな時でも自分の身体と生命をいちばん大事に考えながら動きなさい。約束しているよね？」

これも別れしな、かならず言われる言葉だった。上辺の気遣いや社交辞令とは異なる、本気で白星の身を案じる強い言葉。ほとんど命令に近い文言である。

「はい」と応えるも、白星はこの約束がいちばん辛《つら》くて胸が痛んだ。

電車に乗りこみ、気だるい身体を座席にもたれさせながら、花見に誘われる前までのやりとりを思い返す。今月も惨憺《さんたん》たる結果で、己の無力さが呪わしかった。

「自分の身を最優先に」

そんなことを言われても、己が身を危険に晒《さら》して事に挑まなければ、蛭巫女《ひるみこ》の務めは果たせない。緋花里の意志でそれをさせてもらえないことについてはやるせなさを感じ、本気でそれを遂行できない自分の心の弱さについては、ひどい嫌悪に駆られてしまう。

今日も白星は緋花里の仰せどおりに、自分の身を最優先に動いたのだ。

「確認できたら、いつもと同じ流れでいい」

二時間ほど前、緋花里の暮らすアパートに着いてまもなくのこと。

白星と向き合い、畳の上に姿勢を正して座した緋花里は、無機質な声音でつぶやいた。鋭い眼差《まなざ》しには、有無を言わせぬ意志の光が宿っている。

白星は不本意ながらも「失礼します」とだけ答え、開いた右手を彼女の胸へと伸ばす。

手のひらが胸のまんなかに触れると、まもなく視界が真っ暗になった。

反射的に目を閉じる。目蓋《まぶた》を開いていようが閉じていようが、目の前に視えるものは同じなのだが、やはり目は閉じてしまわないと気分が落ち着かない。

緋花里の胸に手のひらが触れて二十秒ほどすると、暗晦《あんかい》な漆黒に染まった視界の中に新たな変化が生じた。視界の中央に、さらなる濃い闇が輪郭を帯びて浮きだしてくる。

それは人の形をしていた。影ではなくて、黒よりもさらに濃い黒一色に全身が染まる人の形をした何かである。

緋花里はそれを「誰でもない者」と呼んでいた。

「誰でもない者」を胸の内に抱える緋花里のことを、霜石の家に関わる一部の者たちは「破壊の罪に生まれし娘」と呼んでいた。

どちらも呼び名は知っているが、どちらについてもくわしいことはよく分からない。

「誰でもない者」の素性や性質について、緋花里は白星にとって必要最低限と思われる説明しかしてくれなかったし、伊吹もあまり多くを語るつもりはないようだった。

これらに関する件において白星が唯一幸いと思えることは、母親である伊吹は決して緋花里のことを「破壊の罪に生まれし娘」などとは呼ばないことだった。

無論、湖姫も呼ばない。湖姫はいつも甘えた声で「緋花里」と呼ぶ。

白星だってそんなふうには呼ばないし、そもそも呼びたいなどと思う気持ちすらない。

緋花里のことを悪く呼ぶのは、西園寺や鳴森や静原といった、組合員のろくでもない重鎮だけだった。彼らは悪い言葉や悪い振る舞いで、霜石の家を実質的に牛耳っていた。

思うともなく思うさなかに、漆黒よりもさらに濃密な黒に染まる「誰でもない者」は、白星に向かってじりじりと距離を狭めてくる。

歩いてきているのか、それとも滑ってきているのか、距離の詰め方は判然としない。

もしも性別があるとするなら、男であるのか、女であるのかも分からない。

ただ、黒い輪郭が人の姿をしているだけである。

それなのに――凄《すさ》まじく怖い。

「誰でもない者」が白星に向かって、黒い顔面を至近距離まで近づけてくるその寸前に、緋花里の胸から手を離した。

とたんに視界が元に戻り、目の前に緋花里の強々《こわごわ》とした細面が現れる。

「どうだった？」

「先月より、少しだけ大きくなったような気もします」

仕事である。嘘はつけなかったので、ほとんどありのままに感じたことを伝えた。

自分の身体が成長していくさまや、家族が歳をとっていく様子を見るのと同じように、触診で毎日確認していれば、あるいはあまり気づくこともないのかもしれない。

だが、月に一度の間隔だと、ひと月の変化をいっぺんに目の当たりにしてしまうため、嫌でも変化の具合が分かってしまう。

「誰でもない者」は先月確認した時よりも、また少しだけ姿が大きくなっていた。

「除染しますね。失礼します」

気を取り直すと、緋花里がうなずくのを見計らい、今度は両肩から胸元へ流れかかる黒い髪筋を一房ずつ、指先でそっと摘《つ》まむ。

一拍後には、髪を摘まんだ指先に微電流めいた軽い痺れと痛みが生じ、続いて頭の芯《しん》と目の奥が縮まるような感覚が始まり、首から上がどくどく脈を打って痛みだす。

痛みに堪えかね、「んっ」と声が出るのと同時に、目からどろりと液体が滴った。

「ストップ。もう大丈夫」

緋花里のひと声で髪から指先を離す。そのまま両手の指を目元に持っていって拭うと、軽い粘り気を帯びた黒い液体がどろどろと指先に筋を描いて纏《まと》わりついていた。

「楽になった。ありがとう」

「良かったです。本当にもう大丈夫ですか?」

念を押したが、緋花里は短く「うん」とだけ答え、そのまま畳の上から立ちあがると足早に台所へ行って、コップに注いだ氷水を持ってきてくれた。

穢《けが》れを吸い取り、その身に掛かるべき負荷を和らげる。主には霜石家の女が身体に溜《た》めこむ除染が蛭巫女の務めである。主君の伊吹を始め、主には霜石家の女が身体に溜めこむ

白星の場合、本当は相手の肩か両手を軽く握り、額と額を貼り合わせておこなうのが、もっとも吸収率が高いのだけれど、緋花里に限っては髪の毛を摘まむので精一杯だった。身体に触れると「誰でもない者」が、威嚇するかのように動きだすからである。

緋花里の胸――小さな手のひら形の痣《あざ》がある、まんなかの部分――に触れない限りは、視界が切り替わってあれの姿が視えることはない。

けれども他の部分に触れ続けることもできなかった。手でも頰でも、緋花里の身体に触れ始めてまもなくすると、動悸《どうき》がみるみるうちに激しくなって息が苦しくなってくる。同時に得体の知れない不安や恐怖も覚え始め、どんなに我慢しようと踏ん張ってみても最後は冷や汗をかきながら手を離してしまう。

白星だけではない。誰が触れても同じだった。

否。厳密には湖姫だけが唯一、緋花里の身体に触れてもなんともなかった。

これの理由についてもよく分からない。ふたりが双子の姉妹だからだとか、あるいは互いに同じ痣を持っている同士だからだとか、いくつか思いを巡らせることはできるが、想像の域は出なかった。

同じ形の痣を持っているというのに、湖姫の身体には触れてもなんら問題は生じない。そもそも痣の由来などについても不明な点が多かった。

目からこぼれて指先に付着した黒い液体は、軽く擦り合わせるとすぐに消えてしまう。濡《ぬ》れていたという感触すらも残らない。放っておいてもすぐに消え去る幻の水である。

白星の目から溢《あふ》れこぼれた穢れは、すでに力を失った穢れの残滓《ざんし》のようなものなので、たとえば呪いの媒介などに転用することもできなかった。

綺麗《きれい》になった指でコップを受け取り、ぐいぐいと氷水を呷《あお》り始めた白星に、緋花里が「大丈夫?」と声をかける。すぐに「大丈夫です」と答えた。

除染の際に生じる痛みは、黒い涙が流れ落ちれば、まもなく消えてしまうのだけれど、その後は痛みと入れ替わるようにして、激しい喉《のど》の渇きと重苦しい倦怠《けんたい》感に見舞われる。吸いあげる穢れの量や質によってばらつきはあるものの、回復するまでに大体半日から一日程度の時間が掛かった。

ただ、緋花里を除染する場合は別である。吸いあげられる穢れの量が少なすぎるので、喉は大して渇くことがないし、倦怠感も微々たるもの。緋花里の除染で掛かった負荷は、いつも三十分と時間を置かずに回復してしまう。白星はそれが悔しくて堪《たま》らなかった。

初めは望まぬ道だったとはいえ、蛭巫女としての務めを満足に遂げさせてもらえない。帰りの電車に揺られながら白星は思って憂い、本当の涙が滲《にじ》みそうになった。

切ないくらいに愛情深い人なんだ、あの人は。だから自分の身に掛かる負担などより、いつも白星の体調を考えて、決して無理をさせてくれない。

それは伊吹と湖姫も同じだった。除染が必要な時はいつでも「最小限で」と釘《くぎ》を刺し、白星が少しでも「多めに」と思っても、時間が来れば素早く身を引き離してしまう。

それも悔しくて堪らないのだが、同時に不甲斐《ふがい》ないと感じてしまう自分も嫌だった。

仮に緋花里や伊吹の身体が、どうしようもないほど多量の穢れに蝕《むしば》まれてしまった時、自分はふたりの身体を無理やり組み伏せてでも、それを吸い取ることができるだろうか。

歴代の蛭巫女たちがたどっていった運命のように。

蛭巫女として霜石の家に仕え始めて、そろそろ二年になろうとしている。

答えは未《いま》だに出ることのないまま、どっちつかずの自問自答を繰り返し続けている。

緋花里は去年の八月から目黒のアパートに独りで暮らし、近くの鳥獣店で働いていた。伊吹の意向に甘えることもなく、月々の仕送りは最低限の額しか受け取っていない。

これから先、少なくとも「誰でもない者」の諸問題が解決しない限りは、霜石の家に戻れることはないだろう。あるいは二度と帰ってこられないかもしれない。

「ボヘミアンに暮らしている」と緋花里は言ったが、果たして本当にそうなのだろうか。

あれを吸い取る勇気が、吸い取って滅するだけの勇気と強さが自分にあれば。

思って憂い、白星は電車の中で人目も憚《はばか》らず、今度は本当に涙をこぼすことになった。

好きになった人たちを守り抜けるまっすぐな勇気と強さが、白星は欲しかった。

無益な歳月

「思うに大した成果は出なかった」

祭壇のいちばん上に置かれた水晶玉を両手に取り、無機質な声で菊月《きくづき》琉美慧《るみえ》は言った。

「でも、たくさんの人の力にはなれたんじゃないですか?」

率直な意見を返したつもりだったが、琉美慧の横顔に明るい光が差すことはなかった。

碑文谷公園でのささやかな花見の席から、十六年と八ヶ月後。

二〇一八年十一月下旬。夕暮れ時に白星は、港区にある小さな雑居ビルの三階にいた。

「そっちは副産物。費用対効果で考えれば、ずいぶん無駄な時間を使ってしまった」

言いながら琉美慧は振り向き、機械のように素っ気ないそぶりで白星の顔を見つめた。

切れ長の鋭く険しい目つき。乳脂のように仄白《ほのじろ》く、透き通るような色みを湛《たた》えた細面。

銀色の艶《つや》みを帯びた黒髪は顔の両脇からさらりと流れ、まっすぐな髪筋が胸の辺りまで二瀑《ばく》の滝のように撓垂《しなだ》れている。

服装は淡い紫に色づく長袖《ながそで》のワンピース。裾《すそ》は足首の辺りまでを隠すほどに長い。

いつものことだが、思わず口から「緋花里さん」と出かかってしまう。だが違うのだ。

今はあくまで「琉美慧さん」と呼ばなければならなかった。さもないと多分、叱られる。

八年ほど前から琉美慧はこの雑居ビルの一室を借り受け、霊能師の仕事を続けていた。業務の全容について白星は全てを知っていたわけではないが、それとなく聞く限りでは、先祖供養や各種の加持祈禱《かじきとう》を筆頭に、魔祓《まばら》いや憑《つ》き物落としなど、こうした仕事を営む同業他者が手掛けることは、ほとんど対応していたように思う。

「少しでも多くの人が来られるように」という琉美慧の意向から、相談料金はある意味、破格と言っていいほど良心的なものだった。その割にこれまでの間、赤字が出たことは一度もない。年間収入で見れば大した儲《もう》けはなかったが、少なくともテナントの家賃や光熱費を始め、諸々《もろもろ》の維持費は全て売上から賄うことができていた。

そうした意味では無難に安定していた仕事を、琉美慧は本日限りでやめるのだという。理由は先ほど本人がこぼしたとおり、大した成果が出なかったからである。

「菊月相談所」という、簡素な屋号を掲げて始めたこの仕事は、生活収入を得るためや、いわゆる人助けを目的として開業したものではなかった。実際は、琉美慧がどうしても知りたいと望んでいた、さる用件に関する示唆や答えを求めるために始めたものだった。

「収穫があったとすれば、多少なりとも世情を知ることができたくらいかな」

足元に置かれた段ボール箱の中に水晶玉を入れながら、琉美慧が言う。

「誰も彼もがつまらないものにとり憑かれて悩んでいたし、掻《か》き乱されて苦しんでいた。視えないものに対応策を持たない人って、こんなにも弱いんだと知ることはできた」

面白くもなさそうに琉美慧は言って、今度は祭壇に置かれた檜《ひのき》の高坏《たかつき》を手に取った。

真っ白い敷布が掛けられた祭壇は三段式で、水晶や高坏の他、大幣《おおぬさ》や神楽《かぐら》鈴といった、仕事で用いる種々の道具が整然と並んでいる。

部屋の広さはおよそ十五帖《じょう》。祭壇の他には、部屋の中央に応接用のテーブルセットが組まれているだけで、他には特にこれと言って何もない。総じて殺風景な印象である。

この日、白星は荷物の引きあげを手伝うために呼ばれていた。

仕事部屋の隣には給湯室がある。そちらのほうには茶器などを収めた食器棚があるが、サイズはカラーボックスと大差ない程度である。他に嵩張《かさば》る荷物はなかった。

搬送用にワゴン車を借りてきたのだが、往復することなく一度で事が済むだろう。

琉美慧とふたりで、持参した段ボール箱の中に小物類を詰め始める。それが終わると、ビルの裏手に面した駐車場に停めてある車の中へ箱を全部持っていった。

続いてテーブルセットと祭壇、食器棚も同じように運びだす。祭壇は分解できたので、すっかりバラしてまとめ直すと、元の五分の一にも満たないサイズに落ち着いた。

最後に残った祭壇の一部を運びだして車に詰めこみ、再び部屋の前まで戻ってくる。

「兵《つわもの》どもが夢の跡」

琉美慧が抑揚のない声でぽつりとつぶやき、ドアに備えられたプレートホルダーから「菊月相談所」と記された表札を取りだした。

「あとは着替えるだけだから、ちょっとだけ待っていて」

琉美慧の言葉に応じ、ふたりで部屋の中へと入り直す。

今日の午後に入っていた予約が、最後の相談だったのだという。仕事をやめることを客には誰にも知らせていないそうである。仕事用の電話も解約するとのことだった。以前から継続して依頼を受けていた諸用件に関しては、全て区切りがついているので、急に消えても特に問題はないと琉美慧は言っていた。

相談客たちからすれば、突然、心の支えがなくなって戸惑うだろうと白星は思ったが、そんなことを訴えたところで琉美慧の気持ちは変わらないだろう。

ただ、これまでの長きにわたって関わってきた数多《あまた》の相談客に対して、なんらの情も湧いていないのかと思えば、おそらくそうではないと思いたかった。

先刻、琉美慧は「兵どもが夢の跡」と言った。その言葉が有する意味を聡明《そうめい》な彼女が知らないはずなどないだろうし、意味を違《たが》えて発したわけでもないだろう。

素直に言葉にださないだけで、彼女なりに思うところはきっとあるはずなのだ。

できればその思いが、彼女本来の優しさに根付いたものであってほしいと白星は思う。少なくとも胸に抱いた思いが、彼女の心にとって無益なものであってほしくはなかった。

手早く着替えを終えた彼女が言う。

「いいよ。帰ろう」

「分かりました」と白星は応《こた》え、ふたりで空っぽになったビルの一室をあとにした。

海辺に祈る

二〇一八年十二月上旬。二回目のツアーを終えて、そろそろ一週間が過ぎる頃。

この日の昼下がり、私は石巻市内の中瀬《なかぜ》にいた。

中瀬は旧北上川の河口付近に浮かぶ小さな島である。島内には東日本大震災における甚大な津波被害から復旧した石ノ森萬画館《いしのもりまんがかん》や、旧石巻ハリストス正教会教会堂がある。津波で流されてしまったが、昔は岡田劇場という、鄙《ひな》びた風情の漂う映画館もあった。

中瀬の北側には、旧北上川の両岸を結ぶ内海橋《うつみ》が今でも架かっている。

中学時代の夢の中、加奈江と何度も言葉を交わした場所でもある。

震災から数年が経ち、市内の復興事業が本格的に動き始めた時期から、私は折を見て市内各地の海辺に足を運ぶようになっていた。

目的は慰霊。津波で犠牲になった方々に僭越《せんえつ》ながらも鎮魂の祈りを捧《ささ》げるためである。それ以外の気持ちは何もなく、誰にも知られたくなく、周囲の注目も集めたくないので、服装は普段着。供養の経も声にはださず、心の中で誦《よ》んでいく。

海のほうに顔を向けて長々と突っ立っている様子を不審に思われるのも憚られるので、大抵は歩きながら、自分が何をしているのか気取《けど》られないようにおこなう。

こんなやり方なので祈りが届いているかは分からない。単なる自己満足の世界である。それが証拠に、あくまで気が向いた時にしかこんなことはしに来ない。

今年に関しては、残り三十日を切った今日の時点で初めての供養になる。年明けから身の回りでいろいろなことが起こりすぎた影響と、その後に続く体調面の不良もあって、思うように足が運ばなかったのである。

この日に中瀬を訪ねた理由もただの気まぐれに過ぎない。朝から天気が良かったので、潮風に当たりながら、しばらくできなかった供養をしようと思い立っただけである。

本当にそれだけなので、「海辺で亡くなった人たちの姿なら視えるかも」などという下心もなかった。特異な感覚が健在だった以前であっても海辺のささやかな供養の中で、そんな体験をしたことは一度もないし、それが当たり前だと感じてもいる。

一部の口さがない地元民は、「震災で亡くなった人は未《いま》だに浮かばれていない」だの「海辺に化けて出る」だのと面白がって語るきらいがあるが、そんなことはないだろう。

あの日からそろそろ八年目を迎えようとしている。その間、災禍で亡くなった方々の冥福《めいふく》を願って、どれだけ多くの人たちが手を合わせ続けてきたことだろう。

祈りは全部届いて、あの日に逝ってしまった人たちを安らかにさせているはずである。時には「忘れないで」というような意味合いで、時折顔をだす故人もいるかもしれない。だが、無念のあまり、この世に留《とど》まり続けているような人たちは、もはや存在しないと私の心は信じているし、信じ続けたいと思っている。

河口の遠くに見える鈍色《にびいろ》の海を眺めながら島の中を岸辺に沿って歩き、三十分ほどで無言の経を誦み終えた。思っていたより風が冷たい。長居をするつもりはなかった。

　川岸の駐車場に停めた車へ戻るさなか、携帯電話が鳴った。すかさず懐から取りだし、画面に映る発信主の名を見たが、それは私が期待していた人物のものではなかった。

「もしもし。あいにく今日は休業日なんですが」

「それは結構。気兼ねしないで、ゆっくり話せるというわけだ」

　向こうはこちらの皮肉を瞬時に皮肉で受け返し、それから「ふふふ」と短く笑った。

「身体の具合はいかがでしょう？　少し気になったので連絡してみたんです」

　電話の主は深町伊鶴《ふかまちいづる》という、仙台在住の拝み屋である。歳は私とほぼ同年代。桔梗らと同じく彼もまた、一昨年《おととし》の冬に手掛けた「恐ろしく込み入った仕事」の中で知り合っている。その後はずっと交流が途絶えていたのだが、今年の九月に再会した折、彼の引き合わせによって、一昨年とはまた別の意味で厄介な案件を手伝うことになった。

　その影響で仕事の渦中と終息後、合わせて二回、私は身体を壊して入院している。

　そんな深町から乞《こ》われるままに近況を伝えた。体調の詳細や気持ちの浮き沈みに加え、特異な感覚が不調を来たしていることも赤裸々に伝えた。

　思ったとおり、かなり驚かれたが、彼のほうから有効な改善策などは得られなかった。さして期待はしていなかったので、こちらは別に驚かなかった。

「いやはや、どうしてこうもあなたには、次々と災難が降りかかってしまうのか……」

「タフな男だから、災難に好かれている。ていうか、忘れてませんよね？　少なくとも最近、俺を襲った災難のひとつは、あんた経由で来たもんだ。大きな貸しが一個あるの、忘れないでいてくださいよ」

「忘れるもんか。忘れてないから、こうして近況も尋ねるんでしょうが」

「それは結構。ところで深町さん。あんた、ＵＦＯの話にくわしくない？」

「は？　ＵＦＯ？　急にどうしたんです？　なんで私にそんなことを訊《き》く？」

「あんた、なりが宇宙人っぽいからさ。その手の話題に明るいんじゃないかと思って」

深町という男は顔を含め、胴も手足も、全体的に細長い。

単に痩《や》せ型や華奢《きゃしゃ》とかいうよりはむしろ、全身を紐《ひも》のように細く引き伸ばしたような、そんな印象を抱かせる身体つきをした男である。見ようによっては宇宙人っぽい。

「へっ！　私が宇宙人だってんなら、あんたのほうは地底王国のドワーフってとこだな。悪いんですけど私はその昔、ＳＦ少年じゃなかったもんで、そちら方面には疎いんです。残念でした」

売り言葉にきっちり買い言葉を添えて、深町が答えを投げ返す。

「重ねて質問しますが、どうしてＵＦＯの話なんか？」

「本当の答えは単純明快。今手掛けているのが、そっち方面の仕事なんですよ」

桔梗たちの名前はださず、くわしい内容も明かさず、要点だけを掻いつまんで伝える。

そのうえで浄土村に関する質問もしてみたが、こちらも実のある答えは出てこなかった。

「断片だけでも風変わりな印象だが、不穏な感じもする。無茶はしないでくださいよ」

「したくてもこんな状態じゃ、ろくなことができない。ご忠告ありがとよ」

わざとらしく、ぶっきらぼうに礼を返して通話を終える。

ちょうど駐車場まで戻ってきていた。車に乗りこみ、太い息を長々と漏らす。

無茶か。したくてもできない。それにはもうひとつ、理由があった。

二回目のツアーが終わって以来、佐知子たちから連絡が一切なかったのである。

こちらから問い合わせれば済む話なのだが、なんとなく受け身で待機しているうちに割と日にちが経ってきてしまった。そろそろもどかしい気分にもなってくる。

まさか省かれたわけでもあるまいし、そろそろ打診が来る頃だろうか。

ここまで一緒にやってきたのである。事の顚末《てんまつ》を見届けるまで付き合う覚悟はあった。付き合い続けることで自身の感覚が元に戻るとか、そうした期待はもはや抱いていない。ただ純粋に、本件の行く末が気になるだけのことである。

とはいえ、あまりせっつくべきでもなかろう。別件の仕事が忙しいのかもしれない。

もう少し連絡を待とうと思いつつ、私は海辺の街をあとにした。

発信源

「じゃあ、行ってくるね。今日はお母さんも、すんごく楽しみ」

リビングのサイドボードに祀《まつ》った、加奈江の位牌《いはい》と写真に向かって声をかける。

写真に写る加奈江は小首を傾げ、白い歯を見せながら笑っていた。

屈託のない笑みである。亡くなる半年ほど前、ふたりで葛西《かさい》臨海水族園に行った時に撮影した写真だった。背後にはペンギンたちも写りこんでいる。

二〇一八年十二月五日。この日は加奈江の誕生日だった。生きていれば十九歳になる。

加奈江が亡くなってからも誕生日のお祝いは、毎年欠かさずおこなうようにしていた。

町場のケーキ店に午後三時の約束で予約していたケーキをこれから車で買いに行く。

たっぷり四、五人分はある、五号サイズのティラミス。加奈江がいちばん好きだったケーキで、誕生日はティラミスのホールケーキでお祝いするのが定番だった。

誕生会ということで、今日は我が家に泊まりがてら、愉快なゲストもお祝いに来る。

伊勢《いせ》千緒里《ちおり》。古くから鏡香が懇意にしている霊能師の友人である。

歳は千緒里のほうがいくつか上だったが、初対面の頃からやたらと馬が合う雰囲気で、その後は仲が深まっていくのにしたがい、同じ目線で気安く付き合わせてもらっていた。

千緒里は都心にある自宅から電車に乗ってやって来る。先に彼女を駅まで迎えにいき、それからケーキを受け取りにいく手はずだった。

越してきた頃から乗っている古びたグレーのタントを車庫からだし、収穫が終わって土肌が剝《む》きだしになった田んぼと畑が点在する、静かな田舎の風景を進み始める。

家の門口を出てふたつ目のカーブを曲がったところで、歩道を歩く男に手を振られた。近所に暮らしている宮森《みやもり》という名の老人である。

「いやいや、先生。ちょうど良かった。チラシを届けにいくとこだったんですわ」

車を停めて助手席側の窓を開けると、老人は人懐っこい笑みを浮かべて窓の隙間からチラシを差し入れてきた。自治会が刷った何かの案内だろう。彼は配達係を務めていた。

「先生はやめてくださいよ。何も偉いことなんかありません。ありがとうございます」

笑顔を返しながらチラシを受け取った時、胸の辺りにふっと奇妙なざわめきを覚えた。理由もないというのに、幽《かす》かに気分が落ち着かなくなるような具合である。

老人と挨拶《あいさつ》を交わして再び車を走らせ始めると、ざわめきはしだいに消えていった。否。正確には、車が速度を増していくのにしたがって消えていったと見做《みな》すべきか。なんだろうと思い始めて、すぐに思いだすことができた。

五年前、この地に移り住んできた頃にも同じ感覚に見舞われたことがある。

当時、鏡香は近所の土地勘を養うためと軽い運動を兼ねて、何度か近所を歩いてみた。道はどこも歩きやすかったのだが、数度歩いただけであとは一切やめてしまった。

理由はまさに、今感じたものと同じである。

道を歩き始めてしばらくすると、しだいに気分がざわざわと落ち着かなくなってきて、長く外に居続けることができなくなってしまう。

不思議なことに、車で買い出しに出掛ける際には、そうした感覚に陥ることなどない。あくまでも近所を自分の足で歩いている時だけ、斯様《かよう》な症状に見舞われた。

己が有する特異な感覚で察するに、それは何かに見られているような印象に近かった。だが多分、見られているわけではないのだと思う。

自分の感覚では、あくまでも「見られているような感じ」に近いというだけだった。視線でないのならなんだろうと思い、いちばんしっくりきたのは気配だった。

得体の知れない何かが、この広い土地のどこかにいるという気配。

しかもそれはとてつもなく大きくて、自分の身に害を及ぼす危険な存在なのである。

何度目かの散歩中に気分をざわめかせながら、そんな仮説が頭の中に思い浮かんだ時、あたかも正解を伝える合図のように背筋がしんと冷たくなった。

それ以来、散歩は一切控えるようにしている。

たとえなんの裏付けもないことであっても、こうした視えざる不穏な問題に関しては、自分の直感を大事にしたほうがいいと判断したのだ。

それにしても久方ぶりに同種のざわめきを感じると、脊髄《せきずい》反射的に興味も湧いてきた。

改めてこの奇妙な感覚はなんなのだろうと考え始める。

二百メートルほど走ったところで速度を少し緩めてみた。すると再び幽かにだけれど、胸の辺りがざわめく感じを覚えた。

続いて路肩に車を寄せて停めてみる。すると案の定、ざわめきがわずかに強まった。思ったとおりである。一定以上の速度で移動をしていると、この感覚は拾えないのだ。ざわめきの正体がなんであるのかは依然として分からなかったが、鏡香が〝それ〟を感じうる度合があまり強くはないということ。それに対して向こうが〝それ〟を発する気配自体も漠然としたものであるということ。

こうした条件が作用し合って、それなりの速度で絶えず現在地が変わっていく車での移動中は、ざわめきを覚えることがなかったのだろう。外出時の交通手段は車一択だし、長らくこの件に関しては忘れていたので、今まで道理を真剣に考えたことはなかったが、答えは実に単純なものだった。

そのうえで、興味はもう少し強まってくる。車を低速で発進させ、今度は胸に感じるざわめきの変化に集中しながら道を進み始めた。

そうして百メートル近く走った頃、ざわめきに微細な変化が現れ始めたことに気づく。言葉で表現するのは難しかったが、胸に感じる「ざわざわ」に加えて、右半身が微妙に痺《しび》れるようなちりちりとした感じが伝わってきた。

視線を右手に向けた先には、山が聳《そび》え立っている。鏡香の自宅の裏手に面する森から緩やかな稜線《りょうせん》を描いて隆起している低山である。

鏡香の視線は、山中へ向かって延びる道路のほうに留め置かれていた。

　ざわめきの発信源は、この道を上っていった先にあるように感じられた。

　この五年間、山へは一度も登ったことがない。ネットで調べてみたことはあるのだが、神社仏閣や観光施設といった目ぼしいものは、特になかったと記憶している。

　この道を上っていけば、気配の正体が分かるのだろうか？

　そこでいつのまにか誘惑に駆られそうになっている自分に気がつき、ただちに律する。

　もうすぐ千緒里が駅に到着する。先ほど、到着時間を知らせるＬＩＮＥも入っていた。

　そんなことをしている余裕はない。鏡香は再びアクセルペダルに入れる足の力を強めた。

　十五分ほどで駅の前までたどり着く。予定時間より五分ほど早い到着だった。

　駐車場に車を停めて駅舎へ入ると、ちょうど千緒里が改札から出てくるところだった。

「久しぶり。相変わらず、呑《の》んだくれてるの？」

「うん。毎日、ティーポットでたっぷり五回分ぐらい。これは依存症かもしれないね」

「それは大変。あんまり飲みすぎると、身体にいいことばっかりだから気をつけて！」

　互いのジョークに声をだして笑い合い、千緒里を車の中へと促す。

　それから駅前の目抜き通りに面したケーキ店で、予約していたティラミスを受け取り、あとはまっすぐ家に戻る――つもりだったのだが、またぞろ気分がぶり返してしまった。

　町場を抜け、ちょうどフロントガラス越しの正面に例の山が見えてきた時のことだった。

　意識を集中すると、胸の辺りが幽かにざわめき始めるのも感じた。

山は鏡香の自宅から見て、半キロ近く離れた位置にある。

得体の知れないざわめきは、家の近所を歩いた時にはかならず感じたにもかかわらず、なぜか自宅の敷地内で感じたことは一度もなかった。

理由を考え始めると、すぐに思い当たる節が浮かんで「ああ」と唸《うな》る。

五年前に越してきた時、鏡香は敷地の四隅に面した地面に魔除《まよ》けの幣束を立てていた。

鏡香の感覚としては〝視えざる不審者〟に対する防犯用という意味合いで、軽い結界を張っておこうと考えての対応に過ぎなかったのだが、改めて状況を俯瞰《ふかん》して推察すると、自宅の敷地内で妙な感覚を抱かないのは至極当然の道理だろうと思い至る。

「何が『ああ』なの？」

助手席から千緒里に怪訝《けげん》な顔をされ、「ごめん」と返す。ついうっかり声が出ていた。

そのうえでどうしようかと逡巡《しゅんじゅん》する。答えは深く考えるともなく、すぐに出た。

「ねえ、良かったらちょっとだけ、付き合ってもらえる？」

「いずこへ？」という千緒里の問いに「ちょっとだけ」と答えを濁し、山へと向かって車を走らせる。

山中に延びる道路に入って上り始めると、胸に感じるざわめきは一段と強さを増した。動悸《どうき》もしだいに忙《せわ》しなくなってくる。単なる緊張によるものではなかった。

道はセンターラインのない舗装道路で、初めのうちはまっすぐ延びていたのだけれど、上り始めて数分経つと大きな左カーブを描き始めた。周囲も薄暗くなってくる。

「どこに行くの？　上に展望台でもあるわけ？」

再び怪訝な顔で千緒里が尋ねてきたが、今度は顔に浮かぶ怪訝の色合いが違っていた。

「そういうのはない。ねえ、何か変な感じはしない？」

「するよ。あんたの行動もかなり変な感じだけど、空気がなんだかざわざわしてる」

千緒里は答えの後半を、いくらか声音を低くして返してきた。

「そう。わたしも実は、身体にちょっと異変を感じてるところ。胸がざわざわする感じ。万が一危ないって思ったら遠慮なく言って。すぐに引き返すから」

千緒里が「は？」と返したそばから、前方の路面がYの字を描いて二手に分かれた。

「どっちだと思う？」

尋ねた鏡香に、千緒里は「右」と即答する。鏡香の頭に浮かんだ答えも同じだった。

Yの字から分かれた右手の道は、左手側のそれと比べて幅員がいくらか狭まっている。思うに左手側が山中の本道らしい。ならば右手のこちらは、どこへ続いているのだろう。

二十メートルぐらい進んでいったところで、なだらかな上り勾配《こうばい》を示していた路面は徐々に平板となり、勾配が完全に平らになると、助手席側の道なりに瓦《かわら》塀が見えてきた。

黒い瓦が葺《ふ》かれた、背の高い塀である。壁の色は白。塀の丈は二メートル近くもあり、しかもそうした丈高い塀の連なりが、視界前方に向かって長々と続いている。

視界に塀が見えたとたん、鏡香の感じる不穏なざわめきは、一段と強さを増していた。心臓も小刻みに震えだし、鼻から抜け出る息が荒くなっていくのを感じる。

瓦塀に沿ってさらに五十メートル近く進んだところで、視界に新たな建造物が現れた。長屋門。

塀と同じく、黒い瓦と白い壁で構成された巨大な長屋門が、左右に広がる塀の流れを分かつ形でどっしりと立っている。

車が門前に至りそうになったところで千緒里が言った。石のような声だった。

「引き返して。あたしの〝防犯ブザー〟が鳴りだした」

「分かった、そうする。ごめんね」

鏡香も激しく同感だったのですぐさまタイヤを切り返し、元来た道を戻り始める。

慌ただしく車を走らせながら、今度は運転席側の窓から見える瓦塀へと視線を向ける。

塀の向こうでは冬枯れに色を落とした樹々の枝葉が、覆いのようにひしめき合っている。

群立する樹々の様子以外に、道のほうから見えるものは何もなかった。

「さてさて、柳原鏡香さん。そろそろくわしい事情を説明してくださいますかな?」

車がY字路の分岐点から抜けだした頃、呆《あき》れた調子で千緒里が尋ねてくる。

事の発端から洗いざらい経緯を話すと、千緒里は「あーあ」と苦い声を吐きだした。

「好奇心は猫を殺す。そして、君子危うきに近寄らず。変な色気をだして余計なことに首を突っこんだって、大抵ろくなことにはならないんだよ。もう気にするのはやめな」

反論する気はさらさらなかった。素直に「すみません」と謝罪する。

「ならばよし」と千緒里は笑い、その後はこの件に関する話題を一切ださなくなった。

千緒里が持ちだす忠告には応じておくに越したことはない。七年ほど前にも彼女から仕事に関する件で同種の忠告を受けたことがあるのだが、あの時は状況をよく弁《わきま》えずに我を張って、最後は惨憺《さんたん》たる目に遭ってしまった。

あんな思いをするのは、二度と御免である。

ざわめきの件に関しては、今さらながら軽率なことをしてしまったものだと悔いる。

ただ、発信源は分かった。長屋門を構える、あの瓦塀の向こうで絶対に間違いない。

長屋門へ近づくにつれて、鏡香の〝防犯ブザー〟も鳴っていた。鏡香の頭の中にあるブザーは音声式で、門が視界に入った時から「今すぐ戻れ」と繰り返していた。

発信源の特定に加え、ブザーが示した警告と、千緒里の漠然とした忠告、そして沈黙。

得るべきものは、これだけでもう十分である。

図らずも五年前に初めて思い抱いた直感は、正鵠《せいこく》を射ていたという裏付けにもなった。

今後は何があっても近寄らない。

今回の愚行で踏みこんだのが、死線の一歩手前である。

これ以上詮索《せんさく》を続けたら、かならず良からぬことに巻きこまれるという確信があった。

瓦塀の向こうから漂う空気は、それほどまでに強い危惧《きぐ》を抱かせるものだったのである。

だが皮肉なことに災禍はまもなく、向こうのほうから鏡香の許《もと》へ接近してきた。

影なる盟約

それから数日経った、二〇一八年十二月上旬。

場所は霜石家の敷地内に立つ、かつての巫女《みこ》寮。

戸外に冷たい小雨の降りしきる夜更け過ぎのことだった。

寝室に敷いた布団の中で昏々《こんこん》と寝入っていた裕木真希乃は、枕元から幽《かす》かに聞こえるさわさわとしたか細い音で、眠りの淵《ふち》から引き戻された。

寝惚《ねぼ》けた頭で「衣擦《きぬず》れの音だ」と真希乃は思う。枕元に誰かがいる。

寝惚けた頭で「どちらが来たのだろう?」と真希乃は考える。

この屋敷に暮らしているのは湖姫と白星だけである。だからこの家に入ってくるのも、湖姫と白星のふたり以外に考えられない。

「湖姫だったらいいいな」と真希乃は想う。湖姫のことが好きだから。

白星のことも嫌いではないけれど、いまいち反りが合わない気がして苦手だった。

霜石家の巫女寮に住まわせてもらうようになって、じきにひと月が経とうとしている。

あっというまの毎日だった。時が過ぎていくのが速い。日々が充実しているからだろう。

ここに来てからの毎日は、今までの人生の中でいちばん幸せな毎日になっていた。

今はこの巫女寮に住まわせてもらっているが、近いうちに湖姫が長年待ち望んでいた願いが達成されたあかつきには、本邸に私室を宛《あて》がってもらえることになっている。楽しみだった。一日でも早く湖姫と同じ屋根の下で眠りたかった。

そのためには最大限の助力を惜しまない。粉骨砕身、湖姫の力になるつもりだった。

枕元でささめく衣擦れの音は、なおもさわさわと聞こえてくる。

音につられて頭がしだいに冴《さ》えてきた。「湖姫さん」と思って目を開ける。

暗闇の枕元から真希乃を見おろしていたのは、湖姫でも白星でもなかった。

研ぎ澄まされた刃のように鋭い目をした、緋色《ひいろ》の女。

忘れもしない。

最後に顔を見たのは先月、湖姫と房総半島の廃工場に行った時のことだった。

いちばん最初の出会いは二〇一六年の五月。

バイトをしながら怪談取材をしていたあの頃、平塚《ひらつか》での取材を終えた帰りの電車内で、湖姫の隣に強々《こわごわ》とした姿で屹立《きつりつ》しているのを目にしている。

菊月琉美慧を数に入れなければ、同じ顔を見るのは今この瞬間が三度目だった。

濃い緋色に染まる長袖《ながそで》のワンピースを纏《まと》ったその女は、真希乃が横たわる枕元に座し、長い黒髪の間から覗《のぞ》く鋭い視線で真希乃の顔を見おろしていた。

とっさに悲鳴が出かかったが、同時に女が自分の唇に人差し指を立てるのが目に入り、肺から生まれそうになった特大の叫びは、湿った吐息に変わって吐きだされた。

「緋花里さん……」

一拍置いて囁《ささや》きかけると、緋花里は真希乃の頭上でこくりと深くうなずいてみせた。

「聞いて。あなたに大事なお願いがあるの」

氷が音を鳴らすかのような、冷たく無機質な声で緋花里はつぶやいた。

「緋花里さん」ではなく「菊月さん」と呼びかけるべきか、一拍の刹那《せつな》に多少の迷いが生じたが、直感を信じて発した名前は正解だった。

目の前に座る彼女は、琉美慧ではない。声音が違う。初めて耳にする声だった。

布団から起きあがろうとしかけたが、緋花里がすっと伸ばして開いた右手に制される。

「なんですか……?」

「湖姫を救《たす》けたい。あなたの力が必要。手を貸してくれる?」

沈黙。

己が吐きだすあえかな吐息と外から聞こえる雨音だけが、つかのま耳朶《じだ》を震わせた。

「それって、どんなことなんですか……?」

状況も摑《つか》めず、緋花里の眼力に流されるような形で質問を投げ返す。

「大事なこと。それもすごく大事なこと。秘密を守ると約束してくれるのなら話す」

緋花里の目には黒い瞳《ひとみ》の中に太陽が瞬くような、有無を言わせぬ強い力が宿っていた。

再び沈黙。

やはり一拍置いたのち、真希乃は「はい」と答えるしかなかった。

それからどれぐらいの時間、緋花里の語る話に聞き入ったのだろう。

あまりに衝撃的な内容に時が経つのも忘れ、固唾《かたず》を呑《の》んで聞き入ってしまったのだが、少なく見ても緋花里の話は三十分近く続いたように思う。

真希乃は全てを語り終えた緋花里に、改めて「秘密は絶対に守る」との誓いを立てた。

そのうえで緋花里の持ち掛けた願いに全力で協力するとの約束も交わした。

「ありがとう。安心した。あなたがいなければ、これは絶対に成立しないことだった」

最後に緋花里が再びこくりと深くうなずくと、真希乃も再び眠気が差してきた。

戸外に頻降《しきふ》る小雨の囁く音を聞きながら、真希乃は深い眠りの底へと戻っていった。

冥《くら》き霜夜に想う

それからひと月半後。二〇一九年一月下旬の現在。

背中に感じる鈍い振動がしだいに弱まり始め、ついには止まったところで目が覚めた。バスがサービスエリアに入ったのだろう。時計を見ると、針は四時過ぎを差していた。時間から察するに二度目の休憩場所である佐野《さの》サービスエリアに停まったのだ。

背伸びをしながら立ちあがり、外へ出てみると当たりだった。

おそらく三時間ぐらいは眠っていたのだろうが、できればもう少し寝ておきたかった。下手に歩いて外の空気を吸うと、目が覚めすぎてしまう恐れがある。

そんなことは百も承知だったが、目覚めるとトイレに行きたくて堪《たま》らなくなったのだ。なるべく寝惚けたままの意識を保ちつつ、緩やかな足取りでトイレに向かって用を足す。あとは脇目も振らずにバスへ戻って、自分の席に座り直した。

再び眠りの淵へと向かって意識を集中しようとしかけたが、こうした場合、寝ようと思って意識を強くすればするほど、逆に目が冴えてしまうことを経験的に知っていた。

だからシートに背中を預け、目だけは閉じていつでも眠りに入れる体勢を整えながら、眠ることを忘れたそぶりでおさらいごとの続きを始めてみることにする。

宮城を出発する前、湖姫が電話で（「それが何か？」という苛立《いらだ》つひと言を添えて）答えてくれた話によれば、真希乃は霜石家の別宅で大変元気に過ごしているのだという。

かの家の女が語る「元気」の基準や状態がどういったものを指すのか分からないため、そのまま鵜呑《うの》みにすることはできないが、少なくとも今も生きてはいるのだろう。

真希乃の体調や精神状態も心配だったが、彼女は果たして霜石家の忌まわしき歴史と湖姫の内面を巡る今回の儀式に関して、どれだけの真相を知り得ているのかと思った。

湖姫が虚偽の告白をしていないのなら、私はすでに大半の事情を知っている。

四日前、湖姫と電話で話したのち、彼女が認《したた》めた二通のメールが私のPCに届いた。

一通は霜石家を訪ねるに際しての細々とした条件や提案に関する文書。

そしてもう一通は、件名を簡素に「記録」と題した、湖姫のいわば自叙伝だった。

「記録」に書き記された膨大な文書の中には、湖姫がこの世に生まれて来たその日から今現在に至るまでの歴史と経緯と事情が、余すところなく赤裸々に著されていた。

遡《さかのぼ》ること三十五年以上の昔、当時はおそらく清廉潔白で無辜《むこ》なる存在だったはずの娘、月峯湖姫はいかにしてこの世に生まれ、育《はぐく》まれ、歪《ゆが》められ、踏み躙《にじ》られ、長じて稀代《きだい》の怪物、霜石湖姫となり果てたのか。

「記録」に包括されている文書の中には、彼女が歩ませられたどす黒い個人史とともに、彼女自身が壊れた心の中に掻《か》き抱《いだ》く、ある致命的な妄執にして根本的な誤りについても情熱的な筆致をもって長々と書き綴《つづ》られていた。

然様《さよう》な事情までも含めて知ったうえで、真希乃は湖姫の意志に従っているのだろうか。

こちらについては、彼女に直接会って聞いてみないことには分からない。

ただ、仮に知っていようがいまいが、どちらにしても厄介なことになりそうな予感は切々と抱いていた。あとは実地でうまく状況を見極めながら立ち回るしかあるまい。

うまく立ち回らなければという問題に関しては、加奈江の件についても同じである。

頭の中に保持しておいた記憶を巡らせ、真希乃の「取材レポート」に収められていた、霊能師・柳原鏡香の体験談について思いを馳《は》せる。

二〇一四年の二月八日。すなわち、私が過去に霜石家を訪ねた翌日の昼日中、彼女は自宅の裏手に広がる雪中の森で、得体の知れない血みどろの少女に遭遇している。

のちに青い目を持つ少女の姿に変容を遂げ、彼女からコーネリアという名を授かった少女の本当の名は、桐島加奈江という。

加奈江は私が中学時代に創ったタルパである。

タルパとはなんなのか。簡素に言い表すなら、生きている人間の意志と心が生みだす、いわば人工的な幽霊ともいうべき存在である。

語源はチベット密教における「応心（化身などの一概念）」を意味する「トゥルパ」。これを二十世紀の神智学者が独自に解釈した末に「トゥルパ」は「タルパ」と名を変え、いつしか個人が己の空想で思い描き、場合によっては瞑想《めいそう》や明晰夢《めいせきむ》、呪術《じゅじゅつ》などを用いて創りあげる、架空の存在を表す概念へと変化した。

タルパはイマジナリーフレンドと性質の似通う一面はあるが、大きな違いとなるのは独自の意志を持つという点に尽きる。空想遊びの域を出ないイマジナリーフレンドとの交流に対し、タルパは自らの意志を明確に発し、創造主とのコミュニケーションを図る。創造主の心や視界に映るその姿も、実在するかのように鮮明である。

創造の方法については好みの姿や性質、目的などを定めて任意に創出する手段に加え、虐《いじ》めや虐待によって被る強いストレスが発端となって、無意識に発現される場合もある。

私の場合は後者だった。

中学時代に同級生たちから受けた虐めがきっかけとなって、加奈江は生まれた。おそらく今でもそうだと思うが、彼女は熱帯魚が好きな娘《こ》だった。当時の私の趣味が熱帯魚の飼育だったから、そうした影響が色濃く反映されたのだろう。

「取材レポート」に記録されている鏡香と同じく、加奈江とは夢の中での交流が続いた。鏡香の体験と異なるのは順番である。

初めに現実世界で悪鬼のごとき様相と化した加奈江に遭遇し、その後は可憐《かれん》で優しい少女の姿に様変わりした加奈江と夢の中での交流を重ねたのが、鏡香の体験。

それに対して夢の中での楽しく安らかな交流を重ねた末に、現実世界へ悪鬼のごとき形相で現れた加奈江にあやうく殺されそうな羽目になったのが、私自身の体験である。

（おそらく幻影だと思うが）夫が飼っていた兎の生首を見せられるという、鏡香の話の顚末《てんまつ》にも示されているとおり、これは創造主の心の状態に悪い影響を受けた結果である。

事の善悪に関わりなく、タルパは創造主の心理状況に色濃い影響を受ける場合がある。創造主の心が荒《すさ》めばタルパの性質も荒むし、その逆もまた然《しか》りである。

当時、タルパの知識を持たなかった私は、こうした仕組みに思い至ることがないまま、中学生の頃から二十年以上にもわたって、暴走した加奈江に襲われ続けることになった。

ようやく問題が解決し、加奈江とそれなりの和解が成立したのが二〇一四年の十二月。鏡香と加奈江（コーネリア）の別れからおよそ十ヶ月後のことである。

それから三年ほどのブランクを経て、私は加奈江と思いがけない形で再会を果たした。この時の加奈江は元々十四歳の少女だった姿から、おそらくは二十代半ば頃とおぼしき、すっかり大人に成長しきった姿で現れた。瞳の色も元の黒から鏡香のコーネリアと同じ、爽《さわ》やかな色みを湛《たた》えた青へと変わっていた。

加奈江が再び私の前に現れた理由は、窮地に陥った私の身を守るためである。時は昨年の四月、件《くだん》のグルーヴ膵《すい》炎《えん》で私が連日、悶《もだ》え苦しむさなかのことだった。

白無垢《しろむく》の魔性というのがいる。

今を遡ること九年前、私が仕事の中で関わることになった、規格外の化け物である。正体は造り神。性質はタルパと共通するものがあるが、同じ人工物のような存在でも、こちらは生身の人間たちの欲望や怨念《おんねん》を基盤に造られた、生まれながらの化け物だった。

宮城のとある漁師町において二十代以上も血脈を重ねた旧家で生まれたこの化け物は、一度完全に滅せられたように見せかけて、その実滅んでなどいなかった。

あれは人の手で滅することなど、決して叶《かな》わない存在だったのである。

旧家の依頼主から引き受けた仕事が（表向きの）解決を見てから先も、私の周辺には純白の綿帽子と白無垢に身を染めたこの化け物が、折に触れては気配をちらつかせた。

当時の仕事の中では実質的に化け物の手で殺された関係者もいたし、事のあらましが公になれば彼女たちの鎮魂にもなると思って、一連の全容を認《したた》めた本も上梓《じょうし》した。

『花嫁の家』というタイトルの本である。

本という形にする以前は、乞《こ》われた相手に口頭で語り聞かせていたのだが、どんなに注意を払っても話が途中に差し掛かると、かならず不可解なトラブルが発生してしまい、一度も最後まで語り通すことができなかった。

原稿を執筆中にもたびたびデータが消失し、意地でも公にはさせまいという白無垢の悪意を如実に感じながら、ようやくの思いで本は完成と発売にまで漕《こ》ぎ着けたのである。

あるいはこれで関係者の鎮魂と等しく、白無垢の災いも潰《つい》えるのではなかろうか。

そんな期待も密《ひそ》かに抱いていたのだが、相手は数百年も前からこの世に存在している悪意の生きた化石のような存在である。事態が収まることなど微塵《みじん》もなかった。

死ぬような苦労を重ねて書きあげた本は、発売からまもなく絶版という憂き目に遭い、白無垢はその後も私の前に、主には忘れた頃になると気配や姿を現し続けた。

病気で弱りきっている時が最大の好機と見做《みな》したのか、それとも私の生命を取るのにこのうえない絶望を抱いて逝ってくれるのが今だと狙いを定めたものか。

化け物が思うことなど知る由もないが、私が膵炎の痛みにのたうち回って生死の境をさまよいつつある昨年四月の夜更け過ぎ、あれは再び私の前に姿を現した。

それから一拍遅れて三年ぶりに現れたのが、大人に成長した加奈江だったのである。

結果的に加奈江は私の窮地を救ってくれた。だから私はこうして今も生きていられる。

だがそれは、私が願った救済の形ではなかった。

数百年の歳月を超えて存在し続ける化け物から私を守るために加奈江が選んだ手段は、化け物と身をひとつに溶け合わせることだった。

私が状況を把握できるようになった頃には、すでに加奈江は青い目をした白無垢姿の女に変わり果て、木偶《でく》のように物言わぬ存在になってしまった。

以来、白無垢による災いが生じることはなくなったが、災いが止まるのと引き換えに加奈江も生き人形と等しい状態のまま、おそらくのところ今現在に至る。

最後に加奈江の姿が見えたのは、昨年十月下旬のことだった。その後は私が持ち得る特異な感覚が鳴りを潜めてしまったため、現状を把握することは叶わない。

けれども今も私の近くにいるはずである。四日前にそれを証明してくれた者もいた。

他ならぬ、霜石湖姫その人である。

真希乃の件以外にも、私が霜石の屋敷に赴く理由はまだあった。

湖姫は変わり果てた加奈江の姿を再び元に戻すことができるのだという。

四日前の電話口で「おそらく分離できる」と彼女は言った。

といっても、それは決して親切心からおこなわれることではない。

湖姫がそれをおこなう目的は、その手に白無垢の魔性が欲しいからである。

ゆえに「加奈江のほうはいらない」とも湖姫は言った。それは非常に結構なことだが、あんな化け物を手中に収めて一体何を始めようとするつもりなのか。

加奈江の安否も含めて一時はかなりの不審を抱いたが、その目的や運用法に関しても、件の「記録」に詳細が記されてあった。

慎重に慎重を重ねたうえで熟読した結果、果たして文書が表する記述どおりであれば、加奈江の安全はぎりぎりの線で保証されることが分かったので、私はこの件についても湖姫の要求に応じることにしたのである。

むしろ問題は、分離が無事に完了してから先のことだった。

事を収めるための手段ならあるにはあるが、上手く収めるための手段は思いつかない。

今日まで考え続けても妙案は浮かんでこなかった。

ゆえにいつものとおり、最後は出たとこ勝負で挑むしかないかもしれない。

ともあれ、あまり神経が昂《たか》ぶることを考えすぎると寝つきが悪くなってしまう。

いつでも眠りに戻る準備を保ちつつ、私はおさらいごとのほうへと意識を戻した。

さよなら、あの日の三年生

再び遡《さかのぼ》って二〇一八年十二月中旬。

野山に吹きわたる風の冷たさが、一層骨身に沁《し》みるようになってきた灰色の時節。

その日、私は朝から宮城県西部に位置する山岳地方に赴いていた。

今回は青木に提供してもらった資料を手掛かりに、大崎市内に位置する岩出山地域と鳴子町地域を主な捜索地として、時間の許す限り要所を巡って回るつもりだった。

数えて三回目のツアー。前回のツアーから、二週間近いブランクを経ての再開である。

中瀬で捧《ささ》げた供養の日から三日が過ぎた夕暮れ時、ようやく佐知子から連絡が入った。

新たな予定が決まらなかったのは、杏が少し加減を悪くしていたからだという。

前回のツアーを終えた翌日から微熱と倦怠《けんたい》感に悩まされ、ホテルで休んでいたらしい。

市販薬を飲みながら療養を続け、数日前にようやく容態が安定したとのことだった。

安定といえば、桔梗の足もそろそろ完治の兆しが見えてきたという。

こちらは昨晩もらった電話で、本人から直接聞いた。

未《いま》だに杖《つえ》なしで歩くのはおぼつかないものの、愛用する杖は二本で一組の松葉杖から、尺の短い歩行杖一本になった。なんとか次のツアーからは同行できそうとのことである。

桔梗は「次の」と言った。希望的観測の前にこんな接頭語を添えて語るということは、少なからずツアーは今後も続く。然様《さよう》な予感を抱いている表れだろうと感じた。

右足の回復に比例して、持ち前の霊感も日に日に元へと戻る兆しを感じているという。ならばこうした予見も、常人が抱く以上に的中率が高いかもしれない。

初めに向かった岩出山地域では、同地域内の東方に聳《そび》える鳥屋山《とやさん》と、その周辺を散策。いつものごとく麓《ふもと》に沿って車を走らせながら目ぼしい山道を見つけ、山中へ分け入った。近隣に広がる峰ヶ森の近辺も調べてみたが成果は得られず、折を見計らって切りあげる。

苦手な昼食を挟んで次に向かった鳴子地域では、観光地として有名な温泉郷を起点に散策を開始。近隣に峰を連ねる尾ヶ岳《おがたけ》、胡桃ヶ岳《くるみがたけ》、岩渕山《いわぶちやま》の界隈《かいわい》を順繰りに見て回った。収穫は右に同じ。いずれの山とその周辺にも、杏の記憶に合致する景色は見いだせず、小夜歌の〝アンテナ〟も有益な情報を捉《とら》えることはなかった。

いよいよ次のツアーには、桔梗も顔を揃えることになるだろう。

密かに淡い悲観を抱きながら費やした三回目のツアーも、徒労に終わる結果となる。

「戻りながら、加護坊山《かごぼうやま》も見ていきます？」

午後の六時過ぎ、帰路に就く車中で佐知子が言った。

加護坊山は大崎市の東部から涌谷町の西部にかけて連なる、篦岳《ののだけ》丘陵に位置している。帰路と同じ方角にあるので、ついでに寄っていくのもいいかと思った。

私が合意を示すと、小夜歌も続けて「いいよ」と返した。

ところが杏の答えは違った。

「あの、自分なりに考えてみたんですけど、村探し、今回でおしまいにしたいです」

唐突な言葉に一瞬耳を疑ったが、彼女が発した言葉に間違いはなかった。

隣に座る小夜歌が真っ先に「えっ」と声をあげ、「いきなりなんで？」と首を傾げた。

「今日も一日、皆さんにお付き合いしていただくなかで、ようやく決心がついたんです。そろそろ見切りをつける時機だと思いました。浄土村はもう見つからないということで結論をだそうと思いますし、見つからないだろうという確信も抱けるようになりました。思えば今回の件は、わたしの身勝手で思いついた非常識なお願いだったにもかかわらず、長い間、何度も親身にお付き合いしてくださって本当に感謝しています」

静かな声音でゆっくりと、それでいて強固な意志を感じさせる語調で杏は語りきると、最後に緩い笑みを浮かばせ、くたりと頭《こうべ》を垂れてみせる。

「いいえ、そんな。こちらこそ力不足で申し訳ありません。でも本当にいいんですか？少なくともわたしはまだ諦《あきら》めていませんし、浮舟もきっと同じ気持ちだと思います」

バックミラー越しに杏の様子をうかがいながら、佐知子が言う。

それでも杏の気持ちは変わらなかった。頭《かぶり》を振って「すみません」と返してくる。

「あたしも諦めてないですよ？　せめてもう少し、がんばってみません？」

小夜歌も言ったが、杏の答えは変わらなかった。

だから私のほうは黙っていた。彼女の意志を尊重することにした。

その後、加護坊山には立ち寄らず、涌谷町に隣接する美里町へ向かった。鹿島台駅《かしまだい》に小夜歌を降ろして別れの挨拶《あいさつ》を交わしたのち、佐知子に自宅まで送り届けてもらう。

杏はこれから桔梗の家を訪ね、今まで世話になった礼を伝えるという。

私が帰宅したのは七時半過ぎ。慣れない山道を巡って身体はくたくたになっていたし、最後に告げられた杏の意向に気持ちも暗く沈んでいた。

居間に設《しつら》えた炬燵《こたつ》に入ると昼間の疲れがどっと押し寄せ、ほどなく眠気が差してくる。風呂《ふろ》には入っていないが、食事は外で済ませてきた。この後は特にやることもないので、目蓋《まぶた》に擦り寄る睡魔に従い、そのまま横になることにした。

眠りに向かってぼやけ始める意識の中で、杏のことを思いだす。

およそ二週間ぶりに再会した彼女の顔は、少々血の気が引いて青白いように見えたし、いつもより口数も少ないように感じられたが、病み上がりのせいだとばかり思っていた。けれども実際は違ったのだ。朝から彼女なりに思いを巡らすところがあったのだろう。

先刻、自宅の玄関前で車を見送る別れ際、後部座席の窓から私に頭をさげた杏の姿は、なんだか幼い少女のように見えてならなかった。

希望を絶たれて打ちひしがれた、小学三年生の女の子の姿である。

写真を見せられたわけでもなかったが、それは私が初めて浄土村にまつわる昔語りを聞かされた時から心にずっと思い描き続けている、当時の杏の姿だった。

「あの子のことも本当にいいんですか？」

今さらながらに、尋ねておけば良かったと後悔する。

あれから倫平がどうなったのか。仮に生きているなら、今はどこで何をしているのか。

そして三十年前のあの夏、彼の身に一体何が起こったというのか。

このまま全てを知らずに幕をおろして良いのだろうか。そのためにあなたは遠路遥々《はるばる》、
不穏な過去と向き合うことも辞さず、この宮城の地へとやって来たのではなかったのか。

気力が尽きたのだろうと思えばそれまでの話だが、なんだか釈然としなかった。

翌日、桔梗から電話が入った。
やはり杏から村探しをやめたい旨を伝えられたという。辛抱強く説得したのだけれど、
丁重に断られた。佐知子に駅まで送られ、先ほど東京に帰ったとのことである。
「根拠はないけど『あともう少し』という予感はあったんですけどね。残念です……」
電話の向こうで名残惜しげに桔梗が言う。最後の言葉については、私も同感だった。
加えて私のほうは、なんとなく引っ掛かるものもあって、諦め難い思いもあった。
引っ掛かりの原因は分からない。
単なる気のせいなのかもしれなかったが、妙に気持ちの収まりが悪かった。
不可解な据わりの悪さに戸惑いながら、私はしばらくその後を過ごすことになった。

カルマの国のアリス

感じたのは驚喜。

待つ間が花。祭りより前の日――。慰撫《いぶ》に富んだ諺《ことわざ》をあやし言葉の代わりに繰り返し、逸《はや》る気持ちを鎮めに鎮め、待ち侘《わ》びていた結果は、期待をはるかに上回るものだった。

「歓喜に胸が震える。終わりと始まりが、いよいよ前に見えてきた感じ」

高鳴る鼓動の心地好《よ》さに首筋が悶《もだ》え、湖姫はかすかに声を喘《あえ》がせながらつぶやいた。

二〇一八年十二月二十四日。奇《く》しくもクリスマス・イヴのことである。

蠱毒《こどく》の儀式が完了した。それも二瓶同時に。

午後十時過ぎ、湖姫が地階へおりると、通路に漂う空気に異質な揺らぎを感じ取った。

何かがゆっくりと息を継いでいるような感じ。

その〝何か〟が息を吸って吐きだす間隔と緩急に合わせ、地階の空気が脈打つように微細な揺らぎを見せている。そんな感触を肌身にまざまざと抱いた。

すぐに目星は付いたし、行き先も同じだったので、急ぎ足で番《つが》いの間へと向かう。

先週まで部屋の中央に並んでいた六つの台座は、壁の一角に並び直されて押しやられ、台座があった場所には、代わりにふたつの四角いテーブルが並べられていた。

テーブルの上には水瓶《みずがめ》がそれぞれ一個ずつ置いてある。大きさは洗濯籠《かご》と同じくらい。横に丸く膨らんだ形をしていて、上部に開いた口は外形と同じだけの丸い幅がある。

材質は鉄。左の水瓶は青みを帯びた黒、右の水瓶は赤みを帯びた黒。どちらの口にも同じ色をした分厚い鉄の蓋《ふた》が被《かぶ》せられ、蓋のまんなかを中心に瓶全体が黄土色の麻縄で十字の形に縛られている。蓋の上にはさらに湖姫が作った封印札が貼りつけられていた。

テーブルの縁は高さ三十センチほどの柵《さく》で囲われ、瓶の転落を防ぐ役割を担っている。封印札は柵の四つ角にも貼られていた。

湖姫が先に開けたのは、左の青い瓶のほうだった。札と紐《ひも》を引き裂くように取り払い、蓋を開けて中を覗《のぞ》いた先には、総身を金色に輝かせる蛇がいた。

二本の鋭い角を首の流れに沿って後ろ向きに生やした蛇は、瓶の中に8の字を描いて身を横たえ、歓喜に瞳《ひとみ》を震わせる湖姫の顔をルビーのような真紅の眼《まなこ》で仰ぎ見ていた。

矢継ぎ早に開いた右の瓶には、やはり総身が金色に輝く鳥の姿を認める。

こちらは胸元に扇形の細かい鱗《うろこ》がびっしりと生えていた。蛇と同じく、瞳の色は真紅。瓶の底に羽を畳んで座り、湖姫の顔を見あげていた。

それぞれの瓶の中で勝ち残ったのは、蛇と鳥。概《おおむ》ね湖姫が予想していたとおりだった。けれども想定外だったのは、蛇に生える角と、鳥に生える鱗だった。

おそらく元が鵺神《ぬえがみ》だった特質を受け継いだのだろう。瓶の中で殺し合った獣の中から蛇は山羊《やぎ》の形質を、鳥は魚の形質を勝ち取ったとおぼしい。

神霊として変容したその力量には、凄《すさ》まじいものが感じられた。姿を見ているだけで息が苦しくなるほど鼓動が高まる。こんなものが自分の身体に入るのかと考えただけで、柄にもなく背筋にさわさわと粟《あわ》が生じさえした。

七日前にようやく苦楽の双頭の双生児が気力を持ち直し、そこから全ての鵺神を解体、並びにふたつの瓶の中に、元の素材となった生物の半身を六体ずつ分離したうえで封印。予定していたとおり、外から蓋を封じた状態で殺し合いを始めさせた。

結果はご覧のとおりである。勝敗がつくのも、予想していたより早かった。

できることならここから先は、一刻も早く事を進めていきたい気持ちに胸が疼《うず》いたが、あいにく駒はまだ全部揃っていなかったし、諸々《もろもろ》の調整もついていない。

微笑みながら呼吸を整え、沸きたつ気持ちを抑えこみ、ばらばらになった鵺神たちの残骸《ざんがい》の上に鎮座まします二柱の神霊に一時の別れを告げる。

両方の水瓶に蓋をして紐と札を付け直すと、湖姫は番いの間から中央の広間へ戻った。続いて、一階の階段に面した通路から見て真向かいに延びる通路へ向かって進んでいく。

通路の突き当たりに位置する扉を開けた向こうは、墓像《ぼぞう》の間である。

中は畳敷きの六畳部屋になっていて、扉を開いた先に上がり框《がまち》が設えてある。

湖姫は三和土《たたき》で靴を脱いで揃えると、畳の上にあがっていった。

扉のほうから見て正面側の奥には、古びた小さな文机《ふづくえ》がある。机上には明治《めいじ》時代から伝わるとされる、やはり古びた蠟管《ろうかん》蓄音機が置かれていた。

文机の両脇に面した二方の壁面には、檜《ひのき》の板で作られた三段式のウォールシェルフが取り付けられていて、板の上には霜石家の女たちを象《かたど》った胸像が整然と並んでいる。

全部で二十体近くある。サイズはほぼ原寸大。材質は木材、石膏《せっこう》、青銅など様々だが、近代に作られた物は青銅が大半を占めている。

名は墓像といった。

モデルになっているのは、霜石家の歴代当主とその姉妹たち。当該者が鬼籍に入って半年から一年を目途に製作される習わしになっていた。姉妹の場合、他家に嫁いだ者は製作の対象外となる。対象は霜石家に籍を置いた状態で逝った女に限られた。

さすがに霜石として興家した頃の、古い時代における当主たちの像は作られていない。もっとも古い時代に作られた当主の像は、明治時代の物だという。

壁の両側に並んだ墓像たちを順繰りに見回していくと、輪郭に白い光が幽《かす》かに灯《とも》ってゆっくりと明滅を繰り返す像を三体認めることができた。源氏蛍のような瞬きである。

湖姫はそのうちの一体の前へと進み寄り、像を下から支える土台の前に手を伸ばす。

土台の中心部には丸い蓋が備えられていて、中には円筒形の蠟管が詰めこまれている。

寸法は縦が概ね十センチ、横は五、六センチほど。薄い艶《つや》みを帯びた黒い表面の全体に、蒔絵《まきえ》で仕上げられた銀色の菊があしらわれている。

像は十代目当主、詁《よみ》を象《かたど》った物だった。その面立ちは、子孫に当たる伊吹や緋花里に通底するものがあったが、ふたりの顔に比べて幾分、冷たく厳しい印象が感じられる。

湖姫は土台の中から蠟管を抜きだすと、文机に置かれた蓄音機のホルダーに嵌《は》めこみ、筐体《きょうたい》の側面に付いたクランク式のハンドルをゆっくりと回し始めた。

蠟管の内側には蠟で固めた遺髪と爪の先が数枚、斑《まだら》模様を描いて塗りこめられている。全ての胸像の土台部分に同じ拵《こしら》えをした蠟管が詰められていた。

まもなく筐体の上部から前へと迫《せ》りだして伸びる銀色のラッパから、ささめくような女の声が聞こえてくる。声は小さく途切れ途切れに聞こえてくる。

蓄音機から絞り出てくる声の聞き取り方には慣れていた。湖姫は造作もなく理解する。

声は「まもなく……至る」「宿願……悲願……」「今は養生……蓄えるべし」と囁《ささや》き、それから此度《こたび》の件に関する湖姫の功績を一頻《ひとしき》り褒めそやす言葉が続いて潰《つい》えた。

「確かに英気を養うのも、大事な準備の一環なのかもしれない」

詰の声が「早急に」とでも囁いてくるのなら、最短で事を起こすつもりだったのだが、ここはやはり素直に従っておくのが最善だろうと思い做《な》す。

先月、西園寺兄弟の偽装廃工場で演じた〝落下ショー〟の影響は、九分九厘治まった。皮下出血による両脚全体の変色はとうに引き、今は右足の拇《ぼ》指球《しきゅう》と左脚のふくらはぎに多少の違和感が残るだけである。

要するになんの問題もないのだけれど、「釘《くぎ》が一本足りなくて王国が滅びる」という言葉もある。来たるべきその日に備えて万全に整えておくのがやはり上策だろう。

湖姫は感謝の言葉を述べると蓄音機から蠟管を取り外し、墓像の土台の中へと戻した。

仮に声の意向に反しても、これまで大事に至ったことはない。その半面、満足のいく成果に至らなかったことも多かった。だから今回はなおさら、意に従うべきだと感じた。

両側の壁面に並ぶ墓像たちを端から改めて目で追い、眺めていく。

最後に作られた墓像は、十六年前に亡くなった伊吹の物である。像は組合員の連中が（多少は霜石家の事情を知っている）業者に頼んで作らせた。

たとえば湖姫に子供がいたとしたら、次にこのウォールシェルフに並ぶ新たな墓像は、湖姫のバストアップを象った物になる。

けれども子供を儲《もう》けるつもりなどさらさらなかった。自分が我が子を愛せるなどとは夢にも思えなかったし、自分が我が子に愛されるとも思えなかった。そもそも生理的な嫌悪から、自分の腹に傷がつくこと自体に堪えられない。

ゆえに霜石の家は湖姫の代をもって終わる。

その締め括《くく》りとして、この家を二百年以上の長きにわたって蝕《むしば》んできた災禍と因果の元凶を全て断ち切り、あとは当主の役目自体も終えるつもりだった。

「わたしの墓像はいらない。もうすぐ作る必要もなくなる」

目の前に肩を並べる墓像たちに向かって、湖姫は同意を求めるように問いかけた。

墓像の間を出て、通路を引き返す。地階中央の広間へ戻り、木製の手摺《てす》りに囲われた深天の闇へと続く階段沿いを迂回《うかい》して、一階へ戻る通路に進もうとしていた時だった。

右手に延びる通路にふと目が行き、気分が一瞬、はたりと陰る。

広間から見て、番いの間に続く通路の反対側に面したこちらの通路は、途中で左側に角が折れる造りになっていた。奥へと向かって進んでいった先には、かつて羽化の間と呼ばれた部屋がある。湖姫はもう、二十年も中に入っていなかった。

「忌々《いまいま》しい」

通路の間口に向かって吐き捨てるようにつぶやくと、湖姫は視線を元へ戻した。

「できれば一日でも早く、本当は一秒でも早く」

続いて手摺りの縁を伝って、深天の闇が広がる下り口の前に立つ。

「待っていて。あともう少し。残った準備が整えば、全部綺麗《きれい》に終わらせられる」

眼下に延びる薄闇に淀《よど》んだ階段の先へ向かってつぶやくと、湖姫はやおら踵《きびす》を返した。

「そうでしょう？　我が家の神よ。全ての娘たちの母なる神よ」

一階へ戻る通路の戸口、その上方に祀《まつ》られたササラメの祭壇を見あげて語りかけたが、神から答えが返ってくることはなかった。

イベントホライゾン

真実を語るほど恐ろしい事はない。

その翌朝。二〇一八年十二月二十五日。年越の日まで残り一週間を切った朝方のこと。

淀んだ意識の中に渦を巻き、何度も繰り返される言葉に意識が冴《さ》えて、私は目覚めた。

寝室の枕元にある時計は、午前六時を差している。

寝惚《ねぼ》けた身体を起こしつつ、夢でも見ていたのかと思ったのだが、即座に思い直した。

今年の春、加奈江と白無垢《しろむく》がくっつき合って以来、夢は一切見られなくなっていた。

ならば脳が誤作動を起こして、昔にどこかで知り得た言葉を反復させてしまったのか。

原因が判然としないまま、言葉の出自のほうが先に分かった。

かのスティーヴン・キングの文言である。

歴代のホラー小説やホラー映画を筆頭に、ホラーというジャンル全般について幅広く論じた彼の著書『死の舞踏』の文中に出てくる一節だった。

なぜにこんなタイミングで、こんな言葉が脳裏に繰り返されてしまったのか。

皆目見当もつかなかった。しかして言葉が擁する真意に思いを巡らせ始めてまもなく、背筋に少し冷たいものを感じてしまう。

昨日まで、都内へ出張相談に出掛けていた。特異な感覚は引き続き停滞中だったので、現状で対応できうる相談のみを引き受け、粛々と対応した。

仕事の成果に関しては順調な手応《てごた》えを感じていたのだが、都内に滞在しているさなか、私はひょんなことから、自分が作った御守りになんの効力も宿らなくなったことを知る。

あらゆる線から確認したが、間違いなかった。

私が作る御守りは、もはやただの紙切れにしかならなくなっていた。

〝視えぬ感じぬ〟の問題と関連づければ、症状がさらに一段階進んだということになる。

暗澹《あんたん》たる思いを抱えつつ、昨日は帰宅したのである。斯様《かよう》な流れにあってのこれだった。

真実を語るほど恐ろしい事はない。

己を悩ます現状と無関係な言葉とは思えず、私は布団の中で煩悶《はんもん》することになった。

そうした流れを打ち砕いたのは、電話の着信音である。

八時半過ぎに対面相談を希望する新規の依頼主から連絡が入った。

できればすぐに見てもらいたいのだという。

あまり気乗りはしなかったのだが、午前の時間に予約を入れて話を伺うことにした。

結果は正解だったといえる。詳細のほうは端折《はしょ》るが、依頼主が持ちこんだ相談内容は、学生時代の私自身にも大いに関係のあることだった。

それははるか昔に病気で他界した、専門学生時代の友人に関わる相談だったのである。

思いがけない邂逅《かいこう》に驚きながらも相談終了後、仕事場の祭壇で彼に供養の経を捧《ささ》げた。

朝方から沈んでいた気分は徐々に上向き、終える頃には落ち着いていた。

視えず聞こえず感じず、今や御守りすらもまともに作れない。斯様な状況であっても気持ちをこめて経を誦《しょう》し、冥福《めいふく》の祈りはしっかり届けることができた。こんな自分にも、拝み屋としてやれることはまだ残っている。友への手向けにしみじみとした充足を感じ、いくらかなりとも自信を取り戻せたのが大きかった。

温雅な心地で座卓のほうへ戻ったところ、携帯電話に着信が入っていることに気づく。履歴を検《あらた》めてみたところ、桔梗と佐知子からだった。私が読経《どきょう》している間に桔梗から一回入っている他、一時間前と二時間前に桔梗と佐知子から二回ずつ着信が入っている。

一度だけならまだしも、こんなにも連絡をよこしたのは、なまじの用件ではなかろう。仕事中はマナーモードにしているのが仇《あだ》となった。すぐに桔梗の番号へ発信する。

「ああ、良かった。ありがとうございます」

間髪を容《い》れずに桔梗が出た。用件を伺うと、思いもかけず妙な質問を返されてしまう。

「郷内さん、変なことをお尋ねするのですが、よろしいでしょうか？」

「ええ。どうぞ。なんでしょうか？」

応えた私に「失礼ですが、正直にお願いします」と念を押し、桔梗は言葉を継いだ。

「二回目のツアーに出掛けた時、何かとても不快な思いはされませんでしたか？」

二回目のツアーは、十一月の末頃だ。日没過ぎまで北上山地の方々を巡った時である。帰り足に杏をホテルまで送った。その後に彼女は体調を崩して臥《ふ》せったと聞いている。

記憶を振り返り、頭に浮かんできたことはある。できれば口にだしたくはないのだが、「正直に」と言った桔梗の声はいやに鋭く、白を切るのも耐え難かった。

「夕方、みんなで食事をした時のことです。今までずっと黙っていたことなんですけど、誰かと一緒に食事をするの、実は昔から苦手なんです。その前のツアーの時もでしたが、十朱さんたちと嫌々食事に付き合いました……」

答えると桔梗は寸秒間を置き、それから「うふっ」と苦笑の声を漏らした。

「違いますよ。そういう話じゃありません。では、本当に覚えていないんですね？」

「なんのことでしょう？」

「有澄さんをホテルへ送り届けたあと、夜道で地元の方と一悶着《ひともんちゃく》があったと聞きました。覚えていらっしゃいませんか？」

桔梗の言葉で、当時の情景が生々しい臨場感を帯びて意識の上に立ちあがってきた。

小夜歌が「変な感じがする」と述べた場所。

あれは確か、北上山地に属する登米市北東部の山裾《やますそ》だったと思う。入口にチェーンが張られた坂道を見あげていた時に、私たちは近くの家から出てきた女たちに詰め寄られ、一触即発の事態に陥ったのだ。確かに物凄《ものすご》く不快な思いをさせられている。

思いだせば、かなり強烈な体験だったにもかかわらず、桔梗に話題を向けられるまで、私はこの件についてまったく思いだすことがなかった。今日までただの一度もである。

何かに記憶を封じられていたかのような怖《お》じ気《け》を感じ、みるみる首筋が寒くなる。

「思いだしました」と答え、手早く事情を説明すると、佐知子も小夜歌も同じだという。ふたりも今日に至るまで、当時の一件をすっかり忘れていたとのことだった。

「今日の朝、小夜歌さんの携帯に電話が掛かってきたそうです。相手はその時に揉《も》めた女性のひとり。彼女の名前は、時浦笛子。三十年前に有澄さんを浄土村に連れていった、あの笛子さんでした」

桔梗の口から出た名を聞いたとたん、総身がぶるりと震えあがった。

「事情が錯綜《さくそう》している状況なので、今すぐ全部をくわしく説明するのは難しいのですが、まずは要点だけをお伝えしますね。まずは、探していた浄土村が見つかったということ。もうお察しかもしれませんが、例の鎖が掛かった坂道の向こうにあるのが浄土村です」

淀みのない声音で、桔梗はきっぱりと言葉を紡いだ。

ならば結果として小夜歌の勘は的中していたということになる。私たちは先月の末頃、二回目のツアーにして、村の入口を探り当てるところまで行っていたのである。だが、こちらの驚き以上に私を動揺させていたのは、記憶の不具合における問題のほうだった。私を含め、どうしてみんな、当時の記憶を綺麗《きれい》さっぱり忘れる羽目になっていたのか。

「そしてわたしは今、村の入口付近にある笛子さんのお宅にいます」

さらに桔梗が続ける。一時間ほど前に佐知子の運転で送り届けてもらったそうである。

その佐知子は今、杏と小夜歌を駅まで迎えにいっているとのことだった。杏は桔梗の報《しら》せを受けて、すぐさま東京駅から仙台行きの新幹線に乗りこんだ。

その後に仙台駅で小夜歌と合流し、ふたりで東北本線に乗りこんだ。今頃は目的駅に到着して、佐知子の車の中ではないかという。

「笛子さんから直接お話をお伺いして、三十年前に浄土村で何が起きたのかについては、おおよその事情を把握することができました。でも、まだ全ての詳細や顛末《てんまつ》については明らかになっていませんし、解決を目指して動きだすのもこれからです」

「解決？」

「ええ、解決です。三十年前に起きたあの不穏な一件は、まだ完全に終わっていません。サリーは今でもおそらく浄土村の中にいると、わたしは考えています」

耳を疑う発言だったが、聞き間違いではなかった。

サリーという名の異様な存在は、未《いま》だにあのチェーンの向こう側、浄土村にいるのだ。

「ざっとこんな状況です。今回の件は郷内さんにも多大なご助力をいただいてきました。報告させていただく義務があると思い、ご連絡を差しあげた次第です」

そこで少し言葉を切り、意を決したように桔梗は続けた。

「そのうえで改めてお願いします。もう一度、お力添えをいただけないでしょうか？」

桔梗は少し前に、特異な感覚がおおよそ元に戻ったのだという。

まだ少しおぼつかない感じはあるのだが、こちら側の事情も弁《わきま》えている。私の身体に負担の掛かる助力は望んでいないという。代わりに知恵を貸してほしいとのことだった。時間どおりに事が進んでいれば、もうじき佐知子の車が私の家の近くを通る頃だという。

「引き受けていただけるのでしたら、佐知子に連絡します」と桔梗は言った。

自分の車で現地へ向かうにも所在地がうろ覚えのため、厳しそうである。底知れない不安は感じていたが、腹はすでに決まっていた。そもそも乗りかかった船である。

「分かりました、浮舟さん。できうる限り、お付き合いしましょう」

通話を終えると急いで支度を整え、佐知子が迎えに来るのを待ち始めた。

時刻は現在、午後一時過ぎ。帰りは絶対遅くなるだろうと確信している。

そもそも本件は、出だしからして一筋縄でいく問題ではなかったのだ。

解決を目標とするなら相応の時間と労力を要することは想像に難くなかった。

それに加えて、安全な仕事でもなかろう。

だがまあ、良い。以前に感じた〝引っ掛かり〟の正体もようやくのことで分かったし、話がここまで来たのなら、事の全てをぜひとも知ってみたいと思った。

真実を語るほど恐ろしい事はない。

寝覚めに湧き出た言葉の意味はこれのことかと思いながらも、私の気持ちはその後も一分たりとも揺らぐことがなかった。

浄土村の暗

「一応、念のためにという意味なんですが……よろしいんですよね？　本当に」

赤錆《さ》びたポールチェーンを留めるピラーの金具に指先を伸ばし、時浦笛子が言った。

隣に立つ恰幅《かっぷく》の良い老女、篠宮《しのみや》竹代は不安げな眼差《まなざ》しでこちらを見つめている。

「ええ、お願いします。みなさんも大丈夫ですよね？」

笛子の言葉に応《こた》えた桔梗が、さらに私たちへ問いかけを繋《つな》ぐ。

その装いは、紅白の巫女《みこ》装束に純白の千早《ちはや》。仕事着である。彼女はすでに臨戦態勢に入っていた。先ほど、チェーンの前で魔除《まよ》けの儀式を済ませたばかりである。

路面を枯れ草に覆われ、路傍の左右を荒れ放題の樹々に挟まれた、細い道筋の上り坂。その入口に私たちは立っている。およそひと月ぶりの再訪である。

私を含め、反対する者はいなかった。傍らに立つ小夜歌も佐知子もうなずいた。

唯一、杏だけが躊躇《ためら》うようなそぶりを見せたあと、「はい……」と小声で答えを返す。うっすらと強張《こわば》った顔から覗《のぞ》く視線は伏し目がちに、笛子のほうへ向けられていた。

「では行きましょう。ご不明な点がありましたら、ご遠慮なくどうぞ」

一礼すると笛子はチェーンを外し、黄土色の枯れ草にまみれた坂道へ足を踏み入れた。

先日は懐中電灯が照らす薄明かりをよすがに見たため、仔細《しさい》は漠然としていたのだが、こうして白日の下に仰ぐと、その荒れ具合がよく分かる。坂道はひどい有り様だった。

路傍に生い茂る樹々の枝葉は道の上まではみだし、頭上を半ば庇《ひさし》もどきに覆っている。

路面の方々には太い枯れ枝が何本も、天然のバリケードよろしく転がっていた。

あの時、無理して進まなくて正解だった。部外者が気軽に歩けるような道筋ではない。

笛子と竹代の背を追って、私たちも足取りを慎重に坂道を上り始める。

時間は、午後の三時を半分回る頃だった。坂の入口から少し離れた雑木林の先に立つ、笛子と竹代の家（やはりふたりの住まいだった）に到着して、二時間近くが経っていた。

事前に桔梗から電話口で聞かされていたとおり、事情は本当に錯綜していた。

事の大筋は概《おお》ね把握したつもりだったが、理解ができているかどうかは、自信がない。むしろ「把握したうえで混乱している」といったほうが、実感としては近かった。

だから頭の中を整理しながら、坂道を上っていくことにする。

記憶の異変に関する一件は、車でここまで至る道すがら、あらかた確認が済んでいた。

やはり先月の末、坂道に関して起こったことを、佐知子も小夜歌も長らく忘れていた。

佐知子はあの晩、帰宅したあと、桔梗に坂道の件をひと言も話さなかったそうである。

私と同じく、ふたりも坂道に関する当時の記憶を一から十までごっそり失念していた。

ゆえに今朝方、笛子に突然電話をもらった小夜歌は大いに泡を食う羽目になるのだが、ほどなく記憶が戻ると、そこから始まる笛子の話に再び驚くことになった。

「『お祓《はら》いをお願いできませんか？』って言われたんですが、あたし、占い師なんで」

行きの車中で小夜歌が語るには、「荒ぶる神を鎮めてほしい」と頼まれたのだという。笛子が管理している土地にそうしたものが長年棲《す》みつき、苦慮しているとのことだった。

専門外の用件なので断ろうとしたのだが、まもなく小夜歌は奇妙な感覚を抱き始める。笛子の連ねる言葉の中に、浄土村の件と符合する要素がいくつも汲《く》み取れたからである。

「そういったご用件でしたら、専門の方をご紹介しましょうか？」

確信を抱いて桔梗の名前をだしたところ、笛子はひどく驚いた様子だったという。

「もしかすると、これは運命なのかもしれませんね……」

やはり三十年前、浄土村の怪事に携わっていたのは、初代浮舟桔梗とのことだった。ぜひとも力を貸してほしいと笛子に乞《こ》われ、小夜歌はすぐさま桔梗に連絡を入れる。

報《しら》せを受けた桔梗も寝耳に水の流れとなってしまったようだが、事態が呑《の》みこめると笛子の要望を受け容《い》れ、佐知子とともに即刻動く準備を始めた。

「浮舟さんからご連絡をいただくまで、実はほとんど忘れかけていたんです」

私との合流後、やはり佐知子が運転する車の中で杏は言った。

「改めて自分の記憶を思い返すと、他にもおかしな点があることに気がつきました」

我々が浄土村へ通じる坂の入口を見つけた翌日から、杏は体調を崩して臥《ふ》せっている。

私の目からは、定食屋で夕飯に興じている時にはすでに調子が悪かったように見えたが、杏からすると微妙に違うのだという。

厳密には食事を済ませ、ホテルまで送り届けてもらう道中で具合が悪くなってしまう。意識がふいに一瞬ぷつりと途切れ、頭の中が真っ白になった。体調に異変が生じたのは、それからまもなくのことだという。場所も大体覚えていると杏は言った。

車が定食屋を出発してから、およそ一時間。小夜歌が「変な感じをキャッチした」と証言する直前、山裾《やますそ》に延びる真っ暗な田舎道をとろとろ走り続けるさなかである。

それはすなわち、浄土村へ続く坂の入口付近ということで間違いなかろう。

さらに杏は、翌日からの記憶が不鮮明なのだという。

薬を飲んで横になっていたのは覚えているが、回復に至るまでの経過を覚えていない。数日経って具合が元に戻ると、今度は浄土村に関する興味が薄まっていくようになった。村の件に思いを巡らせると頭がだるくなり、何もかもがどうでもよくなってきてしまう。

「最後に大崎市へ行った時が限界でした。皆さんには本当に申し訳ないと思いながらも、これだけ探し回っても見つからないなら、もういいかなって思ってしまって……」

依頼を取りさげ、帰京してからも思いが戻ることはなかった。日にちが経つにつれて、宮城で村探しをしたことさえ、ほとんど思いだすことがなくなってしまう。

「でも今は違います」と、杏は言った。今日になって桔梗から電話で連絡をもらうなり、それまで薄まっていた村にまつわる記憶や目的意識といった一切合切が、記憶の底から怒濤《どとう》のうねりを帯びて瞬時に蘇《よみがえ》った。同時に視界がぐらつくほどの戦《おのの》きも感じたという。

彼女の証言が物語るとおり、やはり尋常な事態ではなかったのである。

私たちは村への入口という、ゴール地点の手前まで至った時点で〝視えざる何か〟の作用によって記憶を塞《ふさ》がれ、己が望まざる状態に意識を抑圧されてしまったのだ。異様極まる話だが、起こった事実を鑑《かんが》みれば、斯様《かよう》に考えるのが妥当と感じる。

精査を進めていきながら、足は前方を歩く笛子と竹代の背を追って坂道を進んでいく。時浦笛子。旧姓、波多野《はたの》。彼女は杏の亡き母、景織子の妹に当たる人物である。坂道へ分け入る直前、彼女の住まいのほうで語り明かされた話の中で、本人の口から直接聞かされた。それだけでも杏はすっかり動揺してしまったのだが、彼女にまつわる細々とした素性については、これでもまだまだ「ほんの序の口」と言ったところである。事実を知った私も、少なからず驚いていた。

笛子のたっての希望で、自身に関する全ての秘密と真相を語りきるには至っていない。残りの告白はこの坂道を上りきった先で、再び彼女の口から語られることになっていた。

入口から十メートルほど上り、右手に向かってカーブしている道の先へ進んでいくと、路面の左手に垣根が立っているのが見えた。そこからさらに数メートル進んだ右手にも別の造りの垣根が立っている。どちらも経年劣化が著しく、すっかり色褪《いろあ》せて崩れかけ、周囲に蔓延《はびこ》る冬枯れの草木と半ば同化しかけている。

坂の頂上まで家は全部で七棟立っているのだという。かつてはもう一棟あったのだが、それはだいぶ以前に失くなっている。他の家々も長年、地震や台風といった自然災害を幾度も被り続けた影響で、すでに人が住める状態ではないとのことだった。

道の左手に延びる垣根の門口から中を覗くと、木造平屋の小さな家は屋根に積もった大量の落ち葉と外壁を這《は》い回る蔓草《つるくさ》にまみれ、ほとんどお化け屋敷と化していた。

坂道に沿って元々は八棟あった家々に、時期によって多少の変動はあれど、過去にはいちばん多い時で三十人近くの女が班を組んで同棲《どうせい》していたそうである。

その大半が、血の繋がりを持たない他人同士だった。笛子を始め、地元を出身とする女の割合は少なく、余所《よそ》から来た者が多かったとのことである。

私たちが推察していたとおり、浄土村というのは、この地における正式名称ではない。正しくは、この地に集った者たちが独自に呼び習わした「村」という名の施設名である。

路上を遮る枯れ草を掻《か》き分け、坂道をさらに上っていくと、進む先の右手にもう一軒、敷地を垣根に隔てられた民家が見えてきた。

「あの家、覚えてます。当時と全然変わってない」

杏が言う。三十年前に倫平と一緒にお菓子を買った、当時の竹代の住まいらしい。

篠宮竹代。彼女は昔、坂上の屋敷に住んでいた女、諏訪子の伯母《おば》に当たる人物である。竹代はこの村で日用品や、災害時における備蓄品の管理役を担いつつ、村の住人向けに小規模な商いも営んでいたという。

続いて篠宮諏訪子。彼女はこの坂道に立つ家々の全てを道ごと所有し、周囲の山林も広範に擁する篠宮家の本家筋に当たる人物だった。彼女は六〇年代の初め頃、篠宮家に嫁いでいる。

この地が浄土村と呼ばれ始めた頃、土地屋敷に関するあらゆる権利を有していたのは諏訪子だったが、浄土村という特異なコミュニティを形成したのは彼女ではない。

では誰が開いたのか。なんのために開いたのか？

出だしへ至る経緯は、複雑怪奇を極めている。

事の発端となったのは、全身が鈍い銀色に染まる得体の知れない木乃伊《ミイラ》だった。乳幼児ぐらいの背丈をした、毛のない猿を思わせる風貌《ふうぼう》だったが、決して猿ではない。小さな身体に対して不釣り合いに大きな頭部と目玉、手足の尺に対して異様に長い指、餓鬼のごとく、ぷくりと丸く膨れあがった腹部など。

身体の要所に見られる特徴は、他のどんな生物とも似ていなかった。

木乃伊は七〇年代の中頃、諏訪子の夫が山へ猟に行った折に拾ってきたものだという。最初は死してまもない生乾きの状態だった。

一緒に暮らしていた舅姑《きゅうこ》ら家族は反対したのだが、夫はそれを「銀坊《ぎんぼう》さま」と名付け、安座をさせた姿に加工し、自家の一室に祀《まつ》る。目当ては子宝を授けてもらうためだった。山中で見つけたそれは、声にも音にもならない念波のようなものを夫の心の中へと発し、懇《ねんご》ろに祀れば、なんでも望みを叶《かな》えてやると訴えてきたのだという。

この頃、諏訪子は三十代の半ばを迎える歳だった。篠宮家に嫁いですでに十五年近い月日が経っていたのだが、思う限りの手を尽くせど跡継ぎは一向に生まれる気配がなく、年を経るにしたがい、いつしか舅姑や身内から暗にいびられる立場に置かれていた。

篠宮家は、夫の代で十二代目となる旧家である。明治の頃は米作農業で栄え、戦後は工場経営や不動産業にも手を拡げてさらなる財を成していた。長く延びる坂の入口から軒を連ねる七軒の家には当時、篠宮家の親類や使用人などが暮らしていたという。

怪しい木乃伊の噂を聞き得た彼らも一様に眉《まゆ》を顰《ひそ》めたし、当時の諏訪子も夫の奇行を快くは思わなかった。だが木乃伊を祀り始めた翌年、果たして彼女は身籠《みごも》った。

生まれたのは男の子だった。

それまで苦い顔で夫の様子を見ていた舅姑も「跡取りができた」「家族が増えた」と両手をはたいて喜んだ。ふたりで銀坊さまを拝むようにもなる。

それからまもなく舅《しゅうと》が死んだ。豪雨が降った晩、近くの川に嵌《は》まって溺《おぼ》れ死んだ。

舅の死から二年後には、夫も死んだ。入浴中に意識を失い、自宅の風呂《ふろ》で溺れ死んだ。

続いてようやく授かった息子も、五歳を迎える頃に屋敷の井戸に落ちて死んでしまった。

家督と跡継ぎを失った篠宮家には、諏訪子と姑《しゅうとめ》だけが残される。

その後、諏訪子は失意に苛《さい》まれるなか、知人の紹介でとある新興宗教団体に入信する。

しばらく通い続けた頃、信者の親睦《しんぼく》を兼ねた食事会で知り合ったのが、小久江だった。

加瀬川《かせがわ》小久江。

その昔、杏が「大福みたいな人」と評した、恰幅《かっぷく》のよい女である。

彼女は教団内における雑務をこなす係員として、神奈川にある本部から宮城の支部へ派遣されてきた。初対面で意気投合した諏訪子と小久江は、急速に仲を深めていく。

小久江が自ら語るには、生まれながらに霊感の強い体質なのだという。彼女が教団に帰依《きえ》した理由は、ひとえにそれを最大限に活《い》かすためだった。自身が有する特異な力と尊い思想のふたつをもって、迷える衆生《しゅじょう》を救いたいという願いがあったゆえである。

しかし当時、教団内における小久江の評価は芳しいものではなかった。

教団内の規律を乱し、信者の心を惑わせ、不安を煽《あお》る。

上から受ける評価は常に見当違いも甚だしく、各地の支部をたらい回しにされている。要は体のいい左遷のようなものだろうと言う。だが、たとえ上の連中がどう見なそうと、自分のことを信頼している信者は、教団内に大勢いるとのことだった。

笛子もそんな小久江を信奉する、信者のうちのひとりだった。

「あった。ここです。間違いない……」

坂道をさらに上っていくと、杏が再び口を開いた。

坂道の左手に、門前をブロック塀に挟まれた民家が見える。かつての笛子の家である。過去の地震による被害か、灰色の屋根瓦《やねがわら》がまばらに落ちて軒先の方々に散らばっていた。

「少しだけ、中を覗《のぞ》いてみても構いませんか？」

躊躇《ためら》いがちに杏が尋ねると、笛子は「ええ」と応《こた》え、自ら玄関戸を開けた。

「靴を履いたままでいいです」と言われたので、そのまま中へ入っていけば、なるほど。家の床には灰色の埃《ほこり》が分厚く積もって、靴なしで歩けるような状態ではなかった。

　家財道具はほとんどなくなり、家内の様子はがらんとしている。居間のまんなかには、卓上にガラスの一輪挿しがぽつんと置かれたローテーブルが一脚だけ、片付けられずに残っていた。一輪挿しに立つ干《ひ》涸《から》びた花の名残が、奇妙な物悲しさを誘う。

　居間から座敷へ通じる襖《ふすま》を杏が開けたが、薄暗く濁った座敷の中には彼女の昔語りに出てくる祭壇も、知恵の輪のお化けみたいなオブジェもなかった。

　廃れて静まり返った家の様子に視線を巡らせていると、背筋が幽《かす》かにざわめいてくる。しかしそれは、雰囲気に感化されての反応であり、霊感がもたらす特異な反応ではない。目一杯、気を張り詰めながら坂道を上り、この家にたどり着くに至っても、私の知覚はなんらも怪しい気配を感知することはなかった。

　この場における面子《メンツ》において、主にその役割を担うのは、桔梗と小夜歌の務めである。ふたりともいちいち口にこそださなかったが、時折見せる険しい目つきや些《さ》細《さい》な仕草の端々から、この〝村跡〟の至るところに何かを感じ取っていることは明らかだった。

　家の中を歩く杏のうしろを追いながら、私のほうは自分なりに今できる対応を続けることにする。状況と背景の整理。のちのち起こりうる不測の事態に備え、見識だけでも万全を期しておきたい。

　何しろ今回の相手は、こちらの記憶や気持ちを勝手に封じてしまうような魔性である。坂道を上りつつ、先ほど桔梗から一度だけ「気配はひどく弱いです」と聞かされていた。だがそれは決して、楽観や慢心を交えた所感ではない。

弱いと感じるのは気配だけ。向こうの力が弱いということではない。言い換えるなら「力量は未知数」という意味での回答だった。

かてて加えて昨晩遅くのこと、特異な感覚が戻ってまもない桔梗の夢に亡き母と祖母、すなわち初代と二代目桔梗が現れ、彼女に厳しく伝えたそうである。

「未曾有《みぞう》の災禍が迫ってきている」「くれぐれも油断をしないように」と。

「不安は抱きましたが、『退け』とは言われなかったので、向き合うことにしました」

というのが今朝方、小夜歌と笛子から連絡を受けるさなかに桔梗の下した結論だった。恐れや不安を感じさせない毅然《きぜん》とした振る舞いを見せながらも、三代目になる拝み屋は先代たちの助言も肝に銘じ、最大級の警戒レベルで事に当たっているようだった。

望ましい判断だと思う。そもそも今の段階において気配だけでも感知できているのは、臨むべき一体だけの話であり、もう一体のほうについては気配はおろか、状態からして何も感じ取れるものがないのだから。

それは先刻、笛子の口から明かされた事実だったが、本件の初めに杏から聞かされた昔語りをつぶさに思い返していっても、同じ答えに行き着くことができる。

盲点だったが、今回の件で相手にすべきは一体ではなく、二体であった。

銀の骸《むくろ》

盲点と言えば銀坊さまの件からして、そうである。

我々は先月の時点で、銀坊さまの出自にまつわる話をすでに聞き得ていた。

青木がまとめてくれたＵＦＯ絡みの怪談の中にこんな話があったのだ。

七〇年代の中頃、樋口さんという男性が、大崎市内の山中で猪狩りをしているさなか、全身が銀色に染まる謎の生物の死骸《しがい》を見つけたという話である。

この死骸というのが、のちにサリーと名を呼び改められる、銀坊さまだった。


真冬のある日、彼は数人の仲間たちと地元の山へ猪狩りに出掛けた。

午前中に入山し、地面に残った足跡などを頼りに獲物を探し始めたのだが、この日の山中は異様なまでの静けさで、猪はおろか、他の獣たちの気配すらも感じられなかった。

空気も妙にぴりぴりと張りつめているように感じられ、時折背筋に悪寒が生じる。

仲間たちも皆同じだという。山に入ってこうした感覚を抱くのは初めてのことだった。

昼になっても獲物は見つからず、ひとまず食事を摂《と》ることになる。その辺に横たわる適当な倒木や石の上に腰をおろし、各々持参した弁当を食べ始めた。

食後、これから先の予定を話し合っていた時のことである。

用を足しに行っていた仲間のひとりが、血相を変えて戻ってくる。

彼はすっかり怯《おび》えた声で「ちょっと来てくれ！」と叫んだ。

一体何事が起きたと思い、小藪《こやぶ》を掻《か》き分けながらついていくと、開けた視界の前方に岩があった。てっぺんが切り株状に平たい、黄土色をした大きな岩である。

その上に見たこともない生き物が横たわっていた。一同、ぎょっとなって竦《すく》みあがる。

それは乳飲み子ぐらいの背丈をした猿のような姿をしていたが、猿ではなかった。

身体に毛はなく、地肌が剝《む》きだしになっている。肌の色は鈍い光を帯びた銀色である。

腹部が風船のように丸々と膨れあがった胴に対し、手足は骨ばって牛蒡《ごぼう》のように細い。

指はそれぞれ五本ずつあったが、こちらは人のそれより二倍近い長さがある。

頭は額から上が幅広に膨らんでいた。薄く開いた目蓋《まぶた》から覗く眼は林檎《りんご》並みに大きく、墨汁を思わせる滑《ぬめ》り気を帯びた黒い光をちらつかせていた。

鼻はなく、口は目玉に比べて小さい。唇もなく、短い線を描いて半開きになっている。

生き物は岩の上にべたりと仰向《あおむ》けになったまま、微動だにしなかった。

すでに絶命していることは明白だった。身体に傷みは見られず、腐敗臭もしないため、あまり時間は経っていないようである。

樋口さんを始め、その場にいた誰もが素性を判じかねた。見ているだけでおぞましく、膝《ひざ》からすっと力が抜けていく。

「埋めるか?」と訊《き》いたが、誰もが顔を渋くした。このまま捨て置こうという話になる。

だがそこへ異を唱える者が現れた。篠宮さんという、最近仲間になった男性である。

彼は死骸を捨て置くでも埋めるでもなく、「持って帰ろう」と言いだした。

珍しい生き物の死骸なので、然《しか》るべき機関に差しだして、調べてもらうべきだという。

言い分は一応理解したが、気持ちとしては断固として嫌だった。

だが、樋口さんたちが断っても彼は執拗《しつよう》に捲《まく》し立てる。

あまりにもしつこいので、リーダー格の男性が「勝手にしやがれ!」と怒鳴りつけた。

すると篠宮さんは「じゃあ、そうしますよ」とうなずいた。

目つきは瞳《ひとみ》が淀《よど》んだように黒ずみ、声音は無機質で寒々とした色を帯びている。

樋口さんたちが唖《あ》然《ぜん》となって見守るなか、篠宮さんは岩の上から死骸を抱きあげると、自前の大きな麻袋に身体を丸めて詰めこんでいく。

死骸の入った袋を背負って猟をされたら堪《たま》らないと思ったのだが、死骸を詰め終えた彼は両手でそれを大事そうに抱えこみ、人形が歩くような足取りで山を降りていく。

こうした一幕があったのち、夕方まで獲物を探し回ったが、とうとう猪は見つからず、他の動物たちを見かけることもなかった。鳥の声すら、聞こえてこなかったように思う。

まるで死んだように静まり返った山中を不穏な気持ちで降り始める。

そのさなか、周囲に群立する樹々の狭間から頭上を仰ぐと、薄く陰り始めた空の上に煌々《こうこう》と輝く白い球体がいくつも飛び交っているのが見えた。

「人魂《ひとだま》だ！」と言う者もいたが、「ＵＦＯじゃないか？」と言う者もいた。

大きな団子餅《もち》のようにも見えるそれらは、ざっと数えて十個は確認することができた。動きは綿埃《わたぼこり》を思わせる緩慢さで、夕空をふわふわと揺れながら漂っている。

だが、時折軌道をまっすぐにして飛ぶものや、互いに8の字やバッテンを描きながら飛び交うものもあり、明らかに意志があって動いていると思える印象を受けた。

不気味に動く白い球体の一群は、しばらく樹々の狭間にちらついて見えていたのだが、麓《ふもと》が近づく頃にはひとつ残らず見えなくなってしまった。

この日を境に、篠宮さんとは連絡がつかなくなってしまう。

風の便りで彼が死んだことを知ったのは、それから七年近く経った時期のことである。一緒に猟へ出かけてから四、五年ほど過ぎた頃、自宅の風呂で溺《おぼ》れ死んだのだという。

樋口さんと猟仲間の間では、あの生き物の祟《たた》りだったのではないかとの憶説が流れた。

だが、そこからさらに年月が経ったある時のこと。樋口さんがテレビを観ていた時にその憶説は俄《にわ》かに揺らぐことになる。

陳腐なＵＦＯ番組で紹介されたグレイという名の宇宙人は、樋口さんたちが山の中で発見した、あの得体の知れない死骸の姿にそっくりだったからである。

仮にあれが宇宙人の死骸だったとして、そうしたたぐいも死ねば何かの思いが残って、人に祟りを及ぼすものなのだろうか？

疑問を抱き、頭がすっかりこんがらがってしまったのだという。

下剋上《げこくじょう》と返還

青木がまとめたレポートに記載されていた、「銀の骸《むくろ》」に関わる人物たちの名前。

真冬の山中で見つけた得体の知れない死骸に異様な興味を示し、自前の麻袋に詰めて持ち帰ったという男の苗字《みょうじ》は、紛れもなく篠宮だったと記憶している。話中に登場する死骸の特徴も合わせ、彼こそが篠宮諏訪子の夫ということで間違いなかろう。

まさに本件の核心に当たる話だったわけだが、単にこの話を知っただけでは浄土村の案件と結び合わせることはできない。先刻、笛子の口から村の成り立ちや教義に関する説明を受け、ようやく点と点が因果な線で繋《つな》がったのである。

果たして銀坊さまとは如何《いか》なる存在だったのか？　それも含めて笛子は話してくれた。

諏訪子の夫亡きあと、銀坊さまは、篠宮家の奥座敷に設《しつら》えた祭壇もろとも放置された。一時は手厚く礼拝していた姑《しゅうとめ》も、舅《しゅうと》の没後は徐々に興味を失っていったのだという。

諏訪子も夫に勧められて拝んでいたが、夫の死後はろくに向き合うことはなくなった。銀坊さまを祀《まつ》ったことで息子を授かったのは事実だったが、元より尊崇の念は薄かった。不気味だからである。息子を失ってからはなおのこと、見向きもしなくなってしまう。

そんな銀坊さまに目をつけたのは、小久江だった。

知り合ってしばらくした頃、小久江は唐突に「そろそろ話してよ」と切りだしてきた。諏訪子の家に「居る」ものが、以前から気になって仕方がないのだという。霊感の強い小久江は、諏訪子の背後にたびたび、銀色に輝く奇妙な影を視ていたらしい。

諏訪子は小久江に息子の件は話していたが、銀坊さまのことは一切伝えていなかった。隠していたわけではない。何をどう話せば良いか分からないから、黙っていたのである。

乞《こ》われるままに経緯を伝えると、小久江は「ぜひとも実物を見たい」と目を輝かせた。

後日、諏訪子の屋敷で銀坊さまと対面した小久江は、やおら顔いっぱいを歓喜の色に火照らせ、続いて滂沱《ぼうだ》の涙をこぼし始めた。そのうえで、銀坊さまを斯様《かよう》に表する。

「この方は、星々が煌《きら》めく闇空の果てよりおわした、わたしたちの救い主である」と。

銀坊さまの素性について夫は生前、多くを語ることはなかった。

山中で遺骸《いがい》を見いだしたから「山神さまだ」と言っていたくらいのものである。

「そうではないのですか？」と諏訪子が尋ねると、小久江は「違う」と即答した。

ここより何万光年も離れた宇宙の彼方《かなた》、常夜《とこよ》と呼ばれる神々が住まう聖なる世界から、この現世に転送されてきたのが、目の前の祭壇に鎮座ましますサリーなのだという。

全ては銀色の骸《むくろ》から弱々しく放たれる念波によって知り得たと、小久江は言った。

言語として認識できたのは唯一〝サリー〟という神名だけだが、他の事柄については言語を超越した精神感応の力で、大筋を理解することができた。

サリーは悩める衆生《しゅじょう》、特に我が子ができずに悩む双親に新たな生命の息吹《いぶき》を授け、次なる新たな生命を生み成す未来の双親——すなわち子供たちの幸福と健やかな成長を加護するため、常夜に住まうさらなる高位の神々の意志により、この世に送られてきた。

ところが転送の際に不測の災禍が生じてしまい、サリーの肉体は地上へ降臨すると同時に尋常ではない損傷を受け、実質的な運動機能の全てを失ってしまう。

結果として、御身に備わる神通力も損なわれ、起こせる奇跡の強さも範囲も減退した。悪いことに力は時の流れと比例して、弱化の一途をたどる一方。今では子のない男女に新たな生命を授ける術《すべ》もなく、少しずつ弱まる意識を維持するだけで精一杯だという。

小久江は言葉のひとつもつっかえることなく、すらすらとした口ぶりで言った。ゆえに嘘を言っているとは思いづらかったが、ただちに呑《の》みこみづらいものもあった。

そんな諏訪子の心情を知ってか知らずか、小久江はさらに話を続ける。

サリーはこうした状態になってさえもなお、衆生のために力を尽くしたいのだという。役目は変わってしまうが、今後は子供を失くした親の哀しみを慰め、死した子供たちの哀れな魂を安住の地、常夜へ導くために尽力したいとのことだった。

これにも諏訪子は難色を示す。確証はないものの、息子を始め、夫や舅が死んだのは、暗に銀坊さまの祟りではないかと思う節があったからである。

躊躇《ためら》いながら告白すると、小久江は仰々しい物腰となって「そうではない」と応《こた》えた。家人らに災いを及ぼしたのはサリーではなく、龍神《りゅうじん》だという。

篠宮家では明治の時代から、敷地の裏手を流れる沢筋を挟んだ森の中に、龍神さまを祀っていた。名を水菰龍王《みこもりゆうおう》という。主には五穀豊穣《ごこくほうじょう》と子孫繁栄《はんえい》を司《つかさど》る神と聞いている。

篠宮家がサリーを崇《あが》め始めたことで、かの龍神は嫉《そね》みの念を募らせ、家人らに災いを為したのだという。名は立派だが、その性質は傲慢《ごうまん》で器の小さな龍だと小久江は言う。

これについては「さもありなん」と諏訪子は思った。

篠宮家の先祖が代々崇めてきた守り神とあって、舅姑《きゅうこ》と夫も昔は崇敬していたのだが、夫が銀坊さまを家に祀ってからはいずれも心が離れていった。まずは夫が見切りをつけ、諏訪子が息子を授かると、舅姑も崇める相手を銀坊さまに乗り換えた。森の中に構える大きく立派な石祠《せきし》は長らく放ったらかしにされ、周囲は荒れ放題になっていた。

言われてみれば、怒って障るのも無理からぬ話である。だが、許し難い話でもあった。

「ひどい神さまもいたものですね」

少々構ってもらえなかったくらいで、大事な家族の命を奪う神などあって堪るものか。

小久江の話を聞いた諏訪子は、たちまち水菰龍王を厭《いと》い、胸中に憎悪の炎を滾《たぎ》らせた。

「ならば仕返ししてやろう。どのみち、このまま捨て置くわけにはいかないからね」

銀坊さまこと、真名サリーが篠宮家に祀られている限り、龍神は再び災禍をもたらす。急いで始末をつけるべきだと、小久江は言った。諏訪子の息子も強く望んでいるという。

このうえ、我が子も同じ気持ちであるのなら――。

小久江の提案に諏訪子は勇んで応じることにする。気持ちに揺らぎは微塵《みじん》もなかった。

「そろそろ大丈夫です。行きましょうか」

カーテンが閉めきられた薄暗く黴臭《かびくさ》い座敷の中、どことなく無感動な声で杏が言った。

三十年前の夏、幼き杏がこの村で初めて目覚め、初めて目にした場所である。

「聞きたいことがあれば、なんでも訊《き》いて。わたしはしっかり答えますから」

悩ましげな視線を杏の横顔に注がせ、笛子が言う。

杏は一瞬、笛子の顔を見つめたあとに目を背け、「いいえ、今は特に」と短く返した。

かつての笛子の住まいを抜けだし、再び彼女と竹代を先頭にして坂道を上り始める。

真実を語るほど恐ろしい事はない。先刻、私たちに秘めたる過去を打ち明けた笛子も、同じ思いが脳裏を掠《かす》めたのではなかろうか。


時は、UFO事件が起きた一九八八年よりもさらに十年近く遡《さかのぼ》る、一九八〇年代初頭。篠宮家で異形の神、サリーを見いだした小久江は、まもなく笛子に声をかけた。

目的は龍神の駆逐と、新たな宗教団体を築きあげるためである。

その名を「Θ《シータ》銀河の会」という。

笛子はこの頃、宮城の教団支部に左遷されてきた小久江を追って、都内から石巻市に住まいを移して暮らしていた。仕事は東京での生活時代から続いている建築関係である。確かな技量を持っていたので、新天地でも稼いでいくのに苦労することはなかった。

石巻へ越してきたのち、小久江との関わりが宮城の教団関係者に露呈するのを警戒し、支部には一切顔をだしていなかったが、小久江との交流自体は密《ひそ》かに続いていた。

当時の笛子にとって、小久江は誰にも代え難い心の拠《よ》り所だった。数年前に不本意な堕胎と失恋を経験し、笛子は心に大きな痛手を負った。失意のなかで教団へ入信した折、誰よりも優しく親身になって笛子に寄り添ってくれたのが、小久江だったのである。

小久江の要請で諏訪子の屋敷に招かれた笛子は、素養を活《い》かした仕事を二件頼まれる。ひとつは龍神を祀る石祠の撤去、もうひとつは新たにサリーを祀る御霊屋《みたまや》の建造である。

笛子が篠宮家にまつわる一連の経緯を聞き知ったのは、この時が初めてのことだった。やはり俄《にわ》かには信じ難い話題だったが、小久江の語る話とあっては、疑う余地もない。

実際、屋敷の祭壇に祀られるサリーの姿を見せられると、わずかな疑念は氷解した。

「サリーは死せる子の魂を常夜へ導く」という利益《りやく》も笛子の心を決める後押しとなった。

小久江には以前から「教団のやり方では、決して浮かばれない」と言われ続けてきた。そんな彼女が絶対の自信をもって「かならずや救ってくださる！」と豪語するのである。新たな神の威光を信じられないわけがなかった。

笛子の介入によって、そこから事は急速に、なおかつ大きく動きだす。

龍神の石祠は、笛子が探しだした遠方の業者に頼んで取り払ってもらった。

業者が撤去作業を始めるに当たり、小久江が神主の身分と支度を偽って、石祠を前に御霊抜きの儀式を執り行った。とはいえ儀式自体も偽りである。

実際は龍神を天へと帰すのではなく、地の底に封じこめる儀式を執り行ったのである。

水菰龍王の御神体は、石だった。

大きさは猫の頭ほど。アンモナイトの殻を思わせる丸みを帯びた平たい形をしていて、表面に螺旋《らせん》状の溝が薄っすらと中心に向かって走っている。

色は白みがかった灰色をしているが、外側から始まった溝の流れが尽きる中心部には、碁石大の青黒く丸い石が球面の半分を埋《うず》めて嵌《は》まっている。つるつると滑らかな質感を帯びたそれはまるで、龍の目玉のごとき印象を感じさせるものだった。

御神体は石祠の撤去が終わると、小久江が作った封印札を表に満遍なく貼りつけられ、そのうえで四角い鉄の箱の中へと収められた。

石は箱ごと、石祠が立っていた土中に埋められる。龍を天へ帰さず土中に埋めるのは、人に災いを為した罰という意味合いがひとつ。そしてもうひとつは、神位の格差といういかんともし難いものを、愚かな龍に身をもって知らしめるためだった。

新たにサリーを祀《まつ》る御霊屋は石祠の跡、すなわち、龍を封じた土の真上に建てられた。

御霊屋の拵《こしら》えは、サリーが発する念波のイメージから小久江が具体化した、塔の形に定められる。彼女の助言のもとに、設計は笛子がおこなった。

建造に当たってそれなりの人員が必要になったが、事に及んだのは業者ではなかった。

小久江が号令をかけた、彼女の信奉者たちである。

半月ほどで全国から十名余り、歳頃の様々な女性たちが篠宮家に集まった。

望まぬ堕胎、我が子の夭折《ようせつ》、配偶者や交際相手の男たちから手ひどい暴力や性被害を受け続けてきた者。いずれの女性も、笛子や諏訪子とよく似た境遇の者ばかりだった。

癒《い》えることのない強い哀しみに打ちひしがれ、心に消えることのない深い傷を抱える彼女たちも、小久江が勧めるサリーの信仰に諸手《もろて》を挙げて縋《すが》りつく。

小久江を教祖に定めた女たち――サリーの信徒たち――は、小久江ともども篠宮家に大所帯を成し、笛子の指導の下におよそ半年の工期を経て、全高三十メートルにも及ぶ御霊屋を完成させた。全体が鈍い銀色に染まり、木造ながらも鉄塔じみた趣きを見せる、奇抜な造りの尖塔《せんとう》である。

サリーの御身は、塔の最下部に拵えた内陣に祀り直された。塔の外部には信徒たちが方々から調達してきた、無数のパラボラアンテナが取り付けられる。

いぶし銀に輝く塔は、サリーの御霊屋であるのと同時に、常夜へ信徒の祈りを届ける送信装置と、信徒が失くした子たちの魂を常夜へ送る転送装置の役割も兼ねていた。

一方、御霊屋が完成に向かう間、篠宮家の下方《の》に住まう親類たちにも、大きな変化が訪れていた。小久江が諏訪子に命じ、立ち退きを迫っていったのである。

素直に応じる家は少なかったが、彼らが暮らす土地屋敷の権利は全て、諏訪子にある。多額の立ち退き料を積まれたうえで「出ていって」と言われれば、どの家も応じざるを得なかった。そうした権利の問題に加えて、篠宮家で始まった御霊屋の建造や女たちの出入りが気味悪がられていたことも功を奏したようである。

半年間で一軒だった立ち退きは、二年ほどで全世帯が退き、空っぽになった家々には信徒の女たちが、小久江に采配《さいはい》されて住み始める。笛子も立ち退き騒動の一年目を境に、坂道に立つ家のひとつで暮らし始めた。

篠宮の屋敷は本部を兼ねた集会場となり、改装した座敷には大きな祭壇が設けられた。壇上には御霊屋を観念的な形で小ぶりに再構築した、鉄製の神柱が祀られる。

神柱は信徒が住まう各家にも祀られ、朝晩に各自がサリーや亡き子に祈りを捧《ささ》げた。信徒の勤め先は主に、篠宮家の息がかかった町工場が宛《あて》がわれた。体力の問題などで他の仕事に就く者もいたが、八割ほどの信徒は工場で機械部品の製造に黙々と勤《いそ》しんだ。神柱の大半も場内で密かに作られた物である。

こうした環境が整うに至り、小久江は篠宮家が保有する広大な敷地と家々を総括して「浄土村」と命名する。サリーを崇め、常夜を尊び、敬虔《けいけん》な心をもって住まう女たちを艱難辛苦《かんなんしんく》から解放する、清廉にして安住の地という意味である。

大業を成し得た小久江と信徒らは、以前にも増して祈りの念を強めていく。

過ちを重ねる

「正直なところ、まだどういうふうに受け止めていいのか分からないんですよね」

坂の頂を目指して歩くさなか、隣に並ぶ杏がぽつりと漏らした。

「有澄さんは怖くないんですか？　これから上で起きるかもしれない、いろんなこと」

私が尋ねると杏は微笑み、続いて桔梗と佐知子、小夜歌のほうへと視線を向けながら、

「それについては信頼しているから大丈夫です」と答えた。

むしろこの期に及んで自分が怖いと思っているのは多分、「体験すること」ではなく「全てを知ること」のほうだと言う。

真実を語るほど恐ろしい事はない。杏の所感を聞き、またも例の一節が脳裏をよぎる。

笛子は未《いま》だ、当時の浄土村で起きた事象の全てを語り切ってはいないのだ。

御霊屋の建造が始まり、篠宮家の全敷地がサリーを崇《あが》める「特異な共同体」としての完成を迎える、およそ二年半の間、この間にも信徒は少しずつその数を増やしていった。

多くは当初の信徒たちが機会を見ながら誘い入れた、いずれも子供の不幸や男絡みのいざこざで心に深い傷を持つ女性たちだったが、中には例外も含まれていた。

そのうちのひとりが、篠宮竹代である。

彼女は諏訪子の義叔母《おば》に当たる人物だった。二十年ほど前に篠宮の家から隣町に嫁ぎ、夫婦で雑貨屋を営んでいたのだが、御霊屋の完成から半年後に自宅兼店舗が火事で全焼。夫と舅姑《きゆうこ》が焼死してしまう。新たな住まいを求め、実家の諏訪子を頼って来た。

けれども救済を施したのは、実質的に小久江である。

小久江は、竹代が信徒に加わることを条件に、救いの手を差し伸べた。

決め手は〝資格〟。竹代もその昔、五歳半になる一人娘を失《い》っていた。原因は水疱症《すいほう》。竹代自身もサリーの威光に魅せられ、素直に入信を受け容れる。

その後、竹代は坂道に並ぶ家屋の一軒を宛てがわれ、必要物資の調達と備蓄を図らう倉庫番の役職を仰せつかった。職歴を活かした、うってつけの人選である。

一方、Θ銀河の会のコミュニティから距離を置かれる者もいた。諏訪子の姑《しゆうとめ》である。姑は名を伊佐美《いさみ》といった。彼女も一応、小久江の教えに賛同し、長らく途絶していたサリーの信仰を再開してはいたのだが、あまり熱心な様子は見られなかった。

毒にはならないまでも、他の信徒に良い影響も与えないだろうという小久江の判断で、伊佐美は浄土村が概《おおむ》ね完成した時期に村のいちばん下側、坂道の入口付近に位置する家(今現在は、笛子と竹代の住まいになっている家)に居を移された。以後は村の活動に加えられることはなく、半ば隠居のような暮らしを始めることになる。

竹代が加わり、伊佐美が省かれたΘ銀河の会は、その後も教えの道を突き進んだ。

週に三度、本部に集って神柱に祈りを捧げつつ、常夜についての理解と見識を深める。月に二度、御霊屋の御前に参じて四季折々の供物供花を並べ、仄暗《ほのぐら》き内陣に座する妙《たえ》なるサリーと常夜におわす数多《あまた》の神々、そしてサリーの慈悲で常夜へ旅立っていった亡き子の魂へ想いを届ける。

御霊屋の前では供物の他に、奇妙な声音が闇夜を震わす祈りの舞いも捧げられた。

ふぉん、ふぉん、ふぉーーーん！　ふぉん、ふぉん、ふぉーーーん！

過ぎゆく月日の中で信徒の顔ぶれには多少の入れ替わりも生じたが、人数自体は概ね増えず減らずを維持しつつ、教団の歩みは続いていった。いずれも心に深い傷を抱えた女たちは、互いの身の上を赤裸々に語り合っては、高ぶる気持ちの波のおもむくままに熱い涙と笑みをこぼし合い、静かな救いと癒《いや》しの日々を謳歌《おうか》した。

斯様《かよう》に表向きは順調に回っていたΘ銀河の会だが、その裏側では陰りも見えてくる。サリーのさらなる衰弱である。

御霊屋が完成した頃から、サリーの御身より発せられる念波が少しずつ弱まり始めた。小久江曰《いわ》く、交信を試みた初めの頃は、念波が送られてくると頭の中にノイズ混じりのビジョンが浮かんできたり、同じく頭の中に鳴り響くモールス信号のような甲高い音のリズムにイメージを刺激されたりして、どうにかサリーの意志を理解することができた。

だが、御霊屋の完成から五年も経つ頃になると、それらは分厚い氷と霧の壁を隔てて見聞きするテレビのように遠いものとなり、ほとんど思念を受け取れなくなってしまう。

そうしたなかでサリーの発するか細い訴えから、かろうじて受信できたこともある。

ひとつにはサリーが新たな、それも感度が非常に強い受信者を欲しているということ。

その対象はおそらく、心に余分なしがらみを持たない子供であるということだった。

ふたつには〝ゲート〟にまつわる啓示である。時期については理解が及ばなかったが、場所はおそらく御霊屋が立つ地点か、その近辺に現れそうな印象を小久江は感じた。

死した信徒の子たちの魂は全て、サリーがこの世で唯一顕現できる奇跡の力によって常夜へ送り届けられていたのだが、生身の者を導くことは不可能だった。御霊屋が立つ聖地にゲートが現れ、開かれれば、新たな奇跡が実現される。

生きながらにして常夜へ渡る。不条理な哀切や暴力に荒《すさ》んだ現世を厭《いと》う信徒にとって、それは兼ねてより何物にも代え難い宿願だった。ゲートを使って常夜へ渡るのみならず、あるいは自由に行き来も可能となるなら、この世の理《ことわり》すらも変えることになる。

村には小久江の他にもサリーの念波を感じられる者がいたが、いずれも小久江ほどの感度は持たず、ゲートに関する詳細を知り得ることのできる人材はいなかった。

やはり子供でなければ駄目なのか。そうは思えど、村には子などひとりもいない。信徒の身内の子、あるいはいっそ、近隣に住む子を連れこんで、受信を試みるべきか。そんな話が出たこともあったが、前者は適任者の当てがなく、後者はリスクが高過ぎた。仕方なしに信徒らはサリーの衰弱を少しでも和らげるため、祈りを捧げるよりなかった。

ふぉん、ふぉん、ふぉーーーん！　ふぉん、ふぉん、ふぉーーーん！

「把握はできても、理解は無理だな」

「え？　なんて？」

坂道を行進しながらぼやいた私のひと言に、小夜歌が気づいて声をあげた。

「価値観も世界観も、我々とは違い過ぎるという話ですよ」

平素、拝み屋が手掛ける事象というのも大概、非日常的なものである。

けれども⊖銀河の会が信仰してきた教義やその活動内容は、さらにそのはるか上を行く非日常の感があり、私の許容範囲を大きく逸脱していた。

我が子の夭折《ようせつ》を始め、他には失恋や暴力といった、主には男絡みの理不尽なトラブル。心に深手を負った女たちが、大きな救いの力に縋《すが》りつきたくなるという情動については、理解も共感もできる。だがその一方、浄土村の女たちが崇めたものと崇め方については、どちらも解することができなかった。話に聞く限り、サリーはグレイじみた化け物だし、信徒の営みは徹頭徹尾、常軌を逸している。

「異様な魅力があったんです。今振り返れば、魔に魅入られていたのかもしれません」

それは先刻、笛子が暗い声音でこぼした台詞《せりふ》が、全てを物語ってもいた。

ならばおかしいのは信徒たちではなく、サリーが有する魔性の力のほうこそである。

思いながら歩いていると、再び前方に民家の門口が見えてきた。当時の笛子の家から二軒先にあるこの家は当時、前馬《まえば》伊津子《いつこ》と有間《ありま》小春が暮らしていた場所だという。

前者は三十年前に東京から石巻駅へ到着した杏を車で迎えに来た、筋肉質で浅黒い女。後者は杏が「アラレちゃんみたい」と評した女である。ふたりの関係は浅いようで深く、のちのことを考えると、薄いようで闇深いものでもあった。

常夜へ通じるゲートとやらの開き方が分からず、信徒たちの歩みが滞りをみせること二年余り。一九八六年の春先に伊津子が浄土村へ小春と彼女の息子、倫平を連れてきた。伊津子も小久江らと同じく、神奈川に本部を置く件《くだん》の新興宗教の信者だった。彼女はΘ銀河の会への入信後も、小久江の指示で教団施設にたびたび顔をだしていた。目的は主に新たな信者を得るためだったが、この時は待望の子供を仕入れることができた。

小春という女は天真爛漫《てんしんらんまん》な性格である半面、周りに流されやすい傾向もあり、教団に入信したのも、勧誘員の信者から「生活の面倒を見る」とそそのかされてのことだった。当時、小春は行きずりの男との間に生まれた幼い倫平と、ギャンブルで作った多額の借金を同時に抱え、住まいにも困るような有り様だった。入信後は教団が管理している集会所や、信者が経営する会社の休憩室などを転々としながら暮らしていた。

親には縁を切られて久しく、頼れる身内も存在しなかった彼女を村へと引きこむのは造作もないことだった。意志が弱くて流されやすく、流れが好条件ならなおさらのこと。行き場も定まらなくなって久しかった小春は、親しく接して何度か食事を奢《おご》っただけで伊津子の誘いに喜んで靡《なび》いた。

まだ小学生になったばかりのお子さまとはいえ、村に男が入りこむことに難色を示す信徒も存在した。だがそれは、小久江の判断と諏訪子の意向で一蹴《いっしゅう》されることになる。

小久江は単にゲートが開く可能性に期待を膨らませただけだったが、諏訪子のほうは倫平の顔を見たとたん、はらはらと涙を流して小春母子《おやこ》の入村を受け容れた。

果たして合縁奇縁というものか、あるいは因果と呼ぶべきものだったのか。倫平の容姿は、諏訪子が亡くした息子に瓜二《うりふた》つだったのである。

思いがけない邂逅《かいこう》に小久江も驚嘆し、「これはきっと大いなる運命だろう!」などと声高らかに宣《のたま》った。けれども思い描いた結果が出るには至らなかった。

小春と倫平が浄土村に暮らし始めて、ほどよく日にちが経った頃。小久江と諏訪子は御霊屋の前に倫平を連れていき、固唾《かたず》を呑《の》んでその動向をうかがった。

ところが倫平は御霊屋の奇異な造りに「すげえ!」と色めきたって、無邪気に仔細《しさい》を眺め回すばかりである。「すげえ!」の他に感じるものは特にないという。

御霊屋の下部に拵《こしら》えた格子戸付きの内陣には、外装を銀色に染めあげた巨大な厨子《ずし》が安座している。サリーはその中にいた。ならばと厨子の正面に据えられた観音扉を開け、姿を間近に見せても結果は同じ。ただただ「すげえ、宇宙人だ!」と騒いだだけである。

「違う」と強く窘《たしな》め、正しき教えを説いて引きあげる。

この時点で素質は希薄と思われたが、それでも小久江と諏訪子は一縷《いちる》の望みを賭《か》けて、今度は儀式とともに倫平の反応をうかがってみることにした。

日没を待ち、サリーの御前に供物を捧《ささ》げ、大勢の信徒が祈りの舞いを繰り広げるなか、御霊屋の前に倫平を座らせ、サリーが発する託宣を待つ。

居心地が悪そうに身を捩《よじ》らせ、的の外れた所感を並べ立てる倫平の様子を見守ること、実に半時余り。そろそろ見切りを付けるべきかと、おそらく誰もが思い始めた頃だった。

倫平の代わりに変化が起きたのは、一心不乱に舞いを続ける、笛子のほうだった。

頭の中に突如として「めのこ」という言葉が浮かんできたのである。

生じ方は声でも文字でもなかったけれど、その印象は鮮烈だった。言葉は脳の襞《ひだ》から湧き出てきたものではなく、外から電波のごとく脳に飛びこんできたように感じられた。

こうした感覚に見舞われたのは、初めてのことだった。妄想や錯覚とは思えなかった。だが、そうしたものではないという確証もない。見切り発車で「託宣は自分に来た」と口にだすのも憚《はばか》られるものがあった。胸三寸に納めることにする。

当の倫平は託宣の失敗に加え、その後は儀式に関する記憶自体もおぼつかなくなった。小久江曰《いわ》く、サリーがペナルティとして、余計な記憶を薄めたのだろうとのことだった。

こうなると教団にとって倫平は、実質的に不要な存在となるのだが、こうした事情は別件として、諏訪子は倫平という存在を過剰に欲した。託宣の失敗からしばらく経つと、ついには小春に「倫平を養子に欲しい」と迫ったのである。

見返りに、村での生活の一切を無期限で保障すると約束した。借金の完済も申し出た。純朴ながらも流されやすい小春は、大した推考もなしにこの条件を呑む。

こうして倫平は、普通養子縁組という形で諏訪子の息子となり、同じ村内で小春とは住まいを別に、篠宮の屋敷で暮らし始めることになった。

その後はしばらく村に大きな動きはなく、異様な日々が淡々と繰り返されてゆく。

新たな動きがあったのはそれから二年後、一九八八年七月のことである。

ある日、笛子の許《もと》にかつての交際相手から、電話で思いがけない連絡が入った。

その名は有澄直介という。今は亡き杏の父、その人である。

笛子と直介のふたりは七〇年代の終わり頃、都内で建築関係の仕事を通じて知り合い、のちには交際する関係に発展した。ただし「のちには」というのは、姉の景織子よりも「のちには」ということであり、さらには「同時に」という意味合いも含まれる。

直介と知り合ってほどよく打ち解けた頃、笛子は出逢《であ》いを求める直介に呑み会の席で景織子を紹介した。その後に直介と景織子は交際を始めたのだが、人の道にあるまじきなりゆきが生じ、笛子も密《ひそ》かに直介と付き合うようになってしまう。

ふたりの仲を景織子が知り得たのは、すでに彼女が直介と結婚してからのことだった。なおも悪いことにこの頃、景織子は杏を身籠《みごも》ってもいた。

さらに悪いことにそれはちょうど、笛子も直介の子を身籠った時期でもあった。

不埒《ふらち》な関係が露呈した結果、辛くも難を免れたのは、景織子と直介の離婚だけである。笛子のほうは景織子と両親から縁を切られ、腹に宿った我が子は強引に説き伏せられて、泣く泣く堕《お》ろすことになる。妊娠四ヶ月目の頃だった。

失意と自暴の末に笛子が行き着いたのが、神奈川県に本部を置く件《くだん》の新興宗教だった。「時浦」という苗字《みょうじ》は、教団内で知り合った小久江から「運気が開ける」という名目で授かった通名である。

それから数年後、小久江に呼ばれて宮城へ移り住む折には、身内の他にも東京時代に築いた対人関係の大半を解消して来たのだが、直介と知り合うことになった会社時代の親しい同僚にだけは連絡先を伝えていた。

そこからさらに石巻から浄土村へと引越したのち、それまで暮らしていたアパートは解約せずに維持することになった。これは小久江の指示によるものである。住人不在の一室は、新たな信徒を増やすための窓口や勧誘所として活用されることになった。

アパートの留守番電話に記録されていた直介の声を耳にした時、折り返すべきか否か、笛子の心は大いに揺らいだ。結局、誘惑に打ち負けて彼の口から打ち明けられる願いを聞いたとたん、妙《たえ》なる運命をむらむらと感じるに至る。

「めのこ」という言葉が脳裏に蘇《よみがえ》るや、笛子は顔も知らない姪《めい》の世話を快く引き受けた。

景織子が病気で逝ったことは、この時初めて知ったが、笛子の関心はそんなことより、まもなく見える姪の「めのこ」と、彼女が果たす大役のほうへと強く注がれていた。

直介を蝕《むしば》む病にも大した情を抱くことはなかった。沈んだ声で何度も謝罪を受けたが、頭に色濃く浮かんできたのは、生まれる前に殺された我が子の不遇だけである。電話で声を聞くまでは少なからず高まっていた胸のざわめきも、話が本題に入る頃には潰《つい》えた。

かくして時間と事象が合致する。

笛子が「妙なる運命」と感じた因果に手繰り寄せられ、幼い杏は真夏の東京から一路、Θ銀河の会が待ち受ける浄土村へ連れこまれる運びとなった。

杏を迎えて石巻駅から村へと戻る一幕では、小夜歌が初めの頃に推察していたとおり、杏に睡眠薬を飲ませて移送した。その手法は、薬を詰めた注射器をジュースの缶の底に突き刺して注入し、針で空いた穴を接着剤で塞《ふさ》ぐという古典的な遣《や》り口だった。

これも小久江の指示である。まもなく始まる村での暮らしの中で杏が見聞きすること。それらがいずれ少なからず外部に漏れるにせよ、村へと至る道筋を始め、隠せるものは極力隠しておきたいという判断だった。

儀式の日にも薬を使った。こちらは小久江が独自に入手した、向精神薬の一種である。杏を適度な譫妄《せんもう》状態に仕立て、サリーの念波を受信しやすくするための計らいだった。

笛子に啓示があったうえでの人選とはいえ、万全を期すことにデメリットは生じない。二度目の儀式に失敗は許されない雰囲気があった。万難を排し、細心の注意を払いつつ、笛子たちは儀式の準備を進めていった。

真実を語るほど恐ろしい事はない。

結果、村は予想だにしない未曾有《みぞう》の災厄に見舞われる。

祭りの痕《あと》

祭りの当日、薬を飲まされたのは杏だけだった。間違いないと笛子は語る。

だが、笛子を含む信徒らも儀式の途中から記憶の大半を失い、翌朝を迎えている。

儀式のさなか、笛子が覚えているのは、杏の口から託宣らしき言葉が発せられたこと。

最後に記憶しているのは、凄《すさ》まじい驚きと恐怖を感じたことだった。

巨大な龍《りゅう》を視たのである。龍は蛇のように長いその身を御霊屋にぐるぐると螺旋《らせん》状に絡みつかせ、夜空の上から笛子たちを爛々《らんらん》と光る眼で睨《にら》み据えていた。

悲鳴をあげて意識が遠のき、再び気がつくと自宅の居間で寝そべっていた。

「笛子さん！」と呼ぶ声と玄関戸を激しく叩《たた》く音で、笛子は意識を取り戻す。

衣服は着物のままである。いつ頃帰宅したのか、それすら記憶に残っていなかった。

時計は正午過ぎを差している。立ちあがると視界が左右に揺らぎ、危うく転びかけた。身体に痺《しび》れも感じる。玄関へ向かうと、戸口には三人の女が立っていた。

ひとりは竹代である。もうひとりは諏訪子の姑《しゅうとめ》、伊佐美。

最後のひとりは分からなかった。五十絡みとおぼしき、純白の上衣《うわぎ》と袴《はかま》に身を包んだ、すっきりとした顔立ちの女である。

竹代に身体の具合などを尋ねられたが、思うように答えが出てこない。戸惑いながら言い淀《よど》んでいると、竹代は見知らぬ女の紹介を始めた。浮舟桔梗という拝み屋だという。彼女を呼んだのは、伊佐美だった。近所に住まう知人から紹介を受け、だいぶ前から親交があったらしい。笛子たちの活動に不信感を抱いていたとのことだった。

伊佐美がそんなことを考えていたとは、夢にも思わなかった。

毎日、仕事の行き帰りに伊佐美の家の前を車で通りはするが、それだけのことである。信徒の大半は、伊佐美とほとんど交流していなかったし、姿を見ることさえも稀《まれ》だった。

位置的に見れば、浄土村の入口。だが、見方を変えれば村の最下層。小久江の判断で坂道の麓《ふもと》の家に追いやられた伊佐美は、信徒らにとって長らく空気のような存在だった。

「なんなんですか？」と事情を尋ね返した笛子の声に応じたのは、桔梗である。

苦虫を噛《か》み潰《つぶ》したような顔つきで「祟《たた》りが起きたようですね」と言う。

一体何が祟るというのか。尋ねる前に「龍と蛇が祟っている」と桔梗は続けた。

そのうえで、杏の様子を確認したいという。言われて初めて杏の所在が不明なことに思いが至る。焦りはしたが、杏はいつもの座敷で蛙のぬいぐるみと一緒に眠っていた。

声をかけると目も覚ました。ただ、寝起きのせいと思うには異様なまでに呆《ほう》けていた。喋《しゃべ》り方は綿でも頰張っているかのようにふわついていて、目も人形のごとく虚《うつ》ろである。

背筋を伝い始める冷たい汗に震えながら杏を布団から起こし、桔梗の許へ連れていく。

桔梗は杏の前で膝《ひざ》を折ると、その目を覗《のぞ》きこみ、「大変だったわね」とつぶやいた。

続いて杏の身体をくるりと回し、背中に両手を添えて呪文《じゅもん》のようなものを唱え始める。声音は大きく鋭い。声をあげながら、背中に字を書くような動きで指先をなぞらせたり、平手で叩いたりを繰り返す。それらが一頻《ひとしき》り終わると、桔梗は太いため息を漏らした。

「だいぶ影響が強いですね」と言う。「すぐには元に戻らないでしょう」と頭を振る。

そのうえで「水菰龍王《みこもりゆうおう》が目覚めて、荒ぶった影響ですよ」と桔梗は言った。

眷属《けんぞく》の蛇たち——笛子たちが長年殺し続けてきた村の蛇たちも荒ぶっているという。

例によって小久江の指示だった。蛇は龍の手下で、サリーの安寧を脅かす存在だから、村内で蛇を見かけたら叩き殺すようにと言われていた。笛子も何度か殺したことがある。信徒たちが粛清を続けた結果、今や蛇は村でほぼ見かけることがなくなっていた。

桔梗はこれから事態の収拾に掛かるので、笛子にも助力を求めたいとのことだった。手を貸す義理などあるのだろうか？

一瞬思うも、現状を目の当たりにする限り、迷っている余裕などなさそうだった。

桔梗の肩越しに覗く門口の向こう側には、顔見知りの信徒たちが数人突っ立っている。ひとりは着物姿のままだった。彼女らは、いずれも笛子に視線を向けているのだけれど、その顔つきはどことなく呆けて、足元も若干ふらついている。

伊佐美の話によれば、信徒の大半が似たような状態なのだという。

斯様《かよう》な異変に気づいたのも伊佐美だった。一時間ほど前、素っ裸の状態で坂道の中をうろつく信徒の姿を見かけた伊佐美は、只事《ただごと》ならぬ予感を覚え、竹代の家を訪ねた。

竹代も当初は心ここにあらずといった具合だったが、次第に正気を取り戻していった。その後に桔梗を招き、村内の様子を調べて回っているとのことだった。

桔梗と伊佐美に促されるまま坂道を上り始めると、道の端々に信徒たちの姿があった。やはり誰もが呆けたふうな色を浮かべ、身体をゆっくりと振り子のように揺らしている。桔梗の弁では個人差はあるものの、これでもだいぶ正気に戻ってきているという。

道行く先には、小春と倫平の姿もあった。

母子で路傍に並び、所在なさげに佇《たたず》んでいる。こちらは声をかけるとまともに応じた。やはりふたりとも前夜の記憶はおぼつかないとのことだったが、他の信徒らの様子に比べれば異変は少なかったそうである。倫平は「腹が減った」とぼやいている。

小久江と諏訪子の所在を尋ねると、桔梗が代わって答えた。御霊屋の前にいるという。

「急ぎましょう」とせかされ、足取りを速めた桔梗に合わせて歩を進める。

坂道を上り詰め、分岐路の左手に延びる樹々のトンネルをくぐり抜けると、前方から異様な歌声が聞こえてきた。耳慣れたその声色に、背筋がみるみるざわめき始める。

石橋を渡って御霊屋の前に至ると案の定、唄《うた》っていたのは小久江だった。

昨夜から着ている巫女《みこ》装束のまま、地べたにだらしなく大の字になって寝っころがり、胡乱《うろん》な目つきで『君が代』を唄っている。周囲には信徒の姿も何人かあった。

「またおかしくなってしまいました……」

同じく巫女装束のまま、傍らに膝を突いていた諏訪子が桔梗に訴える。

「また蛇が絡みついていますね。少しは悔いる気持ちを持たれては如何《いかが》でしょう？」

見おろしながら桔梗がつぶやくと、小久江はふてくされたように「ふへへ」と笑った。

「うるせえ、糞女《くそおんな》。偉そうに囀《さえず》るんじゃねえ。こっちは今、それどころじゃねえんだ」

小久江が毒づきながら横へと流した視線を目で追うなり、笛子の身体が総毛立つ。

御霊屋の前には、厨子《ずし》から引きずりだされたサリーの身体が砕けて散らばっていた。

戦慄《せんりつ》から一拍遅れ、記憶も薄々と蘇る。これは昨夜、信徒が総出でやらかしたような印象がある。笛子も加わっていたような気がして、総身が一層ざわめいた。

格子戸の開け放たれた内陣に視線を凝らすと、床板が引き剝《は》がされているのが見えた。これも昨夜、自分たちがやったことのように思う。

「覚えていらっしゃいますか？」と桔梗に問われ、躊躇《ためら》いながらも「多分……」と返す。

そこへ諏訪子が「わたしも多分、やらされたのよ……」と囁《ささや》いた。

諏訪子と小久江も昨夜の記憶はほとんどないのだという。気づいたら朝になっていて、ふたりは屋敷の祭壇前に倒れていたそうである。祭壇に祀《まつ》られた神柱はサリーの身体と同じく、滅茶苦茶に壊されて畳の上に散らばっていた。

「言葉のとおり、逆鱗《げきりん》に触れたのでしょう。生兵法《なまびょうほう》は大怪我の元です。生半可な手段で純血の龍を封じ続けることなど不可能です。あなた方が付け焼き刃でおこなった封印が期限切れを起こした瞬間、凄まじい報復に出られてしまいました」

桔梗に先導されて内陣へ踏みこみ、剝がれた床板の下を見せられる。

地面が深く掘り返され、土中に埋められていた鉄の箱が四角い輪郭を露《あら》わにしていた。蓋《ふた》は外され、傍らで引っくり返っている。

箱の中に収められていた石も封印札が乱雑に剝がされ、青黒い色をした目玉のごとき水菰龍王の御神体が、笛子の顔を見あげていた。

「龍は解き放たれました。甚だ宜《よろ》しくないのは、荒ぶる神に変じてしまったということ。あなた方に強い怒りを抱いておられるうえに、加減も分別も失くしてしまったと思《おぼ》しい。先ほど声掛けを試みましたが、応じられる様子はありませんでした。由々しき事態です。これ以上の被害が出ないうちに、なんとか事を収めたい。お力添えを願えますか？」

淡々とした口調で桔梗は言ったが、その声音には有無を言わせぬ凄《すご》みがあった。

笛子は身の安全はおろか、命までもが脅かされているような危機感さえも抱き始める。了承すると、桔梗は「それでは準備に取り掛かりましょう」と踵《きびす》を返した。

差し当たり、屋敷へ戻るという。他の信徒たちも桔梗の要望に応じ、御霊屋の前から離れ始めた。諏訪子も続こうとしたが、小久江は地べたにだらりと横臥《おうが》したままである。

「龍はいいからサリーを救えよ、糞女」

「妖《あや》かしを救う道理はありません。ですが、生身のあなたを保護する義務はある」

桔梗に乞《こ》われ、笛子と信徒たちの数人が小久江の身体を無理やり起こした。小久江は「放せ！　やめろ！」などと喚《わめ》き散らしたが、抵抗する力は信じられないほど弱かった。分厚い肩を担いで引きずるようにしながら、屋敷へ向かって歩き始める。

「あれかな？　でも今はもう、ないんですよね？」

私が尋ねると老いた笛子が振り向き、「ええ。今は更地になっています」と答えた。

坂道の頂点に差し掛かり、行く先が二筋に分かれた。

右へ延びる道沿いには、すっかり色褪《いろあ》せて今にも倒壊しそうな古い竹垣が立っている。かつては篠宮の屋敷を囲っていた垣根である。

だが、今はもう竹垣の向こうに屋敷はない。「一応、ご覧になってみますか？」と笛子に訊《き》かれたが、「いいえ」と答え、分岐路の左側に視線を移した。

細い路面に黄土色の枯れ草が蔓延《はびこ》る道の先に、樹々の葉が頭上に生い茂る天然自然のトンネルが口を広げて延びている。件《くだん》の御霊屋、サリーの塔へと続くトンネルである。

ここまで至る坂道よりも、足元の状態は険しそうだった。路上の至るところに尖《とが》った枯れ枝や葉先の鋭い笹の葉が乱立する、刃物のような道筋になっている。

笛子に勧められ、みんなで近くに転がる手頃な枝を手に取った。それを使って足元の障害物を掻《か》き分けながら、慎重な足取りで進んでいく。

いちばん心配だったのは桔梗だったが、特に手こずるそぶりは見せず、片手に握った枯れ枝を櫂《かい》のように振るいつつ、器用な足取りで悪路をずんずん切り開いていった。

「慎重にですよ」と佐知子にいましめられても、「大丈夫」と意にも介さず進んでいく。

その様子から察して、あるいは杏以上に気持ちが逸《はや》っているのがうかがい知れる。

無理もない。これから先々代が果たしきれなかった、難儀な仕事の後を継ぐのである。一刻も早く自分の目で現場を確かめ、最適解の対応策を打ちだしたいのだろう。

笛子の話から、初代桔梗は相当に腕の立つ拝み屋だったことは論を俟《ま》たない。過去の渦中において彼女は多分、己のできうる限りの手段を講じて事態の収束に当たったのだ。

だがまだ全ては終わっていない。笛子と竹代の話を聞く限り、災禍は今も続いている。

初代桔梗が昔日、水菰龍王とサリーに対して下した重大な措置。そのあらましを笛子の口から聞かされているのは、三代目桔梗だけだった。のちに合流した私を含むツアーのメンバーは、これから現場で初めてそれを聞かせてもらう段取りになっている。

未《いま》だ桔梗さえ知らず、杏がもっとも知りたいと願う、倫平の行方に関する話も含めて。

つらつらと思いを巡らせながら前進していくうちに、トンネルの向こうが見えてきた。

屏風《びょうぶ》のように切り立つ高い崖《がけ》の上に、石肌が劣化した簡素な造りの桁橋《けたばし》が架かっている。

かつて杏がＵＦＯを目撃し、倫平が大空へ消えていったという、まさにその舞台である。

橋の先には木立ちが茂っているが、樹々の上方に無数のパラボラアンテナを搭載して屹立《きつりつ》する御霊屋の異風は、今や片端も見当たらない。

「足元に気をつけてくださいね」

振り向きながら注意を促す笛子の言葉に杏の顔が一瞬、はっとなるのが目に入った。

三十年前の夏、この石橋を初めて渡った時に倫平から言われた言葉を思いだしたのか。

当時の倫平も、幼き杏に同じことを告げたと聞いている。

足元、気をつけて歩けよ――。

笛子と竹代を先頭にして、乾いた落ち葉がまばらに散らばる橋の上へ足を踏み進める。杏の昔語りに出てきたとおり、橋の両脇に備えられた欄干は、ぞっとするほど丈が低い。欄干というより、ほとんど端のでっぱりと言ってもいいような心許《こころもと》ない拵《こしら》えだった。

欄干沿いに眼下を覗《のぞ》くと、薄黒い水を湛《たた》えた太い沢筋が静かに流れているのが見えた。橋から水面までの高さは、目算で五メートルはある。落ちたらただでは済まないだろう。

用心深く橋床のまんなか辺りを、心持ち速足で進んでいく。

石橋を渡りきると、今度は目の前に群生する木立ちを分断して細い藪道《やぶみち》が延びていた。道の先は樹々が開かれ、針のような枯れ草にまみれた荒地が広がっている。

「着きました。こちらです。お疲れさまでした」

笛子と竹代が頭をさげ、荒地の中へと私たちを誘いこむ。

初めに想像していたよりも険しく長い道のりだったが、ようやくゴールへ到着である。ただし現時点ではまだ、物理的なゴールに過ぎないが。

御霊屋の跡地。かつてΘ銀河の会の信徒たちが、神域と定めた荒地の中へ進んでいく。

荒地の中央付近には、御霊屋の痕跡《こんせき》がかろうじて残っていた。その昔、銀色の尖塔《せんとう》を支えていたコンクリート製の基礎が四つ、正方形を描く形で草地の上に並んでいる。

さらにその中央には、ピラミッドのような形をした石がずしりと鎮座ましましている。石肌は青みがかった灰色。力を入れれば、どうにか抱えあげられそうな大きさである。

「この石の下なんですよね？」

中腰になって石を見おろす桔梗に、笛子が「ええ」と答えた。

「ですがその前に、あの日の話を最後までしたいと思います。よろしいでしょうか？」

横目で杏に目配せしつつ、桔梗が応じる。杏も小さくうなずいた。


三十年前の八月、真夏の暑い昼下がり。初代桔梗の求めに応じた笛子ら信徒の面々は、この場から小久江を引きずり一路、篠宮の屋敷へ向かった。

「かの龍神《りゅうじん》さまは相当にお怒りです。類を見ない常軌を逸した荒ぶりようから察するに、おそらくは今すぐ御霊を鎮めることも、天へとお帰り願うことも不可能でしょう」

桔梗の言葉に笛子らは苦悶《くもん》の声をあげる。この期に及んで桔梗の言葉を否定する者は誰もいなかった。すでに始まった災厄に誰もが恐れ慄《おのの》き、一刻も早い身の安全の保障と、事態の収束を望んでいた。

本来、その役割を担うべきは小久江のはずだったが、今やなんの役にも立っていない。笛子たちから少し離れた広間の床に相変わらず寝転がり、小声で悪態を繰り返している。

諏訪子の話では、朝に目覚めて壊れた神柱を見てから、ずっとこんな調子だという。先刻、桔梗が語ったとおり、無数の蛇にとり憑《つ》かれているとのことだった。

破壊された神柱を目にしてすっかり取り乱した小久江は、弛緩《しかん》した笑みを浮かべつつ、ふらつく足取りで御霊屋へ向かい、諏訪子も痺《しび》れる身体に難儀しながらも果敢に迫った。

そうした流れがあって、御霊屋の前でばらばらに砕け散ったサリーの身体を見つけた小久江はさらに正気を失い、地面をのたうち回って、調子の外れた持ち歌を唄《うた》い始める。諏訪子が困り果てていたところへ現れたのが、伊佐美と竹代に先導されてやって来た桔梗だったという流れである。諏訪子も今や桔梗を頼りにしているようだった。

「何かいい手はないのでしょうか？」

おじおじしながら笛子が尋ねると、桔梗は渋い顔をさらに強めてみせた。

「不本意ですが、差し当たりもう一度、封印するのが最善でしょうね」

龍《りゅう》の怒りが鎮まる日まで土の中へ封じ直し、祝詞《のりと》や供物とともに謝罪の限りを尽くす。自分にできうることで思いつく最善策はそれしかないと、桔梗は言った。

「それで宜《よろ》しければ」と合意を伺う桔梗に嚙《か》みついたのは、小久江である。

「それじゃあ、龍がこの村の神みたいになっちまうよ。サリーに不敬極まりないだろ」

片手で頰杖《ほおづえ》を突きながら、ふてぶてしいそぶりで小久江が言う。

喋《しゃべ》る大福餅《だいふくもち》のようなその風采《ふうさい》には、昨夜まで神々しいほどに漂っていた威厳に満ちた風格などなくなっていた。きっとこれが小久江の本性なのだと、笛子は率直に感じ取る。

長らく自分の目が曇っていたことに気づいたような、恐ろしくも奇妙な感覚に驚きながら。

「〝なっちまう〟も何も、水菰龍王《みこもりゅうおう》こそが本来、篠宮家が敬うべき正統な守り神ですよ。あとから図々《ずうずう》しく転がりこんできたあれは、正統異端の問題以前に神ですらありません。崇《あが》める必要もなければ、崇められる資格すらないものです」

桔梗の答えに、小久江が「何を！」と叫んで身を乗りだす。

だが、傍らにいた信徒がすかさずそれを制した。

「サリーが神じゃないとおっしゃるんでしたら、じゃあなんだと言うんですか……？」

思わず笛子の口から出た問いに、桔梗が答える。

「覚《さとり》か猩々《しょうじょう》のたぐいか。詳細は判じかねますが、いずれにしても質《たち》の悪い妖《あや》かしです。おそらく性根は狡猾《こうかつ》にして悪辣《あくらつ》。骸《むくろ》と化してからもわずかに残った妖気《ようき》を巧みに使って人の心を謀《たばか》り、安住できる地を作らせて永らえるつもりだったのではないでしょうか」

桔梗は「当たらずと雖《いえど》も遠からずと思います」と結び、床に転がる神柱の残骸《ざんがい》を見た。

「デタラメ抜かすな！　サリーは地球から何万光年も離れた常夜からおいでになられた偉大な神だ。夭折《ようせつ》した子らの魂を常夜へ導く妙《たえ》なる光の存在なんだ！　崇《あが》めよ！」

「それはあなた自身の妄想と妖かしの邪心が結びついた、虚妄《こもう》の世界の話でしょう？」

「ふっざけたことを、貴っ様！」

傍らにいる信徒の手を押しのけ、小久江が巨体を起こして片膝《かたひざ》を立てる。

だが、途中でぐらりと傾き、派手に尻餅《しりもち》をついて再び床へ転がる羽目になった。

「あなたが殺すように命じてきた、眷属《けんぞく》の蛇たち。まだまだ身体に絡みついてきますよ。この機をずっと窺《うかが》っていたんでしょうね……。くれぐれも、お静かにされていたほうが身のためです。抗《あらが》い過ぎると、またぞろ頭の中にまで入りこまれてしまいますよ」

桔梗が言い放つと、小久江は短く呻《うめ》いて桔梗の顔を蛇のような眼で睨《にら》み据えた。

「今のお話、本当なんでしょうか？」

「何を信じて崇めようと、それは個人の自由ですが」

続けて飛び出た笛子の問いに桔梗は静かな声で言葉を紡ぎ、一拍置いてさらに続けた。

「長年、信じて崇め続けてきた結果が、今という修羅場です。悪いことに小さな子まで巻きこんでいる。これらはどうか、紛れもない事実として受け止めてください」

曇りのない目で笛子の顔を見ながら述べた桔梗の戒告に、みるみる胸が苦しくなる。

同時に悪い夢から醒《さ》めたような心地にもなり、自分が恥ずべきことをしてきたという実感にひしひしと駆られ始めた。屈託なく笑う杏の顔が脳裏をよぎり、目頭が熱くなる。

思えば、サリーと常夜に関する話は全て、小久江の口から出てきたものばかりである。

彼女が今まで語ってきたことを証明できるものなど何もない。動悸《どうき》が激しくなっていく。

「憶測ですが、呪縛《じゅばく》が解けてきているのかもしれませんね」

ざわめく気持ちに顔を歪《ゆが》める笛子を見つめ、静かな声で桔梗が言った。

呪縛とは？

今度は問わずとも答えが分かりつつある疑問を尋ねようとしかけた、その時である。

玄関戸の開く音が響いた。続いて血相を変えた竹代が、祭壇の間に駆けこんでくる。

「杏ちゃんがいない！　部屋から消えた！」

気がついたのは、十分ほど前だという。寝室の窓から外へ出たようだと竹代は言った。

正気に戻りつつある信徒に声をかけて捜し回っているが、分からないとのことである。

ただちに屋敷を飛びだし、笛子も捜索に加わった。桔梗も笛子と並んで門口を出る。

足早に坂道を下っていくと、信徒らが杏の名前を叫びながら、歩いているのが見えた。

竹代の説明によれば、信徒たちの住まいも含めて捜しているが、痕跡すら見つからない。

坂道を下りきって、村の外へ出ていった可能性も考えられるとのことだった。

「じゃあ、わたしはそっちを捜しにいく！」

なりふり構わず笛子が駆けだそうとすると、桔梗が「待って」と腕を引いた。

「下ではなくて、上かもしれません」

そう言って、御霊屋へ続く樹々のトンネルのほうを指差してみせる。

笛子たちが屋敷へ戻り、まだ三十分も経っていない。いるはずがないだろうと思った。

だが桔梗の意見は逆である。「下よりは、上にいる可能性のほうが高い」と言う。

「妖かしは以前、『めのこ』と告げたそうですね？　心を壊して喰《く》らうつもりだったか、今の教祖より若くて感性の鋭い新たな巫覡《ふげき》を欲したか。でなくば、あの娘にとり憑《つ》いて、東京に新しい住み処《か》と信者を探しに出ていくつもりだったのか。目的は測りかねますが、いずれにしても、あの娘《こ》に対する執着が強い。呼ばれた可能性があります」

「いいえ、サリーが女の子を望んだのは、常夜に通じるゲートを――」

言いかけたが、「なんでもありません」と切りあげた。昨夜まで頭中を満たしていた常夜に通じるゲートの情景が急に馬鹿馬鹿しいものに感じられ、みるみる頬が火照った。

桔梗とともに再び坂道を上り始めた時、民家の脇から小春が出てくるのが見えた。

「倫ちゃんは？」と尋ねると、二手に分かれて杏を捜索中だという。

小春も「確かにそっちは見てない」とうなずき、一緒に御霊屋へ向かうことになる。

分岐路まで引き返し、油蟬が盛んに鳴き喚《わめ》く樹々のトンネルの入口まで進んでいくと、中から小さな人影がこちらへ向かって歩いてくるのが見えた。

倫平である。ぐったりしている杏を背負って、よろめく足取りで向かってくる。

はっとなって駆け寄ると倫平は全身ずぶ濡《ぬ》れで、頭から血を流していた。赤黒い筋が右の額から頰にかけて滴《したた》っている。腕や脚も擦り傷だらけで血が滲《にじ》んでいた。

「どうしたの！」と叫んだ小春に、倫平は「橋から落ちた」と答えた。

御霊屋の前で杏を見つけたので連れ帰ろうとしたのだが、石橋の上で揉《も》み合いになり、弾みで沢に落ちてしまったのだという。沢底にごろごろ転がっている石で頭を打ったが、どうにか崖《がけ》をよじ登って戻ってきたと倫平は言った。

倫平から杏を受け取り声をかけるが、返事はなかった。瞑目《めいもく》したまま微動だにしない。

「妖かしと龍、両方にやられてしまったようですね。少しだけ時間をください」

桔梗の指示で両手に抱いた杏の身体をくるりと回し、背中を彼女のほうへ向けさせる。

桔梗はその背に両手を添え、先ほど自宅で唱えた呪文を唱えた。魔祓《まばら》いの呪文だという。

「君も」

続いて倫平の背中にも同じ呪文を唱える。倫平は嫌がることなく素直に応じた。

「痛いのにごめんんね。ありがとう」

お祓いが済むと桔梗は、笛子と小春に「ふたりをすぐに病院へ」と告げた。

杏と倫平を屋敷まで運び、それから急いで救急車を呼ぶ。祭壇の間に寝かしつけると、杏は目蓋《まぶた》を薄く開き、とろんとした目つきで笛子たちを見あげるようにはなったのだが、声がけに応じることはなかった。

桔梗は諏訪子を始め、手の空いている信徒らと龍神《りゅうじん》を封じる準備に取り掛かるという。

小久江が再び桔梗に毒づき、大声で笑いだしたが、笛子は「黙ってて！」と突っぱねた。

諏訪子と小春のほうは、倫平の傷を確認しながら顔色を青くして介抱に当たっている。

まもなく諏訪子が「ここにいるより、下までおりていったほうが早い！」と言いだした。坂道の麓《ふもと》で救急車の到着を待とうと言う。

笛子が杏を背負い、諏訪子と小春が倫平の手を引き、坂道を下っていくことになる。

その間も杏はぐったりしたままだったが、倫平の意識ははっきりしていた。

「痛くない？　大丈夫？」という小春の問いかけに「うん、普通。我慢できる」と答え、しっかりとした足取りで坂道を歩いた。

ほどなく到着した救急車に乗せられるまで、倫平はまあまあ元気そうな雰囲気だった。

小春と諏訪子の励ましに、バツの悪そうな笑みを浮かべて見せることもあった。

だから笛子はこの時、倫平の笑顔を見るのが最後になるとは夢にも思っていなかった。

その代償

「り、倫くん、わたしが橋から突き落としてしまったんですね……」

顔色を紙のように白くしながら、小さな声で杏が言った。唇は小刻みに震えている。

「分からない。でも倫ちゃん自身は、そういうふうには言ってなかった」

笛子が言葉を返すが、杏は答えず、浅くうつむき、細い吐息を小刻みに漏らし始めた。

三十年前の八月、御霊屋の上空と石橋の上で杏が目にしたのは、ＵＦＯではない。

おそらくは水菰龍王《みこもりゅうおう》の目玉である。

御霊屋の上空に現れた、丸皿を横にしたような太い線の形で並列する、ふたつの物体。

石橋の真上に現れた、やはり並列して空中に浮かぶ、ふたつの満月のごとき丸い物体。

前者は目蓋をぎゅっと細めた、巨大な龍の双眸《そうぼう》。

後者はかっと大きく見開いた、龍の眼ということになる。

盛夏の眩《まぶ》しい日差しを浴びる石橋の上で杏が目にしたものは、ＵＦＯによって倫平が空の彼方《かなた》に吸いあげられていく光景ではなく、澄みわたる空の青さと龍の目玉を映した沢筋の水面《みなも》に向かって、倫平が真っ逆さまに落下していく一部始終ということになる。

サリーが発した念波と水菰龍王の障りによって、心に大きな打撃を負った杏はその後、搬送先の病院で三日ほど断続的な昏睡《こんすい》状態に陥った。以後も一週間近く譫妄《せんもう》状態が続く。医師の診断では日射病の影響とされたようだが、事実は先に触れたとおりである。

混濁している当時の記憶の中で、杏が「UFOの中」ではないかと認識していたのは、院内の処置室や検査室の光景だろう。してみれば、杏が宇宙人ではないかと思っていた「淡白い人影」というのは、医師や看護師ということになる。

さらには入院中、杏の枕元に来たという「軍服らしきものを着た男たち」というのは、警察官である。彼らは後日、倫平の転落事故に関する事情聴取に訪れたのだという。

倫平も杏と同じ病院に搬送されて入院していたが、二日後に容態が急変して死亡した。脳内出血を起こしていたそうである。手術は受けたが、回復の見込みは五分五分だった。転落時に負った頭の傷は、笛子たちが思っていた以上に深刻なものだったという。

「あなたが入院した日、お父さんに連絡を取って宮城まで来てもらった」

混濁した意識の中で明滅を繰り返す杏の記憶の中には、直介の顔も混じりこんでいた。蓋《ふた》を開けば誤解などではなく、紛れもない事実だった。笛子の報《しら》せを聞きつけた直介は、東京の病院から即日、宮城の病院で臥《ふ》せる杏の許《もと》へと駆けつけている。

笛子は包み隠さず、事情の一切を打ち明けた。直介は激昂《げきこう》したが、状況を冷静に俯瞰《ふかん》できるようになるにつれ、一刻も早い娘の回復を願うことに全神経を集中し始める。

そして最終的に縋《すが》りついたのが、桔梗である。

記憶の混濁や欠損といった症状は依然として続いていたのだが、入院から十日余りで杏の容態は概《おおむ》ね改善され、会話も十分可能な状態となった。晴れて退院の許可も出る。

だが、これだけではまだ安心することはできなかった。

杏が不調を来たした原因が、得体の知れない山の化け物と荒ぶる龍神に仕掛けられた障りによるものなら、その回復を判断するのは医者の領分ではない。伊佐美から紹介を受けた直介は、笛子とともに杏を伴い、桔梗の家へと向かった。

杏の様子をつぶさに観察し終えた桔梗は、「まだ爪痕《つめあと》は消えていませんね」と言った。それからさらに所感を続ける。

「障りの元凶は絶ちましたし、時間が経てば意識も記憶も治っていくとは思うのですが、それとは別に少々懸念されることもあります」

桔梗が憂いたのはこれから先、虚《うつ》ろな意識の中で杏が関わり、垣間見《かいまみ》ることになった異様な記憶の数々も、一緒に蘇《よみがえ》ってしまいそうなことだという。

そのうえで桔梗は「できれば、思いださないほうが良いのでは？」と尋ねてきた。

直介は同意し、笛子のほうも異論はなかった。

「そうでしたら」と桔梗が施したのは、記憶の抑制である。村での暮らしに関する件でこれから先、心の傷になり得る出来事は、なるべく思いださせないようにするという。

「荒療治になるので、本当はあまり気は進まないのですが……」と言いつつも、桔梗はすぐに始めてくれた。杏の顳顬《こめかみ》に両手を添え、静かな声音で奇妙な呪文《じゅもん》を唱え始める。

「荒療治」という前置きとは裏腹に、呪文は御詠歌を思わせる悲しげな色を帯びていた。

その間、杏は終始ふわふわした笑みを浮かべ、桔梗の求めに黙って応じていたという。

直介と杏が帰京したのち、笛子は杏が村内で描き溜《た》めたスケッチブックや生活用具を全て処分した。自身の誤断がもたらした娘の不調を悔いる直介からは、浄土村で起きた一連の怪事を口外しないことを引き換えに、杏には二度と関わるなと約束をさせられた。

その後の流れについては、以前に杏が語《く》ったとおりである。

記憶が戻ったのはそれから四年後、奇しくも中学時代に体育の授業でプールの水面を眺めていた時のことだった。怪事の核心に関わる部分の記憶は一切戻らなかったことが、果たして初代桔梗の功績だったか否かについては定かでない。


「大丈夫？　有澄さん」

小夜歌が杏を慮《おもんぱか》って声をかけた。杏は顔を伏せたまま、か細い呼吸を繰り返している。歯の根がかちかちと震える音も聞こえてきた。

「大丈夫です。まだ、全部は語りきっていませんよね？　話を最後まで聞きたいです」

何もかもを決心するかのように太い息を「ふうっ」と漏らすと、杏はやおら顔をあげ、笛子に向かって訴えた。目には薄く涙が滲《にじ》んでいる。

「分かった。もうすぐ全部話し終わるから、本当にごめん。聞いてください」

目の前の足元に横たわる四角錐《しかくすい》の石を一瞥《いちべつ》し、それから笛子は話の続きを語り始めた。

障りの元は絶った——。

三十年前の八月某日、笛子たちが坂の入口で救急車の到着に備える一方、初代桔梗は伊佐美と竹代を筆頭に協力的な信徒を数人募り、事態の収束に取り掛かった。

まずはばらばらに砕けたサリーの身体を処分した。

鋭い声音で祝詞《のりと》を一文詠み終えたのち、御霊屋の前で火に焼《く》べて燃やした。

一部始終を見ていた竹代の証言によると、その光景は信じ難いものだったという。

灯油をたっぷりと回し掛けした割り薪《まき》と枯れ枝と一緒に混ぜこまれたサリーの欠片《かけら》は、火をつけられるとなぜか薄紫に色づいた猛煙を天高く立ち昇らせ、その身の一片一片は炎の中でびちびちと、湿った音を鳴らしながら海老《えび》のように蠢《うごめ》いたそうである。

ほどなく黒炭と化したそれらは、杵《きね》や鉄槌《てっつい》でさらに細かく打ち砕かれ、石橋の上から一粒残らず沢筋に向かって流された。

「水が洗い清めてくださるでしょう」というのは、桔梗の弁である。

これでもう、二度と人を惑わすことはできないだろうという。

紅蓮《ぐれん》の炎に捲《ま》かれるサリーを見ながら、沢水に溶けるサリーの様子を見おろしながら、信徒の多くは涙で頬を濡《ぬ》らしたが、流れる涙はサリーとの別れを惜しむ印ではなかった。

昨夜まで信じて疑わなかった信仰の念が、死した我が子のために歩んできた教えの道が、全て無益なものだと思い知ったがゆえの落涙である。

中には強い恐怖に駆られ、咽《むせ》び泣く者もいた。先に笛子の認識が改まったのと同じく、サリーの処分に立ち会った信徒のいずれもがサリーに対する執着を失い、入れ替わりに深い失意と混乱に心を苛《さいな》まれることになったのである。

続く水菰龍王の封印は、その大半を桔梗がひとりで請け負った。

サリーの死骸《しがい》を滅却したことで、幾許《いくばく》なりとも気持ちは鎮まっているかもしれないが、これから作業を進めていくうえでどんな動きを見せるか分からない。リスクは最小限で抑えたいとのことだった。

竹代たちが御霊屋の広場から引きあげ、坂道の分岐路で気を揉《も》みながら二時間近くも待った頃、桔梗はようやく戻ってくる。龍は無事に封じることができたという。

「その後も先生には定期的にお越しいただき、魂鎮《たましず》めをしていただく予定だったんです。でも、長くは続いてくれませんでした」

龍を封じて半月経った八月下旬。

再び村を訪れた桔梗は、御霊屋の前で二回目の鎮魂の儀式を執り行った。

土中に埋め直された御神体の真上に置かれた四角錐の石は元々、篠宮の屋敷にあった庭石である。桔梗が諏訪子の許可を得て、この時に設置する運びとなった。

御霊屋は折を見ながら取り壊すという方針で話が決まり、信徒の各家に祀《まつ》られていた小型の神柱も全て、清めの祓《はら》いを執り行ったうえで処分された。Θ銀河の会は実質的に解散状態となり、早くも村を出ていく者や転居先を考える者が増えていった。

斯様《かよう》に慌ただしく村の情勢が変わりゆくなか、無惨な形で村を去った者たちもいる。

小久江と小春、そして伊佐美の三人である。

いずれも自ら命を絶って、村とこの世の両方から突然姿を消してしまった。

小久江は八月の終わり頃、御霊屋に張り巡らされた銀色の骨組みに首を括《くく》って死んだ。

地上から五メートルほどの高さから巨体をぶらさげ、鴉《からす》に群がられていたそうである。

小久江は最期までサリーを信奉し続けていた。桔梗の意向に賛同した笛子や諏訪子を口汚く罵《ののし》り、村を去っていく信徒らに怒声をあげ、時には襲いかかることさえあった。

遺書は見つからなかったが、小久江の遺体は満面が銀色の蛍光ペンキで塗り固められ、さながら新たなサリーに変じたかのごとき、異様な姿で発見された。

一方、小春は九月に入ってまもなく、村からふいにいなくなってしまった。

倫平亡きあと、小春は精神的に不安定な状態が続いており、笛子たちは彼女の動向を注意深く見守っていたのだけれど、気づけば姿が見えなくなっていた。

失踪《しっそう》から二日後、笛子たちは小春が岩手の線路内で飛びこみ自殺を図ったことを知る。こちらも現場に遺書はなかったそうだが、訃報《ふほう》を聞き受けたその翌日、諏訪子の許に小春がだした封書が一通届いている。

中には「サリーが一緒に遠足行きたいって言うから」「お星さまが死ねって騒ぐの」「倫平ごめん、生き返れ」などという支離滅裂な文章を長々としたためた手紙が一枚と、渇いた血のこびりついた生爪が十枚入っていた。

伊佐美は小春の死から数日後、近所の田んぼ道で車に轢《ひ》かれて亡くなっているのだが、目撃者の証言では伊佐美が自ら車の前に飛びだし、棒立ちの状態で轢かれたのだという。状況から鑑《かんが》みて、自殺と考えるよりない死に様だった。

やはり遺書は見つかっていない。

御霊屋は、警察の現場検証も終わった十月の初め頃に業者を招いて解体してもらった。初日に若い作業員が、バックしてきた重機に潰《つぶ》されて死んでいる。

小久江の自殺を皮切りに雲行きは次第に、なおかつ如実に怪しくなっていった。笛子を始め、村に残された女たちは、再び障りが始まったのではないかと慄《おのの》き始める。その間、初代桔梗は一連の事態をどのように受け止め、いかなる対応をおこなったのか。

「浮舟先生は、二度と村にはいらっしゃいませんでした」

二度目に村を訪ねてまもなく、初代桔梗は体調を崩して入院する運びとなっていた。三代目桔梗曰《いわ》く、おそらく持病だろうとのことである。若い時分から腎臓《じんぞう》が悪かった初代桔梗は、著しく体調を崩すたびに入退院を繰り返していた。三十年前のこの時期も、祖母が入院していた記憶が薄っすら残っているという。

小久江の訃報については、伊佐美が電話で伝えた。「胸騒ぎがします」と桔梗は答え、退院したらすぐに伺うと約束してくれた。だがその後は、笛子の語るとおりである。

原因は諏訪子にあった。

九月に伊佐美が変死したことで胸騒ぎを感じた笛子は、急いで桔梗に来てもらうよう、諏訪子に嘆願したのだが、彼女の答えは意想外のものだった。

「二度と来るな」と告げたという。「あの人のせいでこうなった」と諏訪子は言った。桔梗が余計なことをしでかしたからサリーが祟《たた》って、龍神《りゅうじん》もますます怒り猛っている。あの女が村に出入りを続けると、これからもっと良くないことが起こるだろう。

そんなことを言ってせせら笑う。

信じられない話だったし、正気であるとも思えなかったが、村は彼女の所有地である。笛子らが勝手に桔梗を呼ぶことはできなかった。

桔梗が水菰龍王《みこもりゆうおう》を再び封じて以来、笛子たちは定期的に龍が眠る石の前に供物を捧《ささ》げ、手を合わせるのが新たなお勤めとなっていたが、それもやめろと言われた。

下手に関わるから、龍が荒ぶるのだという。小久江たちのようになりたくなかったら、二度と手を合わせないことだと諏訪子は顔を歪《ゆが》ませた。

実際、お参りをやめて以降は、村から死人が出ることはなくなる。

だがそうした一方、諏訪子の様子はますますおかしなものになっていく。

元はサリーの神柱を祀っていた屋敷の祭壇上に倫平の遺影を飾って、恭しく礼拝する。

これには多少の理解もできた。何しろ実の息子に生き写しで、溺愛《できあい》していた養子である。

葬儀の席での哀しみようはある意味、小春以上に激しいものがあった。

問題は祭壇に祀りあげた、もうひとつの物である。

塩ビ製の赤ん坊人形。それも全身を銀色の塗料で塗り固めた、異様な姿の人形である。頭が大きく、体形がずんぐりとしたその風貌《ふうぼう》は、嫌でもサリーの姿を連想させた。

「夢で見たのよ。あの世で倫平のお婿さんになってもらうの」

へらへらしながら宣《のたま》う諏訪子に笛子を始め、まともに言葉を返せる者はいなかった。

「お婿さん」というのは、おそらく嘘だろう。回りくどい嫌味なのだと思った。

倫平が浄土村に来た頃、笛子たちが倫平にしたことを今になって当てつけているのだ。

村には粗暴で汚らわしい男子禁制というルールがあったから、せめて雰囲気だけでも違和感がないように一時期、信徒たちは倫平に女の子みたいな服を着させようとしたり、品のいい女言葉を教えこもうとしたことがある。だが、どちらも拒絶されたのでやめた。

倫平が示したあまりの反発ぶりに、そのうち誰も押しつけなくなった。

倫平には悪いことをしたと反省している。蒸し返されると、居心地が悪くなって辛《つら》い。

しかし、そんな嫌味を吐きだす諏訪子も時折、倫平の名前を亡くなった息子の名前で呼んでいた。九分九厘、単なる呼び間違いではないだろう。

自分も大概ではないかと思う気持ちもあった。

こうした諏訪子の異常も含めて、笛子は独断で桔梗に事情を伝えようと考えてはいた。

だがなぜか連絡しようとするたびに急な用事が入ったり、気分が乗らなくなったりして、実現には至らなかった。まるで視えざる何かに妨害されているかのような印象も受ける。

それは竹代を始め、村に残る他の女たちも同じだった。なぜか都合がつかなくなる。訝《いぶか》りながら連絡が取れずにいるうちに、元信徒の残留組は諏訪子の素行を気味悪がり、ひとり、またひとりと櫛《くし》の歯が欠けるように村を去っていった。

そうした流れの中で諏訪子が死んだのは、翌年一月のことである。

篠宮の屋敷と一緒に焼け死んだ。屋敷は全焼、出火の原因はのちに放火と断定された。火の手が上がったのが夜の遅い時間だったこと、火元が祭壇の間で、黒焦げになった遺体も祭壇の前で発見されたことから、諏訪子が自ら火を放ったものとされた。

諏訪子の死後、屋敷は更地となり、かつての浄土村は竹代が管理することになった。坂道の住まいに数人残っていた女たちも、諏訪子の死を機に恐れをなして去っていった。

笛子も石巻のアパートへ戻ろうかと考えていたのだが、竹代とふたりで土地の権利に関する手続きなどに追われているうちに機会を逃してしまった感がある。竹代と慎重に話し合った結果、伊佐美が生前住んでいた坂の下の家に、ふたりで暮らすことになった。

理由は恐れである。笛子も竹代も、坂道に立つ家に独りで暮らし続けるのが怖かった。諏訪子がおかしくなり始めた頃から、時折村内で不穏な気配を感じるようになっていた。

坂道を歩くさなか、自宅でくつろぐさなか、あるいは湯に浸《つ》かっているさなか――。ふと何かにそっと見られているような感覚を覚え、背筋がざらりと粟立《あわだ》つ。

はっとなって周囲を見回しても誰がいるわけでもない。だがしかし、近くに視えない何かがいるような気配だけは幽《かす》かに感じる。そんなことがしばしば起きた。

竹代を含め、村を去っていった女たちにも、同じ経験をしている者が少なくなかった。正体については死んだ小久江や小春、倫平などとも言われたが、どれも確証はなかった。封印されているはずの龍神かもしれなかったし、諏訪子が拝み始めたサリーのような異形という可能性もあった。笛子の印象としては小久江たちの亡魂というよりはむしろ、これらであるような憶測を抱いてしまう。竹代も同じ意見だった。諏訪子の変死も然《しか》り、障りはまだまだ終わっていないのだろうと思った。

ならばどうして笛子と竹代は、他の女たちのように村から離れていかなかったのか？正しく言葉にするのは難しいと、声を揃えてふたりは語る。

ふと気がつけば三十年という膨大な月日が経って、今へと至っているのだという。坂の麓《ふもと》に位置する家で暮らす分には、怪しい気配を感じることはほとんどなかった。感じる時であってもごく薄い。けれども坂道を上り始めると、たちまち様相が変わる。背中に視線を覚え、何かに詰め寄られてくるような気配を感じ、恐れを抱いて心が竦《すく》む。

やはりそんなことがあって、無人と化した坂道の家々を容易に管理することもできず、道には草が茂るようになっていく。龍が眠る森には、向かうことすらできなかった。

もはや咎《とが》める諏訪子もいないため、桔梗に救いを求めようと相談し合ったこともある。だが笛子も竹代もなぜか桔梗の名を思いだすことができなかった。

埒《らち》が明かず、代わりに地元の神主や住職に話を持ちかけたこともあったが、断られた。傍《はた》から見れば怪しい宗教団体もどきの元信者になど、関わりたくないと思われたのだ。連絡先も出てこない。

それですっかり消沈してしまった笛子と竹代は、誰に頼ることもなくなった。

坂の前に新たな封印のごとくチェーンを張り巡らせ、不穏な気配に恐れを抱きながら、大した愛着もないというのに、かつては浄土村と呼ばれた敷地の番を細々と務める。

然様《きよう》に不穏な営みが三十年余りも続いた末、事態が一変したのが今日という日である。

きっかけは、忘れていた小夜歌の名刺を笛子が偶然見つけだしたことによる。

「人の記憶や意識に影響を及ぼす。それがいちばん大きな特徴だとしたら、原因として当て嵌《は》まるのは、龍神さまでしょうか？　当時、わたしの身に起きたことと同じ」

話を終えた笛子の顔から視線を移し、桔梗に向かって杏が言った。

「可能性の面では、全くのゼロではないと思います。祖母が当時、完全に封印しきれず、この三十年、土の中から液漏れするみたいにずっと災いを及ぼしてきた。仮にそうだと考えるのなら、水菰龍王さまの怒りは、まだ治まっていないということになります」

その昔、主には杏の身に起きた意識と記憶の混濁、その後も笛子と竹代のふたりから初代桔梗に関する情報を塞《ふさ》ぎ、村の入口前まで至った私たちの記憶も封じられた。

件《くだん》のひと悶着《もんちゃく》に関しては、笛子と竹代も失念していたのだという。

今朝方、たまさか笛子に用事があって、竹代と共用の名刺ファイルを開いたところ、心当たりのない不審な占い師の名刺が出てきた。それから竹代と一時間近くもかかって小夜歌の顔を思いだし、ひどい胸騒ぎを覚え始める。大いに躊躇《ためら》いながらも意を決して小夜歌に救いを求めたのが、今という状況へと至っている。

「ですがその半面、サリーの仕業という線も捨てきれません。やはり祖母が滅しきれず、実体を失くした状態になってもこの土地にとどまって、障りをなしているという可能性。それに記憶の封印だったら、最初の儀式の時に倫平くんも影響を受けていましたよね？この件も加えて思うと、記憶に関する怪異の元凶は、サリーのほうが条件に合致します。現に感じてもいるんですよ。笛子さんたちのお宅に到着してから、今に至るまでずっと。度合いは幽かで摑《つか》みどころもないのですが、龍《りゅう》でも人でもないような、異質な気配」

先刻、我々が笛子たちの家で話を聞いていた時から、桔梗が主張していることだった。

「わたしは九分九厘、サリーじゃないかと考えているのですが、笛子さんたちのお話を聞いてもあれのくわしい性質は理解しきれなかったし、こちらの動きに応じて向こうがどう出てくるつもりなのかも分かりません。だから視えざる正体がなんであるにしても、今の時点でこちらのほうから積極的に手をだしづらいんですよね」

「ということは、やっぱり先に龍神さまの状態を確認するって感じ？」

小夜歌が問うと、桔梗は「ううん……」と苦い声を漏らして指を組んだ。

今の私は怪しい気配を感じることさえできない身だが、桔梗が悩む理由なら分かった。

万が一、龍の怒りが鎮まっていなかった場合について警戒しているのである。

笛子の話では、諏訪子に咎められてから今日まで三十年、供物を捧《ささ》げることは元より、手を合わせることすら一度もしてきていないのだという。怒りがまったく変わらないか、増していることはあったとしても、自発的に鎮まっているとは考えづらいものがあった。

そんな状況にあるものを土から掘り返してみようというのである。答えが凶と出れば、果たしてどんな災禍に見舞われることになるのか。想像するだに震えが生じる。

かてて加えて、桔梗が感じる異質な気配が龍神の封印を解いたのち、どう動くのかも今のところ分からない。ただ少なくとも、こちら側の利益になる動きは見せないだろう。ゆえに迂闊《うかつ》な判断を下すことはできない。本来なら、こうした事案は精査を慎重に重ね、事の仔細《しさい》を十分に把握し、なおかつ万全の態勢を整えたうえで臨むべきことなのである。

だが、今回の件に関してはおそらく、そんな悠長なことをやっていられる余裕はない。仮にこの場を退いて仕切り直そうと腹を決めても、下手をしたら再び記憶を飛ばされる。それも加味したうえで、桔梗は決断を迫られながらも初めの一手が打てないでいるのだ。

笛子と竹代の様子を見る。ふたりとも、顔色が死人のように悪い。

三十年前に大きな過ちを犯したとはいえ、これまで十分苦しんできただろうとは思う。わけの分からない銀色のチビ助と、心根の腐《こうぶ》った女教祖に妙な夢を見せられたおかげで、ふたりは結果的に、こんな廃村じみた荒蕪地《こうぶち》の番人もどきを請け負わされる羽目になり、貴重な人生の多くをみすみす棒に振ることになってしまったのだ。

ふたりが道を踏み外す発端が、死した我が子の冥福《めいふく》のためだったというのも悲惨だし、挙げ句は「常夜」とやらも存在せず、歩み続けた教えの道も無益なものだったとくれば、下手に掛ける言葉も浮かばない。ならばせめて可能な限り速やかに、この生き地獄から脱する道を作ってやるべきではなかろうか。

続いて杏の様子を見る。

震えながらも平常心を保っているようだが、おそらくそんなに長くはもたないだろう。倫平の死を始め、求めていた真相が重過ぎる。どれだけ呑《の》みこめるのかは本人次第だが、こちらもできれば一刻も早く、静かに気持ちの整理ができる環境が必要だろうと思った。

再び桔梗のほうへ視線を戻す。

「一旦《いったん》仕切り直すより、今日じゅうに解決したほうがいいと思う。どうでしょう？」

「ええ、わたしもそれが最善だと思います。でも正直、悩んでもいます」

元より心根が清くて責任感の強い人だ。ましてやこの件は祖母であり、初代でもある先達が手掛けた仕事の、いわば後始末である。彼女が逃げだすことは絶対にないだろう。突破口さえ得られれば、かならず事をやり遂げてくれるはずである。

「分かりました。なら秘策があります。了解してもらえるなら、すぐに動きますよ」

「本当ですか？　突破口さえ得られるなら、わたしもすぐに動く覚悟はできています」

時間差で二回ハモった。決定であり、なおかつこの手が正解ということでよかろう。

時刻は五時を迎えそうな頃だった。すでに日は傾き、辺りは濃い闇に染まりつつある。最後はいつも暗闇の中で決着をつけることになるのは、因果のようなものだろうか？

懐から携帯電話を取りだし、発信ボタンを押す。向こうはまもなく通話に応じた。

「もしもし。急な話で悪いんだけど、聞いてほしい。貸しを返してもらう時が来た」

災禍と最善と

「まるで造り神事件の同窓会だな。これで水谷《みずたに》さんと小橋《こばし》さんが来られれば勢揃いだ」

皮肉交じりの微笑を浮かべ、いかにも芝居じみた調子で深町伊鶴が言った。

肩には大きなボストンバッグをさげている。

「どっちも来ない。俺の貸しがあるのはおたくだけ。ふたりにはむしろ、借りがある」

「ご無沙汰《ぶさた》しております。またご迷惑をお掛けすることになって、申し訳ありません」

桔梗が頭をさげると、深町は「いえいえ」と肩を竦ませ、バッグを地べたへおろした。

仙台から列車とタクシーを乗り継がせ、およそ二時間をかけて現地まで御足労願った。

森へと至る坂の入口からの道筋は、笛子と小夜歌、佐知子の三人が先導してくれた。

初対面の杏と竹代に挨拶《あいさつ》を済ませると、深町はボストンバッグを開け、中から無数の紙垂《しで》が等間隔で挟みこまれた太い注連縄《しめ》を引っ張りだした。大事な仕事道具である。

続いて小夜歌と佐知子が、坂道を戻ってくる途中に切ってきた長さ一メートル近くの青竹を四本、深町の指示で地面に向かって深々と突き立てる。

場所は龍神が眠る地面の四方。それらに深町が手際よく注連縄を結わえて巡らせると、注連縄の内側に二坪ほどの四角い空間ができあがった。

魔封じの結界である。深町が稼業においてもっとも得意とする分野で、これに四方を囲まれれば大抵の魔性は力を失い、抗《あらが》うことはおろか、逃げだすこともできなくなる。

先ほど私が閃《ひらめ》いた、これがおそらくのところ、他力本願ながらも最良の秘策だった。これなら御神体を収めた箱を開けても、リスクを最小限に抑えることができるだろう。

結界の効力は万能ではないため油断は禁物だが、仕事は段違いにやりやすくなる。

結界が完成すると、今度は桔梗と佐知子が持参してきたバッグを開いた。

中から取りだしたピクニックシートを地面に敷き、その上に三宝《さんぼう》や高坏《たかつき》を並べていく。仕上げに深町に頼んで調達してもらった山海の神饌《しんせん》を供え、事前の準備は全て整う。

時計は七時半を差す頃だった。先刻、坂の麓まで深町を迎えにいってもらう道すがら、竹代には懐中電灯を数本とシャベルを用意してもらっていた。桔梗の合意を受け、私と深町のふたりで四角錐《しかくすい》の石をどかし、私が地面を掘り返していく。

長年、石の下に覆われていくらか湿っていたせいもあるのか、土は思っていたよりも柔らかく、容易《たやす》く掘り進めることができた。五十センチほど掘り返していったところでシャベルの先が硬いものに当たって「かつん」と鈍い音が鳴る。土を払うと、黒ずんだ鉄の箱の上部が見えた。

角ばった四方の縁にシャベルを突っこんで周囲の土を取り除き、仕上げは箱の底部にシャベルの先を滑りこませ、梃子《てこ》の原理で上へと押しだすように持ちあげた。

両手で攫《つか》みあげた土まみれの古びた箱を、神饌が供えられたシートの前に置く。

「ありがとうございました。わたしが開けます」

桔梗がうなずき、続いて杏たちのほうへ振り向く。杏と小夜歌、笛子と竹代の四人はこの時、注連縄の外にいた。桔梗は四人に「中へ入ってきてください」と言った。

私としては、不測の事態に備えて縄の外から様子を見ていてもらうつもりだったので、桔梗の指示は意外だった。案の定、笛子と竹代は少し戸惑っている。

結界の中に全員が揃うと桔梗は箱の前にしゃがんで、再び「開けますよ」と言った。のろりと蓋《ふた》が持ちあがり、四角い内部が露《あら》わになる。懐中電灯の光に照らしだされた中身を目にしたとたん、みんなで「え?」と声をあげることになった。

箱の中には上部に封印札が貼られた石と、黄緑色をした蛙のぬいぐるみが入っている。蛙は両手で石を抱えこみ、身体に石を丸く寄り添わせるような形で収まっていた。

「ケロ……」

杏がつぶやき、身を乗りだして凝視する。

「間違いない。ケロです。わたしが大事にしていたぬいぐるみ。でもどうして?」

「そう言えば、その蛙……ああ、もしかしたら、そうだったと思います……」

竹代が語るには、三十年前のあの日、ケロを見かけているという。折しも杏と倫平が救急車の到着を待っている間、桔梗とともにサリーの処分へ向かう時のことだった。

ケロは石橋の上にごろりと寝転がっていたそうである。沢からよじ登ってきた倫平が、橋の上で倒れている杏を背負って村へと戻るさなか、置き去りにされていったのだろう。

「橋を渡る時、浮舟先生は蛙を見つけると、さっと抱きあげて小脇に挟んだんですよ」

それからケロは、御霊屋が立つ広場に置き直されたが、あとのことは知らないという。

「竹代さんたちがサリーの処分を済ませて村のほうに戻っていったあと、祖母がケロを箱の中へ入れたということになるんでしょうね。でもどうして……？」

桔梗も首を傾げて考える。そこへ小夜歌が「ねえ」と発して箱のそばまで寄ってきた。

「これって多分、普通のぬいぐるみじゃない。中に誰かが入っていると思うんだけど」

そう言って桔梗に「いい？」と抱きあげる仕草をしてみせる。

桔梗は即座に「待って！」と制し、小夜歌に代わって自分が箱の中へと手を伸ばした。警戒した手つきでそっとケロを両手に抱きあげる。

「うん……そうですね。入っている。そうか、そうだったんですね……」

静かな声でつぶやくと、桔梗はつかのま、両手でケロを優しくそっと抱きしめた。

「有澄さん、お返しします。もしかしたら、あなたのほうが強く感じるかもしれない」

うなずきながら杏の前にケロを差しだす。杏もケロを受け取って抱きしめた。

「お母さん……？」

ケロを胸に抱いてまもなく、杏は小さな声で囁《ささや》き漏らすや、目から涙をこぼし始める。

「ですよね。良かった。その子に宿っているのは、有澄さんのお母さまです」

「どういうことです？」

私が訊《き》くと、桔梗は「おそらくは大役を買ってくださったんでしょう」と切りだした。

三十年前のあの日、石橋の上にぽつんと取り残されていた緑の蛙のぬいぐるみ、ケロ。その素性を初代桔梗が見抜いたものか、あるいはケロのほうから話しかけてきたものか。

経緯はどうであれ、ケロの身体の中に杏の母・景織子の魂が宿っていることを知った初代桔梗は、水菰龍王《みこもりゆうおう》を最善の形で封じるべく——おそらくは互いに合意のうえで——景織子に魂鎮《たましず》めの役目を託した。

かくしてケロこと杏の亡き母、景織子は、御神体の石へ御霊が戻された龍に寄り添い、荒ぶる心が鎮まるその日まで、一心不乱に慰め続けることになったのではないかという。あたかも龍の母のごとく。先刻、ケロに触れることであらましを知ったと桔梗は言った。

「現にもう、すっかり鎮まっていらっしゃいます。確認と証明もすぐにできます」

再び箱の前に屈《かが》むと、今度は石に貼られた御札を剥《は》がし、石を抱えてこちらに向けた。

何も起こらない。何も感じない。だが感じないのは、私の不調に起因するものである。

仕方なく、小夜歌と深町に意見をうかがう。

ふたりは気難しげな顔つきでつかのま、石を凝視してから「大丈夫」と声を揃えた。さらに深町のほうは「結界の効能によるものでもない」と言う。

「すごいな。意外な展開でしたけど、安心しました」

「まさに奇跡ですよ。わたしも完全に想定外でした。実質的にはお母さまのおかげです。景織子さんが全てを収めてくださっていたんです。良かった。本当に良かった……」

「母はいつ頃から、ケロの中に入っていたんでしょう？」

ケロを抱きながら、杏が尋ねる。桔梗は「多分ですが」と前置きしたうえで答えた。

「おそらくお母さまがお亡くなりになってから、ずっとだったんじゃないでしょうか？　きっと有澄さんのことをいちばん近くで見守りたくて、ケロに宿ったんだと思います」

「そうですか。わたしもそう思います。ずっと一緒にいてくれてたんですね……」

涙で潤んだ目をさらに輝かせ、杏は胸元に抱いたケロを一層強く抱きしめる。

杏は、三十年前の怪事でケロが唐突に喋《しゃべ》りだすくだりについては、譫妄《せんもう》状態における幻聴のたぐいと解釈していた。しかし、こうして予想外の事実が明らかになってみると、この蛙の御母堂《ごぼどう》は本当に喋っていたのだろう。

最初はサリーに誑《たぶら》かされて御霊屋へ向かいたがる杏を諫《いさ》め、その次は杏の姿を認めた倫平とふたりで御霊屋の広場から逃げることを勧め、最後は杏を守るために自らの身を擲《なげう》って、荒ぶる龍を抱きながら土中へ埋められる道を選んだ。それらは全て死してなお、愛娘《まなむすめ》を全力で守り抜かんとする意志がなせる業であり、まさしく母親の鑑《かがみ》である。

「抱いてみますか？　わたしの母で、あなたの姉です」

笛子のほうを振り向き、真顔で杏が尋ねる。

「母が生前、あなたのことをどう思っていたのかは知りませんし、あなたが母に対してどんな気持ちを抱いているのかも知りませんし、それを知りたいという気もありません。ただ、せっかくこうしてまた会えたんです。できれば挨拶《あいさつ》ぐらいはしてあげてほしい」

笛子は躊躇《ためら》うそぶりを見せたあと、まもなく深くうなずいて杏からケロを受け取った。

それから一拍置いて、黄緑色の蛙に宿るかつての姉を赤子のように抱きしめた笛子は、やがて大きな嗚咽《おえつ》をあげてその場にどっと膝《ひざ》を突く。

「もう少し、もう少しだけ、抱いていてもいいかしら……？」

涙で顔を歪《ゆが》めながら囁く笛子に、杏は「どうぞ」と答え、それから少し笑ってみせた。

笛子の様子を見ていた竹代も、目に涙を溜《た》めながら杏の顔をじっと見据えて語りだす。

「わたしは、あんたにもあんたの母さんにも謝りたい。酷《ひど》いことをしてしまった……」

「正直に言うと、謝られても許せるかどうかは分かりません。でもこれも正直に言うと、竹代さんの顔を今日、久しぶりに見た時に思いだしたのは、ラムネのことだった」

「ラムネ？」

「倫くんとふたりでお菓子を買いにいった時、おまけでラムネを二瓶くれたでしょう？『暑いんだから水分も摂《と》らないと。外で遊ぶ時は日射病に気をつけて』って言いながら。あの時にいただいたラムネ、冷たくって本当に美味《おい》しかったです。あの時の親切だけは『酷いこと』なんかじゃない」

「あたしの死んだ娘も、ラムネが好きだった。でも、自分で蓋を開けるのが下手くそで、ラムネを飲む時はいっつもあたしが蓋を開けてあげてた……」

「わたしと一緒です。ぶしゅって泡が出るのが今でも苦手」

冗談めかして答えた杏の言葉に竹代もその場にひれ伏し、声をあげて泣き始めた。

「ごめんなさい。お仕事の邪魔をしてしまいました。続きをよろしくお願いします」

笛子と竹代の嗚咽が治まり始めるのを見計らい、杏が桔梗に振り向き、一礼する。

「いいえ、大丈夫ですよ。承知しました。これから龍神《りゅうじん》さまを天までお送りする儀式を始めます。長くはかかりませんので、お付き合いください」

桔梗も一礼すると、御神体の入った鉄箱と神饌《しんせん》が並べられたシートの上へ腰をおろし、佐知子が翳《かざ》す懐中電灯の明かりを頼りに、張りのある声で祝詞《のりと》を読み始めた。

十分足らずで儀式は終わる。龍は遺恨も残さず、この地を去ったと桔梗は言った。

「さて、これで最初の懸案事項は解決です。残りはあともうひとつ。挑みます」

「了解。できることはなんでも手伝いますから、遠慮なく言ってくださいよ」

龍神とは違い、残る相手は素性も不明な化け物である。どんな手を使って桔梗は事を収めるつもりなのか。思いながら答えた直後、起きてはならないことが起きてしまう。

左の脇腹を背後から刃物で刺されたような衝撃が走り、思わず「うっ」と声が漏れた。続いて靄《もや》のような痛みが脇腹から背中一面に広がり、まともに立っていられなくなる。

持病の発作が出たのである。最悪のタイミングで、膵臓《すいぞう》が悲鳴をあげ始めてしまった。

心の中で「あとにしろ！」と叫んだのだが、そんなことで痛みが引くなら世話はない。平静を装う前に身体が告げ口するかのように大きくよろめき、呼吸もみるみる荒くなる。

「大丈夫ですか？」

すかさず異変を察した桔梗に問われ、こちらもすぐに「大丈夫です……」と答えたが、横から顔を覗《のぞ》きこんできた小夜歌に渋い顔で「そんなわけないでしょ」と頭を振られる。

「引きあげたほうがいいです。下の家で休ませてもらいましょう。もしくは救急車」

「嫌です。せっかくここまで付き合ってきたんだ。最後まで結果を見届けたい……」

言いはしたが、言葉は食いしばった歯の間から出ていたし、声は腹に響いて痛かった。

「どう見たって無理だ。顔色がすごいし、脂汗も出てる。大人しく休んだほうがいい」

しかめ面を近寄せ、深町も言う。「嫌だ」と返したが、ますます痛みは強まっていく。

「わたしも同感です。そんな状態じゃ無理ですよ。どうか休むようにしてください」

とどめのごとく、桔梗もレッドカードをだしてきた。それでも私は諦《あきら》めきれない。

「前にはみんなで最後までやった。確かに今は持病を抱えて、霊感も効かなくなってる。でも、今のこんな自分でも、できうる限りのことはやらせてもらいたい。こんな状況でいきなり邪魔者みたいに扱われるのは、本当に絶対、堪えられないんですよ……」

すでに半ば膝を折りかけながらも、必死になって桔梗に訴える。

だがそれに応《こた》えたのは桔梗ではなく、小夜歌のほうだった。

「うん、気持ちはよーく分かりました。でもね郷内さん、間違えてることがふたつある。ひとつめは誰もあなたのことを邪魔者だなんて思ってない。そんなふうにあたしたちが思っているって思うんなら、逆に心外。ふたつめはね……あなたの出番はここじゃない。仮にその身を潰《つぶ》してでも、絶対にやり遂げなくちゃならない。まさに死ぬような覚悟で。そんな場面がきっと来る。だからその時までは、身体を大事にしていたほうがいいです。この場はあたしたちに任せてください。お願いします」

なんだそれ……。まったく意味が分からない。

だが、凄《すご》みを帯びた小夜歌の目を見て踏ん切りがついた。

「分かりました。休むようにします……」

応えると小夜歌はうなずき、桔梗は「良かった……」と安堵《あんど》の息を吐き漏らした。

「佐知子。悪いんだけど、下まで連れていってもらえる？　暗いから気をつけて」

「はい。じゃあ、行きましょうか。大変だと思いますけど、がんばってくださいね」

佐知子が私の肩を担ぎ、注連縄《しめ》の外へ向かって歩き始める。

「ああ、下まで行くんでしたら、あたしも一緒に付き添いますよ」

歩きだした私たちに竹代が近づき、腕を伸ばしてくる。が、桔梗がそれを制した。

「いえ、竹代さんと笛子さんはこの場に残ってください。仕事の続きをしますので」

「でも、ひとりで担いでいくのは大変でしょう？」

「確かに。でも、おふたりにはこの場で見届けていただきたいんです。サリーを完全に滅する、これが最後の機会だと思います。今夜で全部、終わらせてしまいましょう」

それまでよりも一際大きな声で、桔梗は「サリー」と発した。

勝利宣言のようなものだろうか。その心はいかに？

思いを巡らすまもなく、桔梗は竹代と笛子に向かって今度は小さな声で言葉を続ける。

「もしも家の中に隠《かく》しているものがあるのでしたら、在り処《か》を教えていただけますか？」

ふたりは顔を強張《こわば》らせ、寸秒間を置き、笛子のほうが「仏壇の下です……」と答えた。

桔梗が佐知子のほうに振り向き、うなずいてみせる。佐知子も応じてうなずき返した。

「OKです。苦しい時はご遠慮なく言ってくださいね」

佐知子の声がけに私もうなずき、ふたりで注連縄をくぐり抜ける。

足元を照らすのは、佐知子が握る懐中電灯の薄明かりだけ。周囲に染みる闇の濃さに比べて光は圧倒的に足りなかった。おまけに痛みのせいで足取りは一層おぼつかない。

「サリーの件で何か分かったことがあるんですか？　なんかそんな雰囲気だった……」

「小夜歌さんの言葉、もう忘れちゃいました？　この場はわたしたちに任せてください。今はお腹の痛みに集中してください。足元のほうにも。油断すると転んじゃいますよ」

軽やかな笑みを交えながらさらりと返され、答えをはぐらかされてしまう。

疑念は残ったものの、痛みのほうもひどかった。あとは慎重に坂道を下ることにする。

「映画なら、こんな展開になること、絶対にないな……」

「ですよね。映画じゃないから仕方ないです」

坂道を抜け、ようやく笛子たちの家まで戻ってきたのは、午後九時過ぎのことである。

亀のような足取りで歩いてきたので、行きの倍以上に時間を費やしてしまった。

佐知子に玄関戸を開けてもらい、よろめきながら居間へとあがりこむ。

呻《うめ》き声をあげつつ畳の上に転がるように横たわると、佐知子のほうは私の前を横切り、

「失礼します」と言いながら居間に立てられた襖《ふすま》を開けた。

続いて襖の向こうに足を踏み入れ、電気をつける。

部屋の壁際に古びた仏壇が見える。佐知子は迷うことなく仏壇の前に正座した。

「何が始まる？」

痛みを堪《こら》えつつ、両腕を使って這《は》いながら佐知子の背後まで近づいていく。

「休んでいてください。でも実は心強いです。本当は独りでやる予定だったので」

こちらを見おろしながら微笑むなり、佐知子は仏壇の前に姿勢を戻した。

「加瀬川小久江。偽りの神。下賤《げせん》な死霊。これより汝《なんじ》の全てを打ち祓《はら》う」

鋭い声でつぶやくや、佐知子の口から威勢を孕《はら》んだ厳《いか》めしい声音が高らかに放たれる。

死霊祓いの呪文《じゅもん》だった。

私が唱えるものとは文言が違うが、呪文の端々に出てくる言葉の意味や印象からして間違いなかった。おそらくは桔梗仕込みのものだろう。

佐知子は呪文を唱えあげると、仕上げに人差し指と中指をまっすぐ突き立てた右手を斜めに高く掲げ、怒声を発しながらVの字に数度、目にも止まらぬ速さで振り続けた。

そして沈黙。続いて静寂。こちらが呆気《あっけ》にとられていると、佐知子は「ふぅ……」と息を漏らして、今度は仏壇の下に備えられている観音開きの戸を開けた。

「あった。これじゃあ実質、何も変わらないのと同じですよね」

そう言って、戸の中から銀色の物体を両手にふたつ取りだして見せる。

材質は金属。鈍い銀色を湛《たた》えた、知恵の輪のお化けを思わせる形状をした物体である。

㊀銀河の会が崇《あが》めていた神柱。信徒が個人的に所有する物体と察した。

「なんで？」

「すぐに説明しますので、もう少しだけお待ちください」

佐知子は上着のポケットからスマホを抜きだし、慌ただしく操作を始めた。

「桔梗さんにLINEを送っています」

一体何を送っているのか見当もつかなかったが、送り終えるとすぐに返信を知らせるメロディが鳴って、佐知子は画面に食い入った。

「OKです。もうすぐ桔梗さんたちも戻ってくるはずなので、安心していてください」

「加瀬川小久江って、あの小久江？　死んだあいつが障ってたってことですか？」

「ピンポンです。笛子さんと竹代さんが昔から感じていた、得体の知れない気配の正体。桔梗さんと小夜歌さんが坂道を上りながら感じていた、弱くて摑《つか》みどころのない気配。どちらも小久江さんらしいです。それもサリーのふりをした小久江さんの幽霊」

三十年前に初代桔梗がサリーを滅して以後、小春に伊佐美、諏訪子の三人が不可解な死に至ったのも、おそらく小久江の仕業だという。

「教団を潰された恨みで最初のうちはずいぶん荒ぶったみたいですけど、荒ぶり過ぎて信徒の人たちが村から次々逃げだすようになってからは、行動方針を変えたみたいです。その後は村に居座ることだけを目的にしたみたいだと、桔梗さんが言ってました」

「なるほど。信じますけど、浮舟さんはいつ頃、それに気がついたんです？」

「坂道を上りきって、森の広場で笛子さんから話を聞いている時だそうです」

弱々しくも不穏な気配は、居場所も意図するものも摑めないまま、桔梗が坂道を上り続ける間、断続的に感じていた。平素は感じ慣れないその印象から、途中までは本当に、異教の神サリーの気配なのではないかと思う節もあったという。

だが、森の広場で笛子の話に聞き入るさなか、気配に急激な変化が生じるのを認めた。それは小久江が御霊屋に首を括《くく》って死んだくだりを、笛子が話していた時のことである。気配に一瞬、びくびくと波打つようなムラが感じられ、続いて水菰龍王《みこもりゅうおう》が眠る地面の上空に向かって上昇していくのが分かった。止まった位置は地上から五メートルほど先。小久江がその昔、首を吊《つ》ったとされる御霊屋の骨組みがあった地点である。

視線をあげると、銀色に染まる大きな顔が宙に浮かんで左右に揺れているのが見えた。危うくサリーと見紛えそうなその顔は、銀色の蛍光ペンキを塗った女の顔だったという。顔は憤怒の形相で笛子を見おろしていたが、小久江の話を語り終える頃になると消えた。

その後は再び位置が分からなくなるも、気配の質はそれまでの弱くて不審なものから、露骨なまでの神々しさを醸しだした、傲慢《ごうまん》な雰囲気へと切り替わる。その劇的な変貌《へんぼう》は、己の惨めな最期を久方ぶりに思いだして動揺を来たした、強い反動のように受け取れた。小久江は人の枠を超越した神になった気分で、この地に留《とど》まり続けているのだろう。

水菰龍王の現況を確かめる前に討ち取るべきか否か。悩んだ末に桔梗は保留とした。

「生前は霊感があって、最終的には小さなカルト教団を設けるに至った人物ですからね。なまじの死霊とは下地が違いますし、迂闊《うかつ》に仕掛けるのはまずいと判断したそうです」

だから最善策を練りあげることにする。私が深町に連絡を入れて到着を待っている間、桔梗と佐知子は小久江に動向を気取《けど》られぬよう、密《ひそ》かにＬＩＮＥでやりとりを開始した。それで定まったのが、今しがた佐知子が単独で決行した死霊祓いによる撃滅である。

「ストレートな手段ですけど、相手が神を装っても本質は死霊ですから、正統な手段を踏みさえすれば、やっぱりストレートに刺さります。……間違っていませんよね？」

「間違ってない。こういう蒙昧《もうまい》な分野にも、きちんとルールってものがありますから」

答えると、佐知子は「ですよね」と笑って話を続けた。

問題はそのタイミングと、決行する場所だった。深町が「小久江に対して」ではなく、「水菰龍王《みこもりゆうおう》への備えとして」森の広場に結界を形成したゆえか、現場に揃った私たちは小久江に過度な警戒をされることなく、ひとまず身の安全を確保することができた。

当初は桔梗が龍神の問題を収めたのち、結界の内側から小久江を討ち取る算段だった。ところが私と深町が地面を掘りだす頃になると、気配が突然消えてしまったのだという。

気配の位置をある程度把握することができないと、死霊祓いの精度にも影響が生じる。意図は不明だったが、向こうもいよいよ何か、攻勢に出るつもりなのかもしれなかった。あやふやなら威力は半減し、最悪の場合は「不発」ということで無効に終わる。

仕損じれば厄介な事態になるのは必至。決めるなら一度で確実に仕留めねばならない。

小久江を近くまでおびき寄せるのはどうにかなりそうだったが、向こうが臨戦態勢で接近してきた場合、祓いをかわされ、そのまま逃げきられる可能性もあった。

それに加えて記憶飛ばしの荒業もある。果たして偽の神を演じることで生じたものか、敵はオリジナルのサリーが有していたとおぼしき、嫌らしい特性までをも獲得している。さながら死霊の変異体とでも言うべきか。ならばこちらも変則的な攻勢に出るのが最善。

思案の末に桔梗が考えついたのが、佐知子に狙撃《そげき》役を担わせることだった。

「結界のそばまで小久江さんが近づいてきたら、わたしがここから死霊祓いを仕掛ける。遠距離から想定外の祓いを受けた彼女には、不可避のクリーンヒットになるわけです」

「ちょっと俗っぽい表現ですけどね」とはにかみながらも、佐知子はさらに話を続ける。

「有澄さんと笛子さんが、ケロのことでお話をしている最中に、桔梗さんからこの話が来たんです。仕事でお祓いをするのは初めてじゃないし、これはもうやるしかないなと覚悟を決めたんですけど、そこで少し想定外な事態が起きてしまったんですよね……」

「私ですか？」

「そうです。でも気を悪くしないでくださいね。独りでやるより心強かったんですから。ただ、ここまで歩いてくる間は正直ずっと、ひやひやしてました」

私たちが結界を出たあと、桔梗は笛子に再び、小久江が死んだ時のことを尋ね始めた。その理由は、魔性と化した小久江の気を存分に引いて結界のそばまで招き寄せるためと、私たちのほうから気を逸《そ》らすためである。相手はサリーを真似た記憶飛ばしも厄介だが、過去には何人もあの世送りにしてきた実績もある。結界の外へ出るのは佐知子ひとりが理想だったのだが、悪いことに急病人まで同行することになってしまったわけである。

「とはいえ、桔梗さんの作戦自体は功を奏したみたいです。ここまで無事に到着できて、死霊祓いも無事に成功したということは、小久江さんが桔梗さんの誘導に引っ掛かって、結界のそばに留まり続けていたということですから」

「なるほど。小久江退治の件はこれで解決か。で、この神柱はなんですか？」

「笛子さんと竹代さんが大事にしていた神柱ですよ。亡くなったお子さんたちに供養を捧《ささ》げるためのものですね。下のほうにお子さんの名前も書いてあります」

確かに神柱の下部には、子供の名前とおぼしき文字が小さく彫りこまれている。

「午前中、桔梗さんが独りでこの家に入った時、仏間のほうが気になったそうなんです。笛子さんたちの話を伺っていくうちに、ひょっとしたらふたりにはまだ、Θ銀河の会で慣れ親しんだ信仰心が残っているんじゃないかと思うようになったそうです」

だからなおのこと小久江に付けこまれ、この地に縛りつけられる羽目になったのか。道理が腑《ふ》に落ちたような気がした。

「神柱は普段、仏壇に祀《まつ》っているんでしょうね。桔梗さんをお家にあげることになって、慌てて隠したんじゃないでしょうか。信仰って、なかなか断ち切れないものですよね」

そのとおりである。事の善し悪しは別として、信仰というものは一度身に沁《し》みつくと、下手な生活習慣などより、根深く人の心に居座り続けるものなのだ。

「とはいえ笛子さんも竹代さんも、悪気があって拝んでいたんじゃないと思うんだよな。むしろ後ろめたい気持ちのほうが、長年ずっと強かったんじゃないんですかね？」

「そうですね。信仰というより、お子さんのために拝んでいたかったんだと思います」

言われると奇妙な形をしたオブジェは、歪《いびつ》な水子地蔵のようにも見えた。

「相手がどんなものであれ、死霊祓《ばら》いってあんまり気分のいいものじゃないですよね」

ふいに思いだしたように佐知子が言って、「ふぅ……」と短くため息を漏らす。

「だったら、今度は気分が良くなることをしてみたらどうです？」

「なんですか、それ、それって？」

「供養。仏壇の前にいるんだし、今回の件で縁のあった人たちにお経を唱えてあげたら、喜んでくれると思います。十朱さんも少しは気が晴れるんじゃないですか？」

「そらであげられるのは短いお経だけですけど、それでもいいんでしょうか？」

「いいと思います。こういうのは長さじゃなくて、気持ちのほうが大事ですから」

佐知子はつかのま沈思すると、「じゃあ」と応《こた》え、再び仏壇のほうへ向き直った。

確かに短いお経ではあったが、気持ちのこもった清々《すがすが》しいまでにいい読経《どきよう》でもあった。

それに加えて佐知子は丁寧に、今回の件で向こうへ渡った関係者の氏名をひとりひとり挙げ連ね、心からの手向けを表していることが、ありありと感じられた。

そんな精いっぱいの供養が終わってからのことである。

こちらを振り向いた佐知子の頬には、涙が絹糸のように伝っていた。

「わたしがこんなことを言っていいのかどうか、分からないんですけど……」

そんなことを切りだして、目を伏せる。

「なんですか？　言ってもらえないと答えようがないです」

「拝んでいる最中、本当に薄っすらですけど、倫平くんの声が聞こえた気がしたんです。『ありがとうな、杏。お前のこと、悪いって思ったことなんかねえよ』って……」

言い終えると涙がさらにぼろぼろと頬筋を伝い、佐知子は静かに嗚咽《おえつ》をあげ始めた。

「本当にそう言ったんでしょう。有澄さんに伝えてあげてください。喜ぶと思います」

「でも、わたしなんかの口からそんなことを言って、喜んでくれるんでしょうか？」

「喜ぶ。保証しますよ。かえって言わないままでおくほうが、彼女に悪いと思います」

「大事な伝言ですから」と念を押すと、ようやく佐知子はうなずいた。

それで大役をふたつも果たし、佐知子が歩んだ今度の長い旅も無事に終わるのである。

本当に強くなった、この人は。今の私などより、はるかに彼女は確かな道を歩んでいる。

かつての罪滅ぼしは、もう十分に済んでいるのではないか？　一瞬思いもしたのだが、それは彼女自身がゆくゆく決めるべきことなので、敢《あ》えて口にはださずにおいた。

けれどもなんの因果なのだろう。それとも数奇な縁だろうか。

佐知子がかつて災禍の中核となった二年前の「恐ろしく込み入った仕事」というのも、実は母親と蛇にまつわる怪異だった。

仔細《しさい》も性質も、その概要は異なれど、奇《く》しくも同じ要素が絡み合う新たな怪異の中で佐知子が見事に大役を務め果たしたことには、否応《いやおう》なしに運命じみたものを感じざるを得なかった。

それからほどなくして、桔梗たちが帰ってきた。

私が助言したとおり、佐知子は杏に倫平からの伝言を伝えた。

思ったとおり、杏はその場で泣き崩れ、佐知子に何度も感謝の言葉を返した。

一方、笛子と竹代は桔梗の助言にしたがい、長年拝んだ神柱を破棄することに決めた。

今後は寺で位牌《いはい》を作ってもらい、位牌に向かって我が子の冥福《めいふく》を祈るという。

余計なところで勃発《ぼっぱつ》してくれた私の膵臓《すいぞう》の痛みは、その日のうちになんとか治まった。

痛みの具合から見て、一時は入院も覚悟していたのだが、不幸中の幸いだった。

杏は登米市のホテルで一夜を過ごし、夜が明けたらケロとふたりで東京へ帰るという。

笛子の許《もと》にはいずれまた、かならず訪ねるつもりとのことだった。

今回の件において私が果たしたことと言えば、深町に応援を要請したぐらいのもので、他には何もなきに等しく、あまつさえ最後は足手まといになるという体たらくだったが、不思議と蟠《わだかま》りは残らなかった。

全てが奇跡のごとく丸く収まったことに安堵《あんど》して、長い旅路と一日が終わる。

ウロボロスの輪

その翌日、桔梗から電話で連絡が入った。

改めて今回の件における感謝の言葉を頂戴《ちょうだい》したが、私は何もしていない。

つくづく堅い人だと思う。

それに続いて元々の交換条件だった、特異な感覚を元に戻すアドバイスも賜る。

「いずれ、時間がかならず解決してくれますよ」というのが、桔梗の答えだった。

この仕事でやるべきことが残っているのであれば、かならず回復する日が来るという。

要は「分からない」という意味に等しかったのだが、それだけでも十分希望は湧いた。

「お役に立てなくてすみません」という彼女の言葉に対し、素直な言葉で感謝を述べる。

「大きな借りができてしまいました」

そんなことも言われたが、「深町にやったみたいな催促はしませんよ！」と返したら、

「その時はぜひお手柔らかに」と苦笑された。

などと言いつつも、いざとなったらこの人は、本気で私の力になってくれるのだろう。

持つべきものは昔カタギで義理堅く、それでいて一本気な同業者である。誠に心強い。

しみじみと感謝の思いを噛《か》みしめながら、しばらく談笑を交えて通話を終えた。

さらに同じ日、今度は小夜歌から電話が入った。

「ツアーに巻きこんでごめん」というのが、最初の話題だった。

結局、私の勘が元に戻らなかったことに負い目を感じているとのことである。

「別にいいですよ、気にしてません。まあまあ楽しいツアーでした」

「だったらいいんだけど、思いつきで変なお誘いをしてしまって、反省してます」

「だからいいですって。それよりもせっかくだから、ちょっと訊《き》いてもいいですか？」

「なんですか？　罪滅ぼしに、答えられることならなんでも答えてあげますよ」

先日、小夜歌が放ったひと言があれ以来、ずっと心に引っ掛かっていたのである。

あなたの出番はここじゃない――。

あれには果たして、どんな意味があったのだろうか。

「ああ、あれね。とっさに視えてしまったんだけど、本当に聞きたいんですか……？」

「口にだしたんだから、説明する義務があるでしょう？　いいから教えてくださいよ」

「分かった。……ウロボロスって知ってます？」

「蛇か竜みたいな奴でしょ？　自分の尻尾《しっぽ》を咥《くわ》えて輪になってる奴。永遠とか不滅とか、そういうのを司《つかさど》るとか、詳しくはないけど、大体そういう感じの奴だったと思います」

「そうそう。そのウロボロスで合ってます。あの時、視えたんですよ、ウロボロスが」

小夜歌が語るには、それは象徴的な意味合いで視えたものだという。

「運命は繰り返すっていうのかな。二年前のあれも『母親』と『蛇』が根っこにあった仕事でしょう？　認めたくないし、望んでもいないことだけど、なんだかこれから先も今回や前回と同じようなことが起こるんじゃないかと思ったんです。元を絶たない限り、ウロボロスの輪みたいにぐるぐる回って繰り返す感じ。もしも次の機会があるとしたら、その時が多分、郷内さんの出番。そういう意味で、思わず口から出てしまったんです」

「嫌な話だ。でも聞けてよかった。占い師の言葉は信じます。警戒しておきましょう」

本音を言うなら認めたくなどなかったが、小夜歌は自称霊感持ちのペテン師ではない。嫌でも心に留め置かざるを得なかった。背中にしんしんと不吉な寒気が生じ始める。

「その日に備えて、何かいいアドバイスはないですか？　気休めでも構いません」

冗談めかして尋ねると、短い沈黙があってから、小夜歌は遠慮がちに切りだした。

「これもごめん。ウロボロスのことが気になったから、勝手に占ってしまったんだけど、聞きたいですか？　こっちもかなり象徴的な結果で本当に申し訳ないんですけど」

「聞きたいです。教えてください」

「血を分け合ったきょうだいとの別れ。まずこれがひとつ」

なんのてらいもなく、無機質な声音で放たれたそのひと言に、心の芯《しん》が冷たくなる。

「そしてもうひとつは、生まれて初めて目にする真実の光」

こちらも声音は乾いていたが、まだいくらかなりとも救いがありそうな言葉だった。

けれども意味のほうはまるで分からない。

「解釈だったらいくらでもできるけど、でもそれはあたしの感性に基づく答えであって、本当の答えじゃない気がする。正解は郷内さんがこの先、自分の力で見つけてほしい」

「なるほどね。分かりました、ありがとう。こっちも聞かせてもらえてよかったです」

実のところ、ひとつめの言葉には薄っすら心当たりがあったのだが、口にはださずに押しとどめた。語れば本当のことになってしまうような気がして、怖かったのである。

「勝手に占った結果を教えた以上、あたしには責任が発生します。もしも何かあったら全力で応援する。なんなら煮るなり焼くなり、好きにしてもらって構いませんから」

心強い言葉である。他意がないことも分かっている。だから感謝の言葉だけを返した。

「気休めかもしれないけど、運命は変えられます。これも真実。運命ってそういうもの。予感を覚えても何も起こらないことだってあるし、起きても解決できることだってある。だからこれから先、たとえ何かが起きたとしても、希望を信じて進んでいけば大丈夫」

「うん、そうですね。まあでも、できれば占いが外れてくれれば助かるんですけど」

「ですよね。あたしも本気でそう思います。今日から外れるように祈りまくりますよ」

その後は話題を少し巻き戻し、気安いノリで「サリーとは結局、なんだったのか？」「UFOや宇宙人は実在するのか？」などといった雑談を小一時間ほど交わした。

答えは得られず、胸に芽生えた不穏なわだかまりに幽《かす》かな悶《もだ》えを感じ続けてはいたが、それでも私は笑いながら小夜歌との通話を切りあげた。

片割れ月の到来

明けて二〇一九年一月下旬。都内西部の田舎町。

その日の朝方、鏡香は加奈江の夢を見ながら目を覚ました。

加奈江の夢を見るのは、六年前に死別して以来、片手の指で数えられるほどしかない。

そうした貴重な機会なので、本来なら満ち足りた気分で目覚められるはずだったのだが、この日は違った。

夢の中で加奈江は、鏡香の胸元に両手でぎゅっと貼りつき、顔をうずめて泣いていた。

そのさまは鏡香の心に、いつかのコーネリアとの一幕を思い起こさせるものだった。

仔細も前後も、全てが曖昧模糊《あいまいもこ》とした夢の中では、娘がどうして涙を流しているのか、事情をまったく汲《く》み取ることができなかった。

それでも鏡香は「大丈夫だから」と声をかけつつ、加奈江の髪を辛抱強く撫《な》で続ける。

そうするさなか、言語にならない漠然とした感覚で頭ににじわりと思い浮かんできたのは、加奈江が自分のことを案じて、泣いているのではないかという印象だった。

何をそんなに心配しているの？　それともお母さん、加奈江に何か悪いことをした？

尋ねようと努めても、言葉は喉《のど》から出てこなかった。

夢はそこで終わってしまう。布団から起きだし、リビングのサイドボードに祀《まつ》られた位牌と写真を前に瞑目《めいもく》しつつ手を合わせても、答えが返ってくることはなかった。

あの世へ渡った加奈江との邂逅《かいこう》。夢については数えるほどしか見たことがない一方で、起きているさなかに声や姿を認めたことは、ただの一度も経験がなかった。

日頃、様々な仕事を手掛けていくなかで、稀《まれ》に依頼主が懇意にしていた故人の言葉が聞こえてくることはあったし、姿を目にしたこともある。仕事以外のプライベートでも、町場の雑踏や商業施設の一角などで、生身の人ならざる声や姿を認めることもあった。

それなのに、亡き愛娘《まなむすめ》の存在を感じることがないというのはなぜなのか。

道理は至極明快だった。ひとえに鏡香と加奈江が、近しい間柄であるからこそである。死とはあらゆる生きとし生けるものにとって、もっとも強い意味を有する終結であり、同時にもっとも遠い場所へと旅立つ別れの形でもある。

鏡香は過去に一度だけ、若くして逝った母の姿を目にしたことがある。

加奈江のお産に悶え、あまりの痛みに死ぬんじゃないかと思っていた時のことだった。悲鳴をあげてもがき続けるさなか、ふいに右手を誰かに優しく握られる感触を覚えた。

顔を向けると、そこには母が若い時の姿のままで、微笑みながら立っていたのである。「大丈夫。がんばって」と励まされたのも覚えている。こういうことではないかと思う。

別れた親しき故人というのは、いちばん大事な時を選んで姿を見せてくれるのである。とっておきの魔法のように。こうした距離感こそが最適だと、鏡香は常々考えている。

この日は午後から対面相談の予約が入っていた。

訪ねてくるのは地元に暮らす女性である。昨日の晩に電話で予約を受けたのだけれど、声の雰囲気から想像するに、おそらく若い人ではないかと思う。

くわしい内容については聞かなかったが、仕事に関する悩みだと言っていた。

午前中はメールで依頼を受けている相談事に回答を送ったり、頼まれていた御守りを作ったりしながら時間を過ごす。正午過ぎに昼食を摂《と》り、食後の紅茶を楽しんでいると約束の時間はあっというまに迫りつつあった。

そろそろかな、と思い始めたところに車のエンジン音が門口を抜けて入ってくるのを耳にした。迎えるために立ちあがり、リビングから玄関口のほうへと向かっていく。

とたんに胸の辺りがざわめき始め、息がぐっと詰まるような感覚に見舞われる。

前者は覚えのある症状だった。我が家から半キロほど離れた山の中、不審な長屋門と瓦塀《かわら》の向こうから発せられる〝何か〟によって引き起こされるざわめきである。

敷地の四隅に立てた幣束は、定期的に新しい物に取り替えていたし、今も立ててある。なのにどうして、家の中にいながら身体に異変が生じてしまうのか。

考えられる可能性は、ただひとつ。それも凄《すさ》まじく不穏な可能性がひとつだけ。

思うさなかに車は庭先へ停まり、続いてドアが開け閉めされる鈍い音が聞こえてきた。地面に敷かれた砂利を踏みしめるさくさくとした音が聞こえ、最後に玄関チャイムが「きんこん」と軽やかな音色を響かせる。

強張《こわば》る右手で開いたドアの向こうには、黒いノーカラーコートを着た女が立っていた。たおやかな笑みを浮かべたその顔を見た瞬間、背筋が凍りつくような衝撃に襲われる。歳は二十代の中頃。ぞっとするほど綺麗《きれい》な顔立ちをしたこの女には、見覚えがあった。

「こんにちは。午後から予約をしておりました、霜石湖姫と申します」

小粒な白い歯を覗《のぞ》かせ、女は笑みを絶やすことなく、折り目正しく頭《こうべ》を垂れる。

鏡香は短い硬直を経て、「どうぞ……」と返すのが精一杯だった。上がり框《がまち》に並べたスリッパを勧め、廊下を挟んだリビングの向かい側に位置する仕事部屋へ女を促したが、そのさなか、果たして家にあげて良かったものかと自問する羽目に陥った。

上擦りがちな声で仕事部屋の隅に置いてあるハンガーラックを示し、畳の上に敷いた座布団に女を座らせる。コートをおろした女の中身は、Vネックカラーのジャケットに、ミディ丈のタイトスカートという装いだった。ジャケットもスカートもストッキングも、不吉な影のごとく一様に黒い。ジャケットの中に着こんだブラウスだけが白かった。

霜石湖姫。名前は初めて知ることになったが、こうした装いにもまた、見覚えがある。

早く手を引いたほうがいいよ――。

千緒里から窘《たしな》められたのに我を押し通し、予期せぬ脅威に晒《さら》された、あの一件である。

「本日は、どういったご用件になりますでしょうか？」

ふるふるとわななきそうになる下唇に力をこめて押さえつけ、声音に乱れが出ぬよう、必死に努めて問いかける。

「そうですね。少々背景の込み入った相談になってしまいますので、一から順を追ってお話しすると、かなりの時間を要してしまいます。それではお互い大変でしょうし」

仕事部屋の中央に置いたローテーブルの向こう側から、霜石湖姫は物憂げな眼差《まなざ》しで鏡香の顔を見つめた。声音は鈴のように澄んでいる。

「物品を手掛かりにした鑑定は可能でしょうか？」

言いながら湖姫は、持参したハンドバッグの中から円筒形の物体をひとつ取りだした。

寸法は縦がおよそ十センチ、横は五、六センチほど。仄《ほの》かな艶《つや》みを帯びた黒い表面の全体に、蒔絵《まきえ》で仕上げられたとおぼしき銀色の菊があしらわれている。

湖姫はそれをテーブルのまんなかに横向きの形でそっと寝かせた。

「これはなんでしょうか？」

「我が家に古くから伝わる物品のひとつです。どうぞ、お手に取ってお検《あらた》めください」

他には何も語らず、鏡香の顔を見つめ続ける。

そんなにしょっちゅうあることではないが、相談客の希望を受けて縁者の遺品などを鑑定させてもらうことはある。かならずしも良好な結果が得られるわけではないものの、両手に取って静かに意識を集中させると、かつての所有者たちが見てきた過去の情景や思い抱いた感情などが、頭の中に浮かんでくることはあった。

得体の知れない胸のざわめきは未《いま》だに収まりがつかず、心臓も小刻みに脈打っている。かなりの躊躇《ためら》いが生じたが、断る理由も言葉も思い浮かんではこなかった。

「失礼します」と会釈して、机上に置かれた物体に手のひらをのせる。

そこへ突然、湖姫の左手が覆い被《かぶ》さるようにして重なった。

はっとなって視線をあげると、笑みを浮かべた湖姫の顔が目と鼻の先まで迫ってくる。

「こちらも失礼いたします」

悪戯《いたずら》っぽい声音で囁《ささや》く湖姫の言葉に続いて、鏡香のほうは「やめて！」と叫んだ。

ひたりと張りつけられた手を払いのけようと、右腕に思いっきり力をこめて身を捩《よじ》る。

けれども湖姫の左手は鏡香の右手に張りついたまま、一ミリたりとも動こうとしない。

まるで手の上に冷蔵庫がのっているかのようだった。それもレストランで使うような業務用の巨大な冷蔵庫。形だけを見るなら、鏡香の手にふわりと添えられた湖姫の手は、見た目とは裏腹に百キロ級の重みを宿して、どっしりと圧しているように感じられた。

「いい香り……。多分これはそう……スノードロップ」

鏡香の首筋に鼻先をそっと近寄せ、湖姫がつぶやく。

正解だった。生前、加奈江がいちばん好きだと言ってくれたフレグランスだったので、今日は夢に見た名残を惜しむ気分で、首筋と手首に薄く振ってみたのである。

「脈絡はないかもしれませんが、なんだか優しいお母さんといった趣きの香りですね」

心の中で「黙って！」と叫ぶ。大事な思い出を見透かされているようで、総毛立った。

「何がしたいんです！　お願いですから、放してください！」

悲痛な声で訴えると、湖姫は一瞬間を置き、それから「ふっ」と噴きだした。

「失礼。なんだか昔の自分みたいに思えてしまって。わたしもすごく臆病《おくびょう》だったんです。今ではすっかり克服しましたけど、暗い記憶を少しだけ懐かしく感じてしまいました」

「なんなのよ、話の意図が汲《く》み取れない……」

「重ねてお詫《わ》びいたします。驚かせてしまって大変申し訳ないのですが、貴方《あなた》に危害を加えるつもりはありません。願わくは、そのまま少しじっとなさっていてください」

すらすらと歌を詠むように言い終えると、湖姫は空いている右手で鏡香の顎《あご》に触れた。親指を顎の左側に軽く押しつけ、残りの指を下側に添えると、下から掬《すく》いあげるような手つきで鏡香の顔を水平の角度まで持ちあげる。

抵抗を試みたが、無駄だった。顎に触れる指の感触は柔らかいのに、振りほどこうと抗《あらが》っても首は顎のところでがっしりと固定され、少しも動かすことができなかった。

「改めまして、失礼いたします」

笑みを浮かべた湖姫の面貌《めんぼう》が――厳密には湖姫の大きな両目が――鏡香の視界一面を余すところなく埋め尽くし、それから意識に急激な異変が生じた。

初めは脳が空気で膨らむような感覚を覚え、続いて脳内で蛇がぐるぐると円を描いて這《は》い回るような不快感に見舞われる。思わず「ぐっ！」と苦悶《くもん》の呻《うめ》きを漏らしたとたん、今度は湖姫の両目で埋め尽くされていた視界が、テレビのチャンネルを変えるがごとく一瞬にして変貌《へんぼう》する。そこから先は、鏡香にとってまるで身に覚えのない異質な情景が色鮮やかな輪郭を伴う臨場感を醸しつつ、目の前に次々と怒濤《どとう》のごとく押し寄せてきた。

　同時に、湖姫の左手に押しつけられて触れている筒のほうからも異様な動きが始まる。手のひらから腕を伝って、びりびりと痺《しび》れるような感覚が忙《せわ》しなく這いあがってきた。

　痺れはさらに鏡香の肩をよじ登って耳の中まで入りこむと、得体の知れない女の声に変わってひっきりなしに言葉を連ね始めた。声音は丸みを帯びた柔らかなものだったが、その抑揚は読経《どきょう》のように平板で、少しも感情をうかがい知ることができない。

　目には情景、耳には声で、双方から不断の流れでもたらされたのは、霜石湖姫という人間がこれまで歩んできた人生のダイジェストと、二百年以上の長きにわたる霜石家の成り立ちから今へと至る歴史に関するレクチャーだった。

「そろそろ得心された頃かしら？　どうです？　いかがでしょう？」

　時間にしたらおそらく五分に至りそうな頃、湖姫の声がすぐ目の前から聞こえてきた。おそらく五分。だが鏡香にしてみれば、それは五時間にも感じられるような五分だった。

「うーうー」と言葉にならない声を返して短くうなずくと、湖姫はさらに言葉を継いだ。

「これから手を離しますが、大声をだしたり、暴れたりしないと約束してくれますか？約束していただけるのでしたら、これでおしまいにします」

　これにも「うーうー」と答えて短くうなずく。

　顎と右手の両方から、湖姫の両手がすっと引いた。同時に視界が元の光景に立ち返り、耳に聞こえる女の声も掻《か》き消えた。すかさず身を引き、荒くなった息を整える。

　テーブルの向こう側では、湖姫が少女のようなあどけない笑みを浮かべていた。

「事の下地をご理解いただけたところで大事なお願いがあるのですが、おそらく大筋はもう、呑《の》みこんでいただけていますよね？」

鏡香はつかのま沈黙したあと、「ええ」と返した。

「それは結構。できればもう一度、同じ答えが欲しいのですけど、宜《よろ》しいでしょうか？柳原鏡香さん。何卒《なにとぞ》わたしに貴方の力を貸してはいただけないでしょうか」

再び沈黙。言葉を選んで答えを返そうと考えたのだけれど、結局口から出てきたのは、短くシンプルなものだった。

「ええ、承知しました。できうる限りの協力をさせていただきます」

「安心しました。くわしい日程などは決まり次第、すぐに連絡するようにいたしますね。他に何かご不明な点などがございましたら、ご遠慮なくどうぞ」

「あの娘《こ》のことを聞かせてください」

先刻、手荒な自己紹介を受ける過程で、湖姫が何を望んで自分の許《もと》を訪ねてきたのか、その理由については十分理解することができた。自分がこれからこの女と関わることで負うべき役割が、どれほど高いリスクを伴うかについても重々理解できたつもりである。

かの不穏な気配を漂わせる長屋門と瓦塀《かわら》。その向こうに構える霜石の古屋敷を舞台に、鏡香は前代未聞の化け物退治に付き合わされるのだ。

頭の中の警報はすでに鳴りっぱなしだったし、しかめ面を浮かべて「逃げろ」と促す千緒里の姿も脳裏に何度もちらついている。

本来ならば、どんな手を使ってでも回避すべき事態だろう。だが先刻、湖姫の記憶を頭の中に巡らせていくさなか、鏡香は引くに引けない理由を見つけてしまった。

目眩《めくるめ》く不穏な情景の一コマに、コーネリアの姿を認めたのである。

最初と最後に会った時の姿。Tシャツとロングスカートを纏《まと》ったコーネリアがひとつ。

そしてもうひとつは、大人に成長したコーネリアの姿。こちらは眩《まばゆ》い白無垢《しろむく》を纏った晴れがましい装いだったが、その様相と佇まいは異様極まりないものだった。

「いいでしょう。彼女は今回の件についても大きく関わってくる存在ですし、全体像の補完をしていく意味合いでも、言葉でしっかり仔細《しさい》を伝えることが肝要とみなします」

結果的に鏡香としてはこちらのほうこそが、この日のいちばん大事な話題となった。


それからおよそ一時間にわたり、鏡香は湖姫の饒舌《じょうぜつ》多弁な口から微に入り細を穿《うが》って、コーネリアにまつわる詳細を享受する。甚だ有意義なひと時だった。

最後に一通り、件《くだん》の化け物退治に関する話題を口頭で交わし合い、この日の予期せぬ巡り会わせは、不穏な余韻を遺《のこ》しながらもなんとか無事に幕をおろす。

「本日はありがとうございました。ご厚情に感謝いたします。ではまた、近いうちに」

「ええ。この次お会いする時には手荒なことをしてくれないよう、切に願っています」

「大変失礼しました。肝に銘じておきますね。ごきげんよう」

玄関口まで見送る別れしな、湖姫は快活な笑みを投げながら去っていった。

庭先に停められた車が発進するのを見届け、鏡香は急ぎ足でリビングへ向かった。

「運命を感じた。不安な気持ちでいっぱいだけど、お母さんは全力で頑張ってみる」

手を合わせ、加奈江の写真に向かって語りかける。

あの娘の本当の名前を知った時、無性に涙がこみあげてしまった。

桐島加奈江。

この数奇な名前の一致を、運命と思わずして他にどう捉《とら》えるべきだというのだろう?

あの娘の素性も承知した。鏡香の許を離れていったあとにたどった運命についても。

タルパだったか。タルパは過去に仕事で何度か手掛けたことはあったが、盲点だった。

あの娘の創造主についても、くわしく知ることができた。

湖姫は自分が定めた流れに沿って事に当たっていきたいとのことで、現時点において彼と直接連絡を取り合うことは禁じられてしまったけれど、流れが順調に進んでいけば数日後には直接面することができる。彼からもさらにくわしい事情を聞きたかった。

悪いほうに変わり果ててしまったあの娘が元の姿に戻れるさまを一緒に見届けよう。

「一緒に」と言えば、化け物退治の決行当日、ひとりだけ助っ人を呼ぶことを許された。

但しそれは湖姫が指定した人物で、なおかつ彼女が指定した条件をクリアできた時のみ、霜石の屋敷へ連れこむことが叶《かな》う。率直に言って、真意の計りかねる提案だった。

当該人物に関しては、今でも連絡がつくのか分からなかったし、了解が得られるのかどうかも分からなかったが、とにかく仰せのままに打診だけはしてみるつもりだった。

コーネリアの他にも気がかりなことがもうひとつあった。裕木真希乃の件である。怪談取材の名目で最後に顔を合わせたのは一年半前。確か二〇一七年の六月だったと記憶している。まさか湖姫と一緒にいるとは、夢にも思っていなかった。

これにも何やら薄気味の悪い運命を感じざるを得なかった。あの時、鏡香が真希乃に語って聞かせた怪談というのが、他ならぬ湖姫と鵺神《ぬえがみ》にまつわる話だったのである。

今でもありありと覚えている。当時は江戸川区に住んでいた静原素子の依頼を受けて、（ろくに事情も分からないまま）彼女の身辺を警護することになった鏡香は、千緒里の忠告を軽んじたのが仇《あだ》となり、結果的に湖姫と真っ向からかち合う羽目になった。

結果は湖姫の圧勝。先刻と同じように、異様な目の力によって完全に捻《ね》じ伏せられた。概《おおむ》ね事情を知り得た今となっては、少なくともあの時の正義は湖姫のほうにあったと見るのが妥当だったが、目的達成のためには（先刻、鏡香もされたように）嬉々《きき》として苛烈《かれつ》な手段を選ぶ彼女の気質も、それはそれでどうかと思わざる得ない。

湖姫は心が壊れているというのが、鏡香の率直な印象である。

だが、元から壊れていたわけではない。壊れた理由も、憐憫《れんびん》を禁じ得ないものだった。まるで時が永遠に凍りついたかのように異様な若々しさを保ち続けるあの見てくれも、一種の呪縛《じゅばく》によるものだと仮定すれば合点がいった。つくづく哀れなものである。

依頼主の素性も含め、何もかもが未曾有《みぞう》の経験となりうる恐るべき依頼。

多大な恐れを抱きながらもやるしかないと、鏡香は気持ちを強くするよりなかった。

蛍の光

「ねえ、白星。ちょっと付き合ってもらってもいい？」

半分開いた窓の外から、緋花里がひそひそ声で尋ねてきた。

白星はすぐさま答えることができなかった。理由は躊躇《ためら》いや拒絶によるものではない。驚きで声が詰まってしまい、とっさに言葉を返すことができなかったのである。

碑文谷公園でのささやかな花見の席から遡《さかのぼ》ること、八ヶ月前。

二〇〇一年八月上旬、月遅れ盆が間近に迫りつつある、蒸し暑い時季のことだった。

午後の十時半過ぎ、遅い晩ご飯を済ませた白星が食器を洗っていると、暗闇に染まる目の前の窓が、突然「こつこつ」と叩《たた》かれた。

時間も時間だし、場所も霜石家の敷地となれば、理性よりも先に本能が反応を示した。お化けが鳴らした音だと察した白星は、思わず「きゃっ！」と鋭い悲鳴をあげてしまう。

そこへ再び「こつこつ」と音。続いて窓の外から「静かに。わたしだよ」と声がした。

恐る恐る窓を開けると、目の前にあったのは緋花里の顔だった。隣には湖姫の姿もある。

「なんでしょう……？」

息を整え、ようやく答えを返した白星に、緋花里は「蛍を見にいかない？」と言った。

小さな声で緋花里が語るには、近くに蛍が見られる秘密の場所があるとのことだった。付き合うのはやぶさかでないが、どうして急にそんな誘いを持ち掛けてくるのか。

尋ねると緋花里は「湖姫を励ます会」と答えた。

平然とした面持ちでこちらを見つめる緋花里に対し、湖姫のほうは暗く沈んだ面貌《めんぼう》を浅くうつむかせ、黒く淀《よど》んだ夜の闇のほうへ視線を漫然と泳がせている。

あと一週間ほどで緋花里はこの家を離れ、どこか遠くの土地へ越していく予定だった。半月前にそれを知った湖姫は以来、ずっと塞《ふさ》ぎがちだったのである。

事情は呑みこめたので、白星は「分かりました」と手短に答え、急いで支度を整えた。懐中電灯を片手に玄関を出ると、同じく懐中電灯を携えた緋花里が足早にやって来て、「こっち」と白星を促す。あとを追いかけ、緋花里の隣に並んで足並みを揃えた。

「どこに行くんですか？」

「裏の森。ずっと奥。細い道が延びているの、見たことない？」

本邸の裏庭に面した森の中に古い道があるのだという。道に入って森を進んでいった先には綺麗《きれい》な水の流れる沢があり、この季節になると蛍がよく集まっているらしい。

「夜に行くのは久しぶりだし、本当のところ、いるのかどうかは分からないんだけどね。まあ、行くだけ行ってみようよ」

緋花里は白星にそう告げると、続いて湖姫に声をかけた。

「急がなくていいから、気をつけて歩いてよ」

この時、緋花里と白星はジーンズにスニーカーという出《い》で立ちだったが、湖姫だけは素足にサンダルを履いていた。おまけに服装は裾《すそ》が長めのワンピースである。

白地に青と紫の紫陽花《あじさい》があしらわれた可愛らしいワンピースだったが、足回りを含め、夜の森の中を歩く装いには、どう見ても不相応な感が否めなかった。

「大丈夫だよ。気をつけて歩く……」

小さな子供がぐずるような調子で湖姫が返す。

静かな足取りで本邸から距離を取りつつ迂回《うかい》して、裏庭のほうへ回る。庭木に沿って敷かれた砂利道を進んでいくと、まもなく青葉の香りが色濃く漂う森の前へと至った。

「ほら、あそこ。見えるでしょう？」

緋花里が懐中電灯を翳《かざ》した先には、分厚い樹々の壁を裂くようにして細く口を広げる森への入口が確かにあった。緋花里の号令で中へと慎重に分け入っていく。

獣道のようなものかと思っていたのだが、歩いてみると道はそんなに険しくなかった。仄《ほの》かに土が湿った路面のあちこちには、雑草が葉先を尖《とが》らせながら蔓延《はびこ》っているものの、道の作り自体はしっかりしていて、大して歩きづらいということもない。

とはいえ、それはスニーカーを履いているというのが前提の話である。

道ゆくさなか、湖姫はふらつくような足取りで歩きながら何度もぐらりと体勢を崩し、そのたびに小さな悲鳴や呻《うめ》き声をあげ続けていた。おそらくぎっしりと茂った草の塊や、土に半分埋もれて頭をだしている石などにつまずいているのだろう。

「歩きづらい。行くとこ、先にちゃんと教えてくれればよかったのに……」

「ごめんごめん。急に思いついたし、くわしく説明してる時間、なかったんだよ」

聞けば湖姫も先刻の白星と同じく、自室の窓の外から緋花里に誘われたのだという。

この頃、湖姫は敷地の中にある民家のひとつに、母親の澄玲とふたりで暮らしていた。

澄玲は緋花里のことを快く思っていなかったので、緋花里が真っ向から訪ねていっても、澄玲に門前払いをされるのが関の山である。ゆえに緋花里は、湖姫も窓から誘っていた。

「だったら先にケータイで説明するとか、できたじゃん……」

「サプライズ。つまりはそういうことなわけ。いいから気をつけて歩きなさい」

なおも不平をこぼす湖姫に、緋花里は動じることなく平然と応《こた》える。

湖姫は確かに機嫌が少し斜めだったが、白星が見る限り、大して気分は崩していない。

むしろ、久しぶりに顔を合わせる緋花里とどう接したらいいのか分からず戸惑っていて、あとは自分の心の乱れに任せて、緋花里に甘えているだけのように思えた。

仲のいい姉妹だった。腹違いとはいえ、同じ日に生まれた、紛うことなき本物の双子。容姿もよく似ている。性格は正反対だったが、どちらも白星に良くしてくれていた。

ひとりっ子のうえ、この家に蛭巫女《ひるみこ》として引き取られてきたことで、常に空漠とした不安と寂しさを抱えていた白星にとって、ふたりは姉のような存在でもあった。

事情を思えば仕方ない話とはいえ、そんなふたりがもうすぐ引き離されてしまうのが辛《つら》かったし、白星の許《もと》から緋花里が去っていくのも悲しかった。

「あ、良かった。いる。見て」

百メートル近く道を進んでいったところで、緋花里が声をあげながら前方を指差した。見ると地面に近い草葉の辺りで、淡い緑に灯《とも》る小さな光がちかちかと瞬いている。

さらに進んでいくと光はますます増えていった。さらさらと静かにせせらぐ水の音も聞こえてくる。それから道が終わって、視界が開けた。

「ここって、なんなんですか？」

白星が照らした懐中電灯の光芒《こうぼう》は、地面からまっすぐ突き出た石の輪郭を捉《とら》えていた。四角い柱のような形をしていて、高さは二メートル近くある。

石の色は黒みがかった灰色だったが、その表面の大部分は分厚く繁茂した苔《こけ》に覆われ、全体的な色みは緑の印象のほうが強い。巨大な茎のような趣きもある。

石の前には、朽ちかけた供物台も置かれていた。その両脇には白い花が咲いている。

「裏霜石慰霊所、みたいな場所」

石の前に立って、緋花里が言う。白星と湖姫もあとに続いて隣に並んだ。

石が突き立つ周囲はそこだけ取り払われたかのように樹々が絶え、こぢんまりとした森の広場のようになっていた。頭上を仰ぐと、真夏の星々がビーズのように輝いている。月も浮かんでいた。およそ満月に近い十六夜《いざよい》月。月は銀色の涼やかな光を湛《たた》えている。

石が立てられた時期がいつのことかは定かでないが、霜石の家に冥福《めいふく》の救いを求めて集まってくる霊魂を慰めるためのものなのだという。要は奥津城《おくつき》のようなものである。

おそらく昔は、心ある当主が日にちを決めて魂鎮《たましず》めの儀を計らうなりしていたのだが、長い歳月の間にいつしか忘れ去られてしまったのだろうと、緋花里は語った。

「座ろうよ。こっちにいい感じの石がある」

苔《む》生した奥津城のそばに、畳ほどの広さがある平たい石が横たわっていた。緋花里をまんなかにして、隣に白星と湖姫が腰をおろす。

「すごい……。白星、ねえ見て」

ふわふわした声で湖姫が言った。

周囲に広がる暗闇の方々では、無数の蛍の光が忙《せわ》しなく明滅しながら揺らめいていた。夜空の星々とも趣きを異にする淡緑色の星空が、地上にも生まれたような錯覚を感じる。

息を呑《の》むような光景を目を煌《きら》めかせて見入っていると、そのうち蛍が一匹飛んできて、白星の膝《ひざ》の上にそっと留まった。蛍は淡い光をちかちかと忙しなく瞬かせている。

「かわいい。なんていう種類の蛍なんですかね？」

尋ねると、湖姫が白星の膝に顔を近寄せ、まじまじと蛍を見つめた。

「平家蛍」

湖姫が答えるのと同時に、緋花里も同じ答えを発した。ふたりの声が見事に重なる。

湖姫も緋花里も生き物全般が大好きで、どちらも相当な知識を持っていた。

「もう。なんで一緒に言うかな。緋花里は前から知ってたんでしょ？」

「別にいいじゃん。湖姫だって、勿体《もったい》ぶってすぐに答えなかったでしょう？」

「どういう意味ですか？」

首を傾げた白星に、湖姫は微笑みながら話し始める。

「簡単に言うとね、ふわふわしながら飛んで、強い光をゆっくり点滅させるのが源氏蛍。まっすぐ飛んで、弱めの光をちかちか点滅させるのが平家蛍。動き方と光り方を見たら、すぐに種類が分かっちゃった」

「それから、たくさん見られる時期も違う。源氏蛍が飛ぶのは大体五月から七月ぐらい。平家蛍のほうは七月から八月ぐらい。好んで住みたがる場所も違う」

湖姫の言葉を勝手に継いで、緋花里が言った。「そうそう！」と湖姫が声を弾ませる。

「あれはなんですか？」

前方に瞬く蛍の光に交じって青白い光が見えた。ソーダアイスを連想させる色である。明るさは蛍のそれより幾分弱かったが、サイズは倍以上。ビー玉ぐらいの大きさがある。湖姫に教えてもらったとおり、蛍たちは直線的な軌跡を描きながら飛んでいるのに対し、青白い光は暗闇をゆっくりとなぞるように、曲線的な軌跡を描いて飛んでいる。

見ている間に数は少しずつ増えていった。いずれも木立ちの奥から飛んでくる。

「霊魂。さっき話したやつ。お盆も近いから、集まって来たのかも」

ごく当たり前のように緋花里が言ったが、すぐに信じることはできなかった。

「でも、こんなにはっきり見えるし、人の形もしてないじゃないですか？」

「だって霊魂だもん、人の形はしてないよ。じゃあ、人魂《ひとだま》って言い換えてもいい」

本当にそうなのか。俄《にわ》かに背筋が冷たくなってきたところへ、先刻の蛍と同じように青白い光が数粒、白星のほうへ飛んできた。

それも顔に向かって近づいてきたので、とっさに手で払いのけようとしたのだけれど、光は白星の手のひらをすり抜け、湖姫のほうへ飛んでいく。思わず悲鳴があがった。

「本当だ。いっぱい集まってくるね」

鼻先を掠《かす》めていく人魂を目で追いかけ、その先の暗闇で瞬く人魂たちを見つめながら湖姫が言う。

確かに数が増えていた。初めは数粒だった人魂の青白い灯火《ともしび》は、少し目を離した隙に蛍の光と同じぐらいの数になっていた。

「ど、どうするんですか、これ……？」

びくびくしながら、震える声で緋花里に問いかける。

「害はないよ、大丈夫。慰めてほしいだけ」

答えて石から立ちあがると、緋花里は湖姫と白星を交互に見つめ、それから言った。

「そらで唱えられる？　御霊《みたま》安鎮祝詞《のりと》」

緋花里が言ったのは、祖霊に感謝の思いを伝えたり、荒ぶる御霊を鎮める時に捧《ささ》げる祝詞だった。白星は日々の務めの一環で、伊吹が詠むのを毎日のように聞かされている。

上手《うま》くできるかどうかは別として、唱えるだけならなんとか応じられそうだった。

白星が答えると、湖姫も「うん」と返して立ちあがった。

歩きだした緋花里に続いて、苔生した奥津城の前に行く。緋花里を先頭にして湖姫と白星が背後に並び、厳かな所作で二礼二拍手一礼の拝礼をおこなう。

それから声を揃えて、祝詞を唱えた。

最初はどこかで言葉を間違えたり、詰まったりするのではないかと冷や冷やしながら唱えていたが、視界の端々にちらついて見える人魂たちの動きの変化に気づいてからは、気持ちをこめて唱えることに集中できた。

祝詞を唱えてまもなくすると、青白く灯る無数の人魂は、何かを求めて彷徨《さまよ》うような規則性のない動きをやめ、それぞれがひとつ残らず、暗がりの一点に留《とど》まり始める。

ゆっくりと上下に小さく揺らめきながら闇夜に留まるその様子は、白星たちの唱える祝詞に聞き入っているとしか思えないものだった。

そして白星たちの声が止むと、淡い小さな灯火たちは、まるで意を決したかのようにゆるゆると上昇を始め、やがて星々の煌めく夜空の中にひとつ残らず消えていった。

「行っちゃったね。どんなところに行くのかな……」

夜空を見あげながら、湖姫がつぶやいた。

「分からない。でも多分、それぞれが行きたいと思う場所に行くんじゃないのかな」

同じく夜空を見あげて、緋花里が答える。

「もうすぐわたしも行く。でも、かならずいつか帰ってくる。約束する」

「うん……」

「ひとりで暮らし始めたら、わたしは自分なりにできることを見つけてがんばってみる。湖姫も自分ができることを見つけてがんばりな。それがきっと、気晴らしにもなる」

「分かった。やってみる。わたしもいろいろがんばってみるよ……」

萎《しぼ》んだ声で答えた湖姫にうなずくと、続いて緋花里は白星のほうに視線を移した。

「白星。忙しいのに悪いんだけど、湖姫のことをお願い。いろいろ面倒見てあげて」

「もちろんです。お願いされなくても、一生懸命お世話をします」

笑顔で応じた白星の右手を、湖姫の華奢《きゃしゃ》な左手がそっと静かに握りしめた。

「ごめんね、ありがとう」

「いいえ。困ったことがあったら、なんでも遠慮なく言ってください」

「うん。そうするね、白星」

うなずく湖姫の右手を、緋花里がすっと握りしめる。

そうして湖姫をまんなかにして、三人が切り紙細工の人形よろしく、互いに手と手を結び合わせたまま、横一列に並び立つ。

見あげた夜空には銀砂のような星々が瞬き、見渡す周りには無数の平家蛍が織りなす淡緑色の宇宙があった。

白星たちは天と地の両方を埋め尽くす二方の宇宙に挟まれながら、それからしばらく手を取り合って佇《たたず》んだ。

太陽と月に背いて

麗しき情景。懐かしき情景。それでいて今となっては、この上なく残酷でもある情景。

もしもあの頃に戻れるとしたら、あるいはやり直すことができるのだろうか。

取り返しのつかない過ちを、わたしは回避することができるのだろうか。

俄かに淡い期待が膨らみ、古い記憶が織りなす夢の時間が終わらないでと願ったのは、目覚める間際のことだった。それはすなわち、夢が遠のく間際ということでもある。

「終わらないで、終わらないで」と足掻《あが》いているうちに、麗しく懐かしき過去の情景は、風に吹かれた煙のように意識の前から薄れていった。

緋花里と湖姫と三人で蛍を眺めた夜から、十七年と五ヶ月後。

二〇一九年一月下旬、午前零時過ぎ。

目蓋《まぶた》を開けると、溢《あふ》れた涙で目の周りがしとどに濡《ぬ》れていた。人差し指で拭《ぬぐ》いながら力なく起きあがり、ベッドの縁に足をおろす。

今日は朝の五時過ぎを到着の目途にして、車で新宿へ向かう予定だった。二時頃には起きるつもりだったので早めに就寝したのだが、この分ではしばらく寝つけそうにない。意識が完全に冴《さ》えてしまった。

これからおよそ五時間後――仙台から夜行バスでバスタ新宿に到着する客人を出迎え、定刻通りにこの家へ届ければ、そこから全てが始まり、おそらく全てが終わる。

だがそれは本当に、白星が心の底から望む形での終焉《しゅうえん》なのだろうか。

この期に及んで白星は、今まで反芻《はんすう》してきた以上に切実な自問を始めることになった。

たとえどんなに取るに足らない存在であっても、人としてこの世に生まれてきた以上、誰にでも個人史というものが付き纏《まと》う。

それは白星にも存在した。大半が無益でつまらないことばかりだったので、これまで他人に多くを明かすことはなかったし、明かすべき相手もそんなに多くはいなかった。

だが、たとえどれほどつまらない遍歴であろうと、白星にも個人史は存在している。

八〇年代の初めに白星は、神奈川県の小さな町で生を受けた。

父は工員、母も工員。ふたりは同じ職場で知り合い、結ばれ、その後に白星を儲《もう》けた。

白星が九歳の時に父が死んだ。仕事中、職場の圧搾機に巻きこまれて、即死だった。

その後、白星は母の女手ひとつで育てられることになるのだが、暮らし向きは決して楽なものではなかった。重圧に堪えかねた母は、そのうち神奈川県の某市に本部を置く新興宗教団体に入信。家族入信という形で、白星も同じ教義を歩むことになる。

教団には手かざし、ないしは患部に直接触れることで信者の病気や怪我を治せる者が特異な肩書を持って在籍していた。そうした力を持ちうる信者を増やすため、教団では〝修行〟や〝開発〟と称した、実質的にはテスト紛いのセッションも設けられていた。

白星はテストに合格した。顔色を悪くして横たわる信者の身体に触れて「治って」と根気強く念じたら、目から黒い涙が流れ落ち、相手はたちまち良くなった。

入信からおよそ一年。白星は十歳にして、自分がこんな特質を持っていたことを知る。その後は教団幹部の指導に基づく本格的な能力開発の日々が始まった。

数えきれない信者を相手に実践と検証を繰り返していった結果、白星が有する奇跡は病気と怪我には意味を成さないものだと判る。白星の黒い涙が有益な作用を果たすのは、生身の人の身体に溜《た》まった穢《けが》れや憑《つ》き物に対してだけだった。

それが判ったことで幹部らからの評価がさがることはなかった。むしろ前より手厚い待遇を受けるようになり、実践を求める機会も増やされていった。

十一歳で初潮を迎えた翌年、白星は中学一年生にして、女になるための儀式を終えた。相手は鳴森恵弘。教団の礎を築いた男である。

「お前の力を一層高めるため」などと称して、鳴森は獣《けだもの》じみた形相で白星を犯した。我が身を嵐のごとく襲った恐怖と屈辱と悲しみに堪えかね、泣きながら母に訴えたが、その後も折に触れては鳴森に犯され続けた。母が白星の助けになることは一切なかった。

そんな母に大きな異変が起きたのは、白星が高校二年生の時である。

そろそろ一学期が終わりを迎えそうな頃、母は職場で倒れ、昏睡《こんすい》状態に陥ってしまう。検査の結果、原因は破裂脳動脈《のうどうみゃくりゅう》瘤を起こしたからだと分かった。

広義に言うくも膜下出血である。意識が戻る見込みは薄いとも告げられた。

かくして今へと連綿と続く、蛭巫女《ひるみこ》への道が拓《ひら》かれる。

今後に要する母の医療費と、白星自身の生活の保障。これらふたつの問題を賄うため、鳴森が持ち掛けてきたのが、霜石の家に蛭巫女として仕えるという道だった。

当時は世間の右も左も分からなかった、十六歳の無力な少女である。

他には選べる道など見いだせなかった白星は、ほとんど有無を言わされぬような形で高校を中退させられたのち、霜石の家へと入った。以来、およそ二十年の月日が経つ。

振り返れば、いつも誰かに流されるままの無益でつまらない人生だった。

だが、この家に拾われてきてからは、かけがえのない人たちに巡り逢《あ》うこともできた。湖姫に緋花里、そして伊吹の三人である。

初めのうちは戸惑うことばかりで、恐怖に慄《おのの》く機会も少なくなかった蛭巫女の務めも月日に揉《も》まれて慣れるにしたがい、いつしか誇りをもって臨める務めに変わっていった。今でもそうした気持ちに変わりはない。変わっていない。

何も変わっていないのだ。結局のところ、白星が悩みを抱える問題はそこだった。

たとえば十七年前の麗らかな春の日のこと、緋花里の胸に巣くう「誰でもない者」をこの手で吸いあげる決意が湧かなかった時と同じである。白星が内面に抱える心の本質（欠陥と言い改めてもいい）は、あの後も結局、大きな改善を見ることはなかった。

今でもたゆたいやすい気質はそのままだし、主君のためにと構える気持ちはあっても、結局最後は保身に回って怯《おび》えてしまう臆病者《おくびょうもの》のままである。

霜石の家の命運を分かつ最後の儀式が始まるまで、残り半日を切ったにもかかわらず、白星は未《いま》だその是非について思い悩み、己の本心を決めあぐねる状態にあった。

果たして自分は——思いかけたところで、部屋のドアが開くのが視界の端に見えた。

視線を向けると、細く開いたドアの隙間に赤い人影が立っている。

暗がりに染まる廊下の向こうから部屋の中を覗《のぞ》きこんでいるのは、緋色《ひいろ》の衣を纏《まと》った目つきの鋭い女である。女は生気の薄い褪《さ》めた面持ちで、白星の顔を見つめていた。

お願い、わたしを見ないで……。そんな顔でわたしを見ないで……。

目蓋を結んで震えながらに祈り始めると、やがてドアが音もなく閉まる気配を感じた。

再び開いた視界の先には、閉め直されたドアがあるだけ。女の姿はどこにもなかった。

音を殺して素早くベッドに潜りこみ、つかのま思いを巡らせていく。

それは白星の人生史上において、かつて類を見ないほどに激しい苦悶《くもん》と葛藤《かっとう》を孕《はら》んだ苛烈《かれつ》な是非のせめぎ合いとなった。

答えが出たのは一時頃。夜更けに目覚めて、一時間近くが経った頃のことである。

最低二十分、可能であるなら三十分。それだけの時間を確保できれば、どうにかなる。

少なくとも自分が思うところと、求めるべき手順だけは伝えることができる。

あとは彼らに運を委《ゆだ》ねよう。同意してくれるなら、この身が潰《つぶ》れることも惜しまない。

湖姫に怪しまれないよう、帰宅の予定時間を大幅に遅らすことはできない。代わりにできうる限り車を飛ばして、なんとか時間を確保するしかなかった。

やれる？　やれない？　やるしかない。
わたしはもう決めたんだ。やはりこれ以上の悲劇を繰り返すわけにはいかない。
答えが決まれば当たり前のことだった。これまでは腹を決める勇気がなかっただけだ。
自分の身を最優先に——。
その昔、緋花里に何十回も言われ続けた言葉が、脳裏を優しくそっと掠《かす》めてゆく。
「ごめんなさい、緋花里さん。これからわたしは、あなたの命《めい》に背きます」
ねえ、白星。あなたに覚悟があるなら、わたしにずっとついてきてくれる——？
その昔、儚《はかな》い瞳で湖姫に持ち掛けられた約束が、脳裏に悲しく現れては消えてゆく。
「すみません、湖姫さん。これからわたしは、大事な誓いに背きます」
でもそれは、わたしがいちばん大事で大好きなあなたを守り抜くためにすることです。
今回の一件が無事に終わったら、わたしのことを嫌いになってもいい。憎んでもいい。
それも含めて自分の務めだと覚悟を決めることができました。
終わらせる。もう二度と過ちは繰り返さない。
再び滲《にじ》み始めた涙を拭うと、白星は来たる朝に備えて短い眠りへ落ちていった。

多重螺旋《らせん》の奈落《ならく》に挑む

それからおよそ四時間後。二〇一九年一月下旬、午前五時過ぎ。

二時間近く眠ることができた。目が覚めてカーテンの隙間から外の様子を覗き見ると、バスは都内に入っていた。未だ夜の闇に押し包まれた池袋を走っている。新宿は近い。

今のところ、体調は可もなく不可もなく。眠気がぶり返してきそうな気配もなかった。

到着までに残されたわずかな時間で考えたのは、霜石湖姫のことだった。

仙台からバスに乗って以来、寝起きを挟んで彼女のことは何度も考えてはいたのだが、私と彼女の間にまつわる核心の部分については、くわしく思い返すことをしなかった。

理由を端的に表するなら、それはひとえに優先順位を見誤らないためである。

二〇一四年の二月七日。過去に私と湖姫が霜石家で会した際に、私は結果的に彼女の気分というか期待を害するようなことをしている。これも先日、あらましを思いだした。

どちらにより大きな非があったかは別として、湖姫が私という人間を蔑《さげす》み、一貫して高圧的な態度に出るのは、それなりの下地があってこそのことなのだ。

必要ならいくらでも頭をさげるつもりではいるが、私が再び霜石の家に招かれたのは、そんなことをするためではない。意識は本来の目的のほうに集中しておきたかった。

寝起きで喉《のど》が渇いていたが、ホルダーに突っこんでいたスポーツドリンクは空だった。着いたら何か買って潤そうと考えているうちにバスは明治《めいじ》通りを抜け、甲州《こうしゅう》街道に入る。バスは夜明け前の閑散とした路面を滑らかな速度で進み、そこから先はあっというまに目的地へ到着した。

バスタ新宿。少し前に来た時は、よもやこんな事態になるとは想像もしていなかった。欠伸《あくび》を噛《か》み殺しつつ、降りてすぐに自販機で缶コーヒーを買い、その場で一気に呷《あお》る。それからトイレで顔を洗い、新宿駅の南口に面した出口へ向かう。

三階から地上へ延びるエスカレーターの前に至ると、降り口の壁際付近に女が立って、こちらを見あげているのが目に入った。

髪型はアッシュブラウンに染めた長めのショートボブ。薄いグレーのパンツスーツの上から白いトレンチコートを羽織った彼女の顔は、私の記憶の中に新しいものだった。

「ご無沙汰《ぶさた》しております。玖条です。はるばる遠路、お疲れ様でした」

私が降り口に達するなり、女は慇懃《いんぎん》な声風《こわぶり》で告げ、浅くお辞儀をしてみせた。

玖条白星。立ち位置としては、霜石湖姫の側近ということになるだろうか。

「こちらこそ、ご無沙汰しております。でも実際は、そんなにご無沙汰ではないはずだ。ざっくり一週間ぶりですね、裕木真希乃さん」

一拍置いて応《こた》えると、白星は瞳をわずかに丸く膨らませ、鼻から短く息を漏らした。

「お気づきになられたんですね。先日はご無礼をいたしました。申し訳ありません」

追って事情を尋ねようとしかけたところで、白星は「近くに車が停めてあります」と早口で告げ、そのまま歩道に向かって歩きだしてしまった。足取りも早い。やむを得ずこちらも急いであとを追い、隣に並んで歩きだす。

「主には白無垢《しろむく》の現状と、あなたの認知能力の確認をさせていただくのが目的でした」

白星が言い、さらに続ける。

「わたしが意図して言い間違えたことにも、お気づきになられましたか？」

「ええ。『取材レポート』を全冊読み終えてからですけどね」

先日、新宿の喫茶店で白星扮《ふん》する真希乃と対面した際、彼女は真希乃の経歴について、微妙な瑕疵《かし》が生じることを私に伝えていた。

今から三年半前、私が初めて真希乃（本人）と対面した際、彼女の年齢は二十代後半。大学卒業後に初めて就職した企業の社風が肌に合わないとの理由から、一年ほどで退職。その後は様々な業種のバイトを転々としながら、自分が本当にやりたいと思える仕事を探しているという話を聞かされている。

それに対して先日対面した真希乃（白星）は、三年半前に聞かされたこうした経歴を一部改変。大学を卒業後、初めて就職した企業を辞めて半年も経たない頃に私を頼って、今後の身の振り方に関する相談をしたと述懐していた。

これでは年頃と経歴に矛盾が生じる。私と初めて顔を合わせたのがその頃とするなら、歳は二十代前半でなければならないし、バイト先を転々としていたという事実も消える。

先日、真希乃になりすました白星と会した際に告げられた斯様《かよう》な虚偽の発言について、私はまったく気にすることのないまま、面談を進めていった。あまつさえ、自分が話をしている相手が、玖条白星だということにも気づかずに。

裕木真希乃本人の容姿については、三年半前に目にした時の記憶しか残っていないが、おそらくふたりの姿に、大して似通う要素はないはずである。

他にも白星はこの時、面接時の立ち振る舞いなどといった、今後の就職活動における多岐に及ぶアドバイスを私に求めてきたようだが、細かい内容については覚えていない。というより思いだせる記憶の印象は、夢の中で見たかのように漠然としたものだった。

「認知能力の確認とおっしゃいましたが、それだけでは意図するところが分かりません。もう少し具体的に事情を説明していただけるとありがたいのですが」

「くわしくは道々説明いたします。まずは出発してしまいましょう」

そこから五分もかからず駐車場に着いた。場内の一角に停まる白いアウディに促され、助手席に乗りこむ。

「先日はあの場にわたしの主《あるじ》が同席していたことも、覚えていらっしゃいますか？」

車が駐車場を抜けだし、甲州街道を走りだしてほどなくした頃、白星は口を開いた。

私のほうは予想の範囲を超えた告白に虚を突かれ、「は？」と返すのがようやくだった。

代わりに背筋がざわざわと蠢《うごめ》くような動きを帯びて活発になる。

さすがにありえない。そんな馬鹿なことがあるはずないだろうと思った。

「喫茶店の前で落ち合い、そのまま三人で入店して、同じテーブルに着いています」

けれども白星の補足が始まると目蓋《まぶた》の裏に当時の光景が、真に修正し直された光景が、確かな実感を伴いながら浮かびあがってきてしまう。

面談の場に湖姫が現れたのは、白無垢の状態をじかに確かめるためだと白星は言った。何食わぬそぶりで白星の隣に座った湖姫は、それから三十分ほど無言のままに私の顔と、私のすぐそばに立っていたという白無垢姿の加奈江をじっくり観察していたのだという。

その後にやはり何気ないそぶりで席を立ち、霞《かすみ》のごとく静かに面談の場から消え去った。

「主は最初の挨拶《あいさつ》を含め、最後まで一貫して無言に徹していましたが、姿は郷内先生の目にもはっきり映っていらっしゃったはずです」

「先生はやめてください。皮肉にしか聞こえない。その件については今話を聞かされて、初めて思いだしました。これも例の目の力でやりおおせた成果でしょうか？」

「そうです。店の前で顔を合わせた時に〝目〟を使って郷内さんの認識力をぼやけさせ、その後はわたしたちが必要だった用件を果たすという流れで事を進めていきました」

「仮に聞かされなかったら、一生思いださなかったかもしれない。便利なスキルだ」

記憶は記録ではない。こちらのまったく与《あずか》り知らないところで起こされていた記憶の恐るべき変容に惑乱しつつ、同時に思い返していたのは有澄杏の件だった。少女時代に彼女を見舞った異様な体験が、さらなる異様な歪《ゆが》みを帯びて記憶に留《とど》められてしまったあの一件も、やはり同じ文言が適用される案件だった。記憶は記録ではない。

そこからさらに思いだしたのは、以前に小夜歌が語ったウロボロスの輪である。

記憶にまつわる怪異の共通点に加え、まるで示し合わせたかのように隣でハンドルを握る女は、かつての杏と浅からぬ縁を持つ人物と来ている。これも先日、思いに至った。

自分の周囲で起こること、自分が関わらざるを得ないこと。あらゆる事象がひとつの大きな輪になって繋《つな》がり、永久の回転を続けているかのような感覚を思い抱いてしまう。

なんだかこれから先も今回や前回と同じようなことが起こるんじゃないかと——。

先月、小夜歌が電話で私に伝えたことは、見事に的中したと見做《みな》していいだろう。

その時が多分、郷内さんの出番——。

続くひと言も当たっているのだから、もはや否定を試みる気にすらなれない。

「種明かしを告げると、歪められていた意識は少しずつ元に戻っていくそうなのですが、完治に至るまでの期間には個人差があるとのことです。先日の記憶に関して、まだ少しおぼつかない面もあるかもしれませんが、焦らないようになさってください」

「他には捻じ曲げられて、伏せられていることはないんでしょうね？」

尋ねた私に白星は「それはおそらくご安心ください」と答えた。

「霜石さんのご機嫌はいかがです？　私のことについて何かおっしゃってました？」

「失礼ながら、昨夜は二面性について語っていました。根は小心者のくせに勢いづくと、愚かな英雄気取りをしたがる節がある。その逆のパターンもまた然《しか》りと」

寸秒間を置き、白星は湖姫の語調を再現するような張りのある声で答えた。

「まあ、それなりに自覚している面もありますし、そういう印象を持たれてしまうのは仕方のないことかもしれませんね。あんまりいい気はしませんけど」

「わたしの言葉ではなく、思うところでもありませんが、重ねてお詫《わ》びいたします」

「別にいいですよ。彼女に嫌われているのは、胸が悪くなるほど分かってますから」

やがて車が首都高速四号新宿線に入ると、白星は異様な勢いで走行速度をあげ始めた。スピードメーターの針は一二〇から一四〇の間を小刻みに揺れ動き、道の先を走る車を一台残らず追い抜きながら、誘導ミサイルのような動きでぐんぐん前へ突き進んでいく。

「あんまり飛ばすと、タイムスリップしてしまいますよ」

固唾《かたず》を呑《の》みつつ冗談めかして窘《たしな》めたのだが、白星は短く謝罪の言葉を返してきただけ。くすりとも笑うことはなく、速度も一キロたりとも緩めることがなかった。

身の毛がよだつような勢いで車が差し当たり向かっているのは、都内のはるか西部に位置する霜石邸ではない。かの家からほど近い距離にある、柳原鏡香の家である。

四日前に湖姫から届いたメールで、彼女も今回の儀式に参加させられることを知った。鏡香とは当日まで連絡を取り合うことを禁じられていたが、代わりにこの日は霜石邸に赴く前に彼女の家で多少の打ち合わせをすることが許されていた。

新宿から鏡香の家までの所要時間は、およそ二時間程度と事前に知らされていたので、到着は午前七時半頃だろうと見込んでいた。しかしてこのスピード感溢《あふ》れる送迎である。結果は当然のごとく、私の予想をはるかに短縮されるものとなった。

鏡香の家に到着したのは、六時五十分過ぎのことである。およそ四十分の短縮だった。

色褪《いろあ》せた灰色のブロック塀に挟まれた門口の中へ減速しながら滑りこんだアウディは、白と青のアリッサムが植えられた花壇が並ぶ前庭に停まった。私と白星が降車するのとほぼ同時に玄関口のドアが開いて、中からふたりの女性が現れる。

ひとりは柳原鏡香。歳は四十代前半、私よりいくつか年長の霊能師。

そして、二〇一四年の二月八日に自宅の裏手に広がる森の中で加奈江と思いがけない邂逅《かいこう》を果たし、夢の中で加奈江と一時期を過ごした人である。

控えめな栗色に染まる髪の毛をうしろでシニヨンに束ねた彼女は、おそらく本格的な身支度を整える前なのだろう。スウェットにジーンズというカジュアルな装いだった。

一方、鏡香の隣に並ぶもうひとりは、私よりいくつか年下の三十代半ば過ぎ。

以前は肩口の辺りで切り揃えていた黒髪は少しだけ伸び、鎖骨の上までかかっている。

その一方、小作りで肌の色が若干抜けて乳脂のように薄白く、どことなく腺病質《せんびょうしつ》そうな印象を抱かせる顔のほうについては、出会った頃から何年経っても変わりはなかった。

小橋美琴《みこと》。我が盟友にして、今や腐れ縁にもなってしまった元霊能師。

件《くだん》の『取材レポート』に認《したた》められた、鏡香に対する二度目の取材。静原素子と湖姫にまつわる話中に登場する、「私が以前から懇意にしている別の女性霊能師」というのは、他ならぬ彼女のことである。

それのみか、美琴は二〇一六年の冬場に勃発《ぼっぱつ》した例の「恐ろしく込み入った仕事」で、桔梗たちと肩を並べて事態の収束に当たったメンバーのひとりでもあった。

「初めまして、柳原鏡香です。長旅でお疲れになったでしょう？　田舎の侘《わ》び住まいで大したお構いはできませんが、時間が来るまでゆっくりお休みになってください」

玄関口まで向かった私に鏡香のほうも歩み寄り、頰を緩めて語りかける。

「こちらこそ初めまして。今日は一日お世話になります。それからその節は、加奈江が大変お世話になりました。本当にありがとうございます」

「いいえ。わたしのほうこそ、感謝の気持ちでいっぱいです。あの娘《こ》には大切なことをたくさん教えてもらったし、楽しい時間をいっぱい過ごさせていただきましたから」

「加奈江、私のそばにまだいてくれていますか？」

「ええ、もちろんいますよ。門口のところにそっと立ちながら、わたしたちを見ている。姿はすっかり変わってしまったけど、あの娘だってすぐに分かった」

すかさず門口のほうに視線を向けたが、やはり私の目には加奈江の姿は視えなかった。失意の混じったもどかしさに駆られ、思わずため息が漏れてしまう。

「大丈夫。目に視えなくても、心では強く繫がっているはずですから。だからあの娘は郷内さんと連れ立って、ここまで一緒に来てくれたんじゃないですか？」

柔和な声音で語る鏡香の顔立ちは、どことなく小夜歌の顔に似ているような気がした。それはつまり私にとって、彼女が素晴らしくいい人そうに感じられたということである。

「ご無沙汰《ぶさた》してます。本当はもっと楽しい用事でお会いできれば良かったんですけど」

鏡香の隣に並ぶ美琴が言った。その顔に浮かぶたおやかな笑みと、誠実で揺るぎない温かな眼差しに私は心底ほっとする。

「悪いね。今回は完全に巻きこむ形になってしまった」

「そういうのは電話でもう何回も聞きました。今さら水臭いことを言わないでください。悪いと思っているなら、わざわざ台湾くんだりから急いで来たりしていません」

美琴は二〇一七年の春に長らく続けた霊能師の仕事を辞め、台湾人の交際相手と結婚。その後は住み慣れた都内を離れ、夫婦で台北《タイペイ》に暮らしている。訊《き》けば、昨日の昼過ぎに飛行機で台北から羽田へ到着。昨夜は鏡香の家に泊めてもらったそうである。

今回の一件に美琴を招いたのは、実質的な面においては湖姫の意向によるものだった。けれども直接的な声掛けは、私と鏡香がおこなった。

やはり四日前に湖姫から届いたメールの文面に、当日は助っ人をひとりだけ呼んでも良いとの旨が記されていた。ただし呼ぶことができるのは、湖姫が指定した人物のみで、なおかつ私と鏡香が声をかけ、両者の求めに相手が応じた場合に限られる。片方だけの誘いによる合意の場合は不可とあった。

そのご指名に与《あずか》ったのが幸か不幸か、良くも悪くも小橋美琴だったのである。

条件を俯瞰《ふかん》して推察してみるに、おそらく湖姫は、美琴が誘いに乗ろうが乗るまいが、どちらでもいいと考えているのではないかと思った。

美琴を指名した理由は、今回の件に彼女がかろうじて関わりを持っているということ（二〇一二年にあった静原素子絡みの一件である）、そして今は現役を退いたとはいえ、彼女が本職の霊能師として相応の心得と技能を身に付けているということ。

美琴には悪いが、用途は件《くだん》の儀式を遂行するための保険要員といったところだろうか。湖姫が事前によこした儀式の概要を見る限り、人員は美琴抜きで十分に間に合っていた。あるいは万が一、私と湖姫との間に何かのトラブルが生じた際、体のいい人質代わりに利用しようという魂胆もあるのかもしれない。

いずれも推察の域は出なかったが、そうした中でひとつだけはっきりしていることは、私が美琴の合意と力添えに関して、大層心強いと感じているということである。

「中へどうぞ。積もる話はお茶でも飲みながら、ゆっくりしましょう」

鏡香の誘いに応じ、玄関ドアをくぐろうとした時だった。

「あの、折り入ってお話ししたいことがあります。少しだけお時間をいただけますか」

背後にいた白星が唐突に口を開いた。憂いを帯びて思いつめたような顔をしている。

ついで鏡香が、私と美琴に目顔で可否を求めてきた。わずかな警戒心を抱きながらも私は了承を示す目配せを送る。美琴のくだした判断も同じようだった。

「分かりました。ここではなんですから、玖条さんもどうぞ、中にお入りください」

答えた鏡香に白星は短く丁重に謝意を述べ、私たちは揃って家の中へと入っていった。

綺麗《きれい》に片付けられたフローリングのリビングに通される。

「今、お茶をお出ししますので、少しだけお待ちください」

鏡香が言うと、白星は「あ」と小さく声をあげ、「すぐに失礼しますので」と返した。

「急いで淹《い》れますから、ほんとにちょっとだけお時間をください」

鏡香は笑いながらうなずいて、リビングの隣に面したキッチンへ向かっていった。

白星はさらに何か言いかけようとしたかに見えたが、結局言葉を呑《の》みこむようにして押し黙り、リビングの中央に置かれたローテーブルの縁に腰をおろした。

私が白星の隣に座り、美琴がテーブルの反対側に着く。鏡香がお茶を淹れ終わるのを待っている間、なんとはなしに周囲に視線を巡らせると、サイドボードの上に置かれた写真と位牌《いはい》に目が留まった。

写真には、小首を傾げて笑う少女の姿が写っている。彼女が鏡香の娘の加奈江だろう。名前こそ同じだったが、その面差しに私の加奈江と似通うものは特になかった。

「お待たせしました。ジャーマンカモミールティー。お試しになってみてください」

まもなく戻ってきた鏡香が私たちの前にそれぞれ、ソーサーにのったティーカップを差しだした。カップの中から立ち昇る湯気には、林檎《りんご》に似た甘い香りが染みこんでいる。

白星は礼を述べつつ頭をさげ、カップに軽く口をつけた。それから再び顔をあげると私たちの顔を順に見回し、ぴんと張りつめた硬い声音でおもむろに切りだした。

「これから霜石の屋敷で始まる一連の儀式。わたしは敢《あ》えて主《あるじ》がもっとも望まない形で決着をつけようと考えています」

一言一句を嚙《か》みしめるかのごとく諤々《がくがく》と、淀《よど》みのない語調で一気呵成《いっきかせい》に言い終えると、白星はつかのま唇を弓のように引き結び、それからさらに語気を強めて言葉を継いだ。

「目的は、主である霜石湖姫の心と生命を守ることにあります。もしもここにおられる皆さんがわたしの意向に賛同してくださるのでしたら、力を貸していただきたいんです。一応の計画も立ててました。話だけでも聞いていただくことはできないでしょうか？」

おそらく全員答えは一致していたと思うのだが、初めに口を開いたのは鏡香だった。

「そちら側にも味方がいてくれて安心しました。ぜひとも聞かせてください」

鏡香の答えを聞き、私と美琴の合意が得られると、そこから白星は堰《せき》を切ったように秘めたる思いを打ち明け始めた。総じて早口気味だったのは、予定している時間までに屋敷へ戻らないと、湖姫に怪しまれる可能性があるからだという。この日、白星は本来、私を七時半頃までに鏡香の家へ送り届けて、そのまま帰る予定だったことも聞かされた。

白星は確かに言葉の進め具合が早かったし、いささか熱っぽい語り口でもあったので、話を聞いていて頭がこんがらがりそうになるところもあったが、そうしたうえでも話の大筋は理解することができたし、理解したうえで大いに賛同することもできた。

「いいと思います。委細承知しました」

全てを白星が語り終えたあと、最初に口を開いたのもやはり鏡香だった。

「わたしもどこかで彼女の目を覚まさせてあげるべきかどうか、思い悩んではいました。玖条さんが味方についてくれるんでしたら心強いです。ぜひともやり遂げましょう」

「安心しました。ありがとうございます。それではそろそろ失礼いたします」

鏡香についで私と美琴からも同意の返事が得られるなり、白星は深々と一礼したあと、素早く片膝《かたひざ》を突いて立ちあがろうとした。時刻はそろそろ七時半を迎えようとしている。

「待って。できればお茶だけは全部飲んでいってもらえる？」

うなずきながら発した鏡香の言葉に、白星は「ですが……」と躊躇《ためら》う声を漏らしたが、続く鏡香のひと言で再び膝を畳み直すことになった。

「カモミールには、疲れた心を鎮めてくれる効果があるんです。これから始まることにきちんと備えるためにも、できれば飲んでいったほうがいいと思います」

うなずき返した白星は、それまでほとんど口をつけていなかったカップを手に取ると、今度はカモミールティーの豊かな香気と味を楽しむそぶりで、じっくりと飲み始めた。

その様子を見るに至って私のほうも、ようやく適切な機会が得られたものと思い做《な》し、傍らに置いていた自前のバッグの中から洋形サイズの白い封筒を取りだす。

「どうぞ。ネット経由で私のところに届いた預かり物です。中身は誓って覗《のぞ》いてません。ただ、差出人の方からは『ご都合のよい時にお読みください』とだけ言付かってます」

「どなたからでしょう？」

訝《いぶか》りながら封筒を受け取る白星にただひと言、「アカシア支援教室」とだけ告げると、彼女はたちまち目の色を変えて封を開け、中で三つに折り畳まれた紙を素早く開いた。

玖条白星さんへ

お久しぶりです。

あれからずいぶん長い月日が経ってしまいましたが、お元気でお過ごしでしょうか？

思い返すと長いようで短い時間でしたが、アカシア支援教室で玖条さんと一緒に絵を描いた思い出は、今でもわたしの中で昨日のことのように思い返すことができます。

それはなぜかと言うと、玖条さんはわたしがあの教室でいちばん最初に仲良くなれた生徒さんで、今でもわたしの心の中でいちばん印象深い生徒さんだからです。

玖条さんが描く絵も大好きでした。想像の力は、今でも生き生きと輝いていますか？

赤い鳥の絵や、翼が生えたユニコーン、猫の背中に乗っかる可愛い妖精《ようせい》さんたちなど、どの絵もみんな、わたしの感性を刺激してウキウキさせてもらえる絵ばかりでした。

でもいちばん好きな絵は、最後の日にプレゼントしてもらった、白い彼岸花の絵です。今でもクリアファイルに挟んで大事に保管していて、時々眺めているんですよ。

そのたびにいつかもう一度、お会いしたいなという気持ちを抱いて過ごしてきました。もしもよろしければ、ご都合のよろしい折にご連絡をいただければ幸いです。

また会う日を楽しみに――。

寒い日が続きますが、お身体を大事にお過ごしください。かしこ。

有澄杏

白星が読み終えた手紙を畳み直し、封筒へ戻すのを見計らって声をかける。

「去年手掛けた仕事で、たまたま有澄さんと知り合ったんです。何日か前に玖条さんと仕事でお会いする旨を彼女に伝えたら、メールで玖条さん宛ての手紙をいただきました。プリントアウトしたのがそれ。今回の件に関するくわしい経緯や内容なんかについては、一切話しませんでしたので、ご安心ください」

「どうしてみんな、こんなに優しいの……」

一度あげた顔を再びうつむかせ、白星は震える声で訥々《とつとつ》とつぶやいた。

「さあね。優しさにはいろんな種類がありますから、一概に答えるのは難しいものです。例えば玖条さんがこれからしようとしていることも、優しさに根ざしたものでしょう？仮にあの人が望まないことであっても、結果的にあの人のためになるべきおこないなら、それだって立派な優しさのひとつだと思います。違いますか？」

「そうなるように精一杯努めます。皆さんもどうか、よろしくお願いいたします」

白い百合《ゆり》の花が刺繍《ししゆう》されたハンカチで手早く目元を拭《ぬぐ》うと、白星は「失礼します」と一礼し、今度こそ迷いのない物腰で立ちあがった。それからリビングを抜けて玄関口へ向かう彼女に私たちも全員付き添い、前庭に停めた車の前まで見送る。

「鏡香さん、カモミールの花言葉って知ってます？」

純白のアウディが門口が出ていく様子を見つめながら、美琴がぽつりとつぶやいた。

「うん、知ってますよ。逆境で生まれる力。あなたを癒《いや》す。仲直り。こんなところかな。ただの偶然かもしれないけど、今の玖条さんにぴったり。いい風が吹いてる気がする」

答えて鏡香は微笑むと「次はダージリンを淹れますね」と私に言った。

花言葉は「追憶」だという。

霜石邸には午後一時に鏡香が運転する車で向かう手はずになっていた。それまでの間、三人で（おそらくは最初で最後になるであろう）打ち合わせをおこない、必要に応じて私は仮眠を取らせてもらうことになっていたのだが、その前にひとつだけ。

「本題に入る前に少しだけ、お話を聞かせていただけないでしょうか？」

ダージリンを淹れ終わった鏡香の問いかけに、私は「ええ、ぜひとも」とうなずいた。

それから二時間以上にわたって、私は加奈江との始まりから今へと至る経緯の全てを包み隠さず、良かったことも悪かったことも一切合切、思いのままに打ち明けた。

鏡香も『取材レポート』には記載されていなかった、夢の中でコーネリアと過ごした楽しい日々の思い出をたっぷり情感を交えて話してくれた。

ちなみに鏡香が名付けた「コーネリア」という名前にまつわる真相を教えてあげたら、予期していたとおり、ひどく驚いた様子だった。

「コーネリア」という名前は、私が中学時代に見た夢の中で、加奈江が自ら考えついたペンネームである。熱帯魚の専門誌に何かを投稿したいという話になった時、加奈江がその場の思い付きで閃《ひらめ》いたのが「コーネリア」だった。

「もしも差し支えがなければ、私も教えていただきたいことがあるのですが……」

「どうぞ」と応《こた》えた鏡香に私が尋ねたのは、離婚する前の鏡香の苗字《みょうじ》である。

薄々予感していたとおり、やはり彼女の旧姓は桐島だった。

桐島鏡香。十四歳の身空で逝った愛娘《まなむすめ》の名は、桐島加奈江。

改めて大きな運命のようなものを感じざるを得なかったし、同時にウロボロスの輪の概念も脳裏に色濃く立ちあがってきた。

互いに心行くまで加奈江の話題を語り終えると、私は鏡香に断って、サイドボードに祀《まつ》られているもうひとりの桐島加奈江に手を合わせた。

その後、ようやく本題に入る。

私も鏡香もこの日に至るまで、湖姫から事前にもたらされた情報と要望を基準として、こちら側のリスクを最小限に回避する形で事を終えようと考えていた。だが、白星から湖姫の計画を根底から覆す〝プランB〟の計画を持ち掛けられたことで、儀式に対する私たちの関わり方はおろか、達成すべき目的にまで大きな変異が生じてしまった。

少ない危険を抱えながらも穏便に事を済ませられそうなのは、湖姫が主導のプランA。一方、多大な危険を伴ううえにおそらくのところ、かなりの高確率で未曾有《みぞう》の修羅場を迎えることになりそうなのが、白星の打ち立てたプランBといった具合である。

どちらのプランであっても、件《くだん》のイカイメとやらを滅する目的自体に変わりはない。だがプランBにはもうひとつ、挑めば大きな成果が得られるものがあった。

「わたしは身の程知らずのお人好《よ》しか、もしくは余計なお節介焼きなのかもしれません。でも、霜石さんからこの話をいただいた時から、ずっと思い悩んでいた節はありました。関わることになるのなら、本当に正しいことをすべきなんじゃないかって」

まるで自分にもう一度言い聞かせるかのように発した鏡香の言葉に、私も同感だった。私も鏡香と同じように今日という日に至るまで、気持ちは揺れ動いていたのだけれど、白星が持ち掛けたプランでようやく腹を決めることができた。

今回、湖姫から請け負った依頼の本質は、単に化け物退治をすることなどではない。本当の意味での解決を目指すなら、たとえ湖姫と全面的に争うことになったとしても、彼女が長年にわたって取り違えている、ある〝致命的な誤認識〟を真っ向から指摘して、その目を覚まさせてやることもセットでなければならないのだ。

真実を語るほど恐ろしい事はない。

またこのフレーズが出てきた。背中の産毛が毛羽立つようなざわめきを感じる。

これから始まるプランBの中で湖姫が向き合うことになる真実は、かの浄土村で杏が直面することになった真実よりも、さらに過酷で無慈悲なものになるかもしれない。

だが、今日という意味、絶好にして唯一の機会にそれを告げることをしなければ、これから先、湖姫が抱える心の闇と狂気はさらに悪化の一途をたどっていくというのも、容易に察することができた。白星が危惧《きぐ》するとおり、いずれは彼女の生命の安全さえも。

ゆえに私たちは、敢《あ》えてリスクの高い選択肢を選ぶことにしたのである。

「どちらの計画に乗るにしても、身を護《まも》る備えは万全にしておいたほうがいいと思って、独自に作ってもらった物もあるんです。よければぜひ、お持ちになってください」

そう言って鏡香は、サイドボードの抽斗《ひきだし》の中から小ぶりな御守り袋を三つ取りだした。紫色の布地に金の刺繡があしらわれた、よく見る作りの袋である。

「友達の霊能師に作ってもらった魔《ま》除《よ》けの御守りです。事情は説明しませんでしたけど、なんとなく怪しんでいるそぶりはありましたね。腕は確かな人だから、万が一の時には力を発揮してくれると思います」

テーブルの上に差しだされた御守りを、私と美琴はありがたく受け取った。

「考えることは同じですね。私も独自に誂《あつら》えてもらった物があるんです」

今度は心持ち得意げな声で私が応《こた》える。ついで自前のバッグの中から取りだしたのは、合計四種類の御守りだった。それぞれ同じ作りの物が三枚ずつある。

それぞれ桔梗、小夜歌、深町、そして私の師匠筋に当たる水谷源流《げんりゅう》に作ってもらった御守りである。事情の口外を湖姫に禁じられていたので私も鏡香と同じく、込み入った理由は打ち明けず、単に「とびっきり強い魔除けの御守り」と頼んで作ってもらった。

「こういうありがたい御守りは、いくつあっても心強いと思いませんか？」

私がテーブルの上に御守りを並べたところへ、美琴がやはり得意げに口を開いた。

「本当に考えることは一緒ですね。わたしが用意したのは少し毛色が違うんですけど」

言いながら傍らに置いてあったポーチからだしたのは、ペンダントだった。

銀色の細いチェーンに青い石がぶらさがっている。石は丸形で大きさは小指の爪ほど。輪郭に沿って金属製のフレームに嵌《は》められた石の色は、南の海を思わせる爽《さわ》やかな水色。一目して、直感的に連想してしまったものがあったが、私はあえて口にはださなかった。

正式な鑑定はしてもらっていないものの、おそらくアクアマリンだろうと美琴は言う。ペンダントは同じ作りの物が二本あった。

「くわしい経緯は端折《はしょ》りますけど、去年の秋に不思議な縁があって、わたしのところに来た石なんです。それからペンダントに加工してもらって、夫と一緒に御守り代わりに使っていたんですけど、今回はふたりにお貸しします」

「ありがたいけど、そんな大事な物を借りてしまっていいのか？」

「いいんです。わたしの直感。これらは郷内さんと鏡香さんが使ったほうがいいと思う。だってこの石の色、見てください。今の加奈江さんの目の色に似ていませんか？」

「うん、確かに似ている。綺麗《きれい》な色……。本当にお借りしてもいいの？」

鏡香の問いにも美琴は「もちろん」と快活に答えた。

「調べたんですけど、トルコにはナザールっていう青い目の形を模した御守りがあって、邪視から身を護《まも》る力があるんだそうです。加奈江さんの目に似た青い石も、霜石さんの目の力をいくらかなりとも防いでくれるんじゃないかと思いまして」

仮に本当だったら願ったり叶《かな》ったりの話である。美琴の読みが当たることを祈りつつ、こちらも厚意に与《あずか》ることにした。

　それからしばらく打ち合わせを進め、ようやく一段落したのは十一時を回る頃だった。鏡香の勧めで軽く昼食を摂《と》り、私は小一時間ほど仮眠を取らせてもらうことになる。

　鏡香の仕事部屋に敷いてもらった来客用の布団に横たわると、今さらになって眠気が強く兆してくる。本番はこれからだというのに、それまで張りつめていた気持ちが解《ほぐ》れ、代わって心に湧きだしてきた安心感が眠気を誘っているようだった。

　実際、うまく事を運べそうな印象も抱いていた。本質的な立ち位置と役回りにおいて白星がこちら側に回ってくれたおかげで、今朝方までは「不可能」と思っていたことがせいぜい「かなりの困難」と思い直せる程度には、自信のほども上向いていた。

　何より、独りで事に当たらずに済むというのが大きい。相も変わらず、特異な感覚が鳴りを潜める今にあって、鏡香と美琴の存在は私にとって大層心強いものだった。

　しだいに薄まりつつある意識の中で、私の心は安らかな模様を描いて固まりつつある。

　暗転。

　だがしかし、次に目覚めて口火を切ったこの日の続きは、そうした私の思いや願いを完膚なきまでに打ち砕く、極めて苛烈《かれつ》なものとなった。

『真景拝み屋怪談　蠱毒の手弱女《たおやめ》〈冥〉』に続く

本書は書き下ろしです。

真景《しんけい》拝《おが》み屋《や》怪談《かいだん》　蠱毒《こどく》の手弱女《たおやめ》〈天《てん》〉
郷内心瞳《ごうないしんどう》

角川ホラー文庫　24595

令和7年3月25日　初版発行

発行者——山下直久
発　行——株式会社KADOKAWA
〒102-8177　東京都千代田区富士見2-13-3
電話 0570-002-301（ナビダイヤル）
印刷所——株式会社暁印刷
製本所——本間製本株式会社
装幀者——田島照久

●お問い合わせ
https://www.kadokawa.co.jp/（「お問い合わせ」へお進みください）
※内容によっては、お答えできない場合があります。
※サポートは日本国内のみとさせていただきます。
※Japanese text only

ISBN978-4-04-114937-9　C0193

角川文庫発刊に際して

角川源義

第二次世界大戦の敗北は、軍事力の敗北であった以上に、私たちの若い文化力の敗退であった。私たちの文化が戦争に対して如何に無力であり、単なるあだ花に過ぎなかったかを、私たちは身を以て体験し痛感した。西洋近代文化の摂取にとって、明治以後八十年の歳月は決して短かすぎたとは言えない。にもかかわらず、近代文化の伝統を確立し、自由な批判と柔軟な良識に富む文化層として自らを形成することに私たちは失敗して来た。そしてこれは、各層への文化の普及滲透を任務とする出版人の責任でもあった。

一九四五年以来、私たちは再び振出しに戻り、第一歩から踏み出すことを余儀なくされた。これは大きな不幸ではあるが、反面、これまでの混沌・未熟・歪曲の中にあった我が国の文化に秩序と確たる基礎を齎らすためには絶好の機会でもある。角川書店は、このような祖国の文化的危機にあたり、微力をも顧みず再建の礎石たるべき抱負と決意とをもって出発したが、ここに創立以来の念願を果すべく角川文庫を発刊する。これまで刊行されたあらゆる全集叢書文庫類の長所と短所とを検討し、古今東西の不朽の典籍を、良心的編集のもとに、廉価に、そして書架にふさわしい美本として、多くのひとびとに提供しようとする。しかし私たちは徒らに百科全書的な知識のジレッタントを作ることを目的とせず、あくまで祖国の文化に秩序と再建への道を示し、この文庫を角川書店の栄ある事業として、今後永久に継続発展せしめ、学芸と教養との殿堂として大成せんことを期したい。多くの読書子の愛情ある忠言と支持とによって、この希望と抱負とを完遂せしめられんことを願う。

一九四九年五月三日

拝み屋怪談　怪談始末

郷内心瞳

〈拝み屋怪談〉シリーズの原点！

――「拝んで」始末した怪異を、怪談として「仕立てる」。戸の隙間からこちらを覗く痩せこけた女。怪しげな霊能者に傾倒した家族の末路。著者につきまとう謎の少女。毎年お盆に名前を呼ぶ声……。東北は宮城県の山中で拝み屋を営む著者が見聞きした鮮烈な怪異に、自身の体験談をも含む奇奇怪怪な話の数々。第5回『幽』怪談実話コンテスト大賞受賞者による、〈拝み屋怪談〉シリーズの原点にして極め付きの戦慄怪談！

角川ホラー文庫

ISBN 978-4-04-107216-5

ISBN 978-4-04-112814-5